闲闲拾光

Free time

——闲·闲·拾·光——

所有深爱的，都是秘密

All Love is — Secret

沐清雨 著

文化发展出版社
Cultural Development Press

图书在版编目（CIP）数据

所有深爱的，都是秘密 / 沐清雨著．-- 北京 ：文化发展出版社有限公司，2019.11

ISBN 978-7-5142-2798-7

Ⅰ．①所… Ⅱ．①沐… Ⅲ．①长篇小说—中国—当代 Ⅳ．① I247.5

中国版本图书馆 CIP 数据核字（2019）第 225806 号

所有深爱的，都是秘密

沐清雨 著

责任编辑：周　蕾　　特约策划：DORIA

特约编辑：落　溪　　装帧设计：小西设计

封面绘图：三　乖　　版式设计：蚂蚁王国

出版发行：文化发展出版社有限公司（北京市翠微路 2 号　邮编：100036）

网　　址：www.wenhuafazhan.com

经　　销：各地新华书店

印　　刷：万卷书坊印刷（天津）有限公司

开　　本：880mm ×1230mm　1/32

字　　数：300 千字

印　　张：10.75

版　　次：2020 年 4 月第 1 版

印　　次：2020 年 4 月第 1 次印刷

定　　价：42.00 元

I S B N ：978-7-5142-2798-7

目录

- 楔子 -

和好

无论我之前做错过什么，都原谅我一次，看在我喜欢你的分儿上。

黄昏残余的温暖融化了记忆，树影下的冯晋骁握住她手腕，低沉的声线有着隐忍的力道："无论我之前做错过什么，都原谅我一次，看在我喜欢你的分儿上。"

"喜欢"这样的字眼，哪怕是两人情好时，他也从未说过。

萧语珩身体僵直地背对他，妆容精致的面孔被迷茫的神情笼罩。她没有转身，也没有像先前那样试图挣脱，只是微微仰起了头，似乎是在以无声的沉默拒绝。

却不被允许。

冯晋骁扳正她的肩膀，以沉静的姿态凝视："我说，我喜欢你。"

一秒钟，十秒钟，一分钟——

三年的委屈和坚持，就这样败给了短短一分钟的等待。

在他的视线压力下，萧语珩终于抬眸直视他。面前的男人神情间的踌躇满志还在，可从他眼睛里透出的沉稳隐忍，酸涩得让她的眼眶都泛疼。

心酸欲泣。

时隔多年，日薄西山，他终于肯放下身段，用近乎恳求的语气说："如果现在，你还没遇到另一个誓言会永远喜欢的人，就再给我一次机会。"

那样的誓言，一辈子只能许诺一次。

可萧语珩已经不确定：面前这个曾让她放下矜持，爱到慌不择路的男人，还是不是自己的心内向往？再在一起，是彼此的原谅和救赎，还是用对方的手撕裂自己结了痂的伤口，让心更疼？

萧语珩回答不了自己，又似乎无力抵抗……他的喜欢。

冯晋骁自以为读懂了她的强自压抑，手上轻巧一拽，萧语珩整个人跌进他怀里。用力抱紧，他温热的唇贴着她微凉的耳边，说:“重新开始吧。”

五个字，他说得坚定有力。

可曾经那些伤害，是否还有人在耿耿于怀？

– 第一章 –

有所坚持，有所期待

既然重新在一起，至少证明年少时许下的诺言和决心战胜了时间和分离。冯晋骁有理由相信，萧语珩和他一样：对于这段感情，有所坚持，有所期待。

凌晨时分，古城还被笼罩在夜色里。清冷的路灯投射出昏黄的光，暗淡地打在斑驳的路面上，朦胧地像是在诉说悠远古老的故事。

警车就在这样的静谧无声中驶来，减速停在古城监狱门口。前车车门打开，四名被素黑包裹的警务人员持枪下来，呈战术队形站好，高度戒备。

随后，后车车门打开，率先下来的是有着武夫般利落的陆成远，接着探出一名戴着黑色头套，体格健壮的男人，而陆成远的左手和他的右手被同一副手铐铐在一起。

陆成远站定后，见他动作迟缓，似有不耐，手上施力拽了一下："动作快点！"语锋犀利，语有不善。

那人踉跄一步让开车门。

紧随其后的冯晋骁眼神微抬，一股熟悉的压迫感扑面而来。

陆成远几乎是立刻解释："这小子一路都不老实。"

冯晋骁静止一秒，视线掠过他，一言不发地向监狱门口走去，步伐坚实有力。

监狱长陈文疾步迎上来，目光同步打量渐近的年轻人。

冯晋骁理了短短的平头，轮廓分明的面孔俊朗中透出静寂的味道，双眸黑亮，目光锐利。初夏的清晨有些许凉意，他上身却只着黑色T恤，隐约显露出紧实的线条轮廓，下身是同色作战裤配军靴，手上戴着半指战术手套。磊落的姿势，挺拔的身形，在晨光中形成流畅的剪影。

迎面而立，陈文先行警礼，随即伸出双手：“冯队辛苦。”语气真切恭敬。

沉静的面孔没有显露丝毫情绪，冯晋骁低沉的嗓音在寂静的凌晨显得格外清晰有力：“陈狱长客气。”话音落，递出手与陈文握住。

很快办理完交接手续，犯人被接走。押解任务顺利完成，特警K城支队的警员松了口气。再看陆成远，此刻正倚车而立，神情淡淡地活动着手腕。仿佛之前和他铐在一起的不是重犯，此时他也只是在为被手铐伺候了几个小时的手腕委屈。至于一路基本没开口说话的冯队，除了凝肃，依旧没有多余的表情。

陈文事先接到通知，清楚他们并不在古城停留，以惋惜的口吻说：“本想请冯队给我们的同志指导指导，没想到这就要回去了，实在可惜。”

冯晋骁神色坦然：“有机会相互学习。”

站在不远处等待的陆成远闻言忍不住嘀咕：“人家和我们相互学习，如同小白兔与狮子对峙。人性吗？老大你随口一谦虚，人家可是很尴尬啊。”

不只是他，陈文听了冯晋骁的话也顿时觉得被羞辱了啊。虽说两人是初次相见，可冯晋骁的能力和作为他还是略知一二的。尤其上头打电话交代任务时特意嘱咐：“冯队是省厅从G市请来，此次扫黑行动的总指挥，千万别怠慢了。”

上级领导都如此恭谦，他陈文怎么也要用自认为聪明的脑袋衡量一下轻重。现下这位神一样的人物居然面不改色地和他说：相、互、学、习！学习如何刷新自尊心承受极限吗？冯队，你说话不这么婉转会怎么样啊？陈文内心交战，表面却是不动声色：“要不冯队先休息一下，稍后我送你们去机场？”

冯晋骁对此表示感谢：“就不麻烦陈狱长了。”

特警K城支队肖队长在这时接口道：“我会送冯队过去。”

陈文于是笑眯眯眯地说好，下次再会。

冯晋骁不再多言，向陈文点头表示告辞，和陆成远上了先前的车，肖队则从原来的头车换到他们那车的副驾位置，剩余警员迅速收枪上前车。

发动机的轰鸣声响起，很快地，警车消失在雾霭中。

周围回归寂静，陈文身旁的年轻狱警才想起询问冯队来路。

陈文摘下帽子，摸摸额前过于稀薄的头发："不该问的别问。"

小狱警不甘心："这么敷衍的回答，是在暗示您也不知道吧。"

"我不知道？公安部最高领导钦点，亲手组建了一支精锐警队的冯晋骁，我会不知道？"不过，那是一支高度保密的警队，公安系统内部也只有高层知道它的"底细"，外界的了解可想而知。陈文之所以略有耳闻，只是因为这支警队有特权在全国范围内选拔队员，至于其他实质性的消息，他就没牛可吹了。

克制了下，陈文别有深意地提醒了句："你不是有个特警兄弟对G市特别行动队新队员选拔跃跃欲试吗？有空可以和他交流交流。"

"啊，啊？交流什么？"小狱警一时没反应过来，直到后来哥们儿通过严格残酷的选拔成为冯晋骁的手下，两人说起这事，他才知道负责押解任务的冯队就是警界的传奇人物"骁爷"。震惊过后便是懊恼，他因没让偶像签名深表遗憾。

对于手下的脑抽状态，陈文恨铁不成钢地评价了句："丢人。"随后背手走人。

去往机场的高速路上，性能良好稳定的警车在刹那间飘了一下，尽管并不明显，还被车技一流的司机迅速扳正，依然令后座闭目养神的冯晋骁警觉地睁眼，眸中精光内蕴。

副驾位置上的肖队没觉察出异样，还在和上级领导通电话，直到超车成功的高级轿车距离警车越来越远，他的通话才结束，转过身说："冯队休息一下吧，半小时后到达机场。"

冯晋骁点头，却只是把披在陆成远身上的外套拉了拉，视线从窗外急速倒退的风景掠过。

兼有"水乡之容，山城之貌"的古城，冯晋骁不是第一次来。他还记得那年有人指着客栈房间顶部的观景窗问他："下雨怎么办？会不会漏呀？”那时候她的表情可真是，傻气。

原本K城的任务结束，他该直接回G市。

怎么就临时起意来了这里?

冯晋骁收回目光靠向后座，手掌遮上眼睫。

一路沉默。

临近机场，冯晋骁交代停车，和肖队道别后，与陆成远步行一段距离去航站楼。

路上补了觉，陆成远的精神头恢复了，他边走边就先前呵斥犯人的举动加以说明：“那小子一路都盯着手铐，要不是我眼神犀利在气势上震住了他，保不准他会有其他动作。”

“他不老实，你就收拾。”冯晋骁微微挑眉，“客气什么？”

“你是这个意思？”陆成远是个暴脾气，执行任务时对犯人动手的记录实在不少，因此被冯晋骁“收拾”的次数也不是以他的数学水平计算得出的，所以先前冯晋骁就那么随便的一个眼神，他自动理解成了警告，现在明显有点后悔：“没理解意思，遗憾。”

冯晋骁语气淡淡：“默契差了点。”

…………

办好登机手续，冯晋骁和陆成远通过安检去往候机厅。两个外形出众、气场强大的男人并肩而行，引得旁人注目。陆成远双手插在裤兜里，一边自认英俊潇洒地往前走，一边得意扬扬地说：“现在的女人，可真不矜持。”

冯晋骁漫声道：“那不正中你下怀？”

陆成远摸着下巴邪笑：“我那么堕落吗？”

回应他的，是某人气定神闲的揶揄：“有过之而无不及。”

飞机准时起飞，古城到G市，空中飞行时间三小时四十分钟。飞机进入平飞阶段，空姐们为旅客送上早餐。冯晋骁闭目养神，没有用餐。陆成远则心安理得地享受空姐的细心服务，还不忘把握时机和人家神侃了几句，三言两语就把对方逗得眉开眼笑不说，美女的手机号码也到手了。绝对是，旅途愉快。

飞机落地，冯晋骁起身时瞥了他一眼："这位先生，你就不能控制一下情感？"

陆成远笑容不改："我不习惯让自己处于感情萧条期，搞得和你一样，天天像失恋。"

冯晋骁被戳到痛处，出手就是一拳，速度快到陆成远还没意识到他的非人类动作，侧腹部便被结结实实地击中。

陆成远退后一步，险些当众出丑，回身和差点被踩到的人道完歉才抱怨："就算我不小心说出了真相，老大，你也善待我行吗？"

冯晋骁不仅不善待他，还雪上加霜："反应比生孩子还慢，你该回炉了。"

"你生过啊？你知道有多慢？老大，你可真是一句一霹雳。"陆成远落后他两步，嘴里小声抱怨。

冯晋骁没理他。

到了出口，陆成远的心情立即多云转晴，他风骚地朝接机的美女吹了声口哨："这什么打扮，好挑逗啊。"

"会比你四处撩闲挑逗吗，陆情圣？"赫饶无非就是换了身便装，被他夸张得像是多有伤风化。

"好歹我们也是战友，这样自相残杀，你说气人不？"陆成远咧开嘴笑了，似乎很满意赫饶赐的"情圣"封号，揽臂欲搭她的肩，"穿这么漂亮是为了我吗？"

赫饶倏然侧身，没让他得逞，敛去眸内的警色，半认真半玩笑地说："别跟女同志动手动脚，揍你的话可就不顾念战友情了。"转向冯晋骁，叫了声"师父"。

陆成远却只能拿眼睛横她："男人中的女人，女人中的汉子！"

赫饶回身就是一脚，陆成远利落地跳开。

冯晋骁眼底有笑意沉甸。

赫饶也笑，温暖的笑容里似是有种无声的默契涌动。

到停车场提了车，照旧是陆成远开，赫饶坐副驾位置。冯晋骁站在外面打电话，被提示对方关机，他发了条短信"开机打给我"才坐上后座，回去的路上，听赫饶汇报近期工作。

直到深夜，冯晋骁也没接到他等的那通电话。

回家他先到主卧看了看，发现床头柜上那块女式手表没有了。确认自己出差期间她来过，沉抑的眸色柔和了几分。冯晋骁站在窗前，在万家灯火中拿起手机调出一个号码。

电话响了很多声才接通，听筒里传来冷冷淡淡的称呼："冯晋骁。"

"是我。"冯晋骁合上双眸，再睁开时嗓音清朗地问，"在哪儿？"

那边惜字如金地答："宿舍。"

"过来吗？我去接你。"看似是在问询，实则已有了决定。

那边却说："我明天早班。"

这是明显拒绝的意思。

手机贴在耳边，冯晋骁停顿了几秒："没事了。挂吧，早点儿睡。"

听筒里静默无声，又没有谁率先挂断。这样的无言以对，让人分辨不出是灵犀默契，还是无话可说。良久，冯晋骁听见那端冷静地说："如果你有人了，我就腾地儿，不用为难。"

为难？这话从何说起？他的人，不一直是她吗？

窗外雨势渐大，雨滴打在玻璃上的声响让人心情烦躁，即便是眼前这个骨子里透出稳操胜券的傲然和自信的男人，也在这样的阴霾天气里被激怒了。

冯晋骁眸色如豹，声音冷寒似冰："萧语珩，你永远不知道见好就收！"

城市的另一端，萧语珩关门落锁。出于天气和流量原因，航班延误，原本该五点落地的她，被滞留在外场整整六小时，刚刚回来。

累极了。

她躺在沙发上，闭上眼睛。

一夜都睡得极不安稳。不知道是雨夜的清冷耗尽了身体的暖意让心觉得冷，还是外面像是谁的手轻敲键盘的雨水落地的声音扰得她不能成眠。外面的雨什么时候停的？那通电话又是不是真的？梦境中挣扎的她，难以回答。

纷乱的思绪持续到天边亮起微光，萧语珩终于被轻微的振动从梦境中拯救出来，她睁开眼睛的第一件事就是拿过手机翻看通话记录：午夜十二点和他的通话，确实有。

没错，他说她不知见好就收来着。

确实，她从来就不是那种不动声色的人。一如现在，依然学不会从容面对他。可他所谓的"好"指什么？她一时糊涂起来。

恍神很久，萧语珩才意识到自己竟然在沙发上睡到了天亮，身上的制服也没脱。起身时莫名地感到浑身脱力，她伸手摸了摸额头，感觉有些发热。

应该是着凉了。活动了下僵直的腰，萧语珩进了浴室。再出来时整个人比先前清爽不少，但身体的不适感却更明显。想到完成今天的飞行任务可以连休三天，她放弃了请假的念头。

轻雾笼罩的早晨，空气中弥漫着茉莉淡淡的芬芳，清幽四溢。收拾妥当的萧语珩就在这样濡湿柔和的天气里赶到机场。拖着拉杆箱走进航站楼，她直奔值机柜台而去。由于急切，高挑纤瘦的背影给人凛凛生风的感觉。

此时，中南航空 A16 值机柜台前站着一位身形矮胖的男人，正在叫嚣："为什么不给我办手续？耽误了我的时间你负得起责吗？叫你们领导来！"

楼意琳耐着性子解释："对不起先生，不是我不给您办手续，而是您乘坐的航班已经在半小时前就截载了。"转头看向左边，她抬手示意："请您上四楼办理改签手续。"

不顾后面排队等待的旅客的催促，男人拔高了音量："截什么载？我还没登机！你们是干什么吃的？机票卖出去就不管了吗？"

楼意琳压着火："对不起先生，现在距离飞机起飞只剩十分钟，您——"

男人抬手就把证件拍在柜台上："我是头等舱！"

拉杆箱拖地的声音戛然而止，正压在对方的尾音上："头等舱也截载了！"

男人应声转身，入目的是一张肤质细嫩、妆容淡雅的面孔。

但是，飞机没等他，他很生气："我是 VIP！信不信我投诉你？"

身穿空乘制服的萧语珩拿出随身携带的登机证："你请便。不过，请别耽误后面的旅客办理登机手续，可以吗，VIP 先生？"

"中南航空，萧语行？"男人抢过登机证看了一眼，又不屑地甩到她身上，"我要让你下岗！"

抬眼迎上他的目光，萧语珩纠正："萧语珩，不是行。谢谢。"

男人当即被噎得脸红："你——"

机场地服人员及时赶来，在旅客的指责声中，男子被"请"走，值机柜台恢复正常。

见楼意琳忙着，萧语珩探身从柜台后面取出一个包装精美的盒子："是这个？我落地就开手机，让他打给我。"

有同事接班，楼意琳跟过来嘱咐："酒店地址发你手机上了，你直接给他送去吧。"

萧语珩蹙眉："还要送货上门？你这恋爱谈的，连我都要跟着进入状态。"

楼意琳笑眯眯的："这不是想给他个惊喜吗？"

"搞得可真隆重，出个短差而已，回来再送不行？"萧语珩向来不欣赏她的小情小调，"建议你知会他一声，免得被我抓个现行。"

"你就是对他有偏见。"楼意琳不以为然，反而甜蜜地说，"他说我的出现对他具有转折性的历史意义，会为我修身养性。"

"只怕他对每个成为他老皇历的女人都说过同样的话，尤其我怎么看他一表人渣的样子都不像是对爱情郑重以待的人。"萧语珩对楼意琳对这场恋爱投入的精力和筹码感到担心，可见她一脸死不悔改的纯情，只好说，"祸从口出，多嘴早晚会成为你暗杀我的理由之一。"算是结束了这个话题。

楼意琳笑得明媚无比："你果然是最深得我心的女人。"一手接过拉杆箱，一手挽上她胳膊，"反正你今天要在外场过夜，要是没什么事，顺便陪他吃个饭吧。"

萧语珩眼角眉梢都是不满："不怕我趁酒劲儿把他一团和气了？"

楼意琳慷慨表态：“‘姐妹如手足，男人如衣服’，咱俩谁跟谁啊？你喜欢的话尽管拿去穿。”

“你的衣服穿给我看没问题，我摸的话，要被剁手的。”萧语珩接过拉杆箱，“还有别的吩咐吗，祖宗？千万别再让我帮你讨个 Kiss 一解相思之苦，逼急了，我真不客气。”

楼意琳撒娇似的说好啊，注意到她的黑眼圈，皱眉：“你怎么了？一脸的睡眠不足！冯晋骁不是人间蒸发了吗？现身了？小别胜新婚，你们……持久战啊？”末了，笑得贼贼的。

“你的逻辑思维里就不能有正常一点的男女关系吗？”萧语珩拿眼前这个说话百无禁忌的闺密没办法，“连班，昨天航班又延误。你还是不是中南员工？公司航班情况都不清楚？”

楼意琳懒得反驳，直接开始训她：“是我逻辑思维不正常，还是你们不正常？也对，你们两个哪怕有一个不是神经病，早修成正果了。”

萧语珩不乐意了：“你才神经病！”

“我是女神。”清楚她最近心情不好，楼意琳没在这个话题上多纠缠，“落地后你就抓紧时间休息吧，东西我让苏溢去取。”

“别假客气了。看在对他情深一往的分儿上，我也得把这‘赏赐’亲自给他送去。你想想怎么报答我就行。”言语间，萧语珩就要走。

楼意琳手欠地拍她俏臀一下：“以身相许，你看怎么样？”

萧语珩也不恼，边加快脚步前往飞行准备室边说：“那就洗干净等我回来！”

准备会上，了解完执飞航班信息，开始做飞行前准备工作。八点整，乘务组搭乘摆渡车进场。八点三十分，萧语珩把工作状态调整到最佳，站在舱门前迎接登机客人：“早上好，欢迎登机，欢迎您乘坐中南航空的班机，早上好……”

直到视线内出现一张不算陌生的蛮横面孔，她眉尖轻蹙。

男人显然也有些惊讶，只是眼底的那抹意外很快就被得意取代了。

堪堪停在萧语珩面前，他以威胁的口吻说：“萧什么来着？我记住你了。”

还真是冤家路窄。居然是值机柜台前闹事的屌丝男。

萧语珩不卑不亢地纠正：“不是萧什么，是萧语珩。”

男人拿手指点点她，一副“你等着”的姿态。

很快地，所有旅客登机落座，舱门关闭，飞机即将开始滑行。

这时，有手机铃声在机舱内响起，紧接着就听屌丝男对着手机嚷：“打电话不用钱啊，不晓得发微信吗？什么？你是猪脑子啊，这种事还用问我……”

他坐的位置恰好由萧语珩负责，她赶紧过去提醒：“先生，飞机马上就要起飞了，请您尽快结束通话，把手机调至飞行模式。”

屌丝男充耳不闻，继续吵吵嚷嚷地骂。

萧语珩只好又重复一遍。

他不耐烦地说：“为什么要调飞行模式？那么多事情，怎么能调飞行模式？你们航空公司不仅事多，服务还差！我明明是头等舱，却给我弄到经济舱来。退钱就行了吗？我是差钱的人吗？”

萧语珩控制着脾气：“先生，在飞机上使用中的手机会干扰飞机的通信、导航，以及操纵系统，会威胁到飞行安全。乘坐民航班机必须全程保持飞行模式，这是我国民航的法律规定。因此为您带来的不便，请谅解。”

那男人却油盐不进：“以为我没坐过飞机吗？还威胁安全？唬谁呢？我就不调，我有大生意要谈，耽误了，你赔得起吗？”

什么样的客人都遇到过，这样无理取闹的却不多。萧语珩语气微沉：“您的生意不在我管辖范围，身为机组人员，我只对乘机客人的安全负责。所以，调飞行模式或下机，请您二选一。”

她态度和缓，语气却强硬得不容反驳，那男人当即就被惹火了，叫嚣着让整个机组下岗，甚至情绪激动地连什么“旅客万岁”都喊出来了。

乘务长也制止不了他扭曲的疯狂，正要去向机长汇报，屌丝男后排一直默不作声的男人突然起身，一巴掌打在他后脑勺上：“丫的赶紧调！坐个飞机这家伙把你嘚瑟的。脑残，全世界人民都看不起你！”

那男人被打得蒙了一下，等反应过来脸红脖子粗地瞪着他：“你谁啊？凭什么打我？”

“打你咋的？不服啊？再他妈叽叽歪歪打折你肋巴扇子！痛快儿地！”身形高大的东北汉子撸袖子，俨然一副要动手的架势。

“你！”那男人气得直喘粗气，但权衡了一下要仰头才能和人家直视的身高差异，熊熊燃烧的怒火瞬间又熄了，退一步海阔天空，可这样又好像太没面子，“别以为我怕你，我只是顾全大局！哼！”

前一秒还嚣张至极的人，忽然就软下来了。以他为中心，周围一片寂静。唯有清脆的童音喊着“爸爸”。

萧语珩忍笑摸摸小男孩的脑袋，轻声提醒他妈妈：“我给您拿杯水来吧，起飞期间给孩子喝点，防止压耳。”

不及女人回答，那位操着一口地道东北话的汉子彪悍地说：“没事儿，我儿子和我一样，扛造着呢。”

终于，机舱内响起了笑声。

飞机准时抵达 A 市。

由于这天要在外场过夜，通勤车把机组人员送到集团酒店。时间还早，同事们相约着出去逛街，唯独萧语珩留在房间休息。可能是身体不舒服，再加上连班太累，才一沾床她就睡着了，被电话吵醒时天色已晚。

是乘务长叫她到餐厅用餐。想到楼意琳的“惊喜”，萧语珩简单收拾了下自己，带上礼物出门。这个时间段出租车很难打，好不容易在路口拦了辆空车，萧语珩才拉开后座车门坐上去，副驾位置已坐进来一人，两人几乎异口同声：“朝阳路，谷都酒店。”

男子抬眸，萧语珩与他的目光在后视镜中相遇。

一双深如幽潭的眼眸，冷意重重。

司机理所当然地认为两人是一起的，说了声“好嘞”，啪地把计价器一扣，启动车子。

萧语珩就没说话。

路上给苏溢拨了个电话，想确认他在酒店，竟然是个女人接的，声音媚得不像话。心中立即生出一种不好的预感，萧语珩以打错为由挂断。

她明显沉默了一瞬，又打了一通电话出去，最后交代司机："麻烦师傅快点，我赶时间。"

萧语珩若有所思地盯着窗外，没发现前座的男子正透过后视镜打量她，许久。

二十分钟后，出租车停在谷都酒店门口。

萧语珩看了眼计价器把钱递过去，男子却把她的手轻轻却又不容反驳地推开："我来。"

司机笑笑："姑娘，和男士抢着付钱就是不给他面子哦。"说着接过男子手中的钞票。

出租车在夕阳中驶去，萧语珩对男子说谢谢。

对方点头表示笑纳，径自向酒店大堂前台而去。

谷都经理林业接到萧语珩的电话就候在了门口，看见她和一名陌生男子从一辆出租车上下来，又没有同行的意思，心下奇怪，面上却没表现出丝毫异样，微微躬身道："二小姐。"寥寥一个称谓，十分恭谨。

萧语珩点头："给你添麻烦了，林经理。"

林业不敢当："二小姐说哪里话。"

萧语珩从他手中接过一张房卡，确认："人还在吗？"

"在的。别说人，蚊子也不会飞走一只。"挂了电话，他就派人看着了。

萧语珩把手机摄像功能开启，递过去："等会儿进去，你负责录。"

捉奸？刺激！林业的表情瞬间变幻莫测，但身为职业经理的理智还在，出于安全考虑，他问："需要叫保安部的人吗？"

萧语珩说："不用。"便向电梯而去。

林业快步跟上，按下 12 楼。

萧语珩在 1211 房门外站定。片刻，她开始敲门。三下，一下重过一下。等确认里面的人应该听见了，她才用房卡打开了门。快步来到套房里间，看向床上来不及整理的苏溢和他身下妖娆的女人，萧语珩冷笑："我应该说什么？还是你需要先解释下自己，我再下定论？"

与此同时，林业已经举起了手机。面对眼前香艳的一幕，他的手有些抖，不过还是聪明地把镜头拉近，360 度无死角地拍。

女人的惊叫声中，苏溢反应过来，手忙脚乱地跳下床裹浴巾：“萧语珩，你干什么？”

萧语珩忽然上前，照着他的脸甩手就是一巴掌：“干什么？教训你！天还没黑呢，苏溢，你可真是急不可耐。”

苏溢被打得偏过脸去，顿时就恼了，风度尽失地抬手就要向萧语珩打回来。

机警的林业一个闪身挡在萧语珩身前，稳稳截住他手腕，沉声警告：“先生，奉劝你控制下情绪。”

“奉劝？这是威胁！”苏溢目光阴冷地向林业发难，“随意进出客人房间，这就是你们酒店的规矩？没有合理解释，我们法庭上见。”

法庭上见？我们萧氏的律师团能吓死你！乱搞男女关系还有脸吆喝？分分钟砍死！林业白了他一眼，懒得理会，静待萧语珩发话。

萧语珩以冰冷的声音说：“我郑重提醒你，别把琳琳作为你风情艳史的一笔！你要游戏人生随你，别招惹她。否则，你试试看会不会身败名裂。苏溢，我这才是威胁。”

苏溢怒不可遏抑：“威胁？就凭你一个小小的 CC？萧语珩，你够嚣张的啊。”

“你有胆量试的话，我绝不介意让你见识一下小 CC 的嚣张。”萧语珩说完转身就走，经过 1206 房间时，门口站着先前同乘一辆出租车来的男子。

男子此时换了件黑色短袖衬衫，正准备出去的模样。

萧语珩脚步一顿，随即越过他。

林业紧随其后。

男子落后他们两步，一前一后走进电梯。

到达一楼，男子倒是很绅士，以手势示意萧语珩先行。

萧语珩的视线无意中掠过他抬起的右手，内腕有一处明显的疤痕。像是，烫伤。

抬头时他已往餐厅方向去了，萧语珩说：“那位先生刚刚帮我付了车钱。”

林业微微一笑：“知道了，二小姐。”

萧语珩道了声谢。

林业接到萧语珩电话时就拿了顶楼不对外开放的套房门卡，显然是以为她会在谷都住下，她却还是决定回机场酒店住。林业不敢怠慢，立即吩咐餐厅留位置。

萧语珩早起就不舒服，此时胃里空空的，很难受，根本吃不下什么，只喝了半杯热牛奶就准备回去休息了。可她起身快了，忽然一阵头晕，脚下立步不稳。

在身体不受控制向后栽倒时，出于本能，萧语珩伸手去抓椅背。下一秒，她的手肘被一只干燥有力的手托住，与此同时，她的腰也被人稳稳扶住。

缓了几秒才恢复，发现面前的人竟然是黑色衬衫男，萧语珩说：“谢谢，我没事了。”

男子收手，看着她略显苍白的面孔：“需要送你回房间吗？”

萧语珩以手掌撑住桌面，拒绝：“我自己可以，谢谢。”

男子没急着说话，只低头看被牛奶沾湿的西裤。

萧语珩才意识到自己刚刚不小心打翻了杯子，里面她喝剩下的牛奶悉数洒在了男子的西裤上：“不好意思，弄脏了你的裤子，等会儿我让客房部给你清洗一下，或者……”

不待萧语珩说完，男子的目光再次回到她脸上，坦然笑纳了她的歉意：“那就有劳了。”

一小时后，林业亲自来到1206房间取西裤。房门打开，他根据在前台查询的男子登记的入住信息称呼道：“林立先生，你好。”

林立神情冷淡，眼眸里有警惕之意，听明林业的来意之后，他说：“其实不必麻烦，只是那位小姐似乎不太舒服，就没过多推辞，也好让她早点儿回去休息。”

“二小姐的脸色确实不太好。”林业对这位冷面热心的本家林先生有了几分好感，有点没心没肺地说，“我们二小姐是空姐，工作确实比较辛苦。”

林立稍显惊讶："二小姐？她是……"

林业毫不设防地说明："我们老板的妹妹。"

这家酒店的老板姓萧名熠，林立是知道的。他的妹妹，必然是萧语珩没错了。

林立微微一笑。

楼意琳的诉苦电话是意料之中，但比萧语珩预期的快。

苏溢不是什么痴情种子，在被萧语珩抓了个现行后，自知无法与楼意琳继续，原形毕露的他为了保全在司法界混出的一席之地，主动提出分手是必然的结果。

不知道他是不是拿世界通用的"性格不合"这样的万能分手理由刺激了楼意琳，总之，她很气愤。电话接通后，连喘气的机会都不给萧语珩，她就连珠炮似的骂："言情小说里的狗血剧情根本就是他的教科书。台词都懒得改，就直接拿来向我授课了。他就是……就是始乱终弃、背信弃义、信口雌黄的一坨屎！"

萧语珩听得想笑，真想提醒她：屎还能当肥料，苏溢是纯垃圾。结果前一刻还骂得热血沸腾的姑娘"哇"的一声就哭了。

楼意琳的哭哭啼啼比大姨妈还让萧语珩头疼，然而失恋的人最大，只能任由她发泄。萧语珩闭上眼睛，左手举着手机，右手搭在有些烫的额头上，静静地陪她。

楼意琳哭够了，拿哑得不像话的嗓音问："东西你没给他吧？"

"没有，我扔楼下游泳池了。"

"啊？白金袖扣啊！姐姐，你居然扔了？"

"那你是准备送给他当分手礼物吗？"

"我可以送给下任啊。"

"看来你是没事了，洗洗睡吧。"萧语珩正准备挂电话，就听向来不知愁滋味的楼意琳沉沉叹了口气，莫名其妙地感慨："其实冯晋骁挺好的。"

萧语珩一愣，不明白话题怎么扯到那个人身上了。

楼意琳也不需要她的回应，径自说：“至少他除了你没别的女人。”

萧语珩本能地反驳：“你怎么知道他没有？”

楼意琳俨然一副冯晋骁代言人的口吻：“他是谁啊？忙得像机器人，维持生命的那点可怜的休息时间恐怕都拿来陪你睡觉了，他怎么有？”

这话歧义很大，太引人遐思了。

萧语珩忍耐地说：“我有卸你一条胳膊的冲动。”

“这种体力活还是交给你家骁爷吧。”提到冯晋骁，楼意琳的语气忽然正经了几分，“你不爱提，我也不愿惹你不高兴，毕竟感情这种事是冷暖自知的。不过你可能没发现，自从你们在一起，你就变得患得患失的。是因为冯晋骁没给你安全感吗？我觉得他挺在乎你的啊。”

萧语珩犹豫了一下：“你怎么觉出来的？”

楼意琳几乎是用鄙视的语气回答：“他看你的眼神，叫你名字时的语气，都和对我不同，你难道没发现？萧语珩，你二得脑袋有回声了吧？”

哪里不同呢？明明是连和她说话都没好气。否则昨晚也不会因为她拒绝去他那边，就翻脸说她不知见好就收吧。她反驳：“你才见过他几面？懂他多少？”

楼意琳切一声：“你都和他睡了，也不见得懂多少。”

萧语珩微恼：“你找碴儿啊？”

“我是替你着急。”楼意琳颇有些感慨地叹气，“现在的社会，遇上个着调的男人谈场靠谱的恋爱多难啊。好马不吃回头草是谬论，破镜重圆才更该珍惜。你可千万别矫情。”

萧语珩有几秒的迟疑，第一次对好友承认：“我怕失望。”

可你更舍不得。否则也不会在害怕的同时，和他继续。

“遇上一个让你甘之如饴为之冒险的人，才是爱情。”楼意琳笑了笑，笑声里有几许落寞，“我真羡慕你。”羡慕你正在经历一段真正的爱情，哪怕最终的结局未必是圆满地在一起。

这样的伤感不适合楼意琳，就在萧语珩组织语言准备安慰她几句的时候，她又自愈了，诅咒发誓似的说：“天涯何处无破草，想要多少有多少。我要迅速开展一段恋情，气死那浑蛋！”说完，径自把电话切断。

萧语珩头晕眼花地消化她的话，呆坐片刻，钻进被子里准备休息。结果她刚要睡着，楼意琳又把电话打过来，然后又反悔似的说：“算了，不和你说了。”又挂了。

萧语珩是真想杀了她。

之后什么时候睡着的，萧语珩不知道。只是半睡半醒间感觉喉咙疼得厉害，到了后来浑身酸疼得她连翻个身的力气都没有了。她强迫自己继续睡，以为一觉醒来能好些。可身上发冷的感觉越来越重，她终于想起打电话求助。

根本是潜意识的，她连眼睛都睁不开，却在摸索中拨了快捷键。

电话响了两声就被接起，然后是简短的询问：“怎么？”语气冰冷，怒气未消。

怎么就打给他了？熟悉的男声让萧语珩顿时失去了语言功能，她好半天没说话。

等了片刻没有回音，那边又甩过来两个字：“说话。”

萧语珩用尽所有力气，声音依旧细弱蚊声：“冯晋骁，来接我去医院。”

那边愣了半秒，再开口时语气从冰冷转为急切：“你在哪儿？怎么了？”

“我在……”大脑恢复运转，萧语珩反应过来她在A市，他从G市赶过来的话需要两个多小时的飞机，再加上往返机场的时间，还要考虑航班因素，以及现在他们低迷的双边关系……再想下去都有点绝望了。她费力地回了一声：“算了。”随即挂断。

把手机压在枕下，萧语珩艰难地翻了个身，朦胧间隐约听见手机持续响了好久，紧接着又是敲门声，可她怎么都醒不过来。半睡半醒间，她整个人被零散的片段淹没——

空旷的房间似有回声。

一双美丽却充满敌意的眼睛盯着她：“就凭你，拿什么乞求到他的爱情？萧语珩，你不过就是一个影子！我的影子。”

她的眼泪掉下来，哽咽：“我不是！”

刺耳的救护车鸣笛声持续不断。

一双温暖干燥的手握住她的手，低沉的嗓音在一片嘈杂声中有着安抚人心的力量："珩珩，别怕。"

她却连回握的力气都没有，气若游丝："好疼——"

如鼓的雷雨声中，熟悉的声音，怒极的语气："萧语珩，我告诉你，你最好见好就收，我不是非你不可！"

身体还在隐隐地疼，她却在微笑："是吗？那正好啊，分手吧。"

明明是梦，又真实得让她觉得身体的每个细胞都疼痛难忍。

意识渐渐混沌。

再次醒来时已是次日午后，她身在素白一片的病房里。

当一个男人的轮廓清晰地呈现在视线里，萧语珩很意外："你什么时候回来的？"

她音量不高，底气不足，还是把趴在床边浅睡的萧熠惊醒了。

他坐起来，探身摸摸她额头，确认烧退了才没好气地答："幸好我回来了。"想到她昨夜高烧，再开口时语气中不是没有责备之意，"也不怕烧傻了嫁不出去。多大的人了，还不懂得照顾自己。这是我在，否则看谁管你。"

这样家常的唠叨，本不该出现在眼前这个一身精英味的男人身上。然而因为他们是亲人，这样的关怀又显得那么自然和温暖，萧语珩因生病变得略有些哑的声音里都不自觉带有一丝嗔意："说得我好像生来就只是为了嫁人。"

"就算不是人生目标，也是早晚的事。"萧熠到底没办法对她疾言厉色，语气回暖，"要不怎么说：女大不中留。"

"男大也是愁。"虚弱让萧语珩的语速比平时慢，却丝毫不影响她调侃兄长的心情，"三十好几的人，还是光棍，可不可耻？那些夸你'钻石王老五'的话，不是恭维是捧杀。"

还是那么没大没小。看着小妹眼中的浅浅笑意，萧熠的心里软软的，他玩笑道："还跑到我地盘上捉奸，嗯？林业给我打电话，吓得我以为是冯晋骁。"

萧语珩像是没发现话题中的主角是谁："挂星的酒店啊，好歹对入住的客人过滤一下吧，也不怕警察找你喝茶！"

这样的刻意回避，仿佛是在暗示和冯晋骁划清了壁垒界限。那又是谁，在烧得几乎神志不清的情况下给那人打电话？算了，女人有权利口是心非。萧熠也不揭穿她，顺着她的思路继续："总不能遇见同进同出的男女，就查人家结婚证吧？我是商人，不是警察。"

"别是奸商。"萧语珩看看天色，估摸着原本该她执飞的航班应该落地了，"看来我这个月的奖金是没有了。"

居然还有心思想这个。

萧熠失笑："公司那边给你打过招呼了。"

"回国也不说一声，搞那么神秘干吗？"萧语珩想到什么，问，"去看过你的那个她了？"

也就是她，会这么无所顾忌地在他面前提及这件事。萧熠苦笑："这么一针见血地往人痛处戳，能交到朋友吗？"那个已经属于别人的女人，太久没有成为他的话题，有些不知从何说起。

萧语珩像过来人似的说："朋友和男人一样，不贵多，贵精。真正懂我的，不会因为我有多尖锐弃我而去；心里没我的，再温柔也是负累。"

萧熠蹙眉："你这丫头什么时候变得这么刚了？"

萧语珩一脸无辜："我以前就是太柔，才会被你欺负。"

萧熠在她脑门拍一下："那可得趁着变成小病猫时多欺负两下，免得白担了恶人的虚名。"

萧语珩不再和他抬杠，抬手指指桌上的水："照顾下病号，渴了。"

萧熠顺势轻轻托住她掌心，避免滚针，又摇高了床，才侧过身给她端过一杯水："和冯晋骁一个德行，使唤我都不用打草稿。知道你病在这边，三更半夜打电话限我十分钟赶过来。那语气，比呵斥手下还严厉。"显然是借此在替冯晋骁说话。

其实，即便他什么都不说，萧语珩也已猜到。

可他，终究是没来。

保持端杯子的动作，她说：“他和你是交情，我和你是兄妹，没有可比性。”

萧熠是何等精明的人，从她的轻描淡写中，立即明白她瞬间的心理活动。

可是——

你把你们和我的关系定位得很明确，怎么独独忽略了你们的关系？不过，爱怎么样就怎么样吧。不折腾，算哪门子的爱情？

揽臂搂过她纤细的肩膀，萧熠随口开着玩笑：“你发没发现，我变得爱助人为乐了？”

“何止助人为乐！简直雪中送炭。”算不上高招的话题转移，但兄长的这份体贴却令萧语珩神情一软，“有个妹妹挺麻烦的吧？”

谁让我们有着世上永不能被割断的血缘之情。换作别人，与我何干？这样的话萧熠不会宣之于口，只是笑着搂紧她，以漫不经心的口吻回应：“还行。要不我这无限爱心也没有用武之地，浪费了可惜。”

久违的亲情令人心生温暖，萧语珩偏头靠在他怀里。

萧语珩是免疫力下降引起的发烧，不需要住院。下午的点滴打完，萧熠取了药，带她回公寓休息，准备明天一起回 G 市。

深夜，等萧语珩睡下，萧熠手机响了。他接通后也没废话，把第二天的航班号直接告诉了那边，末了忍不住问：“你们现在什么状态？怎么她好像对你没了期待？”

冯晋骁听到这话眼神沉了沉：“她和你说的？”

萧熠思量了几秒：“关于你，她似乎无话可说。”停顿了下，他又说，“和好之后该更珍惜和亲密，否则不如各自安好，互不相扰。晋骁，你记住，我这个人护短，她是我妹妹，你们好时，你是我兄弟；你们不好，别怪我翻脸。”

既然重新在一起，至少证明年少时许下的诺言和决心战胜了时间和分离。冯晋骁有理由相信，萧语珩和他一样，对于这段感情：有所坚持，有所期待。

可如萧熠所言：她怎么好像对我没了期待？

G 市浓重的夜色里，冯晋骁坐在车里，久久都没动一下。

次日清晨。

雨后的空气格外湿润，冯晋骁的手臂随意地搭在阳台栏杆上。晨光下，男人眉宇疏朗，短发清爽。白色背心下的麦色皮肤泛出弹性的光泽，衬得绕过肩胛处的纱布十分醒目。微风中，他眸色静谧，似在思考。

手机铃声打断思绪，他分开窗帘走进卧室，接起：“哥，没事，小伤，好得差不多了。别让爷爷知道。今天恐怕不行。她？要看有没有飞行任务，再说。好，挂了。”

过了一会儿，冯晋骁换了衣服出门。此时时间尚早，体育场上到处是晨练的人。他在这个小区住了三年，虽说平时工作忙，倒也有很多熟识的邻居，大家看见他，都热情地打招呼。有人奇怪他怎么好多天没晨练了；也有人约他周末打球；还有一位头发花白的老太太笑眯眯地问：“小冯，上次那个空姐是你对象吧？姑娘模样可真好，性子也好，总笑。”

没错，她是喜欢笑的，从前。

阳光真好，暖洋洋地照在运动场上，冯晋骁在明亮绚烂的光影里淡然自若地答：“是我女朋友。”

来到办公室还不到七点，冯晋骁开始处理桌上积压的文件。从回来他就在省厅，还没到过队里。关于新队员选拔、集训方案，赫饶已经拟好，并向他汇报过，他只需要再过目一遍。

十点，陆成远和赫饶过来开碰头会。

赫饶翻看由她执笔的方案，此时上面已经多了冯晋骁的批注，笔锋刚正，顿挫有度。

他们警队自组建以来，队里的每个人，包括唯一的女队员赫饶在内，都是由冯晋骁亲自选拔、亲手训练出来的。但这次——

“今年的集训我不亲自抓了，成远整体负责，老队员的季度考核同步进行。赫饶，你辛苦一下，协助成远。”得到两人的回应后，他继续，

“下周是我们的首轮选拔，名单出来了吗？”

赫饶把刚刚整理好的全国各警队通过本地选拔的名单递过来，陆成远瞥一眼上面密密麻麻的名字，有些意外：“去年刷新了纪录，上百名学员，在三个月的入警培训中被全员淘汰，我以为今年不会有人来了。”

赫饶指指那些被加黑加粗的名字：“这些是去年被淘汰的。”

卷土重来，勇气可嘉。

陆成远就笑：“有点意思。看来我有必要看看他们的精神分裂病例。”

冯晋骁不动声色地看完，飞速运笔，补充了一个名字——柴宇，K城特警队，也就是古城小狱警的兄弟：“中午之前，让他见到邀请函。”

年年如此，总有警队舍不得放人，想方设法地要捂在手里。

赫饶应下。

接下来第二件事：“关于丁成民案，搜山结果显示，他突破了警方的包围圈。”

陆成远还有心情开玩笑：“这下有人要被撤职了。”

“这是一个必破案。”冯晋骁拿起一份资料，“办不好，下个被撤职的就是我。”

陆成远当然清楚事情的严重性，可他不明白的是：“丁成民犯的事儿充其量不过是死缓，如今这么一越狱，就是死刑。他是傻了，拎不清吗？”

“死刑死缓都不是关键，就怕在我们找到他之前，”冯晋骁把手上的资料推给他，才说完整句，“他已经被打靶了。”

与赫饶对视一眼，陆成远接过文件翻看。

他们去K城期间，这件案子是由赫饶负责跟进的，来龙去脉她更清楚：“外围已布控完毕，所有入城路口全部设了暗卡，只是……”

冯晋骁神色不动，抬头时目光中似有什么掠过：“怎么？”

赫饶如实说：“刘副局在暗中跟进这个案子。”

“刘同？”见赫饶不回答，冯晋骁又是一脸的不动声色，陆成远有点火起，“他不是还想指挥吧？那何必让我们接这个烫手山芋？据说上次行动他判断失误，险些搞得刑警队的弟兄体验了残疾人的生活。这回又来害我们啊？”

“害我们不是目的。当然，能害一害最好。他担心的是丁成民一旦落在我们手里，”冯晋骁眸底波澜不惊，说出的话却掀起千层浪，“会让他把牢底坐穿！”

陆成远、赫饶倏地看向冯晋骁。

“在没有切实的证据前别动他。你们心里有数，多加注意就行。”冯晋骁却没再多说，简短地指示过后，开始过问第三件事，“省厅的资料过来了？”

赫饶点头，把之前影印好的资料分给他们：“六年前云南思茅市、大理州、德宏州、临沧市等地相继发生多起涉嫌走私、贩卖、运输、制造毒品案。经查明，沈俊、罗永有重大作案嫌疑。案发后，两人畏罪潜逃。这是当时公安部下发的通缉令。”

通缉令上的沈俊是光头，五官轮廓分明，目光锐利。

罗永则梳着中分头，戴近视眼镜，一副文质彬彬的样子。

陆成远立即收敛了神色：“如果我没记错，当时省厅针对这个案子成立了专案组。”他看定冯晋骁：“你也被抽调去了。”

冯晋骁没急着接话，目光在沈俊的身体标记处停顿下来：身高178cm，体形较瘦，皮肤白净，背部有龙形文身，右腕有一处明显疤痕。云南楚雄人，讲普通话。

隔了一会儿，他才回应陆成远：“我得到一个匪夷所思的消息，体貌特征疑似罗永的男子出现在了A市。”

“罗永？他不是……”陆成远悚然一惊，职业的敏感让他猜测，“这个节骨眼上，难道……”

冯晋骁眸色深沉：“不排除丁成民案和沈俊案有联系的可能。”

难怪他没精力管新队员选拔的事，最近的案子都很棘手。赫饶不免有些忧心：“我们的人手怕是不足。”

冯晋骁就看陆成远。

陆成远顿感压力山大：“那些雏儿怎么也得半年才能断奶吧？”

冯晋骁没什么表情地接口：“三个月，就给他们开荤。”

陆成远连叫苦的心情都没有了。

公事谈完，冯晋骁让赫饶通知大家，中午他请大家吃饭，但因为要去接萧语珩，他就不到场了。陆成远交代手下："选个贵地儿，别给头儿省钱。"那群生龙活虎的特警队员立即原地一蹦老高。

去往机场的路上，冯晋骁接了一个电话，接听过程中神色有细微的变化，挂断后打给陆成远，低沉的嗓音透出凝肃："和赫饶带一组人到机场来，现在就出发，30 分钟。"

那边的陆成远原本正在翻看菜牌，闻言立即起身，收线的同时招呼道："赫饶，突击一组，跟我走。其他人继续吃饭。"

大家都习惯了。被点名的迅速起身去出任务，剩余的该吃吃。

五分钟后，警笛声中，特警防暴车开道，陆成远与赫饶同乘的越野车紧随其后，风驰电掣地行驶在机场高速上。途中，在了解案件的基本情况后，赫饶遵照冯晋骁的指示，与机场方面以及市局取得联系，确保到达后顺利展开工作。

冯晋骁先一步到达机场，按照航班动态显示，萧家兄妹乘坐的班机还有 20 分钟落地。此时机场内已经有警察、消防队员进进出出。由于安检暂停，安检口处滞留的旅客排成了长龙。尽管地面工作人员在极力安抚，可他们惊恐、焦灼的神情都在传递一种危险的信息，致使场面有些混乱。

冯晋骁已从之前的电话中了解到：从 A 市飞来的中南航空的 2933 次航班出现一名疑似通缉犯的乘客。机组与地面取得联系，市局接到报案后通过乘客资料获悉，该名以"沈俊"之名登机的男子外貌特征与在逃六年的 A 级通缉犯罗永极为相似。

无论是沈俊，还是罗永，都是警方正全力缉拿的要犯。重大警情处置预案当即启动，各方力量迅速到位，市局在机场成立现场指挥部，并向特警总队求援。省厅这才把电话打到了冯晋骁这里。

那时 2933 次航班已经完成近三分之二的航程。机长决定不返航，继续飞往 G 市，空中管制全力配合。直到现在，班机表面上没有任何异常，除了报案的乘客显得异常紧张和害怕。

冯晋骁在最短的时间内找到现场指挥部的最高领导——市局副局长

刘同。没有多一句的寒暄，他几乎是以命令的口吻说：“让你的人，五分钟之内全部撤出来。”

刘同不是第一次和冯晋骁打交道，深知以他为首的“特别突击队”是特警老大，隶属省厅垂直管理。除了年纪比较大，在冯晋骁面前，他没有任何资本反驳，可他还是带着几分火气地说：“飞机上有A级通缉犯，很有可能——”

没等他说完，就被冯晋骁打断了：“只要不惊动他，不会演变成劫机事件。”

“可是——”

“出了问题我负责。”冯晋骁相信自己的判断。

“要的就是冯队这句话。”刘同刻意把“冯队”二字咬得极重，转头叫来刑警队长李明，“我们的人全部撤出。”

“撤出？”李明看向刘同，那目光中的不容反驳让他只能说，“是。”

与此同时，中南航空的副总章程正在应急指挥中心。当他知道乘务部的萧语珩在2933次航班上，顿时一个头两个大：“通知顾总了吗？”

工作人员回答：“已经联系了乔特助。他和顾总现在还在纽约，原本计划的返程时间是明天。”

章程看表，此时距离2933到达本场只剩十八分钟。

有人在这时汇报：“章总，警方的人到了。”

在工作人员引领下，冯晋骁走进指挥中心，他自我介绍：“特别突击队，冯晋骁。”

“冯队你可来了。我是中南航空章程，罪犯分子在我们公司的航班上。”章程的情绪在听到“特别突击队”五个字时显得有些激动，可见冯晋骁身侧只跟着身穿便装的刘同和李明，又犹豫了，“这——”目光探向他身后，在寻找什么。

冯晋骁瞬间洞悉他的想法，说：“我的人马上到。”

被冯晋骁的冷静感染，章程也平静下来：“我们现在要做什么？”

“我已经协调了机场和塔台方面，航站楼现在恢复安检，让旅客正常到候机厅候机，但在 2933 安全落地之前，塔台不会让航班放行。现在，我需要和机组通话。另外，给我准备一张机场平面图。”思路清晰，言简意赅。

章程立即安排。

指挥中心：“AS2933 听到请回答，指挥中心呼叫。”

频道中有短暂的沉默，随后，负责通信的副驾驶回应：“AS2933 收到，请讲。”

指挥中心：“针对机上的突发情况，警方负责人要和机长通话。”

下一秒，清脆冷静的女声传来，“我是 AS2933 机长程潇，请讲。”

女飞程潇！冯晋骁大脑快速思考，一秒后他嗓音低沉地说：“机长同志，请安抚好机组人员，让他们不要惊慌，表现如常，并请你确保飞机安全着陆。其他事情，交给警方。”

那边静止一秒，简洁地答：“明白。”

冯晋骁却没马上挂断，像在思考，又像有什么顾虑或是担心，又不便启齿。

那边似乎轻笑了下，然后冯晋骁听见那端镇定地问：“冯队还有什么指示？”

冯晋骁情神一松，说：“没了。”

程潇切断了通话。

机场平面图送到冯晋骁手里时，陆成远和赫饶正好赶到，他开始做战前部署：“飞机落地，‘沈俊’可能出现的三种反应，假设他有所察觉……”多套处置方案，应对可能出现的各种危急情形，思维缜密，毫无漏洞。

李明心生佩服，刘同的目光则是复杂难明。

最后冯晋骁交代：“重中之重，保证旅客安全。”

参与行动的警员齐声应：“是。”

一声令下：“行动。”

消防车进入停车场，刑警队员被安排到停机坪、联络通道等处，每处都有特别突击队警员带队。冯晋骁则分别和陆成远、赫饶守在距离行李提取处较近的三处出口。所有人员到位，人来人往的机场航站楼，表面如常。

广播通知 AS2933 次航班落地，冯晋骁就开始陆续接到各处警员的报告，已有乘客下机，无异常。他开始拨萧熠的号码，萧熠还没开机，再换萧语珩的号码打过去，同样的提示。同一航班的乘客纷纷出来，他直接从出口进入，没走出几步，远远就见兄妹二人并肩走向行李领取处。

身为空姐，萧语珩的身材本就高挑纤瘦，此时她穿着白色的高腰雪纺连衣裙，更显得身形修长。随意披散的长发柔和了清冷的气质，步履间显露出一种精致的优雅。不知萧熠说了什么，她偏头一笑，娇俏的模样犹如午后暖暖的阳光，令人怦然心动。

眼前笑靥如花的女子才是记忆中的样子。

冯晋骁觉得这一刻的萧语珩很美。

没时间思考更多，冯晋骁继续搜索"沈俊"的身影。然而如同有心电感应，前一刻才成为他眼中风景的萧语珩忽然抬眸望过来。视线在半空中相遇，隔着些许距离，她眼底浮现的意外惊喜之意清晰可见。

喜悦是因为他？掩去眼底闪动的情绪，冯晋骁正欲拿眼神示意她别过来，赫然看见萧熠身后出现了一名黑衣男子。就在冯晋骁一眼锁定他时，对方显然也看见了他，几乎是同时的，两人的眼神陡然变冷。

冯晋骁疾步而去，并对着耳麦沉声："一号出口发现目标。"话音未落，就见那人忽然有了动作。

冯晋骁厉声喝道："小心后面！"同时迅如疾风般朝萧语珩冲过去。

萧语珩乍然止步，却不及回头，脖子就被一只结实有力的手臂勒住，身体更是被一股蛮力向后拖。

"啊——"惊叫声四起。

当萧语珩清晰地感觉到冰冷的尖锐物抵在她颈间的肌肤上，她意识到自己被挟持了。萧语珩心头一凛。然而当她抬头，目光跌进一双深沉如海的眼眸里，仿佛瞬间被注入一种力量，令她迅速镇定下来。她甚至还能思考，抵在颈间的东西应该不是尖刀或手枪，毕竟这是机场，有严密的安全检查措施。

接收到冯晋骁的提示，萧熠的第一反应是护住身侧的萧语珩。可就在他回身的瞬间，左后方的男人已动作迅速地控制了萧语珩，令他扑了个空不说，肩膀还结结实实地挨了一拳。幸好他反应够快，中招后立即矮下身，有惊无险地避开对方的第二次进攻。随即，和另外一人缠斗起来。

变故发生得突然，周围的旅客都被眼前的一幕吓傻了。就在他们惊慌失措地向四周退去时，冯晋骁已至近前，他一丝迟疑都没有，伸出左手探向萧语珩颈侧时，右脚一记侧踹正中黑衣男子肩胛。速度之快，令围观的人都没看清楚他的动作对方就已中招。

男子本以为人质在手，冯晋骁会有所顾忌，完全没料到对方居然会采用如此冒险疾进的正面进攻方式，让他连开口提条件的机会都没有，而且动作快到自己完全来不及反应，无防备之下，手臂就被震麻了。

他手劲一松，萧语珩的身体顿时就失去了平衡，高跟鞋一崴之下，冯晋骁的手没能如预期稳妥地护住她整个颈部，尖锐物狠狠划过他手背轻轻擦过她一处肌肤。萧语珩倾身后仰之时感觉到颈侧微痛，下一秒，冯晋骁有力的手臂将她一搂，抱进怀里。

萧语珩本能地伸手去环他的腰，却在一阵天旋地转间被推入另一个怀抱。当她稳住身形抬眼看去，就见冯晋骁冲过去一个跪腿，直接向男子的肩膀压去。他实战经验丰富，暂且不说出了几分力，单单是气势已足够让人胆寒。

对方也不是等闲之辈，生死之际自然也是以命相搏，在没躲过这一击之后居然还有力气还击。冯晋骁奉陪到底，在他挥拳过来时一把扣住他手腕，左移步后一脚踢中对方小腹，紧接着转身一个过肩摔——

在此之前，赫饶已赶到，她直奔萧熠而去。

萧熠毕竟没受过专业训练，格斗功夫相比冯晋骁差了很多，现下又遇上个练家子，几个回合下来已渐渐处于下风。

赫饶的速度快得惊人，动作更是迅捷利落，在萧熠下一秒就要被击中腰腹时，她一脚踢在匪徒手腕处，随即右手一展，把萧熠推向一边，再次提右脚朝匪徒的膝盖踢去。又在对方防护之时，右脚继续向上狠狠朝他的腰际招呼过去。匪徒连忙退后想要护腰，赫饶紧追不放，收腿后再次冲上前，送出去的腿直踢向他脑袋。

漂亮的赫三腿。

接下来，冯晋骁正好以过肩摔把黑衣男摔过来，将被赫饶踢得犯晕的家伙一同压倒在地。

师徒间的配合，默契而完美。

出口在短短几分钟之内恢复正常。受到惊扰的旅客们被随后赶到的刑警队迅速疏散，犯罪嫌疑人也被特警队员提起来铐住。

等冯晋骁走过来，陆成远笑得满面春风，他把萧语珩交过去："完璧归赵。"

冯晋骁握住她冰凉的手，往自己怀里拉了一下，萧语珩就贴在他胸口最温暖的地方。她抬头，眼前眉目俊朗的男子，投射过来的目光如深夜星光，璀璨豁亮。

距离上次见面快一个月了吧，加上之前两天的通话也是不欢而散，萧语珩似乎不太适应这样的亲昵，又像是在思考拿什么样的表情面对他最恰当，索性沉默。

相比她瞬间的百转千回，冯晋骁的心思很简单。他视线微转，落在萧语珩纤细的脖子上。随即，在她没有从惊吓，确切地说是从冥想中回过神来时，他微带薄茧的手就覆了上来，在她颈侧摸了摸："有点划伤，等会儿让赫饶带你处理下。"

换作别人被绑架获救必然要哭得梨花带雨，萧语珩反应过来刚刚的微痛感从何而来，反而追问："是什么？"

冯晋骁在她伤处轻轻揉了揉："刀尖钢笔。"

萧语珩皱了下眉，盯着他的眼："你是来办案的？"

冯晋骁意识到这是一道送命题，看着那双清澈没有温度的眼睛，没解释。

果然，萧语珩问完就退开了一步，转而去捡掉落在地上的手包。

冯晋骁的手，僵在半空数秒后缓慢收回。

她的失望，是因为对他还有期待，可她的姿态，更像是随时准备转身就走。

冯晋骁思考得头疼，兀自扒了扒精短的发，心里已经原谅了萧语珩对自己的拒绝。

转脸见手下正在等待指令，冯晋骁才意识到自己走神了。快速收敛外露太多的情绪，他示意手下押解犯罪嫌疑人上警车。结果黑衣男经过他身边时，居然挣扎着要停下来。

特别突击队的队员的警觉性是何等的高，迅速对他的不规矩行为做出反应，要予以制服。冯晋骁抬手阻止，年轻警员立即收手，但仍不放松地控制着对方，不给他反抗的机会。

视线在萧语珩的背影上停留几秒，再转向冯晋骁，那人低声说：“你女人，很正点。”一张文质彬彬的面孔，浮现出异常诡异的神情，不怀好意的赞美冷得足以凝冻周围的一切。

冯晋骁的眸色陡然一变，眼底瞬间沉淀出极为明显的危险信号，可不等他动手，陆成远已跨步上前揪住男子衣领，把人提起来：“让你说话了吗？再嘴欠，”右手在男子嘴上狠抽了一下，他冷声警告，“就让它成为摆设。”

冯晋骁没让陆成远继续下去，拍拍他肩膀。

陆成远不甘心地退后。

冯晋骁走进黑衣男视线范围内，岿然不动地说：“我的女人，要你评判！”话音未落，他以迅雷不及掩耳之势拔出腰际手枪，在对方腹部以枪托狠力一击。

力道十足，那人瞬间疼得蹲下身去。

陆成远过瘾地一握拳。

冯晋骁不疾不缓地收起手枪，掩去眼底骤然涌起的肃杀之意，沉声：“带走！”

陆成远一抬手，属下把人带走。等他若无其事地转身，抄手一站，就见赫饶头也不回地走出航站楼，步伐略快，背影决绝。

这又是什么情况？连个过程都没有，直接结束？尽管符合平日里赫饶爽利的风格，但在这样的场合，不是失礼，也不是失职，而是失常。

特警的敏感让陆成远意识到情况不同寻常，他转向萧熠，试图在商业帝国影响力非凡的这位男人身上寻找答案。

萧熠也是始料未及。瞥一眼消失在出口的纤瘦背影，他揉着肩膀走向冯晋骁，不动声色地调侃起对方来：“英雄救美之后不是该得个拥吻之类的奖励吗？怎么，你没这待遇？”

冯晋骁目光沉沉地看过来：“看来你是打算这样回报赫饶对你的搭救之恩。”

对于及时出手的赫饶，萧熠确实有感谢之意。可是，他抬手捏了捏眉心：“她是警察，不需要我报答。”

“她先是女人，然后才是警察，萧哥，你不要忽略人家的性别。”陆成远笑看萧熠，带着试探意味问，“怎么样，被我们美女组长搭救的感觉如何？”

“你路过的啊？不帮忙？”萧熠整理了下袖扣，似真似假地说，“不太有面子。”

陆成远心安理得地忽略萧熠的不满，只回应后一句：“身在福中不知福。谁规定只能英雄救美？那只能说明英雄没福气。”随后朝冯晋骁扬了扬下巴，意思说看看那个有面子的，不也没落着好脸色，末了还凑过来说，“明明是专程来接机，午饭都没顾上吃，结果半路杀出个通缉犯，变公事了。浑身是嘴都说不清，冤不冤？”

冯晋骁正好有电话进来，没搭理他的多嘴。

接下来还要进行排查工作，陆成远留下来带队。萧熠有专车来接，但拒绝送萧语珩：“我回公司开会，不顺路。”然后吩咐司机开车。车窗落下前，他看见不远处的赫饶站在警车前，和一名特警队员在说着什么。像是感应到他的注视，她转头望过来。

他们的目光在半空中相遇。

距离，让彼此看不清对方眼底的情绪。

然后，几乎是不约而同的，他们又各自移开了视线。

不明所以。又或者，心知肚明。

见萧语珩往出租车通道走去，冯晋骁有点按捺不住了。他快步追过去，从后面拽过她的拉杆箱，有力的手臂往她腰际一搂，面无表情地把她带往自己的座驾，霸道得犹如绑架。

萧语珩哪里敌得过他的力气？挣扎了几下没成功，有点火了：“你干什么？”

“什么都想干！”冯晋骁手上用力把她搂得更紧，在心里补了一句：“又什么都不能干。”

萧语珩双手都挣脱不了他一只手的钳制，恼怒地直呼他全名：“冯晋骁！”

来到大切面前，冯晋骁把她的拉杆箱随手放上后座，双手撑在她身体两侧，把她控在身体和车身之间，微微俯身向她，目光沉沉：“去哪儿？我送你。”

冯晋骁并不是好亲近的人，但也不轻易发脾气。萧语珩知道他在生气，可她就没火气吗：“当然是回家，不然你以为呢？”

“我以为你应该好好和我说话，而不是像现在这样没好气。”冯晋骁眸色渐深下去，腾出一只手，扣住她下颚，让那双蕴含恼怒却依然清澈漂亮的眼睛对上他的眼睛，带些冷意地又问一遍，“去哪儿？”语气极重。

萧语珩直视他的眼睛，那里面阴郁的情绪纤毫毕现，可她不仅没有收敛，反而针锋相对：“你五官不是很敏锐吗？这会又听不见了啊？我说回——”

“回顾家是吗？”冯晋骁倏地欺身过来，低沉略带沙哑的嗓音划过她耳畔，“男人的占有欲是没有道理可言的，如同女人的无理取闹。所以萧语珩，你给我想清楚再说。”

冯晋骁是个骨子里具备攻击性的男人，此时极力地压抑克制，尤其显得性感迷人。而他还身陷在温暖的阳光里，更在无形中散发出强大的磁场。感受到衬衫下他肌肉绷紧的变化，萧语珩的反应慢了半拍，可开口时火药味依然很重：“我回家还有错了？冯晋骁，你别和我咬文嚼字，那对你来说是顾家，对我来说是家！”她也是不懂了，怎么每次只要她说回家，他就一副很不高兴的样子？这次更离谱，居然说什么占有欲，好像在吃醋似的，都不知道他在吃谁的醋。

冯晋骁的手机在这时响了。

幸好。否则这样死磕下去，冯晋骁不确定他有没有足够的耐心“哄”她上车。瞥一眼屏幕上萧熠的名字，他接通：“还有事？”

萧语珩这才看见他手背上那道触目惊心的划痕，上面有凝固的血渍。不知道那边说了什么，冯晋骁原本已经收回的目光重新投射到她脸上，盯着她说了句：“我没忘。”随即挂断。

这通电话来得很是时候，适时提醒冯晋骁，眼前这个女人还病着。回想前晚电话中她的气若游丝，他压了压火气：“非得较劲吗？如果你是因为上次的事生气，我可以道歉。不过……”

“你还觉得道歉委屈了？”萧语珩打断他，“冯晋骁，你能尊重一下我吗？”

“尊重？”冯晋骁觉得她太小题大做，“你认为我那是不尊重？萧语珩，需要我强调一下我们的关系吗？怎么，身为男朋友，我连碰你一下的权利都没有？你的抗拒，没有道理。”

“你那是强迫！”萧语珩猛地甩脱他的手，拔高了音量质问，“什么叫没有道理？你问过我愿不愿意了吗？别说我们只是情侣，即便是夫妻，我不愿意，你也不能勉强！”

“你的意思是，你不愿意？”冯晋骁扣住她手腕把人拽到胸前，黑沉的眼眸牢牢盯着她，一字一句，“萧语珩，为什么？”

为什么明明和好了，还要拒绝我？

为什么好不容易在一起，却不信任我？

为什么不能像从前那样叫我一声……反而口口声声地称冯队？要不就冷冷淡淡地直呼其名？

“究竟哪里出了问题？”冯晋骁低头，看见萧语珩的长睫毛轻轻地抖动，他的神色看似平静，实际眉头微紧，“我自认给了你足够的时间适应，可到现在，我连吻你一下你都在抗拒。我不给你打电话，你无论落地多晚，都不找我接你。我要送你来机场，你说不如坐顾南亭的车方便。你自己说，这么长时间，我们见过几面？我没记错的话，一百多天里，你就昨天凌晨给我打过那一个电话。你打算这么冷着我到什么时候？”他腾出右手抬高她的下巴，不容她躲闪，“多久？给我个期限。”

期限？他们之间，是时间问题吗？萧语珩无从回答。她唯一能确定的是，心里惶惑于自己在他生活里缺席了一千多个昼夜。那一段算不上长，又十分漫长的三年，让她对他，对他们的未来，失去了信心。

可是，别问她为什么舍不得。

半晌，萧语珩把脸转向了别处：“我没有故意冷落谁。我只是，耗光了热情。”

幸好不是耗光了对他的爱情。

金色阳光照射下，女孩子的侧脸线条温柔娇俏，长长的睫毛低垂着，衬得整张脸有种静谧的美。或许是这份安静缓解了冯晋骁的怒气，也可能是不自知的思念让他不舍得再说重话，他妥协似的说：“你想怎么样就怎么样吧。只是，别再说些不着边儿的话。我要是有了别人，就不用上赶着受你这份冷落了。”

“是我的话不着边儿，还是你的人不着调？”萧语珩转身推他，目光里有明显的指责意味，“我是没主动给你打电话，可你一声不响人间蒸发也是事实。所以别说我冷落你，明明你也在和我冷战。”

本以为他会否认。然而——冯晋骁欺身上前，要笑不笑的：“对，我是在和你冷战。我就想看看，你能坚持多久对我不闻不问。”

“那你还有脸敢理直气壮地质问我？”萧语珩挥手朝他的俊脸招呼过来。

冯晋骁稳稳格开她的手，俯在她耳边低语：“结果，我没你狠心。”然后快速在她脸颊亲了一下。

就这么，不按理出牌。

萧语珩骂他：“你有病！”

冯晋骁没有接话，他大手一挪，掌心就贴上了萧语珩的大腿外侧。

萧语珩吓一跳，侧身要躲。

冯晋骁劈手捞过她的腰，五指收拢锢住她两边腰线，低声喝道：“裙子！”

萧语珩这才意识到她的雪纺裙子随风飘动，他伸手帮她捂住才避免春光外泄。她顿时噎住，尴尬地撩了撩头发。

“你以为我能在大庭广众之下干什么？”柔软的发尾扫过他的脸，冯晋骁的视线停留在那张泛起微红的脸：“下次别穿这么薄。还有，再长点。”

“封建！”萧语珩打开他的手就要走，一步都没迈出去又被拉回来。

“那你也得受着。”冯晋骁俯身吻住她。

他的唇很烫，像是火焰在烧，灼得萧语珩的唇瓣都发疼，他却还不满足，单手托住她后颈迫使她迎向他，任由他肆意碾压，却连退路都没有，只能承受。

明明还在生气，气他不顾她的意愿强行留她过夜，气他大半个月来的杳无音信，气他好不容易打个电话却连一句解释都没有，气他不懂温柔以待地甩过来的那句斥责她不知见好就收的话。只是，这些抱怨、委屈、难过，统统在冯晋骁温热的唇吻上她被划伤的颈侧时消失。

萧语珩伸手抱住了他劲瘦的腰。

见她态度缓和下来，冯晋骁自动理解为和好。

一吻过后，他把人抱上了车。

这一次，萧语珩没有拒绝。

冯晋骁伸手探探她额头，确认是否还有发烧的症状：“等会儿让赫饶陪你去医院处理下伤口，我还得回队里。”

萧语珩有点负气地说：“我能照顾自己，不用麻烦人家。”

“那怎么还病在了外面？”冯晋骁给她把安全带系上，顺手捏捏她尖尖的下巴，“嘴硬！”

大切下了机场高速，赫饶已等在那里。以为萧语珩睡着了，冯晋骁轻手轻脚开车门下去，交代赫饶：“陪她去医院处理下脖子上的伤，顺便量下体温，再把她送到我那儿。”

“睡醒”的萧语珩因他的啰嗦瞪了他背影一眼。

冯晋骁全然不知，动作利落地上了警车，走掉。

赫饶坐上驾驶座，微微带笑："师父有令，我不敢不从。"

虽然和冯晋骁闹别扭并未注意赫饶出手救下萧熠后的反应，却也能够想象她的心理波动，此时面对这样的云淡风轻，萧语珩只能说："我们的心要是能像脸一样用镜子照出来就好了，我就更能理解口是心非的含义。"

赫饶本也无意在萧语珩面前隐藏心事，她边启动车子边提议："去喝酒啊？"

萧语珩像煞有介事地反驳："我可是又受伤又生病的，你约我喝酒？"

赫饶笑一下："你那点伤都伤在我师父手上了，他都没怎么样，你就别在我面前演伤员了。至于你那点病，无非就是相思病，我师父不也给你治愈了吗？"

萧语珩失笑："你都这么说了，我再不喝就矫情了。"

这边冯晋骁和萧语珩兵分两路回了市区，机场那边陆成远正带领手下排除安全隐患。他才命人把五号登机口拉起警戒线，一个人影竟然要从登机口上廊桥，横冲直撞的样子像要劫机似的。

陆成远抬手一指，喝道："谁啊那是？马上退到警戒线外！"一个眼神递过去，身旁的警员已身形一转，朝着来人过去。

楼意琳心急萧语珩的安危，此时被警员拦住就恼了，不安分地边推搡边咒骂："我们公司的飞机，我上去看看怎么就碍着你们了？罪犯抓不着，欺负小老百姓倒来劲了。一群吃干饭的，早干吗去了？"

不待警员有所动作，行至近前的陆成远伸手把人拎到面前，浓眉拧紧，语有不善："什么吃干饭的，你给我注意措辞。"

楼意琳向来勇猛无惧，现下陆成远几乎是用警告的语气和她说话，她自然要翻脸了："你又是什么东西？他们的头儿吗？我告诉你赶紧让我进去，要是我姐们儿有个三长两短，我要你好看！"

"我已经够好看了！"陆成远盯着面前这个也很好看，就是言语有些"放肆"的女人，有点玩世不恭地说，"连我爸妈都没辙，你怎么让我更好看啊？”

这么贫的警察，楼意琳当然不可能有好印象，她有点火地说：“像你这种人是怎么混进警察队伍的？还是现在的警察素质都这么低了？”

陆成远没闲心和她磨牙，他像抓一只小猫小狗一样把楼意琳拽离登机口，扔到警戒线外五米处，指着她的鼻子警告：“别拿你的所谓个性挑战我的忍耐力，我不是个好脾气的人。再在这儿添乱，我这个吃干饭的连你一块儿抓了。”不着痕迹地瞥了眼她别在制服上的姓名牌，陆成远头也不回地走进了廊桥。

心急如焚的楼意琳被两名警员拦在警戒线外进不去，在咒骂了陆成远几句后又嚷嚷：“你个莫名其妙的破警察至少告诉我萧语珩有没有危险啊！”

是萧语珩同事？陆成远有谱了，一面暗自腹诽：急疯了吧，打个电话问一下不就知道了吗？笨蛋！一面没好气地扔过来四个字：“比你安全！”

回警队的冯晋骁哪里知道萧语珩和赫饶居然不听他指挥跑去喝酒了？他坐在办公室里，将所有关于沈俊案的资料全部调出来，才准备要看，手机就响了。

是萧语珩的信息，她说：“你身上的勋章够多了，处理下手背上的。”

不冷着他了？眸中溢满温柔，冯晋骁直接把电话打过去。果然，这次那边不再剑拔弩张地直呼他全名了，而是先喂了一声。

萧语珩的声音不似一般女孩子的娇嫩，反而有种似海一样的低沉，听上去沉稳舒服。

听到她问“有事啊？”冯晋骁心底最深处的情感似乎在瞬间被唤醒，他唤了一声：“珩珩。”就停住了，直到萧语珩“嗯”了一声，才继续，“伤口处理好了吗？记得让医生开外涂的药，再量个体温。吃过饭就回家休息，我争取——”抬腕看了下表，“八点前回去。”

萧语珩却说：“晚点也没关系，我和赫饶在外面逛逛，要是你有时间的话，来接我们吧。”

这样的温柔以待，除了说好，冯晋骁给不出第二种回答。

陆成远进门时，看见冯晋骁站在窗前抽烟："不是戒了吗，怎么又抽上了？"

冯晋骁转过身把烟掐灭："有点累，提提神。"

陆成远的目光从他的手移到肩膀："伤口疼？刚才的动作幅度不小，抻着了吧？"

冯晋骁试着活动了下胳膊："应该没事。"

陆成远无奈："嫂子还不知道？你这个人就是，什么事都自己扛，我就不信能瞒过今晚。换位思考，要是她有什么事瞒着你，你什么心情？"

"那不一样。"冯晋骁认为这样的换位思考不对，他是男人，保护萧语珩是理所当然。皱眉揉了揉肩胛，他坦言："动手的时候没觉得，过后才有痛感。"

陆成远笑了："当时你满心满眼都是嫂子，哪里还能顾得上疼？快拆线了，悠着点。"

冯晋骁点头，了解完机场的排查情况，指指桌上的文件："回来得正好，看看这些。"

陆成远在他对面坐下来，翻看案件资料。两人研究到临近傍晚，才提审名为"沈俊"的黑衣男子。

审讯室里，审讯椅上坐着的"沈俊"被束缚着手脚。他神色平静，脸上没有露出丝毫惊惧，五官与通缉令上的罗永犹如一人。

冯晋骁与陆成远一前一后走进审讯室，随行的警员在冯晋骁的示意下打开了"沈俊"的手铐。陆成远拉过一张椅子坐在他面前："挺敢干啊，还挟持人质。怎么样，是坦白从宽，还是需要我给你点提示？"

"沈俊"置若罔闻，只低头活动手腕，不回应。

陆成远毫不客气地"啪"的一下打开他的手，屈起右手食指用力叩叩审讯椅扶手间的那块挡板，黑着脸提醒："所有坐过这里的人，起初的反应都和你一样。但你记住，能被我们'请'来的，他的未来，除了接受法律的制裁，没有其他可能性。"语毕，递了个眼色给警员，吩咐开设备。

“我们这地方，没人愿意来。”冯晋骁在“沈俊”正前方的椅子上坐下，双手随意地放在桌上，直视过去，语气平稳，“自投罗网的，你是第一个。”

“沈俊”动作一僵。

冯晋骁径自说下去：“暂且不说案子，我们先来说说罗永和沈俊的交情。”

冯晋骁刻意不说“你和罗永”而是说“罗永和沈俊”。“沈俊”听出来了，他的表情有细微的变化，不过很快恢复如常。尽管只是一瞬，还是被冯晋骁捕捉到了。

“罗永和沈俊高考落榜后一起下了海。罗永喜欢上一个叫张莉的女人，结果张莉却成了沈俊的女朋友。后来沈俊开始接触毒品，从那个时候开始，他身边的女人就多了起来。直到张莉怀孕，沈俊才终于决定娶她。遗憾的是，登记那天新郎没有出现在民政局，而是和另一个女人纠缠在张莉亲自挑选的婚床上。为了阻止张莉嫁给沈俊，罗永也算费尽心机。可惜张莉并没有因此选择他，反而因为绝望，在怀孕五个月时，因吸食过量毒品死在了家里。”说到这里，冯晋骁停下来，旁观者一样看着脸色已经变得惨白的“沈俊”，直到他像是承受不住什么，把脸埋在双手之间，肩膀耸动，才继续，“罗永因张莉的死和沈俊大动干戈。也正是那次，沈俊的手被罗永烫伤。不过都说兄弟如手足，他们表面上看来并没有因张莉这件他们视为衣服的女人翻脸。随后，罗永过了一段混乱不堪的生活，导致他在案发前染上了一种不太干净的病，逃亡过程中因无法坚持治疗，他反复感染，在三年前，死了。”

原本低垂着头的男人听到这里猛地僵住。

冯晋骁递过去一个眼神，陆成远就从警员手中接过一沓照片，甩在“沈俊”面前：“你们哥俩真是一个模子刻出来的，不愧是双胞胎。不过罗强，你哥要是知道你冒充沈俊自投罗网，估计得气得活过来。至于张莉所怀的孩子，你要还是个爷们的话，就别否认。”

半晌，罗强慢慢抬起头来，目光停留在照片中一对孪生兄弟身上，表情木然。

冯晋骁示意警员把一盒烟放在他面前。

罗强抽出一支点上，打火时手有些抖，点了两次才成功。他狠狠吸了几口，在烟雾缭绕中问：“你们是怎么知道的？”

因为父母离婚，他和罗永分别在两个再婚家庭长大，起初沈俊都不知道他的存在，后来也完全分辨不出他们兄弟二人谁是谁，正因如此，他才能时而假冒罗永，甚至以罗永的名义和张莉发生了关系。

这样的问题冯晋骁不会回答。

他说：“沈俊做事向来谨慎，六年前险些被捕，正是罗永暗中为警方提供了线索。张莉的死，你认为罪魁祸首是沈俊。可六年了，你还是没想通，依沈俊的精明怎么就中了罗永的圈套，在登记当天出了那么大的差池被张莉捉奸在床？

“因为他知道孩子不是他的，为了惩罚张莉的不忠，他才将计就计。说到底，张莉的死，沈俊和罗永的决裂，罗强，你功不可没。”

罗强抬脸看他，面前的男人依旧是六年前英俊清减的模样，只是那双历经岁月打磨和洗礼的眼睛愈发锐利，仿佛能洞察人心。

他说：“冯晋骁，我低估你了。”

冯晋骁神色不变，硬朗的侧脸线条在灯光的映衬下显得刚正、纯粹。

接下来的审讯就很顺利了，对于六年前在古城沈俊指使罗永抓萧语珩的动机，罗强的回答是：“那晚是我代我哥去的。他们应该在古城有过一面之缘，沈俊说萧语珩拥有一双会说话的眼睛。”

眼前闪现萧语珩笑得眉眼弯弯的面孔，冯晋骁的眸色沉了沉。

最后，罗强说：“沈俊他人，已经在A市了。”

“你犯下的事，罪不致死。但沈俊必然容不下你。”所以他自投罗网，求的是警方的庇护。冯晋骁起身走过来，双手撑在罗强面前的挡板上，俯视他，“我给你条活路。”

罗强的身体在他的注视下慢慢靠向椅背，眼底血红一片。

回到办公室已临近十一点，冯晋骁发现手机上有三个未接来电，最后一个是在半个小时前，全部出自同一号码。他立刻回拨过去：“我现在过去接你。在哪儿？”

那边回应的，却不是萧语珩。

十分钟后，冯晋骁来到G市一家高级会所。这里实行会员制，只接待VIP客人。

此时萧语珩和赫饶已被经理送到了豪华套房。他推门进去时，两个喝醉的女人安静地躺在一张大床上，闭着眼睛，头挨着头，像孩子一样睡得正熟。

陆成远认识的赫饶是滴酒不沾的，见此情景，不免惊讶：“再也不相信女人了。”

身穿衬衫西裤的萧熠在这时走进来，看见冯晋骁，微微皱眉：“还没哄好？又闹了？”直觉认为是萧语珩和冯晋骁还没和好。

冯晋骁走到萧语珩面前，把人扶起来，披上他的外套，话里有话：“闹的不是我的这个。”

萧语珩被他一抱，倏地睁开眼睛，墨黑的瞳仁闪动着不安和惊惧，如同从噩梦中醒来的孩子，充满防备的意味看着他。

冯晋骁不明白萧语珩因何惊惧，但还是停下动作，放柔了声音：“是我。”

萧语珩定定地看着他，过了一会儿，才像小猫一样往他怀里蹭。冯晋骁展臂拥她入怀，轻拍她的背。很快地，怀里的女人呼吸均匀地睡去，唯有双手紧紧抓着他衬衫一角。

冯晋骁抱起萧语珩往外走，经过萧熠身边又停下，短暂的沉默像是在斟酌措辞，又像在考虑要不要说。

最后他说：“两年前你走的那天，她向我请了一天假。她在我身边三年，除了一次病到昏迷不醒住院外，那是唯一一次请假。我想，她是赶去A市送你。”

萧熠自然明白冯晋骁口中的她是指赫饶。

可那天去机场送行的人里，没有她。

陆成远是个人精，还有什么不明白的？见冯晋骁走了，他立刻跟上去：“我去开车。”愉快地决定不管赫饶了。

- 第二章 -

以风之力，鸣响幸福

女孩子的欢声笑语与吉祥铃的清脆之音交织在一起，形成幸福的旋律，跨越千山万水，被风的力量鸣响，扑面而来。冯晋骁矜持地笑，无声而温柔地答："我很好，我的小姑娘。"

到家的时候，萧语珩还在睡。冯晋骁把她安置在主卧的大床上，去浴室放热水。再出来时就见原本披在萧语珩身上的外套被扯落在地，床上侧身而睡的女人，胸前曲线被勾勒得十分立体，连衣裙向上卷起，隐约露出不盈一握的纤腰，深色的被单衬得她裸露在空气中的长腿愈发匀称白皙。

一室静谧，只余她轻浅的呼吸。

晚风吹动窗帘，冯晋骁回过神，倾身展开被单，在不惊醒她的情况下盖至腰际。

萧语珩翻了个身，修剪成美好弧度的眉毛轻皱着。

冯晋骁不动声色地看她，用手指将她乱了的长发拨到耳后，注视眼前这张年轻的脸。在他眼里，她一直是美丽的。十七岁时天真烂漫，二十三岁时妩媚明艳。

他的身体在不知不觉间俯低，一点点缩减和她的距离，直到与她的唇只差寸许，感觉她的气息拂在脸上，他浅浅啄了一下她的额头，微微嗔道："喜欢你才那么对你，怎么就成了不尊重？傻姑娘。"然后抬手轻轻按着萧语珩的太阳穴，缓解她的酒后不适之感。

深夜——

梦中有种被禁锢的感觉，萧语珩慢慢撑开眼帘，意识完全清醒后，发现身后熟睡的男人是冯晋骁。此时她身上套着他的T恤，他的一只胳膊被她枕在脑下，另一只手从T恤的下摆钻进去搂在她腰上，结实的长腿半压着她的腿，肌肤相贴，形成一种极亲密的姿势。

萧语珩静静躺了一会儿，等适应了房间昏暗的视线，她轻轻翻了个身，和他面对面。冯晋骁没有醒，只是原本搂在她腰上的手自然而然地移到她背上安抚地拍了拍。

萧语珩像个听话的孩子偏头靠着他颈窝，被单下的手攀上他的肩背，想要回抱他。

却在他肌肉紧实的上身摸出异样。

等适应了卧室的昏暗，萧语珩才掀开被单，入目的是冯晋骁自胸口斜着绕过整个肩胛骨的一圈白色纱布。

他受伤了?

酒意尽散。

萧语珩其实也没有喝太多，在给冯晋骁打最后一通电话前，她还是清醒的，因为今晚需要借酒倾诉的不是她，而是赫饶。

以前萧语珩觉得自己的爱情举步维艰，可发现赫饶的心思之后才意识到，自己比她幸运太多。至少现在，她还和冯晋骁在一起，那和他恋爱的滋味，让她觉得，即便最终的结局不能如她所愿，曾经拥有的回忆也足够取暖。

赫饶却一无所有。

身为特别突击队唯一的女性，她丝毫不逊色那些与她并肩作战的男性队友。身为突击二组组长，她是冯晋骁最欣赏器重的徒弟。她受过伤，流过血，萧语珩却从未见她掉过一滴眼泪。除了两年前A市一宗贩毒案收网时，萧熠为了救他心爱的贺熹，以身迎向子弹那一天。

那份以命换命的孤勇，彻底地伤了赫饶。

她右手成拳按在自己胸口，因为太过用力，指节都已泛白：“那颗子弹如果是射向我，都不会比现在疼。”

那语气中的绝望，让萧语珩忍不住掉下泪来。心里的疼，与和冯晋骁决裂时相比，竟是不差分毫。那一刻，她甚至有点恨自己的哥哥，他怎么能对这样一个情深的女子置之不理？他知不知道，当得知他冒着生命危险在贩毒集团卧底，有个女人拼了命地通过了特别突击队的选拔，只为有朝一日有能力助他一臂之力？

能让一个女人如此奋不顾身，萧熠何其幸运。可他却一走了之，全然不知，有一个人被他的视而不见伤得体无完肤。

萧语珩赶去送机，看见赫饶站在机场大厅的角落，循着她的目光看过去，是安检处，萧熠与贺熹相拥的身影。

为了赫饶，萧语珩没送萧熠。

赫饶显得那么平静地转身，缓慢却坚决地一步一步走出航站楼。萧语珩跟着她来到停车场，她就那么站在那儿，保持仰头的姿势，很久……

萧语珩不确定赫饶当时是强忍着不哭，还是在目送高空中的萧熠，只是感同身受着那一刻她心里的疼。

在爱情面前，卑微的永远是女人！

萧语珩把手轻轻覆在冯晋骁包着纱布的肩胛上，一点点，一寸寸地抚摸。这样的异常温柔，连她自己都忘了，有多久没给过他。这个男人啊，和他相识六年，有一半的时间，分不清是爱，还是恨。

居然都六年了。

萧语珩心中泛起酸涩之意，把脸颊贴在冯晋骁胸口上，胳膊搭在他肋间，轻轻抱住了他放松下来的身体。伴着冯晋骁沉稳有力的心跳声，她的记忆被拉回六年前——

那一天阳光真好，笼罩着小桥流水缠绕的大研镇，把街头喧嚣、深巷宁静的古城浸染在一片金色里，令每一处角落都充满了温暖的味道。

独自旅行的萧语珩在一家名为“留步”的特色小店的角落里欣赏东巴吉祥铃。那是挂在最高处的一串吉祥铃，她要踮起脚才能触碰到铃舌。她就那么歪歪扭扭地站着，一只手扶住玻璃柜台，一只手伸出去轻轻晃动着铃舌，嘴里自言自语地念叨着：“清风徐来，铃音吉祥……”

这时，一道低沉的男声在身后问：“有什么特别？”

因为太专注于那串吉祥铃了，萧语珩被突如其来的声音吓了一跳。身后的人像是早有准备，伸手就把立步不稳的她扶住了，手臂稳妥有力。

萧语珩转过头来。

冯晋骁视线之内就呈现出一张精致漂亮的小脸，眼睛很大，瞳孔黑亮，透出一股狡黠的灵气。那个瞬间，他忘了松手。

只一眼，足够成就生命中的无尽可能。

可惜当时，他们虽不期而遇，却没料到结局。

咫尺的距离忽然出现一个男人，萧语珩也愣了一下，随即微红着小脸挣开他的手：“你问我吗？”

冯晋骁收回手，点头：“你看它半天了。”

萧语珩挠了挠脸蛋：“我就是不知道才看嘛。”

冯晋骁缓缓勾起了唇角。

萧语珩被他笑得不好意思，尴尬地进一步解释：“店主说这是镇店之宝。”

冯晋骁抬手把吉祥铃摘下来递到她面前。萧语珩偏头看了他一眼，在他的眼神鼓励下就着他的手盯着吉祥铃看起来。

“这个应该是白海螺。”

“那是什么？”

“纳西八宝之一。铃声很特别，象征东巴蛙神。”

“蛙神？”

“寓意繁衍万物……你怎么连这个都不知道？旅行之前都不做功课吗？”

冯晋骁决定换个话题：“听说这些铃有很多种含义？”

萧语珩的注意力果然被转移了：“送朋友的话，代表希望对方由风铃的清脆之声想起你，风的吹动，铃的心系，彼此有心电感应。情侣之间相送的话，就代表恋情和想念……”

看样子她很喜欢东巴吉祥铃，也颇有研究：“那你是准备买这串？”

萧语珩扭头看了看忙碌的店主，凑近他低声说：“我准备把它偷走。”

这世上除了十七岁的萧语珩，恐怕再难找出一个能把“偷”字说得面不改色、波澜不惊的人了。冯晋骁的震惊清晰地写在脸上，他怀疑自己听错了。

萧语珩悄声说她的钱包丢了，然后拽拽他衣袖：“你说我藏在帽子里会被发现吗？要不你帮我打掩护吧？”

临时被抽调加入专案组的冯晋骁在来到古城的第一天就遭遇了这样有趣的状况。身为警察，面前站着一个企图请他打掩护的“小偷”，还是个漂亮的女孩子，而她眼睛里的期待，真诚到让人不忍拒绝。

可真是令人为难啊。

冯晋骁思考了下，提示：“以非法占有为目的盗取公私财物的行为，视为偷盗。知道量刑幅度吗？”

少女萧语珩看看风铃，又看看他严肃的脸，摇头。

冯晋骁好脾气地解释：“简单说，偷东西不对，犯法。”

“我问过老板，这串吉祥铃卖一百块，我很会砍价，这样的话，最多六十块，我就可以买走它。”在他颇为冷淡的注视下，萧语珩表情认真地询问，“偷这个价位的东西，会被判刑吗？”

这个价位当然：“不会。”

“那不就得了？”萧语珩顿时松了口气。

“钱包丢了？”见她眨着大眼睛重重点头，冯晋骁沉住气，“那么喜欢的话，就买下来，我可以借钱给你。”

“你是要学雷锋助人为乐吗？”萧语珩瞥了一眼店主，一副深怕两人的密谋被发现的样子，声音压得低低的，“可我乐不起来。我已经丢了钱包，损失了很多钱，还要还钱给你，损失就更大了，你说是不是？”

冯晋骁忍奈了一下：“那就不还了。”

“送给我吗？”她还是觉得不妥，“那我就欠你一份人情，比钱还难还清，哪比得上偷干脆呢？一了百了。”

这都是些什么逻辑？面对如此诡辩，又让人生不起气来的小姑娘，冯晋骁哭笑不得。就在他开始认真思考要如何处理这件事时，她又说话了：“看样子你是不打算帮我了。那你别举报我行吗？反正也不是你的，你没有损失嘛。如果你不想看着我偷，那你就先走，不过走前你不要把它挂回去啊，我个子不够高，偷起来好麻烦的。”

她话还真多啊。盯着女孩清澈如泉水一样的眼睛，冯晋骁在心里无奈妥协。他把吉祥铃挂回原处，向店主走去。结果还没等交涉完，就听身后传来玻璃破碎和女孩的惊叫声。

冯晋骁倏地回头，就看见萧语珩跪倒在破裂的玻璃柜台前，泪眼婆娑。

那娇娇弱弱的样子，看得人心疼。

她还带着哭腔地唤他：“哥哥——”

冯晋骁疾步折返回去，俯身抱起她就往外走。

医生给萧语珩处理伤口时，小丫头疼得哇哇直叫。冯晋骁被她拉着手，感觉她的指甲都要掐进他肌肤里了，然而面对一张哭得梨花带雨的小脸，只能柔声哄：“忍忍，马上就好了。”之后还要为她善后：“一切损失我负责，你看需要多少钱？”

店主人还不错，虽然冯晋骁对玻璃柜台的行情一概不知，但听他报的价钱也知道他没有多要。赔了钱，他还要道歉：“对不起，我妹妹太调皮。”

店主摆摆手，表示不介意，用一口丽江腔普通话说：“胖金妹没事就好啦，我看她好像很喜欢吉祥铃，在我店里看了很久。”

纳西族以胖为美，以黑为贵，在他们看来越胖越黑的人越是老实，所以就称呼没有出嫁的姑娘为胖金妹，男子则称胖金哥。虽然没做过功课，但这些冯晋骁还是知道的，闻言就说：“确实很喜欢，就惦记胖金哥的镇店之宝呢。”

店主哪里听得出他的话外之音，笑眯眯地说把那串吉祥铃送给胖金妹。

可事后冯晋骁却告诉萧语珩：“你不只把人家的柜台砸了，还把风铃扯坏了，我只好用高价买回来。记住了，你不只欠我医药费，还有赔柜台和买风铃的钱也要还。”

“我怎么这么倒霉啊？”萧语珩小嘴一扁，看看包得粽子一样的膝盖，眼泪又下来了，“会不会留疤变得很丑啊？”

冯晋骁见她可怜巴巴的样子，一时也分不清她是真的在担心，还是故意转移话题，忍笑说：“谁让你那么淘的，老老实实地别再闯祸，否则把你抓起来。”然后掏出自己的证件给她，“看见没？警察叔叔。”

萧语珩接过来，看看上面的照片，又看看冯晋骁：“和真的一模一样呢。”

冯晋骁真想赏她一巴掌，可见到小丫头笑颜如花的模样，着实下不去手。

为了感谢他的搭救之恩，萧语珩慷慨表示晚上请他喝酒。

冯晋骁好笑地看着她一瘸一拐的样子：“你有钱？”

萧语珩一脸“这你就不知道了吧”的表情，得意地拍了拍小胸脯：“我喝酒是不用花钱的。看在我欠你钱的分儿上，破例带你见识见识。”见冯晋骁笑而不语，她又窘窘地说，“不过，你能不能先请我吃个饭啊？我饿得肚子都叫了。”

冯晋骁从来都不知道自己竟然是个如此好脾气的好人。先是送她去医院，又为了她到风铃店善后，还要陪她打点滴，却一点嫌麻烦的意思都没有，甚至面对她让他请吃饭的“无理要求”，也不生气，只觉有趣。

服了自己。

看着她被淘气的风吹得竖起来的小刘海儿，冯晋骁毫不客气地揉乱她的头发：“你个小丫头片子，吃定我人好是不是？”

“哎呀，别弄乱我发型呀。”萧语珩嫌弃地打开他作恶的大手，振振有词地数落，“谁让你不帮我偷风铃了。现在好了，人财两空啊。对了，还有，别叫我小丫头，告诉过你我叫萧语珩，今年十七岁。”

“你有十七？”冯晋骁怎么看她都像十四五岁，完全发育不成熟。

萧语珩最讨厌别人拿她当小孩看待：“千真万确的十七，大姑娘了哦。所以不要对我动手动脚，被我哥哥知道的话，揍你的。”

按年龄算的话，确实不算小。可是，冯晋骁打量她一番，得出的结论是，明明就是哪里都小。“行，大姑娘，告诉我怎么联系你的家人，我好通知他们来接你。我还有事，没时间料理你。”

“你就是想让他们赔你钱。”萧语珩把脸扭到一边去，气鼓鼓的小样子让人特别想欺负她一顿。

冯晋骁被噎了个哑口无言，又不得不安慰自己：大度一点，和个小丫头片子计较什么!

最后还是一起吃了晚饭。冯晋骁买单。对此他并不介意，让他觉得心有不甘的是，身为一名擅长审讯的警察，他居然对付不了一个小姑娘，除了问出她和自己一样是G市人，以及独自一人来旅行外，她的家庭住址、家人联系方式等信息，他一概问不出来。

“你是怕我赖账才急着找我家人来赎我吗？”萧语珩一面解释她的难处，一面宽他的心，“可他们都在国外啊，你现在联系他们的话，他们就会因为担心我马上赶回来，会耽误很多重要的事，我多过意不去啊。你放心，等我回家就把钱还给你，这几天你就先照顾我一下呗，我还能给你解闷呢。”

如此轻信于人，冯晋骁不知该说什么好。权衡之后，他掏出皮夹，数也没数地把里面的现金都拿出来递给她：“我的建议是马上买机票回家。当然，你也可以选择继续旅行，不过再出意外的话，可就没人管你了。”

看着他手里的钱，萧语珩的第一反应是：“你也太容易相信人了吧!就这样把钱给我了？万一我是骗子，你可就亏大了。”

冯晋骁深呼吸，给她下最后通牒：“要么向我借钱，要么自己想办法，你选一个。”

见他似乎是生气了，萧语珩鼓着腮帮子认真思考了下，乞讨一般向他伸出小手：“那还是借给我吧，要不我该露宿街头了。女孩子流浪的话，不太方便。”

冯晋骁被气笑了。

由于要到专案组报到，成功地把钱借给她之后，冯晋骁不得不走了。离开前架不住她软磨硬泡地跟了半条街，只好留下手机号码，方便她回家后还债。

一周后，冯晋骁带着任务来到一家清静的火塘酒吧，就在他准备听流浪歌手低吟几曲时，意外发现歌手竟然是萧语珩。

她上身穿了一件纯白T恤，下身配了条彩色长裙，头上戴着一顶粉色草编帽，隔着些许距离，冯晋骁不太确定她是不是还化了妆，只觉得远远看上去，那张小脸比初次见面时还要精致俏丽几分。

木吉他的沙哑沧桑声中，他悄然落座。

酒吧里流淌着萧语珩版的《滴答》，那独特的音色吟唱出词曲中淡淡的情愁，如同诉说一段悠长唯美的故事，令人沉醉其中。而她整个人被一股浓郁的异域风情笼罩着，终于有点大姑娘的样子了。

一曲之后，萧语珩眼尖地发现了他。她惊喜地站起身来，隔着好几桌客人，挥着手大声喊他："冯晋骁。"

紧接着，无数道目光投向角落里的他。

就这样成为众人的焦点，冯晋骁无奈。

当她脸颊绯红地抱怨："哎呀，怎么办，搞得像我暗恋你一样。"这个坚持请她喝酒的小姑娘，已经醉了。

酒吧老板也不清楚萧语珩住在哪家客栈。冯晋骁虽不情愿，但又狠不下心置之不理，只好在任务结束时把睡得香甜的小丫头抱回古城客栈，他的房间。

次日清晨，冯晋骁提着早餐回来时，萧语珩粉色的小手机持续不断地响。等手机不响了，隔壁又响起了敲门声，然后传来客栈服务员的声音："语珩，你醒了没有？小语珩——"

冯晋骁明显沉默了一瞬，确认对方是叫萧语珩没错，他起身走过去，打开了自己房间的门："找萧语珩？"

服务员是位二十岁左右的纳西族小姑娘，闻言以不太标准的普通话回答："她家里来电话找她。"又指指房门，"可我叫不醒小语珩。或许，她整晚没回来？"

居然这么巧，他们住在同一家客栈，还是隔壁房间。

早知如此，他何必睡沙发？

"她回来了。"冯晋骁回身看了房间一眼，"在我床上。"

纳西姑娘明显一愣。

冯晋骁才意识到自己的话歧义太大，却无心对一个不相干的外人解释，只是确认："她住隔壁？"

纳西姑娘望着男人没什么表情的英俊面孔，如实回答："住好几天了。"

用向他借来的钱，住古城最好的客栈，她倒是会享受。

冯晋骁叹气："把她家人的电话号码给我。"

纳西姑娘用眼角余光向房间里望，可惜看不到卧室的床，遗憾之余又有些犹豫："你是语珩的……男朋友？"

冯晋骁既不承认也不否认，只略微把房门关上了些，深怕别人看见什么似的。这样一个细微又显暧昧的举动，理所当然地让纳西姑娘误会了。她一脸"我知道了"的表情，随即下楼拿号码。

萧语珩的手机铃声再次响起，屏幕上显示的号码和纳西姑娘抄来的一样。冯晋骁把响个不停的手机递到萧语珩近前，问："接不接？"

小丫头闭着眼睛，嫌弃地嘟哝："吵死了，快别唱了呀——"本能地伸手推开他的手。

冯晋骁只好把电话接通，可他还没说话，手机那端的男人便训斥道："萧语珩，你要上天是不是？一个人跑到古城去干什么？我告诉你，给我马上回家！晚上我打家里电话，你敢不在的话，后果自负！"

冯晋骁眉心微聚，没接话。

那端等了片刻没得到回应，以命令的口吻说："装什么哑巴！你听见没有？"

冯晋骁语气平稳地回答："听见了。等她睡醒，我会一字不漏地转告。"

半秒沉默后，对方沉声问："你是谁？珩珩呢？"语气更冷了，还多了几分敌意和戒备。

"她毫发无损，你大可以放心。不过，要她回话的话，你可能要等一等。"与对待萧语珩时的耐心和隐忍也不同，冯晋骁冷冷淡淡地补充，"她在睡觉。"

萧语珩临近中午才醒，迷迷瞪瞪地还以为在自己房间里，半眯着眼睛往浴室去，洗完了澡裹了浴巾出来才发现房间格局不对。

"咦？"顶着湿漉漉的头发，她仰着小脑袋望向房顶的观景窗，"什么时候多出来的？"

冯晋骁不疾不缓地答：“本来就有。”

“不会啊，我住进来的时候明明没……”萧语珩猛地回身，动作幅度大得险些撞到冯晋骁身上，在愣怔了几秒后，她尖叫一声，“啊！”

冯晋骁仿佛早就料到她会有所举动，伸手捂住她的嘴，盯着她黑亮的大眼睛，好心提醒：“不想全客栈的人知道你睡在一个男人房里就闭嘴。”

尖叫戛然而止。

闭嘴的同时，萧语珩不客气地打开冯晋骁的手：“冯晋骁，你个大流氓，敢欺负我！”边气鼓鼓地骂边往床边后退，或许是太心急了，在伸手扯被单试图遮住自己时，不知怎么就弄松了浴巾。结果就是，人虽然跳到床上去了，被单却没盖好，而浴巾，竟然掉了。

“啊——”再一次的尖叫声中，冯晋骁迅速转过身去：“小姑奶奶，房盖都要被你掀了。”半天没听到身后有动静，他忍笑说，“我什么都没看见，真的。”

依然没有回应。

冯晋骁以为她哭了：“需要我出去吗？”等了几秒，见萧语珩还是没反应，他只好半真半假地威胁，“再不说话，我可就转过来了。”

扮演小鸵鸟的萧语珩闻言立即说：“你敢！冯晋骁，你别想得逞。”

“我得逞什么啊？”冯晋骁自觉冤枉，又不好再惹她，“衣服在浴室吗？我帮你拿？”

“无事献殷勤，非奸即盗！”萧语珩拒绝得很干脆，“不用你假好心！”

既然如此，冯晋骁就准备先出去，让小丫头把衣服穿上，免得彼此都尴尬。结果他才走了两步，床上那一小堆就探出个小脑袋来，没好气地问：“这是哪里啊？”

冯晋骁站在门口提示：“床头柜上有客栈简介。”

萧语珩搞清楚身在何处，勒令某人立即出去，然后动作迅速地换上丢在浴室里的衣裙，逃难似的回到了自己的房间，关门落锁前还不忘警告冯晋骁：“等会儿再和你算账。”

十分钟后，穿戴整齐的萧语珩再次出现在冯晋骁房间里。她连敲门都省了，横冲直撞闯进来，一阵风似的冲到冯晋骁面前，双手叉腰：“怎么我都不知道你住在这儿？为什么不送我回自己的房间？你是什么意思啊？”

相比她的暴跳如雷，二十四岁的冯晋骁就显得十分有风度了。他瞥了眼面前的早餐，慢条斯理地问：“饿不饿？吃吗？”说话的同时，给萧语珩夹了一个包子。

那似笑非笑的表情和看似随意的举筷动作，像是在喂一只小狗。换作六年后的萧语珩，肯定要当场掀桌子。可当时她的反应是，劈手抢过来塞进嘴里，边嚼边口齿不清地问：“在哪儿买的呀？还挺好吃的呢。”

冯晋骁也不答，只把手边的豆浆递给她：“温度正好，喝吧。”

萧语珩嗯嗯地点头表示感谢，端起来一口气喝了大半杯。似乎忘了先前的尴尬，她在餐桌前坐下来，心安理得地享用肉包子，直到把最后一个包子吃掉撑得饱饱的，才笑眯眯地问冯晋骁：“你没吃饱吧？嘿嘿，我是故意的。”

视线停留在她小狐狸一样狡黠的笑脸上，确实没吃饱的冯晋骁都气笑了：“身为姑娘家，萧语珩，你食量有点大。”

萧语珩还想气他两句，就听他说：“先前你哥哥来电话了，叫不醒你，我就接了。他说晚上打家里电话，要是你没回去的话，后果自负。”

“什么？”萧语珩一下子蹦到冯晋骁面前，揪住他的衬衫领口，“你接了我哥哥打来的电话？你想害死我呀？被他知道我和一个男人在一起，他肯定会卸了我的！他是个老古板！冯晋骁，你就是故意的！我决定不还你钱了！”

冯晋骁无所谓地挑了挑眉毛：“想想怎么向你哥哥解释吧，小丫头片子。”

萧语珩咬牙切齿地瞪了他一会儿，出人意料地说：“我就告诉他，是你绑架了我！”

下一秒，堂堂冯队被豆浆呛到了。

最终她是怎么向家人解释的，忙于案件的冯晋骁没有过问。然而，在妙名其妙地闯进冯晋骁的世界后，萧语珩就没再消失过。而且通过走光事件，尽管她面上还是有些挂不住，内心其实认定了冯晋骁是好人。

于是，小小的萧语珩就赖上了隔壁的晋骁哥哥，用她的话说就是：“你警察的身份，值得信任啊。”

洗过澡准备休息的冯晋骁身体舒展地半靠在沙发上，闭着眼睛问她：“你不是怀疑我的证件是假的吗？”

萧语珩笑嘻嘻的：“我就是随口说的，你不要当真啊。再说了，你长得明明就是一脸正义的样子，怎么看都是如假包换的真警察。”

冯晋骁很累，如果不是看她孤身一人有点可怜，早就把人拎着扔出去了。他揉了揉太阳穴，下逐客令：“是不是有事？还是又动什么脑筋了？我可是要睡觉了。”

萧语珩一副“你知道啦”的表情，凑到他跟前，盘腿坐在长毛地毯上，直奔主题：“你房间好大好漂亮，让我住一晚呗？”

“什么？”冯晋骁顿时睡意全消，他倏地睁眼，“萧语珩，我五官很敏锐，别说我听错了。你对一个陌生男人说要在他房间住一晚，是吗？”

萧语珩用她亮晶晶的大眼睛盯着冯晋骁不太晴朗的面孔：“怎么是陌生的呢？我们是朋友了啊，你不要那么小气嘛。我的房间虽然没有你的大，可是很温馨哦。要是你舍不得这个房间，打地铺或是睡沙发也行啊，我不介意的！”

“我介意。”冯晋骁盯着她，“你哥哥没教你，不要随便相信别人吗？”

萧语珩一脸无辜：“我哥哥只教我，别吃垃圾食品。”

冯晋骁对顾南亭的印象更差了。

依萧语珩撒娇耍赖的小个性，当然是成功地留在冯晋骁房间了。可就在冯晋骁准备把房间腾给她而去隔壁休息时，萧语珩指着天花板处的观景窗道出自己的小烦恼：“下雨怎么办啊？会不会漏呀？我可不想在床上游泳。”

冯晋骁被她傻气的表情搞得很无语，以略显不耐烦的语气回答：“再啰唆，就把你扔出去。睡觉！”

萧语珩也不计较他的凶巴巴，乐颠颠地爬上他的床：“晚安哦，晋骁哥哥。”

随后几日，冯晋骁和萧语珩每天都会在音乐火塘碰面。萧语珩误以为冯晋骁是去捧她的场，待他温柔了些。当然，萧语珩式的温柔，就是不再为了让冯晋骁吃不饱勉强自己吃得太撑而已。

不知是哪个环节出了问题，冯晋骁连续在音乐火塘蹲点，始终一无所获。

直到那晚——

准时来到音乐火塘，舞台中央的萧语珩正在唱一首名为《一瞬间》的歌。安静的嗓音，干净的曲调，让人的心绪被轻轻撩动。冯晋骁一如平常在角落悄然坐下，触到萧语珩投射过来的目光，他微微点头，小姑娘的笑容顿时明艳了几分。

她本就是漂亮的女孩子，歌又唱得好，受到异性关注是很平常的事，尤其那晚整个酒吧的客人都显得极为热情和兴奋，所以被吹口哨和送花，根本不足为奇。引起冯晋骁注意的是，那个花天价拍下红玫瑰送她的男人。

当时萧语珩已经唱完，正向冯晋骁的方向走过来，却在中途被拦住了。那个被称为李哥的男人甩出一沓钱，嚣张至极地说："小妹儿，在这儿卖唱能挣几个钱？把哥哥侍候舒服了，这些都是你的。"

萧语珩紧皱眉头仰脸看了看面前这个三十多岁，身形魁梧，长相平平的男人，清亮的眼眸里浮现出不屑，不客气地推开他的手，她以讽刺的语气说："钱多的话可以去济贫，我嫌你太老了，大叔。"

李哥没料到一个在酒吧驻唱的小姑娘竟然还是牙尖嘴利的，闻言抓住萧语珩的手腕，用蛮力硬把人拽坐在自己的座位上，色眯眯地盯着她的胸口："可大叔就喜欢你嫩，吃起来够味。"

对方的碰触和不规矩的目光，都令萧语珩生厌，她挣脱了几下，没成功："这么多人，你想干什么？"倒有几分输人不输阵的气势。

李哥轻蔑一笑："人多怎么了？你看他们，敢管老子的闲事吗？"

萧语珩顺着他的目光看过去，只见满座的酒吧竟无人理会她这边，像是真的没看见，甚至是冯晋骁，都原位坐着没动。但十七岁的萧语珩内心有一种笃定，冯晋骁一定不会不管她。所以，她显得很镇定："我就不信这里没有一个路见不平的人。"

“路见不平？谁敢！”李哥笑得无赖又狰狞，肮脏的手就要探向萧语珩的纤腰。

萧语珩恶心得都要吐了，想也没想，用尽力气抽出被控制的一只手，“啪”的一声抽向那张丑恶的脸：“我警告你，赶紧放开我！”

李哥无防备之下结结实实地挨了一巴掌，恶狠狠地盯着萧语珩：“小婊子，敢打我！不识抬举。”话音未落，大手就要探向萧语珩胸口，竟要当众羞辱她。

令人意外的是，在四个保镖护在身侧的情况下，李哥只觉得眼前一黑，来不及做出任何反应就被一股大力甩出去，形象全无地扑倒在地，连同撞翻了旁边的一张桌子。

“李哥！”

“老大，你没事吧？”

李哥被反应过来的手下扶起来，看向逆光而立的冯晋骁，至于前一秒他想非礼的小姑娘，正紧紧地依偎着他。

李哥表情凶狠，手指无礼地戳向冯晋骁：“你他妈不要命了，知道我是谁吗？”

冯晋骁劈手打开在他眼前挥舞的手，声音沉冷：“不想知道。”话语间，已展臂环住萧语珩瘦弱的肩膀，安抚般用力搂了搂。

“操！老子就他妈让你开开眼。”李哥说着，举起手边的酒瓶就朝冯晋骁砸过来。

冯晋骁反手抄起身旁侍者手中的托盘，撞碎李哥手中的酒瓶，扇打在他脸颊上，将他的动作生生截断：“给我开眼，你还不够资格。”

然后，双方在音乐火塘里大动干戈。

整个打斗过程中，冯晋骁始终把萧语珩稳妥地护在身侧。萧语珩却完全跟不上他的节奏，尖叫声中，只觉得一个接一个的人被打倒在地，而自己的手，一直没有脱离冯晋骁的掌控，甚至最后被警察带到了派出所，还被冯晋骁紧握着。

派出所里，高个子警察扬声喊：“小姑娘，跟我进来做笔录。”

萧语珩从冯晋骁身后探出个小脑袋看他，又仰脸望着冯晋骁：“你和我一起吗？”

冯晋骁拍拍她的小脑袋：“我在外面等你，完事了一起回去。”

萧语珩眨巴着大眼睛想了想，垂下小脑袋，低声说：“不。”拒绝的同时，用两只小手抓住了他的大手，紧张得像是一松手他就会消失一样。

她委屈的模样可爱又可怜，冯晋骁清晰地感应到自己心跳加快的频率，下意识地把她两只小手反握住，开口时语气是前所未有的温柔：“你乖乖地配合他们做个笔录，我需要打个电话处理一下，然后我们才能走，这样最快。听话好不好？”

萧语珩权衡了一下，抬头：“你不会把我扔下不管了吧？”

“怎么会！”冯晋骁弯唇，“我架都打了，人也被带来这儿了，你还担心什么？我保证一步都不走远，你出来就能看见我，嗯？”

萧语珩这才点头，松开他的手，和年轻小警察去了笔录室。

冯晋骁则在另一名警员的引领下进了所长办公室。

二十分钟后，萧语珩从笔录室出来时，冯晋骁站在门口。她眉眼弯弯地跑过去，抱住他胳膊。从派出所出来，冯晋骁自然而然地牵住她的手，萧语珩竟也像是习惯了似的，任由他牵着，时而和他并肩而行，时而蹦到他面前，边拽着他的手倒退走边孩子气地说：“晋骁哥哥，你好厉害啊，比我哥哥还厉害。”然后比画着学他打架时的动作，末了说，“你打架的样子真帅！”

凝视她灿烂的笑脸，冯晋骁微笑而不自知。

正是深夜最寂静的时分，盛夏的晚风扑面而来，凉爽舒服。月光朗朗，两人被昏黄的路灯拉长的背影，以及一高一低、一柔一沉的对话之音，如同流动的风景，轻描淡写地在古城留下痕迹。

当晚，冯晋骁和上级领导通电话，针对为救萧语珩令他险些暴露身份一事，他受到了处分，上级领导要求：“等案件结束，你上交一份检查。”

冯晋骁对此没有异议，但他反问：“这几天我所听到的那些关于萧语珩是我女朋友的传闻是你们故意放出去的，是吗？”

对于他近乎质问的语气，上级领导心平气和地解释：“你带着女朋友来古城度假，比孤身一人更具说服力，不容易让人起疑。”

“她还没成年，这样对她来说太危险。”

“你会保护她不是吗？”

“那是自然。”回想酒吧里混乱的场面，冯晋骁又说，“如果她是在知情的情况下，心甘情愿地协助警方，我或许可以接受。现在的问题是，我不认为自己需要一个小姑娘的协助。”

“晋骁。”电话那端的男人语重心长地叫了一声他的名字，才继续，“据线报显示，沈俊曾去过音乐火塘，听萧语珩唱了一首歌才走。我们因此判断，他对萧语珩很有兴趣。这也说明，即便没有我们，萧语珩也已经成了沈俊的目标。只是不知道他被什么事绊住，或者听到了什么风声，才暂时没有动作。

“之所以把你安排在那里，是我能想到的对萧语珩而言最周全的保护。今晚的事情是意外，先前阻止你，只是想进一步确认那个李哥是不是沈俊的手下。当然，我没有料到对方会那么放肆，竟然想当众羞辱萧语珩。对此，我表示抱歉。

“至于说没有打算告之萧语珩实情，正是考虑到她年纪太轻，心理素质不足以承受这样的压力。而且我相信，有你在，她可以安然无恙。当然，如果你认为有必要告诉她，我尊重你的意见。”

冯晋骁沉默了几秒：“从今晚的事件来看，音乐火塘的老板和李成应该是旧识，林所长方面会配合我们以做笔录为由接触该人，从他入手查李成，近而证实李成和沈俊的关系。至于萧语珩，我的意见是，安排她离开，越快越好。”

上级领导答应：“就照你的意思办。”

结束了通话，冯晋骁仰躺在大床上，透过观景台看向遥远的天际，回想和萧语珩相识相处的点滴，当脑海中的画面定格在和她相牵的手上，他像是明白了什么，随即又笑着自语：“想什么呢，人家才多大。”

最终也没理出头绪。就在冯晋骁准备关了床头灯睡觉的时候，他忽然听到阳台上有动静。双眸在瞬间睁开，他翻身下床分开窗帘，就见穿着睡衣的萧语珩摔倒在他的阳台上——

冯晋骁一愣，随即眉头就拧了起来："这是干什么？"

萧语珩摔得疼死了，她慢吞吞地爬起来，猫着腰揉膝盖："我以为你睡了，怕吵到你，所以就想悄悄溜过来睡沙发。"

她腿上的扎伤还没好利索，冯晋骁见状拉过她检查了下，确认伤口结痂了，没有裂开，他黑着脸训道："你有床不睡跑到我房间睡什么沙发？还爬阳台！这是二楼知不知道？你胆子怎么这么大？"

萧语珩难得地没有顶嘴，怯怯地抬头看他，大眼睛里雾气氤氲。

就这一眼，冯晋骁有种心脏紧缩的感觉。再听到萧语珩以带着哭腔的声音说："晋骁哥哥，我害怕。"他的双臂像是有自己的意识一样，本能地把她搂进怀里，语气瞬间回暖："怕什么？我就在隔壁，有事喊一声，我分分钟就过去了。别哭了，这么大个姑娘还哭鼻子，丢不丢人？"

原本小声抽泣的小姑娘闻言立马抱紧他的腰，放开了嗓子大哭起来，还含糊不清地说："那个大坏蛋说得好难听，我又不是去卖唱的，说得我好像要卖身一样。我只是觉得好玩呀！大坏蛋，你怎么不多打他几下替我报仇……"

深更半夜的，她在阳台上这么号啕大哭，不知道的还以为他干了什么。冯晋骁把人横抱进屋里，安置在她喜欢"游来游去"的大床上。

任由她把鼻涕眼泪都蹭到自己身上，冯晋骁逗她："我已经把他打得连他妈都认不出来了，还不算替你报仇啊？而且你不也踢了他好几脚吗？你今天表现得很勇敢。还有，你的鞋可真厉害，鞋跟细得能把人手指踩断。"

在冯晋骁和李成几人动手时，萧语珩虽然反应慢了点，倒也没有惊慌失措，反而在李成被打倒在地的时候，冲过去狠踩了他几下，用力跺脚的同时还凶巴巴地说："大坏蛋，踩死你！"如果不是冯晋骁拉着她的手把人扯回来，估计她是要把对方踩扁的。

萧语珩破涕为笑，她吸了吸鼻子："你胡说，我明明穿的是平底鞋，哪来的跟呀？"

冯晋骁爱怜地刮了一下她哭得红红的小鼻头："是吗？那太可惜了，下次换双细高跟鞋。"

萧语珩挥起小拳头捶他：“你怎么那么坏！还有下次呀？我就那么倒霉啊？”

冯晋骁自觉失言，赔笑道：“是是是，我也是坏蛋，让坏人把我们胆小鬼姑娘吓到了。再没下次了，好吗？”

萧语珩顶着乱蓬蓬的长头发，小疯子一样追着他打：“你才是胆小鬼！”

等把萧语珩哄睡着了，冯晋骁取过她的小手机，轻手轻脚地走到阳台，从通信录中翻出“哥哥”的号码打过去。

顾南亭那时在国外，检查飞行学员改装训练进度，见到是萧语珩的号码，他立即接听，问：“珩珩，你回家没有？”

“我是冯晋骁。”电话这端的男人言简意赅。

顾南亭明显停顿了下，再开口时语气不复先前温和：“冯警官有什么事？是珩珩又闯祸了吗？”

看来萧语珩已经把他“介绍”给顾南亭了，这样就简单多了。

冯晋骁如实回答：“她人没事，就是受了点惊吓。”

“惊吓？”顾南亭的情绪瞬间绷紧，反应极快地质问，“怎么回事？冯晋骁，你不要告诉我，她被扯进你们的案子中了。”

冯晋骁很佩服顾南亭的反应能力，没有隐瞒地把事情的经过简单地说明了一遍，最后说：“她说你答应暑假带她来古城，却失约了三年，这次过来，要玩个够本才回去，我说服不了她离开。所以想请你，过来接她。”

顾南亭抬腕看表：“我争取二十四小时内赶到。在此期间，冯警官，请你确保她的人身安全。”

从不轻许承诺的冯晋骁淡声说：“放心。”

然而，事与愿违。身为中南航空年轻的掌舵人，顾南亭虽能调来专机，有心从纽约直接飞赴丽江古城，却无力改变恶劣的天气状况，被困在肯尼迪国际机场一天一夜。等他不眠不休地赶到古城，距离与冯晋骁通话已经将近四十八小时。

正值深夜，萧语珩的手机提示关机很正常，顾南亭却有不祥的预感，一面吩咐司机提速直奔古城客栈，一面不停地拨打冯晋骁通着却始终无人接听的手机。

萧语珩就在这样紧张的氛围下，在冯晋骁临时给她调换的客栈唯一一间家庭房里，香甜憨睡。

月光朗朗，女孩精致的眉眼愈发显得柔和妩媚，前来绑架她的罗强都不禁被眼前的女孩子惊艳到。如果不是同来的手下提示："强哥，是不是动手？"他几乎忘了此行的目的。

艰难地把视线从萧语珩面孔上移开，他低声咒骂了句："他妈的，难怪死到临头还念念不忘，确实有几分姿色。"说着就要掀开熟睡的女孩子身上的被单。

这时，房间的门被人从外面打开，昏暗的壁灯下，神情冷然的冯晋骁疾步而来。罗强意识到中了埋伏，有些慌不择路地挥刀就向萧语珩刺去。可是，就在刀尖距离床上浑然未觉的女孩脖子寸许处，被一只手硬生生截住。

他下刀的力度很大，瞬间就有血从冯晋骁手背上沁出来，"啪"的一下滴在萧语珩颈间。那是一种温热又令人毛骨悚然的感觉，令原本熟睡的女孩倏地睁开了眼睛。

许是惊吓过度，萧语珩忘了尖叫，只是瞪着大眼睛盯着近在咫尺的两个男人。冯晋骁见她醒了，左手按住她肩膀避免她忽然坐起来被刺伤，右手则用力一转，甩开罗强手腕的同时，一记侧踢招呼过来。力道之大，连惊惧的萧语珩都隐隐听到骨骼断裂的声音。

这时，又有几人攀上了二楼，罗强示意手下专攻萧语珩。如此一来，冯晋骁不得不把重心放在保护萧语珩上，颇受掣肘。

行动之前，冯晋骁就防范着沈俊对萧语珩不利，才临时给她换了房间，安排到家庭房里掩人耳目，并安排了人在暗中保护，他则按原定计划随专案组埋伏在案发现场周围，准备抓捕沈俊。

出人意料的是，专案组虽然在古城警方协助下，将正在进行毒品交易的买卖双方全部抓获，甚至很顺利地端了沈俊的老巢，却独独没有发现沈俊和罗永的身影。为免他们金蝉脱壳，专案组最高领导立即调派全城警力，连夜搜山。

冯晋骁莫名地觉得哪里不对，他在第一时间赶回客栈，果然就和罗强遭遇了。如果自己未能及时赶回来，后果不堪设想。冯晋骁后怕的同时，边与杀手对峙边抓起沙发上自己的外套扔给萧语珩，喝道："穿上！"

房间里一下子冒出来这么多男人，又都是黑衣黑裤地扭打在一起，萧语珩吓得眼睛都直了，可惊惧之下她倒还记得冯晋骁的手伤，爬起来披上他的衣服缩在床角，目光片刻不离地追随着他，还在他险些被偷袭时扬声喊："小心后面呀——"

一番混战之后，冯晋骁在眨眼之间欺身过来，展臂将萧语珩抱起，几乎在同一秒，两名杀手挥刀砍向萧语珩先前所处之处。

冯晋骁把萧语珩推进无窗的浴室："反锁，我不叫你不许出来！"

少了萧语珩的掣肘，冯晋骁就能够施展开了。可对方人数太多，身边的两名警员实战经验又实在匮乏，令他陷入被动。

顾南亭就在这个时间段赶到。

才推开车门下来，就见有人从二楼阳台跳下来。顾南亭立即意识到危险，抬脚就朝那人后腰踢去。牺牲多名兄弟，侥幸脱逃的罗强不及闪躲，被踹倒在地。顾南亭还要进攻，却被从巷子里涌出来的杀手团团围住。直等古城警方的人赶到，才控制了局面。令人遗憾的是，被抓获的犯罪嫌疑人里没有罗家兄弟和沈俊。

这样一个有惊无险的夜晚，冯晋骁与顾南亭在古城碰面。

深浓的夜色下，身穿黑色作战服的冯警官与西裤配衬衫的顾总迎面而立。

月光透过树叶缝隙投射在两个男人脸上，都是两天两夜没睡，面孔上却找不到丝毫疲惫的痕迹。目光沉沉地打量着萧语珩口中特别好的警察哥哥，顾南亭似在确认："是冯警官？"

冯晋骁神色不变："冯晋骁。"

顾南亭似乎是冷笑了下，随即霍然出招，一记重拳直逼冯晋骁面门。

冯晋骁不是全无防备。面对这样直接的进攻，他本能地后仰身体轻巧避开，然后在顾南亭欲以手掌劈他小臂时，迅速抽手后再次出招，扣住对方手腕，一记侧踢回敬过去。

顾南亭不轻不重地挨了一下。他怒从心起，拳头横扫向冯晋骁腰际。冯晋骁竟不闪躲，只在顾南亭的拳头接近自己时，一掌切在他小臂上，震得他使不上力。

顾南亭连吃两亏。他稳了稳情绪，身形一矮，一个出腿的假动作后，一脚踢在冯晋骁膝盖处，扳回一局。接着，在冯晋骁以手掌攻向他颈侧时，顾南亭看准机会，一拳砸在冯晋骁受了刀伤的手背上。

不太君子。但是，打架嘛，就是该寻找对手的弱点进攻，以求速战速决。

几番对峙下来，顾南亭是步步紧逼，冯晋骁是有所保留。见他没有收手的意思，冯晋骁边防守边寻找一招制胜的机会。然而，就在两人均以直拳向对方进攻，准备硬碰硬的时候，萧语珩忽然从客栈里跑了出来。

“你们在干什么呀？”话音未落，人已冲到了他们中间。

下一秒，冯晋骁与顾南亭同时收拳。有所不同的是，冯晋骁在收手时，用另一只手将萧语珩抱开一步，似乎是担心顾南亭收手不及伤到她。

这个保护姿态的举动，以及萧语珩身上披着的男士外套，令顾南亭原本没有表情的面孔彻底冷下来。

两个男人之间的气氛骤然变得紧绷，唯有萧语珩浑然不觉：“你们在打架吗？”

冯晋骁松开她，又伸手为她拉了拉衣领：“不是告诉你等着吗？跑出来干什么？”

萧语珩觉得冯晋骁说话的语气和顾南亭真像，可现在她没心思理会其他，只关心：“我找客栈老板要来了医药箱，等你半天也不上来。哎呀，还在流血呢，还是去医院吧。”

手背上的刀口很深，经过先前的一番激烈运动，有点皮开肉绽的样子。冯晋骁却不以为意：“皮外伤，消消毒就行。”

萧语珩小心翼翼地托起他受伤的手，一脸担忧地问顾南亭：“哥哥你说，是不是应该去医院啊？”

多日未见，她没有丝毫喜悦的表现，只是在为别的男人担心。

顾南亭郁结难平，艰难地甩出两个字：“随便！”

随便的结果就是没去医院，由萧语珩为冯晋骁处理伤口。她没有一点经验，手上没轻没重，冯晋骁冷汗都流下来了，开始他还忍着不吭声，爷们嘛，理所当然地死扛，直到后来萧语珩一个不小心手劲又大了，他终于“嘶”地倒抽一口凉气。

顾南亭好心情地笑了。

等把冯晋骁的手包成粽子，萧语珩双手托着下巴，笑眯眯地说：“晋骁哥哥，你伤的是右手啊，洗脸吃饭什么的干不了怎么办？这回可得我照顾你了吧。放心哦，我不会抛弃你的。”

顾南亭冷哼：“你连自己都照顾不好。”

“我哪里照顾不好自己啦？”萧语珩不服气，极力在冯晋骁面前挽回面子，“爸爸妈妈和你都不在家，我还不是好好的？”一副我身体里住着一个“贤妻良母”的样子。

顾南亭没闲情和她争辩，拎起她往外走：“你该睡觉了，明天还要搭早班机回家。”

“谁说我明天要回去啊？”萧语珩挣脱不得，边被顾南亭拎着往门口去，边回身嘱咐冯晋骁：“晋骁哥哥，你好好休息啊，等我睡醒了来找你吃早餐，啊，不对，是照顾你吃早餐。”

这个没心没肺又可爱善良的小姑娘啊。躺在萧语珩睡过几晚的大床上，隐隐闻到枕头上残留的她的发香，冯晋骁闭上眼睛，不愿多做他想，又控制不住想了很多。

萧语珩再顽劣，终究不敢太过忤逆兄长，所以第二天，她还是要跟顾南亭走的。去机场前，她坚持要见冯晋骁。顾南亭忍耐着：“给你三分钟。”

萧语珩小声抱怨：“告个别还要掐秒表，没人性！”然后一溜烟跑去敲隔壁的门。

十分钟后，冯晋骁送他们下楼，萧语珩不忘提醒：“别忘了给我打电话哦，否则欠你的钱就别指望我还啦。”

冯晋骁笑了笑：“好，知道了。”

走在前面的顾南亭冷声："再磨蹭你就跑步去机场！"

萧语珩对着他的背影拳打脚踢了一番，朝冯晋骁做了个鬼脸，才小跑着追过去，像只小树懒一样黏住顾南亭。顾南亭把她拎开，她又黏上去，再拎，再黏，如此反复到两人坐上车。

萧语珩随顾南亭先一步回 G 市，三天后，冯晋骁也离开了古城。之后的一段时间里，萧语珩每隔几天就给冯晋骁打电话，起初是关心他的手伤，嘱咐他一些注意事项，后来直言不讳地说想他，要到他工作的 A 市看他，还一再保证绝对不打扰他的工作。

冯晋骁只当她是年少心性。说实话，他没把她的这份想念当真，又不得不承认，被那样一个特别的女孩想念的滋味，挺幸福。于是就答应她，等他休假回家探亲时，他会去看她。

同年十月，冯晋骁准备回家参加大哥冯晋庭的婚礼。离开 A 市前，他主动给萧语珩打电话，问她："周末有空吗？"

萧语珩立即兴奋起来："你要回来吗？我去机场接你。"

冯晋骁发出邀请："周末要回 G 市参加一场婚礼，要是你没约的话，过来吃饭。"

萧语珩毫不犹豫地答："你就是我的约啊。"

冯晋骁身心舒畅地逗她："不用准备礼物，你人来了就行。"

萧语珩鬼灵精似的调侃回去："你的意思是你送的就代表我送的？是吗，晋骁哥哥？"

回想她黏顾南亭的一幕，冯晋骁微微嗔道："小无赖。"

那端的萧语珩在电光石火间难得地听出他语气中的宠爱之意，小姑娘兴奋地跳起来，伸手触摸悬挂在阳台上的风铃，欢声笑语透过话筒传过来，冯晋骁听见她轻喊："终于要见面了。晋骁哥哥，你好吗？"

女孩子的欢声笑语与吉祥铃的清脆之音交织在一起，形成幸福的旋律，跨越万水千山，被风的力量鸣响，扑面而来。

冯晋骁矜持地笑，无声而温柔地答："我很好，我的小姑娘。"

- 第三章 -

不念过往，静然安好

我们都已不再是当初的模样，可终究还在一起，又怎能辜负这场得来不易的久别重逢？就这样，不念过往，静然安好。就好。

如果重逢不是在那场婚礼上，结局会不会有所不同？

回忆被冯晋骁的一个搂抱动作打断，萧语珩在一声沉沉的叹息过后，小心地拿开环在她身上的大手。黑暗中，她赤着脚下床。

从客厅阳台的落地窗到他书房的抽屉，终于找到那串从古城带回来的东巴吉祥铃。萧语珩想去找工具，发现被她扯断的铃舌不知何时已修好，丝毫看不出破损的痕迹。

她蹲在地板上，把吉祥铃提起来看，觉得这东西相比市面上的各色风铃并不特别好看，如果不是蕴含着纳西文化和美好的寓意，不见得有多好的销路。

可她当年却非偷不可。

回想那年夏天干的蠢事，萧语珩都怀疑以她的智商是如何考上大学的。那么执着地非偷那串吉祥铃不可，像是中邪了一样。而那个行事向来有原则的男人，居然会为了她叛逆又荒唐的行为收拾残局。

对一个人的动心，总归是有理由的。或许，从那一刻起，她心里就埋下一粒爱情的种子。以至于时隔六年，回想起来依然清楚地记得冯晋骁每一个细微的表情。只是，这粒爱情的种子虽然生根发芽了，却终究没能如她所期望的那样，开花结果。

分开的三年里，这串从古城带回来的吉祥铃是不是一直挂在他窗前，还是在他们和好之后他才挂上，萧语珩没有问过。但不久前，在机场等到深夜的冯晋骁把她接过来，看见它的第一眼，萧语珩险些落下泪来。

她几乎是转身就走。

冯晋骁却没给她走出去的机会。沉默了一路的男人把她拽进屋里，冷声质问："为什么三番两次地拒绝见面？真那么忙还是根本不愿意见我？既然如此，何必在一起？"

何必在一起？何必！萧语珩按住泪腺，把眼里的湿意逼退："因为每次见你，我就会想起，三年前你是如何抛弃我的。"

那些过往实在不是一段愉快的经历。冯晋骁闻言陡然变了脸色："要我说多少遍你才明白？那不是抛弃。而且我已经不止一次道歉，你还想怎么样？萧语珩，那是你姐姐，那一刻，她有生命危险，我只不过先送她去医院，就那么不可原谅吗？你能不能不要孩子气了！"

只不过！在他眼里，那些只是——只不过。

轻描淡写到连她都要以为自己在无理取闹。

萧语珩胸口像是被利器戳了一下，疼得她站不稳，猛地推了冯晋骁一把，她呼吸不稳，声音哽咽："我从来都是这么孩子气，你受不了的话，大可以像三年前那样转身就走。"

冯晋骁立在原地未动，眼底冷意更甚："是谁转身就走？是谁非分手不可？萧语珩，抛弃爱情的，从来都只是你。"

因为心里始终记着她的好，他从未想过接纳任何人。

因为心里怀有对她的爱情，他才甘愿放下身段去挽回她。

她却没有一点身为女朋友的自觉，明明和好了，却对他不闻不问，即便见面，也是一副冷冷淡淡的样子，甚至都没有好好看他几眼，更别提像从前那样黏他，对他撒娇。冯晋骁安慰自己，分开三年，她需要重新适应彼此的关系。可是，当萧语珩躲闪他情不自禁之下做出的亲密举动时，冯晋骁就沉不住气了。

所以他强行把萧语珩接过来，希望她看见窗前挂了三年的吉祥铃，能够明白他没有一天放下过她，甚至是分手时萧语珩退还的公寓钥匙，冯晋骁都找出来摆在了茶几上。原本并没有勉强她的意思，否则也不会事先收拾好了客房，准备自己住过去，把主卧留给她。

可她却说："是我吗？好啊，既然一直是我对爱情不负责任，想必你也不在乎再被甩一次。"她说完快步走向阳台，摇摇晃晃地踩在躺椅上，伸手就把吉祥铃扯了下来。

冯晋骁喝道："你干什么？"

她几乎是口不择言地说："你说得对，何必在一起！"话音未落，就把那串风铃扔出了窗外。

这下冯晋骁是真生气了，他的眼神瞬间燃了起来，欺身上前，轻松扭了萧语珩的手，半拽半抱着她就往卧室里带，咬牙切齿地说："那也不是你说分开就分开！"

萧语珩恨不得把他也扔到楼下，可她拼尽全力对他又抓又挠，也摆脱不了他的钳制。一路缠斗到卧室，只守不攻的冯晋骁粗暴地把她压在门板上，望着她比朦胧的灯光要亮的眼睛："是分开久了觉得陌生了吗？或者，我们应该回忆一下古城一夜。"

萧语珩当然明白古城一夜代表了什么。她动脚踹他，冯晋骁发力，手一收，把她整个人牢牢控住，边扯她衣服边把人往床上抱。萧语珩急了，用力挣扎，结果还是被冯晋骁推倒在床上，然后他整个人扑上来。

起初只是亲吻，渐渐地，他的呼吸越来越急，抚摸的力度越来越大。最后，他终于控制不住，在她耳边低哑地唤："珩珩——"

那语气中的渴望与温柔，让萧语珩仅存的最后一丝理智，全线崩塌。

没有初次的温柔怜惜，只剩蛮横霸道的占有。她越是倔强地一声不吭地抗拒，他越用力，一次还不尽兴，连休息都不用，又来第二次，直到她承受到脱力，他才把人抱进怀里，一面用年轻有力的身体轻轻蹭她，一面情难自控地亲她纤细的肩膀，紧闭的眼睛，细嫩的颈窝，最后含住她微张的嘴，柔情四溢地吻住……

或许在冯晋骁看来，重拾了这样的亲密，两人冰封的关系就该解冻了。所以当萧语珩安静地背对他躺着，他心满意足地抱住她，轻轻抚上她细致敏感的肌肤，柔声哄她："我有点急。是不是不舒服了？抱你去泡个澡吧，能好一点。”

萧语珩的眼泪无声地落下来，她拉高薄被把自己裹起来，躲避他的碰触。

这一举动当然是再次惹恼了冯晋骁，否则他不会沉默了一瞬后套上衣服出去了。后来他是何时回房的，累极的萧语珩并不清楚，只是再睁开眼时，她在他怀里。

萧语珩轻手轻脚地起身，悄悄离开。冯晋骁其实早就醒了，之所以装睡，除了贪恋她睡时的温柔，也是怕她再说狠话。只是，当冯晋骁发现萧语珩并没有把他昨晚放进她包里的公寓钥匙带走时，他气得差点把半夜下楼捡回来修好的吉祥铃拆了。

萧语珩把吉祥铃重新挂回原处，抬手轻轻碰触了下铃舌。

叮当——

浓浓夜色里，她安静地站在十二楼的窗前，微笑着倾听被风的力量奏响的清脆之音。

“怎么起来了？”男人的手伴随着低沉的声音而来，熨帖着她腰际的肌肤，就把踩在椅子上的她横抱起来，偏头看见再次被挂回高处的吉祥铃，眉峰微蹙，“不是不想要了吗？还挂它干什么？”

皓腕环住他的脖颈，萧语珩很无辜：“你，我还不想要了呢，也扔了吗？”

月光轻柔，女人的眼仁透亮，冯晋骁微眯着眼睛看她：“你敢！”

他的脸上漾着隐约的笑意，整个人在夜色下变得温柔。萧语珩很乖地把脸贴在他肩上，却顾及他的伤，不敢用力：“好困。”

重新回到床上，身体就被纳入强势的胸膛中，肌肤细密亲昵地接触，那种舒服的感觉，让萧语珩的身体开始冒汗，偏在这时，男人有力的心跳声还不肯放过地压向她胸口。

“伤——”萧语珩推拒着，把手按在他肩胛处低声提醒。

这份关心足以让情热的男人心满意足，亲吻她眉心，他柔声安抚：“不碍事。”

这样一个温软绵柔的身体躺在怀里，自制力强如冯晋骁也被瞬间瓦解。之前没吵醒她，是考虑明早只要先她一步起床，就能暂时瞒住受伤的事，才连吻她都不敢。况且她白天才指责他不尊重她，他哪里还敢胡来？结果她没有像上次那样抗拒，冯晋骁还顾及什么伤？

带着男性特有的力量和味道，阳刚的身躯压过来，冯晋骁的手滑进T恤里，揉捏她背脊的肌肤，再绕到前端，不管不顾地焚烧想念已久的身体。而他的嘴唇把她的呼吸一并吮去，厮磨着吸取她口中的温暖。

他太用力，近乎蛮横，萧语珩觉得疼，又控制不住地意乱情迷。她略带羞涩地回应，修长光裸的腿缠上他腰身。

久违的亲密，让人把持不住，以及那在紧密贴合的嘴唇下她星星点点的轻吟，都令冯晋骁的理智不受管束，一手扣紧她的腰，没有丝毫迟疑地将灼热一点点推进，直到她最里面，让叫嚣的身体得到疏解。

萧语珩微仰着头，除了迎合，无处可逃。渐渐加快的动作中，她的指甲掐进他宽厚的背脊里。那瞬间轻微的疼，伴随她温热湿滑的包裹，冯晋骁听到自己的喘息声——

淋漓尽致的纠缠，情难自已。

混乱激情的纠缠过后，累极的萧语珩蜷缩在冯晋骁怀里，睡得宁静而疲惫。

卧室的窗帘拉开了，月光流溢进来铺陈在床上，借着微弱的光线，冯晋骁看着女人柔顺的睡相，唇角越扬越高，倾身抱紧她，让彼此的身体曲线完美地契合在一起。

这回总算是雨过天晴了吧？

一夜安睡。

早上冯晋骁先醒，孩子一样的女子屈着腿躺在他胸前，小脸埋在他臂弯中，睡姿恬静，透出一股香甜。黑眸中柔情满溢，冯晋骁凑近了，在她微翘的嘴角轻吻一下，没有打扰。

晨练回来发现她的手机振个不停，冯晋骁拿过来看，屏幕上的名字令他皱眉。本不想接，但对方的耐心显然比他好。当未接来电达到六个，他按下接听键。

低沉紧绷的男声随即传过来："在哪儿呢？什么时候回来？素姨担心你一夜没睡，你能不能体谅一下她身为母亲的心？"语气隐含愠怒，声音低沉冰冷。

同样是萧语珩的兄长，冯晋骁可以和萧熠相处融洽，却连心平气和地和顾南亭说话都难。

冷静险些就不起作用，他强忍住摔电话的冲动："她还没醒，晚点我送她回去。"

那边静止三秒，挂断。

萧语珩过了九点才醒，床畔自然早已人去床空。本以为冯晋骁去警队了，等她洗了澡出了卧室门，见他坐在与客厅相连的书房里埋头看着什么。

嘴角不经意就挂上了笑，她走进去。

冯晋骁抬头，张手等待她的亲昵。

萧语珩隔着桌子，歪头看看他面前的文件："不用上班？"

冯晋骁只好伸长手臂拉她过来："休息半天。"

"半天？"萧语珩就着他的手坐在他腿上，调侃工作狂冯队，"还挺奢侈的。"

冯晋骁摸摸她半湿的头发，笑而不语。

萧语珩伸手去解他衬衫的纽扣。

冯晋骁也不阻止，稍稍倾身，唇贴在她的耳际轻笑："大早上的，想干吗？"

萧语珩不言语，把他前倾的身体推正，跳下他的腿走出去，再回来时手里多了个小医药箱，打开，里面一应俱全。

她终究没有忘记这里的一切，还记得曾为自己准备过这些。这样的认知，让冯晋骁心中一暖："总算派上用场了。"话里竟然隐隐透出几分欣喜。

萧语珩瞪他一眼，把他的衬衫脱下来。

原本包着的纱布由于昨晚的剧烈运动松了些许，但显然他整理过，看上去不是太糟糕。萧语珩站在他两条长腿之间，小心地一圈圈拆下来，才知道他伤在左后肩胛，约手掌宽的一道伤口，缝了十几针。

受伤的部位，胳膊略微动一下都要牵动伤口，他昨天在机场却那么大幅度地活动。萧语珩因心疼眉梢压得很低："赫饶说你是去搞集训的，怎么还受伤了？"

感觉到她柔韧的指尖落在伤处，轻得没有一丝力量，冯晋骁解释："我让她那么说的，怕你担心。"

他的工作本来就属于高危职业，劝他当心是枉然，要他放弃更不可能，萧语珩索性不说话，沉默着为他换新纱布。她手法比医护人员还娴熟，像是操作过无数次。

冯晋骁笑："进步不小，像是卫校毕业的。"

萧语珩当没听见。

冯晋骁配合她抬胳膊、前倾身体，在她包好后，用指腹温柔地摩挲着她冷冰冰的小脸："听说我不在家，才回来把表取走的？"

上次被强留在他这儿，萧语珩又气又急，走时把手表落下了。此时听他问起，她用力在他胳膊上掐了一把："明明可以直接把手表交给赫饶转给我，偏偏把钥匙给她让我自己来取，冯晋骁，你可真无聊。"

"我自己送，难保你不和我较劲。让她转，搞不好你又以为我是分手的意思。"想到除此之外自己的那点小心思，冯晋骁忍不住笑起来，"结果没把你等来，就出任务去了。"

"把床弄得那么乱，还以为你和哪个女人……"萧语珩没好气，"我倒是忘了，冯队是内务标兵。扮单身汉装可怜，亏你想得出来。"

难怪莫名其妙地问他是不是有了别人，冯晋骁头一回尝到弄巧成拙的苦果。见萧语珩不搭理他，他一脸讨好地说："拆线的时候陪我一起？"

那位有点负气地答："如果我不飞的话。"

冯晋骁明白她这算是答应了，凑近蹭蹭她的鼻尖，亲昵异常。

随后两人一起吃早餐，冯晋骁在给她递牛奶时随口说："顾南亭打过电话来。"

萧语珩接牛奶的手一顿。

冯晋骁面色不改地补充："应该是萧姨知道了昨天机场的事担心你。"从他平静的神色看出他丝毫不认为接听了她的电话有何不妥。

萧语珩喝了口牛奶，起身去找电话，见她边拨号边往阳台走，冯晋骁的眉心一点点蹙起，直到听见她说："他不是明天才回来吗？凌晨到的？我没事，你别担心。冯晋骁当时在机场的——"他的脸色才缓和下来。

打给萧素之后，并未回拨给顾南亭，萧语珩重新坐回他身边继续吃早餐。冯晋骁给她夹了口小菜："今天有航段要飞吗？如果没有，晚上和我回家吃个饭。"

同一时间，赫饶从宿醉中醒来。

床上只有她一人，被单下的身上依旧穿着昨天的衣服，只有衬衫领口的纽扣多解开了两颗，应该是睡着时不小心扯的。她揉揉眉心偏过头去，看见床头柜上摆放着一套崭新的衣裤，是她平日里习惯穿的衬衫长裤。

回想昨晚和谁喝的酒，瞬间反应过来身在何处，赫饶不禁蹙紧了眉心。果然，等她快速整理好自己走出卧房，便见一个男人背对她坐在沙发上。如同昨天在机场，即便两年不见，她依然一眼就认出那是萧熠。

职业习惯使然，她脚步放得很轻。可萧熠还是敏锐地察觉到了，他放下手中的文件，目光在她身上停留一秒，起身："我让他们把早餐送上来。"

外面阳光明媚，近前身穿白衬衫西裤的男人依旧是从前的平和温雅。可是，赫饶提醒自己，他的心，乃至他的命，都是属于别人。

她很直接地拒绝："不用了。已经很麻烦……萧总。"

赫饶从前都是称呼他"萧哥"，此时的这声"萧总"，听在耳里，格外疏远。萧熠的动作明显停顿了一下，直看向她澄亮的眼睛，想说话，但忍住了。

这样的独处，换作以前是奢望，如今是片刻都不想停留。

赫饶回避了萧熠的目光："谢谢。我还有事，先走了。"

萧熠没有出言挽留，只是用目光细细流连她的五官，直到她走过来与他擦肩而过，手都搭上门把，他才问："那晚是你吗？"声音平和，近乎完美。

赫饶背脊一僵，随即旋开房门：“萧总说什么？我听不懂。”

当她的身影被房门阻隔，萧熠在原地驻足片刻，低眉思索了好一会儿，回身望向卧房，床头柜上他让人准备的衣服原封不动地摆在那里。

午后的客厅，萧语珩和冯晋骁陷在沙发里，他看近几年的悬案档案，她则捧着一本从书房随手拿的书看得津津有味。房间很静，唯有阳台挂着的风铃在叮叮当当地响，以及翻动书页的声音。

这样慵懒惬意的静谧时光，于冯晋骁和萧语珩而言难得到近乎奢侈。

原以为有了顾南亭的那通电话，她应该要回一趟顾家，冯晋骁甚至做好准备送她。可她既没给顾南亭打电话，也没提要回去，反而爽快地答应和他回冯家，似乎完全不明白顾南亭连夜赶回来是为了什么，而和他回家又要面对谁。

感觉到萧语珩的身体重量越来越多地倚向自己，冯晋骁以为她睡着了，正准备放下手中的资料把她抱回卧房，萧语珩突然用手肘杵了他一下。

冯晋骁就没动：“嗯？”

她问：“要是有一天你发现我行为举止异于常人，会不会把我送去精神病院？”

冯晋骁侧身，手取过她手里的书：一本精神病人访谈手记。

他几不可闻地叹气：“这个不适合你。”

“挺深奥的。”

“所以才不适合。”

萧语珩挥拳捶他：“等我看完了，就能告诉你这个世界究竟是什么样的。”

无论这个世界是什么样的，我的世界都只有你。

冯晋骁搂了搂她的肩膀，强势有力的臂弯箍得她有点疼，带着宠溺的意味说：“再胡闹，就把你关起来。去睡个午觉，免得晚上没精神。”

萧语珩正想反驳，手机响了，是乘务长通知她回公司参加临时会议。

那位果然沉不住气了。

冯晋骁稍做沉默，就把手中的资料放下：“去换衣服，我送你。”

街上车不多，冯晋骁车速略快，但很稳。到了中南航空停车场时，距离开会时间还很充裕，他体贴地为萧语珩解安全带，之后保持着倾身的姿势半天没动。

看着他近在咫尺的英俊面孔，萧语珩不解：“干吗？”

冯晋骁在她侧脸亲一下，俯在她耳边轻声说：“搬过来吧，免得你一飞就多少天不见人影，搞得我天天像失恋。”

萧语珩心理上排斥他的提议，又因他的说辞憋不住笑：“你不就是个失恋的单身汉吗？”

“我才不是。择日不如撞日，今天就搬。”冯晋骁以微带薄茧的掌心覆在她手背上拍了拍，“开完会去宿舍收拾，我来接你。”

萧语珩推开他：“改天再说。”

冯晋骁把人拽回来狠狠吻了好一会儿，才说：“听话！”宠爱至极的语气。

萧语珩把脸埋在他颈窝处，不回应。

中南航空总部大楼。

往会议室的一路，所有人都在议论萧语珩被挟持的事，除了关心她是否受伤外，更多的是好奇救她脱险和被美女搭救的两个男人是何许人。

这样的场合，萧语珩保持缄默。冯晋骁的身份不宜对外透露过多，至于萧熠，作为萧氏的掌舵人，他很快就会出现在财经杂志的封面上，不需她多言。

来到会议室，见楼意琳向她招手，萧语珩快步走过去。

她先是生病，再被挟持，楼意琳吓得魂都快没了，昨天下午两人通电话，楼意琳就要请假过去看她，萧语珩顾及赫饶阻止了。现在见面，楼意琳恨不得脱了她的制服给她进行一次全身检查，以确保她没受伤。

萧语珩打开她乱摸的手：“你干什么？大庭广众之下扒我衣服呀？”

楼意琳笑得特别贼，压低了声音说：“我其实是想检查一下，有没有吻痕一类的东西。”

萧语珩简直无语：“女流氓。”

楼意琳也不闹了：“昨天听说 2933 航班出了事故，我就去找你，结果碰上个莫名其妙的警察，赶我走不说，还对我动手动脚，气死我了。”

“应该是冯晋骁队里的。”

“那他惨了，等我向冯晋骁告状。”

萧语珩忽然想起什么：“他是不是给你打电话了？我生病那晚。”

“你家骁爷啊？可不是吗？大半夜的对我严刑逼供，也不知道怎么查到我号码的。”回想那一晚的情形，楼意琳精神抖擞，“不过还算懂事，知道‘有求于人，放低姿态’。我没管他大队长小队长的，给训了。”

萧语珩乐了：“你训他什么啊？他又没得罪你。”

“以前你们怎么折腾我不知道，这回是他要和好的，还敢惹你不高兴，就是得罪我啊。我告诉他再把你弄丢了，就别想找回来了。追你的机长啊，总裁什么的，个个都是精英。”

“什么机长总裁的，造谣你最拿手了。”

“我这不是给他提个醒吗？没情敌，就没危机感。”

难怪昨天在机场她说回顾家，他反应那么大，肯定是联想到顾南亭身上了。

萧语珩追问：“他发没发火？”

楼意琳像煞有介事地拍拍胸口：“别提了，当时我越训越忐忑，你也不是不知道我和你家那位尊神又不是很熟，他那副深沉严肃的样子，我还是怕的。不过他的反应倒是出乎我意料，只打断我说：‘楼意琳，你有什么不满随后我一定洗耳恭听，现在请你告诉我她在哪儿。她病了，需要我。’我才说你在 A 市，就听见那边车子发动的声音。我猜他去过机场。不过那个点儿没有去 A 市的航班啊——”

到底，他还是愿意在她需要他的时候，赶往她身边。

萧语珩把目光移向窗外，唇角微微上扬。

“小样，瞅把你美的。” 楼意琳打趣道，“还说不稀罕人家，将就着在一起。我看，明明就是情根深重，等这个破镜重圆很多年啊。”

萧语珩含笑嗔道：“你偶像剧看多了吧。”

没过多久，运营系统的飞行控制中心、地面保障中心，以及乘务服务中心三位负责人相继走进来，依次落座后留出会议台的中间一个空位。

会议室瞬间安静下来。片刻，顾南亭在特助乔其诺跟随下走进会议室。白色衬衫，深色手工西装，一双透着睿智与冷漠的面孔，透出高高在上的疏离，视线触及萧语珩的身影，他漠然落座。

会议开始，第一项内容是针对昨天航班的突发事件进行分析，2933次航班全体机组人员得到表彰。作为中南航空唯一的女飞，机长程潇针对此次事件进行总结性发言。

接下来是从2933航班事件延伸过来的地面保障工作。针对有通缉犯通过了安检登机一事，中南航空后续将加强安全检查的力度，确保航班安全。

第三项内容与萧语珩有关，乘务服务中心宣布，由于她在外场发病，扰乱了机组的正常工作秩序，增加了同机组乘务人员的工作量，停飞三天。

这样的处理结果在空乘看来有些不近人情，毕竟生病这种事谁都无从预料。尤其萧语珩不仅是中南航空的红牌空姐，更是手持免死金牌的大老板的继妹。一时间，大家窃窃私语。

这时，一直没开口的顾南亭说话了，他低沉的嗓音有种无形的威慑力："乘务服务中心的职责主要是维护飞行安全，处理偶发的机上紧急事件，其次是照料乘客。每一个班机我们都配有规定数量的乘务员，如果其中有人出于个人原因无法正常开展工作，又没给公司时间进行调配，就会加重机组其他人的工作量，导致航班服务质量受到影响。"他傲然睨视众人，"所以我希望在座各位，以此次萧语珩外场发病事件为戒，齐心协力，确保中南航空的空中服务质量。"

楼意琳凑过来，用仅两人能听到的音量说："我怎么有种大老板放你假的错觉？"

萧语珩沉默。

散会后，乔其诺走到萧语珩面前，微笑："语珩，顾总让你去他办公室。”

来到二十二楼，秘书让她直接进去。萧语珩还是敲了门，得到回应后，才推开了那道沉重的木门。

顾南亭此时脱掉了西装外套，上身仅着一件衬衫，没有打领带，远远地坐在宽大的办公桌后面，低头签批文件。窗外投射进来的光影打在他身上，烘托出他身为上位者的威严。

顾南亭没有抬头，也没停笔，只用左手食指轻扣了下桌面，示意萧语珩坐过来。

五分钟后，他合上文件，抬头，面色一如往常的冷峻："基地管理中心新的人事安排已经在进行，你是准备留在这边，还是调去古城基地？”

中南航空总部设在G市，在国内辖有六个基地，每年总部的基地管理中心都会进行人事调整，全面调换直接面对乘客的乘务人员，确保各个基地都有新鲜血液注入。这种调整，多少还是会考虑到员工的家庭所在地以及个人意愿。当然，不可能百分百照顾周全。

萧语珩大学没读完就已进入航空业，至今工作已将近三年。起初两年，她主动申请调离总部，这样一来，每年就有大概七八个月的时间是被外派出去，直到一年前萧素的身体出了状况，顾南亭才把她调回来。

结果就是，她瞒着所有人又回到冯晋骁身边。

不想干涉的。偏偏心情如同“他的女人跟别人睡了，他却不得不原谅她”一样窝火。尤其面对冯晋骁冷然又骄傲的姿态，顾南亭想不动怒都不行。

本来这种正常的人事变动，他大可不必征求一个小CC的意见。可他要看看，萧语珩是不是真的不撞南墙不回头。

顾南亭的独断专行，萧语珩太了解，所以当他以老板的身份轻飘飘地把这道选择题丢过来时，气氛顿时就有些剑拔弩张。迎视他的目光，萧语珩的语调有了些许波澜，“你都已经知道了，何必多此一问？中南航空总裁办公室里，凭我一个小小的CC，有选择的权利吗？”

顾南亭眼里一黯，表情却是纹丝不动："什么叫好了伤疤忘了疼，我算是亲眼所见。萧语珩，如果你忘了三年前发生过什么，我不介意提醒你。”

“我没忘。”明亮的眸底雾气弥漫，萧语珩听见自己说，“可我做自己爱情的主，有什么不对？”

是没什么不对。可这个不算万分出乎预料的结果，于顾南亭而言是一种扯着心脏的震动。如同六年前他赶到古城，第一次看见萧语珩那样旁若无人地和本该陌生的冯晋骁发生着肢体接触，而毫无抵触时的震动，如出一辙。

如果顾南亭能够预知未来，他绝不会因忙于工作疏忽了萧语珩，让她有机会独自跑去古城；如果他能料到萧语珩这一去，会遇到冯晋骁，使她遭遇那样的伤害，即便让他倾其所有，他也在所不惜。

可所有的假设，在萧语珩遇见冯晋骁时，就失去了意义。在萧语珩心心念念冯晋骁的那几年里，顾南亭眼看她从一个无忧无虑的小姑娘，一夜之间变得沉默寡言、满腹心事，他似乎也跟着她经历了一场名为“爱情”的煎熬。

然而，就在顾南亭以为那属于冯晋骁的一页彻底翻过去了，她已经在开始新生活时，她再一次为了冯晋骁，要做自己爱情的主。说不动气，是不可能的。

顾南亭把人事调整的文件甩过去：“你可以做自己的主，但我不能看着你重蹈覆辙。”

“你怎么知道一定是重蹈覆辙？我们……”

“你又怎么保证不是？！当初是谁信誓旦旦告诉我，他冯晋骁是如何地对你好？结果呢？他能为了别的女人抛下你一次，难保不会有下次。”

“我不信，我要赌一次。即便输了，也不后悔。”萧语珩盯着那份只需她签上名字，就能把她派去古城的文件，意态坚决，“我不去。”

“好啊。”顾南亭慢条斯理地表示同意，又平静淡定地继续后一句，“那就去告诉他三年前发生过什么。”

萧语珩倏地站起来：“我辞职总可以吧。”

“可以。”顾南亭面不改色地看着她，“我去告诉他也无妨。”

萧语珩的眼圈红了：“你别逼我。”

“我只是要让你知道，要为自己做主就该有勇气面对。”不忍看她强自压抑，顾南亭移开了视线，“调去古城基地，或者告诉他真相，你自己考虑，三天后给我回复。”

萧语珩无力地叫了一声：“哥！”

顾南亭神色不改：“出去吧。”

萧语珩倔强地站着不动，片刻，她哽咽：“不用考虑了，我去古城。”

“啪”地把手边的资料甩到地上，顾南亭冷声：“出去！”

萧语珩转身退出去，在门口遇上萧熠，她连敷衍都懒得：“我去调度席拿航班表。”

发现她的异样，萧熠把手里的车钥匙递给她：“拿完去车上等我。”

在此之前，顾南亭虽然会在某些事情上表现得专制霸道，却从未真的让萧语珩为难。这样的一反常态，萧语珩在冷静过后，终究还是明白他的苦心的。

顾南亭是在提醒她，既然复和，就应该做好心理建设，有足够的勇气面对曾发生过的事和导致他们分手的人。萧语珩不愿承认，复和的三个多月里，她其实是以回避的姿态和冯晋骁相处。可即便如此，依然如楼意琳所言：她等这个新开始，很久。

忽然很想告诉冯晋骁：其实我还像从前那样喜欢你。想让他知道，自己对他是有所期待的。这样想着，就真的把电话打过去了，可惜无人接听。

那一年盛夏，天真年少的我把心愿和决心许得无限大，结果却未能得偿所愿。这一次，冯晋骁，别让我觉得被辜负。那样，我就再没勇气把爱装进另一颗柔软善良的心里了。

萧语珩望着远处出神。

萧熠的人比冯晋骁的回电早到，没追问萧语珩和顾南亭的不快，他只说：“你和冯晋骁的事，姨妈还不知道？”

萧语珩轻叹了口气：“分开的时候把家里都惊动了，现在还是低调点好。”

萧熠一针见血：“你是对他没信心吧？”

萧语珩不答。

双手扶在方向盘上，萧熠望向窗外的街景：“爱情就像人生，是一场秣马厉兵的过程。那些所谓的圆满结局，只是部分人的如愿以偿。我也曾口是心非说过对贺熹没有期待，甚至从发现她心里有别人的时候，我就时刻提醒自己：爱情，不是你爱她，她就一定会爱你的事情。所以，他收回目光，落在萧语珩被夕阳晕染的面孔上，“直到今天，我从来没觉得她辜负了我，因为自始至终，都是我一厢情愿。”

萧熠继续：“冯晋骁的经历却截然相反。你给他的开始太美好，让他对于你们的分开没有任何心理准备，在他看来，等的只是你长大。可惜你否定了全盘，包括他的为人。”

于她而言，何尝不是？一夜之间，天翻地覆。

萧语珩咬紧了唇。

“那时，你坚持分手，寸步不让。他不愿你退学，又无能为力。直到你进了中南航空，有一天他来找我，说他以为之前走的每一步，都是为了遇见你。正庆幸把最好的自己留给了你，无论是年纪还是心，你却一丝转圜的余地都不留，直接把他判出局。他反复地问我，他做错了什么？怎么你就能说出那种话？而他竟然失了心智，气愤之下差点打了你……他说你不可能原谅他了，可他接受不了你身边站着别的男人。”

但他什么都没做，只是当场对萧熠撂下狠话：“我就看看，我冯晋骁在她萧语珩心里，到底值几斤几两。”

其实不是斤两的问题，是笃定了萧语珩会不舍得。

可是——

他们分手很长一段时间里，冯晋骁的情绪都没恢复，低落至极，而且一上训练场，就是完全不要命的状态。后来，他在一次任务中受伤。那次受伤，他愈发地沉默，而且拒绝探视。萧熠猜测，他在等萧语珩。

两人恋爱后，萧语珩瞒着冯晋骁特意去学了护理，为的就是在必要的时候照顾他。但直到冯晋骁出院，她都没有出现。

冯晋骁在电话里对萧熠说：“看来她是和我动真格的。”

那时，身在A市的萧熠自顾不暇，实在没精力过问他们的事，只告诉他：“我把你受伤的消息带到了。但她，调离总部了。”

短暂的沉默过后，冯晋骁挂断了电话。

本以为这就是结局了。然而，在经历了一千多个自我麻痹的昼夜之后，他又给萧熠打越洋电话：“哪里都是风景，我却非她不行。萧熠，我扛不住了。”

一句话，让一贯冷静自持的萧熠，眼底微潮，但他还是狠下心说：“她或许也给过你时间表，你却没有好好把握，所以她才断了和你的所有联系。晋骁，你想清楚，时至今日，你的非她不行到底是赌气，还是爱情。”

冯晋骁没直接承认是因为爱，只说：“我没那么无聊，更没那份心力和她赌气。”

…………

“你还小，早早地经历爱情未必就好。而分开也不见得就坏，虽然爱情用时间来证明太浪费，却也更加坚固。如同厉行和贺熹，分开六年之久，再在一起才是恰到好处。”拍拍萧语珩的肩膀，萧熠语重心长，“冯晋骁是个长情的人。你离开他那么久，他身边从未出现过任何一个女人就足够证明。你要懂得珍惜，别轻言舍弃。”

如果我舍得，就不会回头。我的爱情一直虚席以待，只因为站在面前的人不是他。可我有个心结，总让我惶惑无措。

对于她的沉默，萧熠是体谅的：“被所爱的人爱着，是福气。可如果心存芥蒂，也别逃避。我相信，晋骁可以解开你的心结，你该信任他。”

萧语珩凝视着萧熠的眼睛：“那赫饶呢？对你而言，她何尝不是一个长情的人！”

萧熠明显地停顿了一下，才问：“她，什么时候的事？”

从前什么都不说，是因为知道他执着于别人。现在，萧语珩不希望他错过那么好的一个女人：“具体我也不清楚，她从来都不说。不过可以肯定的是，她爱你，比你爱贺熹久。”

比你爱贺熹久。

那么漫长的一段光阴，仅用六个字就带过了。

萧熠不知道自己该说什么，索性沉默。

很久之后，他终于开口："我需要重新审视和她的关系。"

萧语珩被萧熠的一席话说服了，她如约去了冯家。而冯晋骁的电话在她进门前回过来，告诉她刚刚在省厅参加了个临时会议，这就赶过来接她。

萧语珩告诉他："我到了。"

那边停顿了一秒："我就回去，等着。"

萧语珩为他的紧张失笑。挂了电话按门铃，开门的是保姆玲玲，见到她略有些意外。进了客厅，就见穿着印有哆啦A梦睡衣的图图抱着牛奶坐在沙发上扭头看过来，脆生生地喊："小姨！"孩子倒不认生，不过才在外公那里见过她两次，竟和她格外亲近。

萧语珩被他稚嫩的童音唤得心中一软，有些后悔过来得匆忙，没有给他带份礼物。走过去，她揉揉小家伙的脸："难得你还记得小姨。"随即往楼上看了一眼，"你爸爸还没回来？"

小家伙摇摇头，过了一会儿忽然说："作为小姨，你为什么只问我爸爸？我妈妈在啊。"

萧语珩随口逗他："异性相吸呗。"

小家伙认真想了想："不懂。"然后埋头喝牛奶。

等他喝完，萧语珩给他擦掉嘴角上的两撇白胡子，才凑到他耳边说悄悄话："你小叔多久没回来了？"

图图爬起来，学着她的样子小声答："不记得了，他总也不回来。"

萧语珩掐掐他嫩得能挤出水来的小脸蛋。

小家伙问她："小姨，你怎么也不来？是不喜欢图图吗？"

萧语珩把他抱进怀里："小姨以后会常来。"

图图搂着她的脖子，龇牙笑。

这时，一道近乎完美的女声忽然响起："你来了。"

萧语珩应声抬头，视线落定在二楼的叶语诺身上。

她化了精致的妆，艳丽的披肩随意地搭在肩上，合身的裙子伏贴地包裹着修长的身材，蓬松的卷发再为她增添几许妩媚之感，整个人看上去既风情又有韵味。

那一年，作为新娘子的叶语诺的美丽，也如现在一般，让萧语珩觉得惊艳。

时光流转，退回六年前冯晋骁与萧语珩约好见面的那个周末——

比约定好的时间早到，冯晋骁驱车来到顾家别墅，就看见站在二楼阳台上凝思的小公主。

那一天，萧语珩身穿白色单肩小礼服，平日里习惯束成马尾的长发被细心地打理过，编成活泼俏丽的辫子。彼时，女孩子手撑在阳台扶手上，托着下巴望向天空的姿态，安静而美丽。她头顶上方悬挂的吉祥铃，随风轻摆，发出叮当叮当的脆响。

冯晋骁当时并不知道，萧语珩的郑重以待不是为了见他。他保持仰头的姿势很久，似乎不忍心打破水墨画一般的宁谧，直到快来不及了，才用如沙石磨砺的低沉嗓音轻喊："发什么呆呢？再不下来我走了啊。"

萧语珩倏地低头，与他的视线在半空中相遇，她就笑了。

草地上站着的男人意态潇洒地朝她招手："下来啊。"

伴随一声甜美的"晋骁哥哥"，娇小的身影消失在阳台上，唯有小礼服后腰上的蝴蝶结丝带飘扬在冯晋骁眼底，温柔如丝。

直到坐上车，萧语珩才发现冯晋骁的异样，惊讶："你穿得好正式啊。不会是新郎吧？"

身穿做工考究西装的冯晋骁单手扶稳方向盘，腾出右手捏了捏她尖尖的小下巴，语带笑意："你也穿得好正式，难道是新娘吗？"

有种被欺负的感觉。萧语珩撇嘴："我还没成年，不能结婚。"

冯晋骁轻笑。

一路上萧语珩都显得闷闷不乐，冯晋骁以为她紧张，临下车时体贴地安慰："不愿意理人就只管挑喜欢的东西吃，反正也没人认识你，没事。"

萧语珩不满："我又没有自闭症，干吗不理人？说得我像是没心没肺的吃货。"

冯晋骁扳正她的小脑袋面对自己：“怎么了这是？说话这么冲，我得罪你了？”

“哦，对不起啊，是我心情不好。”萧语珩低头，语气里有强自压抑的哽咽，“我姐姐也是今天结婚。但是，她没有请我。”

所以她的精心打扮，其实是为了准备出席姐姐的婚礼。冯晋骁似乎明白了。可鲜少在言语上处于下风的他忽然嘴拙得不知该说什么。于是，他轻轻握住了萧语珩的手。

“其实没关系啦，”被安慰的萧语珩抬起头，墨黑的大眼睛湿漉漉的，“她幸福最重要。”

对于这样一个善良美好的女孩子，什么样的姐姐会拒绝她的祝福？冯晋骁带着几分心疼，展臂把萧语珩拥进怀里抱了抱。

萧语珩不好意思地推他：“别压皱我裙子啊，哥哥说很贵的。”

冯晋骁怀着坏心思，手上用力勒紧了她。萧语珩被勒疼了，下了车还在张牙舞爪地追着他打。冯晋骁只守不攻，边陪她闹边引她往宴会厅走。

萧语珩的脚步因门口指示牌上的新人名字猛地停住，而她脸上的笑容也在瞬间僵住。冯晋骁发现她没跟上来，催促：“快点，婚礼要开始了。”

震惊清晰地写在脸上，萧语珩不敢置信地问：“新娘子，姓叶？”

冯晋骁停顿了十几秒，蹙眉：“叶语诺是……你姐？”视线的落点是萧语珩精致到无可挑剔的眉眼，没有发现她的五官轮廓与叶语诺有相似之处。

萧语珩的小脸顿时垮下来，她下意识地退后了两步：“我不进去了。”像是做错事的小孩。

冯晋骁有些于心不忍，他想了下，朝她伸出手。

萧语珩轻轻摇头：“我还是回去好了，你不用送……”

冯晋骁径自走过来牵她的手：“跟我来。”不容反驳地把她带到了偏厅。

当婚礼进行曲响起，当叶亿把女儿叶语诺的手交给女婿冯晋庭，站在偏厅门后的萧语珩低下头悄悄地抹了抹眼睛。再抬头时，恰好对上冯晋骁投射过来的关切的目光。她微笑着，眼泪却控制不住地往下掉。

同一时间，叶语诺忽然转过头来看向冯晋骁的方向，视线短暂的停留过后，她含笑着把戒指戴在了冯晋庭手上，仿佛先前的回眸只是不经意间的一个动作，无关其他。

冯晋骁的注意力集中在萧语珩身上，对此浑然不觉。

礼成后，冯晋骁把萧语珩带到了休息厅，语气温和地说："你在这里等我，我一会儿就回来。"

萧语珩乖乖地点头。

冯晋骁很快就回来了，他似乎是喝了酒，也或者是沾染了宴会厅的酒气，身上有淡淡的酒味。而平稳的步伐，让他整个人看起来伟岸又俊朗。

"做点什么呢？要不带你去游乐场？"婚礼这样的应酬，冯晋骁实在不喜，况且萧语珩与他的新任大嫂又似乎不方便见面，所以，他准备带萧语珩离开。

萧语珩觉得他的提议真是太欺负人了："我又不是小孩子，而且我们穿得这么隆重去游乐场，你觉得好吗？"

她一本正经的样子像个小大人，冯晋骁眉宇间跃起一丝笑意："按穿着来分析的话，我们似乎只能等晚上去吃烛光晚餐了。"

发现他是逗她的，萧语珩主动去拉他的手："干吗等到晚上？现在就去。"

冯晋骁握住她的手，故意用力捏了捏，笑言："怎么一提到吃，你就瞬间兴奋？"却默许了她的提议。

两人走出休息厅时，冯晋庭正好携叶语诺从宴会厅走出来，要去反方向的新娘休息厅换装。看见萧语珩的瞬间，叶语诺陡然变了脸色，她直视过来，目光骤冷。

感觉到小姑娘往自己身边靠近了些，冯晋骁以保护者的姿态展臂搂住她肩膀。

终究是没避过。

冯晋庭意外于弟弟身边跟着个精灵似的小公主，微微笑起来："难怪不见人影，原来招待……小朋友呢。怎么，不介绍一下？"言语间，搂着叶语诺走过来。

“怎么介绍？”冯晋骁瞥一眼稚气未脱的萧语珩，“没名没分的。”然后目光落在叶语诺身上，似乎是在等着看他新任大嫂的反应。

感应到他的目光，叶语诺的神色恢复如常，她微笑着说：“晋庭，这位是萧语珩，我……妹妹。”

冯晋庭略显意外，然后像没发现她这声妹妹叫得有多不情不愿一样，从西装口袋里取出几个红包，挑了中间最鼓的那个递过来：“原来是小姨子，那可不能怠慢了。”

萧语珩看向叶语诺的眼神小心翼翼的，她悄悄拽了冯晋骁衣摆一下。冯晋骁的目光扫过表情无懈可击的叶语诺，偏头看她：“你姐夫赏的，客气什么？”边说边顺手接过红包，就要往自己口袋里放，“就当是还我的吧。”

萧语珩劈手夺过来，理直气壮：“你又不差钱，多欠几天有什么关系？”

冯晋庭不解：“你欠晋骁钱？”

“谢谢姐夫。”萧语珩道完谢才说，“算是吧，不过是他非要借给我，我拒绝不了呢。”

冯晋骁笑看她：“你长得好看啊，我还上赶着？”

萧语珩眨着大眼睛：“难道不是这个原因吗？”

冯晋庭失笑，前言不搭后语地说：“小了点，不过，”继而拍拍弟弟的肩膀，“挺好。珩珩，你觉得晋骁怎么样？嫌他老吗？”

冯晋骁嘶一声：“你行了啊。”

萧语珩心无城府地答：“晋骁哥哥很好啊，怎么会老呢？我不嫌弃他。”

大手在她脑袋上拍了拍，冯晋骁无奈：“说什么呢？怪怪的。”

叶语诺在此时插话进来，她亲昵地牵住萧语珩的手：“陪姐姐去换装吧。”

身为姐妹，这样的要求实在是合情合理。而且，不等冯晋骁阻止，萧语珩已经愉快地答应了：“好啊。”可当去了新娘休息室，她准备动手帮叶语诺换礼服时，竟被推开了。

叶语诺冷冷地看她：“萧语珩，你可真是阴魂不散。”

萧语珩不知所措。

六年后，冯家大宅里，萧语珩终于可以微笑到无懈可击，亲昵地再唤她一声：“姐。”

叶语诺垂着眼，缓慢步下台阶，停在她面前：“怎么没和晋骁一块儿回来？”

正是傍晚时分，初夏微凉的晚风扑面而来，清爽舒服。萧语珩墨黑的眼睛里，有浅浅的笑意：“从前我也常一个人来啊。”

叶语诺走向图图，把儿子抱进怀里，亲了亲他的脸蛋，在小家伙咯咯的笑声中，她缓慢地说：“上次说好了带你回来，后来却是晋骁一个人，还以为你们吵架了。”

“你是想说，以为我们又分手了吧。”萧语珩双眸一转，夕阳微弱的光沉进她的眼底，显得瞳仁格外透亮，“怎么会呢？只是我有飞行任务而已。”

叶语诺把目光转向图图的小脸，神色不明：“晋骁那个人太骄傲，又不会哄人，你是又倔又孩子气，在一起难免会有磕碰，他要是让着你点就好了。”似乎认定他们吵架了。

“那是以前。”目光的落点是叶语诺沉静温婉的面容，萧语珩轻描淡写地说，“他现在改了很多，要不怎么能把我哄回来呢？我那么倔。”

叶语诺手一僵，才抚平被图图扯歪的披肩：“爷爷问起他的婚姻大事，你们，商量过了？”

冯晋骁已到而立之年，被催促是情理之中。只是，你又何必非要强调是他的婚姻大事，是在表明与我无关？眼眸微垂，萧语珩漫不经心：“国家不是提倡晚婚吗？我才多大？不急。”

叶语诺抬头，明眸灼灼，容颜如玉：“可晋骁不小了。”俨然一副当家主母的语气。

直视她的眼睛，萧语珩不慌不忙地问：“你是在为我们着急吗？”

一句“我们”，再清楚不过地和她划清了壁垒界限。叶语诺垂下眼眸，是啊，她在为谁急？冯晋骁不领情，至于萧语珩，姐妹亲情这东西，她应该不感兴趣吧。

握住图图肉肉的小手，叶语诺笑笑：“我只急我的图图什么时候才能长大。”

我也觉得你该是有儿万事足的，只是，你似乎对我们更为关注。是不是在你看来，我们在一起是偶然，分手才是必然？我该让你称心如意吗？萧语珩面上笑着，语气里的尖锐之意却不再收敛：“你说，等我和冯晋骁结婚了，到底是他随我叫你一声姐，还是我随他叫你一声嫂子呢？”

叶语诺有些惊讶：“你们……这么快就要结婚了？”

萧语珩笑了：“快吗？总要照顾他的年纪嘛，你刚才不也说他不小了？况且，爷爷那么着急。”

叶语诺脸上的笑意瞬间消退，她终于支撑不住：“爷爷在后院。”

萧语珩语气轻快：“好啊，那我过去了。”

一百零一次交锋，萧语珩头一回占上风。

金色的阳光透过落地窗在萧语珩身上镀上一层虚实不清的晕影，素白的长裙抹去了年轻女孩子骨子里的活泼和张扬，那份超乎同龄人的沉静端凝让叶语诺觉得陌生。

是从什么时候开始，曾经落荒而逃的小姑娘懂得不动声色向她还击了？怀中的儿子张着小手伸向萧语珩消失的方向，以稚嫩的童音唤着小姨，叶语诺只一味陷在自己的思绪里，置若罔闻。直到房门被人从外面用钥匙开启，她的神思才归位。

叶语诺转身，就见一抹挺拔的身影云淡风轻地走进来，两人的视线在半空中相遇，然后他环顾客厅，在没有发现某个身影后嗓音低沉地问：“珩珩呢？”

叶语诺面色一滞，又瞬间扬起笑容：“晋骁，你回来了！”

却像一句废话，没有得到任何回应。

只好尴尬地补了一句：“……去看爷爷了。”

片刻都不停留，冯晋骁转身往后院而去，错过了叶语诺目光中沉重的失落感。

穿过回廊来到别墅后幽静的院落，梧桐掩映，鲜花绽放，院内摇椅上躺着一位精神矍铄的老人，神态宁静慈祥。他面前坐着的女孩子此时双手托着下巴，遥望天际；嘴角上翘，眉眼弯弯；微凉的晚风中，裙角飞扬，整个人看上去柔柔的，娇娇的。

“你个小丫头片子懂什么？敢跟你爷爷谈男人？”

“女人您也未必懂多少吧？我听冯晋骁说奶奶从前常抱怨您没有浪漫细胞。”

“我们那个年代能吃饱穿暖就是最高追求，谈什么浪漫？以为像你们，一天天的就知道情情爱爱，腻歪死？”

“您这是赤裸裸的嫉妒——”

时隔三年，这一老一小倒是没有陌生感。听着他们的对话，冯晋骁沉默微笑，沉稳俊朗的眉目，在薄薄光泽浸染下，柔和动人。驻足稍许，他放轻脚步行至近前：“爷爷，我回来了。”话是对冯老爷子说，手掌却是抚上萧语珩发顶。

偏头看看孙子，老人的神情更加柔软了几分，转而拍拍萧语珩的手，颇为认真地安慰道：“我们家二小子才是不懂浪漫，丫头，你多包涵。”

看向在自己身旁施施然坐下的冯晋骁，萧语珩无防备地笑了：“原来他随您啊。”

年轻女孩子灿烂的笑容，美丽得比阳光更惹眼。冯晋骁禁不住唇角上扬，轻轻握住了萧语珩的手。她手心翻转，与他十指紧扣。

我们都已不再是当初的模样，可终究还在一起，又怎能辜负这场得来不易的久别重逢？就这样，不念过往，静然安好。就好。

冯老爷子注意到他们的举动，闭上眼睛假装没看见，唯有唇边笑意，持久未退。

祖孙三人又闲聊了会儿，冯晋庭就回来了。萧语珩挽着爷爷的胳膊把老人扶到餐桌的主位坐好，语气轻松地和他开玩笑：“难得大哥准时下班，我以为八点前开不了饭呢。”

她没叫“姐夫”，而是称“大哥”，叶语诺听出来了，她神色微变，又瞬间恢复如常。冯老爷子和冯晋骁倒像是没听出来她称呼的改变，没有任何反应。

冯晋庭弯身抱起脚边的儿子，在爷爷左侧首位坐下，他说：“珩珩回家吃饭，我不早点儿到位，饿着你，晋骁不得心疼啊。”

冯晋庭的容貌有着和冯晋骁相似的棱角分明，不过相比冯晋骁被警队磨砺出来的深邃硬朗，身居高位的冯晋庭更显得温和儒雅，此时说着话，嘴角还挂着浅浅的笑意，整个人看上去智慧而温柔。而他用了“回家”一词，像是已视萧语珩为一家人，让人感到温暖而窝心。

体会到他的良苦用心，萧语珩诚恳地说：“谢谢大哥。”说着，人跟着叶语诺进了厨房，再出来时，左右手各端着一碗汤，一碗自然要先孝敬爷爷，至于另一碗——

冯晋骁自动自觉地抬手接过去：“也不怕烫，坐下。”随后在叶语诺给萧语珩送汤时伸手一挡：“她不喝鱼汤。”

叶语诺微微尴尬。

冯老爷子则微微嗔道：“这么瘦了还挑食。”

萧语珩有些俏皮地说：“谁说我挑食啦？好东西我都吃。”抢在冯晋庭前面接过那碗汤，笑盈盈地说，“正好尝尝我姐的手艺，这可是她亲手煲的呢。”

叶语诺笑得有些不自然。

冯晋骁不好再阻止，挑完自己那碗的刺换给她：“等会儿喝，烫。”

冯晋庭见状对爷爷说：“咱们老二转性了，知道体贴人了。”

“他应该的。”爷爷似乎对冯晋骁的反应很满意，半真半假地命令，“珩珩还小，晋骁，你平时多让着点她。要是把她气跑了，你也不用回来了。”

萧语珩带着点小委屈地添油加醋：“他没事就和我顶嘴。”

清俊的眉眼间不经意展露温柔，冯晋骁宠爱地轻责：“恶人先告状。”

鱼汤的插曲就这样过去，席间祖孙几人如同寻常人家一样，边用餐边偶尔交谈几句，加上不爱吃饭的图图人来疯似的一直捣乱要小姨喂饭，令一向清冷安静的冯家顿时热闹起来。晚饭过后，冯晋骁和冯晋庭被爷爷叫去了书房。

叶语诺神色淡淡地坐在对面的沙发上。她不说话，萧语珩就只顾和图图玩，像是忽略了她的存在。沉默持续了很久，叶语诺才开口，声音里有三分歉意：“我忘了你不喝鱼汤。”

萧语珩正和图图抢玩具，闻言抬起头来：“没关系啊，反正冯晋骁爱喝。”我的喜好你忘了，他的口味你倒记得清楚。姐姐和嫂子，总有一边是你的心理天平倾斜的方向，我懂。

叶语诺听出她的话外之音，端咖啡的手瞬间僵住，不悦浸染她眉心眼角：“你是对我还有误会吧？”

“误会吗？”萧语珩微微皱眉，“我怎么越想越觉得你是故意的呢！”

“你！”叶语诺首次领教她的尖锐，一时语塞。

直视她蕴含怒意的眼睛，萧语珩展颜一笑：“我开玩笑的，你还当真啊。”

叶语诺并不觉得好笑，她缓了一会儿，依旧难掩愠色：“就算你心里记恨，我也能理解。”

“你理解？”萧语珩深呼吸，直视她，“你是不是混淆了，我们两个，是谁在宽容谁？”

叶语诺神色一僵。

大人间的暗潮汹涌，图图当然是不懂的，他爬到萧语珩怀里，把小脑袋往她颈窝一搭，撒娇：“图图要和小姨睡觉觉。”

书房门在这时打开，率先走出来的冯晋庭听到儿子的话，笑言：“那可就要问你小叔同不同意了。”

紧跟其后的冯晋骁见图图的小脑袋正好枕在萧语珩被刀尖划伤的地方，伸手就把小家伙抱过来举高：“小姨都借你玩这么久了，晚上可得还给小叔。”他说得顺嘴，丝毫不觉暧昧。

图图胆子倒大，被冯晋骁举过头顶却一点都不怕，咯咯笑个没完。等到被冯晋骁抱进怀里，小家伙还搂着他的脖子，凑上去亲了他两口。

冯晋骁抱着图图坐到萧语珩身边，握了握她的手：“是不是困了？这就走。”

图图听见小叔要带小姨走立马就不干了，挣着小身子要萧语珩抱，结果又忽然想起什么似的，眨巴着黑葡萄似的大眼睛看着冯晋骁，小大人似的问：“小叔，什么是异性相吸？”

不只是冯晋骁，连书房里的爷爷都怔住了。

见大家都不回答，图图以为说错了什么，怯怯地继续："是小姨说和爸爸异性相吸的……"

冯晋庭笑："珩珩，你教坏我儿子的话，我可不同意晋骁娶你了啊。"

萧语珩被冯晋庭打趣惯了，可心里因叶语诺有了不快，语气难免带了些负气的成分："谁稀罕他？"

图图刚一问，冯晋骁就意识到肯定和萧语珩有关，除了她，这个家再没人会在一个三岁孩子面前提什么异性相吸，他原本有些哭笑不得，结果萧语珩的回答，让他有不好的预感。

转眸看了叶语诺一眼，冯晋骁忍耐了下，把图图还给他爹，用手指点点小家伙的鼻尖："以后少和你小姨玩，变得太聪明，就把你扔了。"

图图嘟着小嘴看向萧语珩，见小姨不搭理他，在冯晋庭的眼神鼓励下，有点委屈，又有点为难地说："可爸爸让图图做聪明的小孩儿。"

离开冯家，冯晋骁牵着萧语珩的手走到大切前，也不急着上车，反而双手一伸撑在车身上，把她困在车门与自己的身体之间。

萧语珩被他突来的举动吓一跳，双手抵在他胸前，没好气地说："干什么？"

冯晋骁专注地看她，黑眸在夜色里灿若星辰，他俯低头，温热的气息喷在她脸上："和谁异性相吸？"

那缓慢中隐含酸意的语气，那低沉温柔的透着蛊惑的声音，让萧语珩的心跳骤然加快，可她却不肯就范，用力地推拒着他："反正不是你。"

"还不稀罕我了……"最后一个音节变得含糊，冯晋骁把她狠狠吻住，趁她不防轻易开启她紧合的牙关，成功在她口中进驻，然后很快地，紧贴的双唇发出纠缠的声音，越发地响。

听到他在自己耳边低沉地呼吸，萧语珩已经被抱进了车后座，而他的手掌，不知何时钻进了她的裙子里，正贴在她胸口轻抚，酥麻的感觉无限延伸，萧语珩被逗弄得气息不稳。

冯晋骁的唇流连在她耳后，细细密密地轻吻，却还不忘要她回答："稀罕谁，嗯？”

这人可真是固执。在他持续的热吻中，所有的抵抗和推拒统统被瓦解，萧语珩听见自己说：“你！”低声呢喃，如同邀请。

冯晋骁满意地嗯了一声，用烫人的手掌慢条斯理地抚摸她曲线完美的身体，脸则埋在她温香的脖颈间，感受她的意乱情迷，犹如惩罚。

其实很想更进一步。可是，算了。冯晋骁终究没舍得在车上折腾她，抱紧她微微战栗的身子，用温柔的吻安抚了那被他挑起来的火焰。

等到呼吸平复，衣裙也被他整理好，萧语珩张口在他脖子上咬了一口。冯晋骁完全没料到前一刻还温顺地在他怀里轻蹭的小猫会瞬间撒野，结结实实挨了一下。

也不觉得疼，他反而笑起来：“下次换个地方下嘴，被人看见，我没法说。”

萧语珩瞪他：“再敢招我，直接咬你脸。”

“随你高兴。”冯晋骁把她捞进怀里抱住，带着些许小心问，“没生闷气吧？”

萧语珩明知道他在担心什么，还故意问：“什么闷气？”

冯晋骁叹了口气：“知道你不愿意过来，但自从我和老爷子说了我们和好的事，他就一直惦记着见你，我也不好拂了他的心意。隔了这么久再见，原本他是有话想嘱咐，又怕给你压力，所以刚刚交代我要好好照顾你，不能让你受委屈。珩珩，爷爷是真的疼你，哪怕不是为我，就冲他这份心，别生气好吗？”

过去的事，萧语珩也不愿再提，她伸手抱住冯晋骁的腰身，脸贴着他颈窝：“这话你应该在回来前说，现在有点晚。不过，看在爷爷的面上，我就不和你计较了。”停顿了几秒，她又说，“冯晋骁，我希望你明白，我之所以不愿意还为之，完全是冲你。如果有一天你保护不了我的时候，我一定会放弃你。走到那一步，我们就回不了头了。”

冯晋骁心口一疼，也不知道是因为想到三年前分手时的惨烈，还是记起了过去三年自己经历了怎样的思念和煎熬，他抱紧萧语珩，说：“不会的。”

冯晋骁没直接带萧语珩回家，反而把车停在小区门口的一家大排档前。

烧烤加扎啤，萧语珩的最爱。

他还是注意到了，晚饭她没吃多少。萧语珩心头暖暖的，挽着冯晋骁的胳膊指挥他点肉串，又扬声喊老板先上扎啤。

萧语珩上桌就先灌了一杯扎啤，冯晋骁见她高兴也没阻止，等肉串烤好，两人边吃边喝起来，没一会儿，萧语珩就到量了。她抹了抹嘴，扬着红扑扑的小脸看冯晋骁："你变了呢。"

冯晋骁以手指梳理她被风吹乱的头发，别到耳后："是吗？"

萧语珩挪了挪椅子，往他跟前凑过去，笑眯眯的样子："变得温柔了，也体贴了。"

冯晋骁挑眉："不喜欢？"

喜欢的。这样的你，总让我记起当初的甜蜜。

却还口是心非："还行吧。"

笑意浮上嘴角，冯晋骁往椅子后面动了动，腾出前面的一块地方把她搂过来，话锋一转："看哪天方便，请楼意琳吃个饭。"

萧语珩靠在他怀里问："为什么呀？"

因为她告诉我，在我们分开的时间里，你没喜欢上别人。按住她端扎啤的手，冯晋骁说："不是说她失恋了吗？给她介绍个男朋友，也算你身为闺密体恤她单身的痛苦。"

萧语珩眼睛亮亮的："陆成远很帅啊，就他吧。"

冯晋骁拧眉："当我面夸别的男人，你胆子不小啊！"

萧语珩憨憨笑起来："你吃醋啊？"

冯晋骁捏捏她小下巴，笑而不语。

扎啤被萧语珩豪爽地半杯半杯一饮而尽，喝到后来坐在冯晋骁怀里都觉得冷。才不管是不是在外面，她直接把冯晋骁的衬衫从腰间扯出来，扣子一颗一颗全部解开，贴在他胸前，缩成一小团。

低头看着有了醉意的萧语珩，那修长的手指，那缓慢而坚定的动作，让冯晋骁觉得，这个微眯着眼睛解他衬衫扣子的女人，太性感。

有心把衬衫脱下来给她穿，又觉得如此依偎比任何的亲密都温暖，索性由着她。再说，大庭广众之下，被一个漂亮女孩子扒了衣服投怀送抱的感觉，还不赖。

邻桌注目下，冯晋骁神色淡定，他不疾不缓地吃东西，还不忘把胸前不安分的小女人护得严严实实，不给别人半分窥视的机会。

等身上暖和一点，酒劲也上来了，萧语珩歪着脑袋说：“我给你唱首歌吧。”然后不等冯晋骁回答，自顾自地轻轻哼唱起来：

“没有流星的花园，我们坐在街道边；只要有浪漫的誓言，我们笑得一样甜；唱着情歌的感觉，好像风儿抚过肩；明明分开一转眼，却又开始了想念在这下雨的夜……

“你对我很特别，很奇妙的感觉，你的微笑能映红我的脸；我对你很特别，不一样的感觉，这是个只属于我们俩的爱的世界……”

凝视她精致的眉眼，冯晋骁静静地听。萧语珩的嗓音很特别，此刻清唱这样一首欢快的歌，十分有味道，周围的客人也被她的歌声感染，不知不觉间降低了喝酒猜拳的声音。

萧语珩唱够了，端起一杯扎啤，醉意深浓地要求喝交杯酒。

此时，她半眯着眼睛看他，两颊如红霞晕染，眼神迷离，浓密的长睫毛在灯光投印下，形成两片朦胧的阴影，妩媚不可方物。冯晋骁眼神越来越深，托住她手，把一整杯扎啤干了。

萧语珩只喝了一小口，杯子就被取走。冯晋骁低头，以侧脸贴着她的脸，柔声哄：“不能喝了，你听话，等会儿我背你回去，好不好？”

条件很合萧语珩的心思。她眉眼弯弯地笑起来，像只慵懒的小猫一样伸出胳膊搂住他脖子，仰头送上一个吻，火辣热情得让冯晋骁有把她就地正法的冲动。

夜晚的大排档热闹异常，这样旁若无人的亲热点燃了年轻人的激情，在两人唇舌碰触在一起的时候，口哨声瞬间响起，接着就有人拿扎啤杯敲着桌面，大喊：“哥们儿，艳福不浅啊——”

萧语珩醉得神志不清，对此茫然一无所觉，一吻之后只觉头晕目眩，浑身酥麻。冯晋骁扣着她小小的后脑，让她红润的小脸贴在胸口，唇边笑意若隐若现。

结账时老板看看昏昏欲睡的萧语珩，笑得眼睛眯成一条缝："女朋友很漂亮。"

抱着萧语珩起身，冯晋骁嘴角噙着淡淡的笑，语气宠爱："就是不太听话。"

如果萧语珩不是醉了，一定会发现此时依偎的男人比以往任何时候都温柔，那眼神里不加掩饰的纵容宠溺，是她追求了六年，始终认为没得到的，一种叫作"爱情"的东西。

冯晋骁兑现承诺把萧语珩背回了家，没有坐电梯，一口气把她背上十二楼。开门时，萧语珩滑下他的背，在他手臂的搂扶下绕到前面，素白柔软的小手无意又似故意地覆在他胸前，缠上来吻他的喉结："冯晋骁——"

低低暧昧的女声钻入耳里，刺激得冯晋骁浑身的血液都沸腾起来了。他单手搂紧她的腰，让她的身体紧贴着自己，急切地打开了房门，钥匙落地的瞬间，他转身就把萧语珩抵在门上，吻住。

一路从客厅纠缠到卧室，静默的夜色里，一声声低低的呻吟让冯晋骁无法自持。直到萧语珩承受不住，软软地攀着他的肩背低低哭起来，他才恋恋不舍地结束，温柔地俯视着她，以指腹摩挲着她带泪的小脸，低声而耐心地哄，等到她平复才抱着她去洗澡，然后相拥而眠。

于冯晋骁，这是一个风清月皎、软玉温香的夜晚。

于顾南亭，却是夜不能寐。

把车停在G市最灯红酒绿之处，他推开一家私人酒吧的门，一门之隔的另一个世界里，空气中弥漫着迷乱、放纵的气息。重金属音乐，骚动的舞池，男女眉目传情间流露的深心处的赤裸欲望，无一不透着让人抵抗不了的诱惑。

变幻的灯光中，他的轮廓剪影沉静端凝，如此清寒逼人的气质与这里的纸醉金迷太不搭调，如同异类。颇为冷淡地环顾四周，他行至吧台前，坐上高脚椅，抬手敲敲桌面。

酒保似乎对他并不陌生，很快送来一杯龙舌兰。

顾南亭仰头灌进整杯，明明那么烈的酒，他眉都没有皱一下。

酒保再为他斟满，就有女人暧昧地贴上来，衣襟半敞，眼光迷离："可以请我喝一杯吗？"乐声太大，她不得不拔高音量。

开场白实在没有创意，所幸顾南亭是位大方的金主儿。

他抬眸示意。

酒保立刻也为女人送来一杯。女人执起酒杯和他的杯子碰了一下，竟也干了。这酒劲道十足，初尝时连他也忍不住皱眉，她却没有半点不适。

直到喝完第三杯，女人的身体开始有意无意地往顾南亭身上蹭。他倒也没躲，原本抿成一线的嘴角竟有笑意沉淀。女人如获大赦，调整姿势就要往他腿上坐——

这一次，没被允许。

顾南亭拂开那只搭上自己肩头的手："抱歉，我在等人。"转首望向右边："程程。"

程潇在闪烁不定的光线里走过来，顺着顾南亭的手劲，被拉坐到他腿上，大声问："等急了？"话语间抬眸看了搭讪女一眼，似乎是在宣告：这个男人是我的。

酒保笑得有些坏。

等搭讪女愤然离去，程潇才从他腿上跳下来。顾南亭似乎是嫌音乐声太大，扬手叫来酒保："换一首。"似乎没感觉到脚上被程大机长的高跟鞋踩了一下。

等乐声舒缓下来，程潇才开口："顾总还是一如既往地无聊。"

顾南亭哼笑一声："想看好戏，还不如程机长亲自上阵。"

程潇眉梢一扬："我可没那份雅兴。"然后端起他的酒杯闻了闻，看向酒保，"只要别是这个就行。"

顾南亭似有不悦："这个点出现在这种地方，还在你老板面前喝酒，程潇，我看你是不满意中南的待遇了。"

程潇不以为然地耸耸肩：“海航的机长年薪也很高，而且还比我们公司的男机师帅。”

顾南亭眼里似有笑意：“搅了你老板的好事，还要求加薪，程潇，你胆子越来越大了。”

程潇的表情很无辜：“我飞行技术好啊，又是像熊猫一样稀缺的女飞，还担心失业吗？”

黑沉的眼里亮起微光，顾南亭十分愉悦地举杯：“为如此美貌的女飞，为中南所有干杯。”

程潇执杯，与他的杯轻碰。

交谈到此为止，余下的时间里，顾南亭都用来沉默，除此之外就是喝酒，一杯接一杯。程潇坐在他身边，微扬着侧脸静静地陪着，不阻止。

不多时，顾南亭拍拍程潇的肩膀：“等我会儿。”

程潇以为他要去洗手间，却见他走向舞台中央搭建的台子，在一束追光下，慵懒而坐。

像是演练过无数次，在顾南亭点头的瞬间，乐声即时响起。

短暂的前奏过后。

“终于被你推到心碎的边缘，我看见你的眼说再见，从未得到一句爱我的誓言，却送上我爱你一万年，早已习惯被你傀儡的缠绵，你要我怎么做我都无言，如果分手难免请喂我一个吻，在毁掉我之前——

“为你流下第一滴泪，那热泪烫伤我的脸，再也无颜面对明天，一想你就到深渊，为你流下第一滴泪，我爱上痛哭的滋味，当你吻我颤抖的嘴，我的心忽然被撕裂——”

线条分明的脸，深邃黑沉的眼，以及那充满力量和心碎的声音，让而立之年的男人周身充满了寂寞和沧桑的味道。

程潇坐在那里，一动不动，她感受到了顾南亭内心强自压抑的情绪。

那种令人心碎的疼，她不忍多看一眼。

回去的路上，顾南亭把车速提得很快，目视前方的眼睛清明得没有丝毫醉意。风声、夜色都已沉寂，程潇一言不发地任由他把车驶向市区中心。

- 第四章 -

千里之距，思念着你

我在面前，你看不见，那是心的天涯海角之距。

彼此思念，我在这里与你，也是千里零距离。

清晨，跑步回来的冯晋骁来到卧室，阳光被阻隔在厚厚的窗帘之外，此刻床上憨睡的女人微翘着嘴角，眉宇间隐隐透出的媚态犹如餍足的猫，他俯身亲亲她额头，虽不舍还是把人从熟睡中叫醒，柔声问：“今天要飞吗？起不起来？”

萧语珩翻了个身，身上套的男士衬衫领口被扯得很低，她嘟哝：“停飞了。”

冯晋骁跨上床，贴着她躺下：“怎么回事？”

萧语珩不情不愿地答：“外场发病，没提前通知调度席，停飞三天。”

闻着她身上沐浴液的清香，冯晋骁在她肩膀亲一下，心情大好：“我怎么觉得顾南亭的这个决定，是对我的奖励？”

萧语珩屈起胳膊使劲杵了他一下。

午后，冯晋骁要去警队，萧语珩回家陪萧素。明知她不愿意，冯晋骁还是执意把人送到顾家别墅。大切停稳后，他倾身过来近距离地面对她：“我这么见不得人吗？还是你担心萧姨反对？要不我去说吧。”

“我是想我们才刚刚……等过段时间再和她说。”萧语珩稍显迟疑，“反正昨天在电话里她也应该明白了。”

“明白是一回事，你告诉她是另一回事。”冯晋骁握住她手，“珩珩，怎么我觉得，我现在对你可有可无。是我想多了吗？我们之间，存在不稳定因素吗？”

也许，是我想多了。萧语珩回握他的手，微微一笑：“什么时候你不和我顶嘴了，不稳定因素就没了。”

冯晋骁牢牢盯住萧语珩的眼睛，像是要借由那双会说话的眸子读懂她藏在心底的秘密。然而，那眼底的无辜让他怀疑自己的直觉了。

希望是他想多了。展臂将萧语珩抱进怀里，冯晋骁贴着她的耳郭低语：“我不想你在我身边受委屈，那有悖于我哄你回头的初衷。”

双手在他腰际扣紧，萧语珩把脸贴着他颈肩，撒娇似的说：“是求我！”

“对，我求的。”冯晋骁抱她更紧，“所以别想跑，怎么都是我的人。”

萧语珩在他颈窝蹭了蹭。

笑意浮上嘴角，冯晋骁松开些许距离，想要吻她——

别墅的大门在这时打开，阳光下，顾南亭从里面走出来，冷峻的面孔上看不出半分宿醉的痕迹。

克制的吻印在萧语珩额头上，冯晋骁捏捏她肩膀：“去吧，代我向萧姨问好。”

萧语珩点了点头，下车时顾南亭已行到近前，她像以往在家时一样，称呼他：“哥。”

顾南亭抬眼看她，表情淡淡，情绪不明。萧语珩就安静地站在他面前，像是要等他一同进门。片刻，他才吩咐了一声：“你先进去。”

他是个生性薄凉的人，但过往对继妹的照顾从来都是周到细致的。尽管两人才因调古城基地的事言语意见不合发生争执，萧语珩还是不会当着冯晋骁的面忤逆他。

等厚重的门把萧语珩的身影阻隔住，顾南亭的神色就冷了几分，他的手插在西裤兜里，目光锐利地盯着对面的男人，单刀直入：“我丑话说在前头，她再哭着来找我，别说是你，就连你们冯家，我也不会客气。”

原本这席话他碍于萧语珩憋着。如果她不再和冯晋骁有所牵连，或许他就准备憋一辈子了。无论作为上司、哥哥，或是任何什么关系，顾南亭都没想过做萧语珩的主。况且，他太清楚，萧语珩是不愿意让他知道的。

可是，不能眼睁睁看她重蹈覆辙。

冯晋骁从没质疑过顾南亭维护萧语珩的能力和决心，却也根本没把他当作威胁。俊朗的轮廓纹丝不动，他表明态度：“作为兄长，你用什么方式护她，我都无话可说。但有一点我希望你明白，”他敛下眉目，“我挽回她不是为了伤害她。”

“你是告诉我你是出于爱？好，很好，我姑且相信你。”顾南亭微眯着眼睛，“既然如此，冯晋骁，就别怪我对你下手狠了。那是你身为她男人，理应承受的。”

冯晋骁很快读懂他的话里有话，明确地问：“你想说什么？”

“我想说什么不是重点，重点在于你那位好嫂子，你不妨去问问她，看她对一个叫了她二十年姐姐的人做过什么。”顾南亭冷笑，一字一句，“我真不想告诉你：你失去的，不仅仅是和珩珩分开的三年时间。换成是我，弄死她，都不足以泄恨。”

话尾处明显加重的语气，蕴含冷寒的恨意，令冯晋骁神色骤变。

“我倒是有些好奇，你那位大嫂怎么在你们兄弟面前伪装下去。冯晋骁，我拭目以待。”话至此，顾南亭不再继续，把冯晋骁当空气晾在外面，转身走回别墅。

冯晋骁原地驻足片刻，上车离开。

萧语珩听到外面车子启动的声音，发微信问：“你们说什么了？”

冯晋骁的回复很快就到，他轻描淡写地说：“属于大舅子的忠告。”随后追加一条，“别担心，他吓不跑我。”

看来没在顾南亭那儿讨到好脸色。萧语珩淘气地鼓励：“加油冯队，我看好你哦。”

萧素看着女儿难得开心的样子，欣慰之余又不免担心：“你和晋骁又在一起了？”

萧语珩看看坐在对面沙发上低头看民航杂志的顾南亭。

顾南亭感应到她的目光，抬眼看她：“怎么，需要我回避？”

萧素太清楚继子和女儿的脾气，为免两人吵起来，她先出言责备萧语珩：“连你哥也瞒着了是吗？平白让我们担心。”

“我倒是没那份精力担心她。”顾南亭合了杂志扔桌上，起身上楼，步上最后一级台阶时对萧语珩说，“这两天训练中心会通知你复训，复训结束后要是你没改变主意的话，就准备去古城基地报到。”

萧素讶然：“古城？”

萧语珩气顾南亭在这种情况下让萧素知道她外调的事，没好气：“你真啰唆。”

顾南亭就又啰唆了一句：“我还没告诉素姨你是为了维护姓冯的才选择去，算是法外开恩了。”回应他的，是萧语珩远远丢过来的靠垫。

听到顾南亭关门的声音，萧素以眼神询问萧语珩。

萧语珩耍赖一样地扑进她怀里：“你别听他胡说啊，他就是想拆散我们。”

萧素打她一下：“南亭比我还疼你，说这话也不觉得违心吗？”

萧语珩孩子气地告小状：“这回真是他不对，他逼我呢。”

萧素相信顾南亭必然是有理由的，她担心的是：“你和晋骁的误会都解释清了？”

萧语珩明白母亲的心思：“其实三年前他就把自己解释得很清。是我任性了，无论如何，不该因为和他分手就赌气大学都不念，工作之后又申请外派，让你担心。”

可那个时候，真的觉得过不去了。和冯晋骁恋爱两年，每次他回G市都去学校接她，为了让他了解她的学习环境，操场、食堂、图书馆，甚至是宿舍楼，萧语珩都带他去过。

那些有关冯晋骁的记忆，情好时是甜蜜，分手后就成了痛苦的记忆。

萧语珩想要抹去。

只是那时她不懂，爱情的艰难在于，爱不由己。根植于心的东西是无法移植的。

冯晋骁听闻她要退学，连夜从A市赶回来，在劝不动她的情况下，失去冷静地低声吼：“你想我怎么样你说，只要你肯继续学业，我都依你。分手是吗？我同意了！”

他站在雨里那么久，换作以往，萧语珩一定心疼死了，可那天她一滴眼泪都没掉，或者是雨水掩盖了泪意："从前两不相欠，以后互不相扰。冯晋骁，唯愿今生，不再见。"

那时距离萧语珩提出分手已经一月有余，从起初的坚决不同意，到后来的被迫妥协，从未输过任何人半根手指的冯晋骁生平头一回觉得无力。

可她还是固执地放弃了学业，留下终身遗憾。

"我知道，因为姐姐的关系，你对我和冯晋骁的未来充满了担忧。现在您应该也不赞成我们在一起。可是妈妈，我尝试过放下，却没成功。所以我想，与其勉强不爱，不如再给自己一个机会。而且，他说他喜欢我。"萧语珩抬头，眼睛湿漉漉的，"妈妈，他喜欢我呢。"

相比叶语诺，萧语珩懂事较晚。和前夫叶亿离婚时，萧素最担心给她幼小的心灵留下阴影。所幸后来有顾长铭和顾南亭的引导照料，她的性情才没有明显转变。直到她独自去古城旅行后一发不可收拾地喜欢上冯晋骁，那种迷恋，让萧素开始隐隐担心，深怕对于爱情还似懂非懂的她经受不了任何变故。结果一语成谶，她和冯晋骁终是没能走到最后。

萧素曾在事后找过冯晋骁。冯晋骁当时已经连续一星期没怎么休息，整个人疲惫又憔悴，他低头沉默，仿佛不知从何说起，很久，才哑着嗓子开口："我确实隐瞒了和大嫂相识在先的事实，但绝对不是珩珩想的那样。我没考虑周全，是我的错，她怪我，我无话可说。但除了她，我心里没装过别人。"

早一步相识本没什么错，错就错在不该隐瞒。

冯晋骁言语不多，但解释得足够清楚，即便相识早，对叶语诺，他也没动过别的心思。叔嫂，是他们唯一的关系。

可萧语珩怎么都不肯相信，光萧素认可冯晋骁的为人和担当也是徒劳。而且因为叶语诺嫁进了冯家，萧素深心处并不希望萧语珩再和冯家有牵扯，所以她临走时说："既然已经这样了，晋骁，由着她吧。"

本以为萧素过来是代表着还有转机，没想到竟是这样的结果。冯晋骁眼眸深处那仅有的一点光亮因萧素不回避的直视慢慢熄灭，心也空了，一如认识萧语珩前，空到一无所有。

…………

时至今日，萧素语重心长地说：“珩珩，你重新接受他是你的选择，妈妈不会干涉。妈妈要告诉你的是，你可以奋不顾身地投入一场恋爱，但要永远记得，你是一个女孩子，一个值得你爱的男人，一定要是能够保护你的。既然重新接受了晋骁，在任何时候任何情况下，都是可以倚仗他的保护的。”

出于对女儿的疼爱，萧素可以不追究过去，甚至对于未来，只要是萧语珩认定的，她都乐于成全。可经顾南亭提示后，冯晋骁却心有不安。他直觉认为，萧语珩隐瞒了什么，而那被隐瞒的，才是导致他们分开三年的根源。

冯晋骁回了队里，工作期间接到一条短信，那端问：“伤怎么样了？拆线时需要陪你过去吗？现在通话方不方便？”他没回复，待公事完成，直接驱车去了海航办公大楼。

接到冯晋骁的电话，叶语诺明显有些意外，听见他说：“我在海航楼下，劳烦大嫂下来一趟。”她脸色一僵。

十分钟后，叶语诺才从办公室出来，走出办公大楼，她看见马路对面大切诺基里坐着的男人，眼里瞬间闪过很多情绪。

冯晋骁看着她穿过马路，在车前停下，没急着开口。

叶语诺等了几秒，注视那张近在咫尺的俊朗面孔：“什么事，晋骁？”

冯晋骁才推开车门下来，与她迎面而立，微微讽刺地说：“特意过来谢谢大嫂的关心。”

在他如冰雪般冷凝的目光注视下，叶语诺神色不变：“我是听晋庭说起你受伤的事，所以才代为关心一下，毕竟他太忙，很多事情顾不上。爸妈不在这边，我身为他的妻子，理应为他分担，而珩珩的脾气你比我清楚，如果被她知道我们私下有所接触，搞不好又要误会。”

这样遮遮掩掩、暧昧不明，才容易引起误会。试想，如果这条信息落在萧语珩眼里，会是怎样的一场轩然大波？

“大嫂，”冯晋骁咬字很重，语气犀利，“现在大哥和珩珩都不在，就别打太极了，有什么话，我们直说。”

他的来者不善，精明如叶语诺感觉到了，她努力压抑着心底的惧意，试图以不变应万变：“晋骁，我不明白你的意思。”

“你是真不明白还是装糊涂，你我心知肚明。从前没追究你到底和珩珩说了什么，是我被分手刺激得失去了理智和应有的判断。现在，你觉得我会善罢甘休吗？”刚毅硬挺的轮廓浮现冷寒的神情，让冯晋骁身上迸发出一种慑人的狠戾。这种气场本不该出现在此刻，毕竟面前的人，是他的家人。可或许就是这个家人，导致了他和萧语珩的分手。冯晋骁恨极了自己，怎么当年就没多想想。

叶语诺的目光里涌起指责，但她克制着：“你既然不相信我说的，为什么不去问她？”

冯晋骁盯住她眼睛，直到叶语诺快承受不住，才冷笑了下：“我很奇怪，你哪里来的把握珩珩会一辈子守口如瓶？在你眼里，这是你们姐妹亲情的最后一点剩余价值吗？”

“同样是兄弟姐妹，我和她无法与你和晋庭相比。你和晋庭从小一起长大，感情深厚，我和她却只有六年的姐妹情分。在她萧语珩心里，顾南亭那个和她毫无血缘关系的哥哥都比我重要。晋骁，你又凭什么让我看重和她的姐妹亲情？”

“你又怎么能和顾南亭比！”冯晋骁冷冷反驳，“他那个人虽然专制，却有兄长之风，无论何时何地，对妹妹的维护，都是无条件的。”

“无条件？”叶语诺冷笑，“晋骁，你别忘了，他们不是亲兄妹，你所谓的他对妹妹的维护之情，或许根本就是一种禁忌之恋。”

尽管与顾南亭的关系一直是水火不容的状态，但冯晋骁并没有因为叶语诺拿顾南亭做文章而动怒，而是理智地反驳道：“爱一个人，是每个人的自由和权利，既然他们不是亲兄妹，没有血缘关系，又何来禁忌之说？”

叶语诺像听了个笑话：“反正在你眼里，萧语珩无论怎么样都是天真赤诚、独一无二的，我说什么都是徒劳。”

“徒劳的只是你吗？”冯晋骁冷冷地注视她，“为了修补你们的姐妹关系，珩珩当年又做了多少努力！而你作为姐姐，除了冷漠和疏远，给过她丝毫的关心和照顾吗？你父母分开与她无关，你父母关于你们姐妹的抚养权分配，也不由她选择和决定，你却把所有的过错都记到一个六岁的孩子身上，叶语诺，这公平吗？有道理吗？”

“也是我太天真太自负。”冯晋骁苦笑，“明明看出来你不喜欢她，甚至讨厌她，却还抱有一线希望，以为有我和大哥在，你们姐妹的关系会有所缓和，结果非但没有帮她亲近你，更没能保护好她，或许还和你一起，捅了她一刀。”话至此，他的目光犀利起来，语气也更冷了，“叶语诺，我再问你一遍，图图出生那天，你究竟和她说了什么，让她居然会怀疑我和你有染？”

叶语诺露出哭笑不得的表情：“当时你也看见了，是我摔倒在地，你却一再地质问我对她做了什么。晋骁，你能不能公平一些？怎么说我也是你大嫂。”

冯晋骁盯着她：“三年前，我就是看在你是我大嫂的面子上才送你去医院。否则，即便身为警察，你的生死，你孩子的生死，与我冯晋骁何干？但结果呢，珩珩误会了我三年，甚至是现在，我都不确定，她是不是相信我了。而你，连一句真话都没胆量说。”

叶语诺站着不动，面上的平静已经快维持不住：“如果你所谓的真话是让我承认对她做了什么，我无所谓，反正我说什么你都是不相信的。”

她的否认和辩解在冯晋骁意料之中。他来之前也没指望从她嘴里得知真相，如果那么容易，他也不会现在还被蒙在鼓里。冯晋骁特意来这一趟，只是想告诉她：“你不说，我也不勉强。我不看你还得看我大哥，怎么都不能拿审讯那一套对你。但有句话我先撂这儿，我好不容易才哄她回到我身边，不希望再有谁节外生枝。”

叶语诺刚要反驳，冯晋骁的手机就响了。

看见屏幕上闪动的名字，冯晋骁的神色瞬间缓和下来，接通时语气也变得很温柔，他问：“怎么了？”

那端的萧语珩的声音却有一丝紧绷，她不答反问：“你在哪儿？”

冯晋骁瞥一眼身前的叶语诺，实话几乎到了嘴边，出口却是：“队里。”

萧语珩明显沉默了两秒，才冷淡地说：“那你忙。”然后径自挂断。

“珩……”冯晋骁没机会继续，听筒里已传来忙音。他心头一动，懊恼得险些摔了手机。无心再多说什么，他快速坐回驾驶席，离开前说：“我敬重大哥，作为他的妻子，叶语诺，我劝你惜福。”

二十分钟之后，叶语诺出现在海航总裁办公室外。冯晋庭的助理向来懂得察言观色，发现叶语诺眼睛微红，像是哭过，赶紧说：“冯总有客人，您稍等，我去通报一下。”

叶语诺阻止：“别打扰他了，我等等没关系。”

助理退出去之后，她就坐在休息室里静静地等，也不知道过了多久，迎面办公室的门打开，冯晋庭走过来。叶语诺起身投进他怀里，抱紧他腰身：“晋庭。”

冯晋庭伸手揽住她，轻拍她的背：“怎么了这是？谁给我们家小诺委屈受了？老公给你做主。”

他从来都是这样温柔贴心的。

叶语诺备感安心，微微撒娇地说：“有你撑腰，谁敢欺负我？”

冯晋庭轻笑：“那怎么突然跑上来了？平时叫你上来一起吃午饭，你都说影响不好，现在这是搞突然袭击查我的岗吗？”边说边拉开两人的距离，确认她是否哭了。

叶语诺退出他的怀抱：“我才没闲心查你。刚刚和一个空乘发生点不愉快，心情不好而已，现在没事了。”

冯晋庭听后微微一笑，安慰她：“空乘的工作压力很大，你作为她们的直接领导，多体谅包容一些，不要往心里去。”

叶语诺嗯了一声，拉着他的手轻问：“如果有一天我做了什么错事，你会原谅我吗？”

冯晋庭却像是完全不在意地说：“你会做什么错事？”见叶语诺仰着脸认真地看他，他才敛了笑，“你是我妻子，如果你做错了事，我也难辞其咎。小诺，你记得，无论什么时候，你都可以依靠我。”

叶语诺眸底潮湿一片：“我录下来了，你别想抵赖。”

冯晋庭把她鬓边的碎发别到耳后："你呀，比图图还像个孩子。"语气中的宠爱让叶语诺忽略了他眼底一闪而逝的情绪。

冯晋骁没能如愿见到萧语珩。确切地说，那通电话之后，就联系不上她了，去了顾家，她也不在。

还有什么不明白的，必然是知道了他和叶语诺见面，而他又撒了谎，才避而不见。心中猜测被证实，冯晋骁有种风雨欲来的预感。思考过后，他对萧素说："三年前我让您失望了。和珩珩之间，错都在我。但是萧姨，请您相信，我是出于真心。"

"晋骁，萧姨从没质疑过你的心意。"萧素隐隐感觉到两个孩子之间又发生了什么，她语重心长地说，"对于两个人而言，你情我愿，两情相悦，就是爱情。可婚姻牵涉的却是两个家庭。你应该明白：珩珩和小诺的姐妹之情还没坚固到能让她们在一个婆家和平共处。珩珩退一步和退一万步都是一样，小诺容不下她。萧姨就这么一个女儿，我希望你能护好她，别让她受委屈。不然的话，萧姨可就做她的主否定你了。"

冯晋骁把最后一句话作为重点，忽略了萧素那句"萧姨就这么一个女儿"背后隐藏的秘密："从前都是我不好，没有好好对她，以后不会了，请您放心。"

萧素点头，"珩珩说公司有事，刚走。"

冯晋骁感激不尽："谢谢您。"

萧素提醒道："快去找她吧，有什么话当面说清楚。"

冯晋骁又去了中南航空，可萧语珩故意躲着，即便他去了，也是找不到人的。

无功而返。

直到晚上，萧语珩的手机依然处于关机状态。冯晋骁再三考虑过后，编辑了一条信息发过去："下午的事，我说了谎。本以为是善意的谎言，看来是错了。直觉告诉我，当年你提出分手另有原因。我去找她，也预料到未必能得到想要的答案。可至少我得让她知道，我不是个宽容的人，如果是她在背后动了什么手脚导致我们分手，我肯定会翻旧账。珩珩，我希望你告诉我分手的真正原因，真心地原谅我，而不是心存芥蒂。今天是我不对，我知道你在生气，但别因此就对我失望，更别轻言分开，我想我们好好在一起。”

等了很久，萧语珩都没回。

深夜，被冷落的冯晋骁去会所找萧熠，兄弟俩坐在吧台前不对外开放的私人空间喝酒。

冯晋骁把傍晚去海航的事说了，萧熠听完有点火起：“分了三年还不长记性，你活该。”

“那时候只是送叶语诺去医院，她都作成那样了。三年啊，说分就分，一点余地不留。我是怎么扛过来的？今时今日，我还敢说实话吗？”冯晋骁仰头干了一杯酒，“我就想和她在一起，别再横生枝节，就这么难吗！”

换成自己或许也是同样的处理方式。男人啊，都太自以为是。

却还是忍不住打击：“不难还被你搞到今天这种地步，只能说明你智商有问题。”

冯晋骁自嘲：“对，我不应该放弃治疗。”随后话锋一转，“那晚和赫饶有没有发生点什么？”

萧熠没正面回答：“对一个人执着久了，会成为一种习惯。我现在还不确定这个习惯是不是已经改掉，所以暂时不想培养新习惯。”在不确定心意的情况下，不能拿别人的真心以待来填补空白，那不是自私，是浑蛋。

因为对方是赫饶，是一个相识近八年的女孩子，萧熠格外谨慎。

冯晋骁举杯：“祝你好运。”

萧熠和他碰杯：“自求多福吧你。”

酒局散时，临近凌晨，萧熠给冯晋骁安排了代驾，自己则留在顶楼的套房休息。冯晋骁没直接回家，而是让人把车驶向顾家。

前面拐个弯就到了，冯晋骁正准备再给萧语珩打个电话，一抬头，一辆丰田与他的大切擦身而过。由于两车速度都略有些快，透过降下来的车窗，他没能完全看清对方驾驶位上的人的面容，但瞬间的那个照面却让他本能地警惕起来。

酒意尽散。

冯晋骁倏地转过身体，记住丰田的车牌号，同时交代代驾："掉头。"

等代驾反应过来掉转了车头，分岔路口早已不见了丰田的车影。

代驾把车停在路口，等了一会儿也不见冯晋骁说话："先生？"询问的语气。

冯晋骁让代驾直接把他送到了警局。

回到办公室，冯晋骁给陆成远打电话："车牌号GA2566，查一查——"

清晨，陆成远把有关那辆车的资料送到冯晋骁办公室，看见他面露疲惫之色，笑言："怎么像被嫂子赶出来无家可归的状态呢？"

"差不多是这个结果。"冯晋骁打开档案袋，看着看着，眉头就皱了起来，"中南航空副总章程？他的车？"目光停留在章程的照片上，他可以确定昨晚的那个侧脸不是此人，"查一下他昨晚……"

"中南与萧氏达成合作，要开辟新航线，章程负责签约酒会的事，昨天傍晚飞A市了，预计明天的班机返回。"接到冯晋骁的眼神提示，陆成远领悟，"我去查查昨晚谁开了他的车。"

冯晋骁点头："罗强那边安排得怎么样了？"

"万事俱备。"陆成远答得胸有成竹，又迫不及待地问了句，"什么时候行动？"

冯晋骁的注意力似乎还在资料上，隔了半天才说了一个字："等。"

三天后，萧语珩主动给冯晋骁打来电话，问他："什么时候拆线？"

原本她一直不接电话，冯晋骁还有点恼，毕竟他觉得自己解释得够清楚了，偏偏萧语珩一句话都没有，就这么晾着他。可见她惦记自己的伤，哪里还有气？他赶紧说："明天。"

萧语珩和他确认："下午行吗？我上午有例会要参加。"

冯晋骁答得特别痛快："行。"刚想再说点什么，就听那边有人催萧语珩快点。考虑到明天上午要去训练场，没时间接她，两人约好在医院碰面。

对于先前的冷战，萧语珩不提，冯晋骁也不多说，生怕再因此吵架。

第二天从训练场出来就已经两点了，怕萧语珩等急了，冯晋骁边往医院赶边给她打电话，结果关机。到了医院，萧语珩还没来，又等了将近半个小时，她才匆匆赶来，身上穿着未及换下的空乘制服。

萧语珩微喘着解释："开会时出了点状况，有个 CC 突然晕倒，手机又没电了……"

冯晋骁的心才放下，温柔地注视她："我多等一会儿没关系。"

发现他面孔上的疲惫之色，以及此刻眼眸里的喜悦温柔，萧语珩忽然觉得这几天的别扭闹得很没意思，于是主动伸出手去握他的手。

却在下一秒被冯晋骁反握住，然后听见他说："下不为例。"

萧语珩自然明白他是在为那天说谎的事道歉，原谅的话却怎么也说不出口。

冯晋骁并不勉强，只是更紧地握住了她的手。之后整个拆线过程他都没松手，惹得医生都开起了玩笑："担心留疤被甩了啊？又不是伤在脸上，没有破相的隐患嘛。"

冯晋骁难得地对不相干的人多解释了一句："怕她担心。"

医生就安慰萧语珩："你这男朋友啊，身体素质还真不错，用不了几天他这胳膊就能恢复到把你举起来都不成问题，放心吧。"

冯晋骁的手机在这时响了，他听了一会儿，打断对方："知道了，我马上回去。"转首对医生说："麻烦快点。"显然是警队有事。

从医院出来，触及他蕴含歉意的目光，萧语珩懂事地说："你去忙吧，我自己回去。"

冯晋骁期待地问："回哪儿啊？"

萧语珩微微嗔道："太晚的话就不等你吃饭了。"

冯晋骁笑着把她拉进怀里用力抱了抱："知道了。"

然而，萧语珩等到凌晨只等来他一通电话，说队里有事还在忙，让她自己睡。怎么回来的就怎么回去。次日，萧语珩开始了复训。

在萧语珩参加为期一周的封闭式复训期间，冯晋骁应刑警队请求，把赫饶派过去协助那边办案，陆成远则全面接手新队员的选拔、集训，以及老队员的考核工作。表面上，特警队在按部就班地完成例行训练，然而私下里，冯晋骁却忙得每天休息不到四小时。

关于丰田车一事，经过多日追查，只获得一条尚不确定与沈俊案是否有关的讯息，就是通过刘同引见，丰田车主章程把中南航空一处仓库租给了云南珠宝商林立。

除此之外，暗访过程中，陆成远发现另一条线索："章程和刘同是高中同学。"

冯晋骁正在书写的手一顿。

陆成远继续："沈俊隐匿六年现身，丁成民就越狱了，刘同开始越权关注这个案子，章程和他是同学，还和姓林的富商认识，而这姓林的，"他盯着冯晋骁，"你是怀疑他和沈俊有什么关联？"

"当时视线不好，车速又快，我没看清楚。"冯晋骁若有所思，"总觉得那个人的侧脸，和沈俊有几分相似。"

陆成远讶然："你是说姓林的是……沈俊？"他拿过新鲜出炉的资料，快速浏览一遍：林立，三十八岁，云南大理人，珠宝鉴定行家，玉石集团董事长。

冯晋骁不确定："没有百分百的把握。"

可陆成远太清楚冯晋骁个性，他从不轻言。神情严肃了几分，他拿手指点点资料："胆子不小，都敢招摇过市了。"

冯晋骁神色不动："树大好乘凉，有中南航空做挡箭牌，轻易不会惹祸上身。"

陆成远一凛："这案子，不会和中南航空有关吧？"

这回冯晋骁的语气和答案都是肯定的："不会。中南航空是顾南亭的爷爷和父亲两代人的心血，顾南亭更是通过自身努力考取了飞行执照。今时今日，以中南航空在航空业的威望和市值，顾南亭是疯了才会和贩毒扯上关系。"

陆成远表示赞同："也对。顾南亭已经名利双收，没必要。"

可是——

被临时借调到刑警队，配合那边执行抓捕任务的赫饶在这时打来电话，向冯晋骁汇报："丰田GA2566出现在交易现场，刑警队正在追捕——"

冯晋骁霍地起身，眼神示意陆成远出发的同时，问赫饶："丰田行驶方向，你的位置……"

分秒必争，由冯晋骁指挥、陆成远带队的特别突击队两个小组的十二名成员，在最短的时间内向赫饶提供的方向出发。

警笛声中，特警防暴车一路疾驰。

二十分钟后，数辆警车齐齐停在中南航空总部大楼楼下。

警笛戛然而止，暗沉的夜，瞬间恢复安静。

路上已和刑警队交涉完，警车一停，十名特警队员与刑警队一起，对大楼的所有出口进行布控，冯晋骁的要求是："收队之前，别让我看见有人从里面走出来。"然后，他直奔中南航空二十楼。陆成远、赫饶、两名特警队员，以及刘同副局长紧随其后。

觥筹交错，人影绰绰，二十楼的豪华宴会厅被多盏精致的水晶灯照射得如梦似幻，由无数鲜花布置而成的背景墙奢华雅致，耀眼的光束交织于一点，投射在整个G市备受瞩目的两位男人身上。

中南顾南亭，萧氏萧熠，两个G市最受瞩目的男人举杯时，冯晋骁带人来到会场。被推向高潮的酒会就此被打断，在场宾客及两大集团的高层全部退至顾南亭和萧熠身后，与冯晋骁等六人形成对峙的局面。

陆成远与赫饶默契到不需冯晋骁言语，在进入宴会厅后丝毫停顿都没有，各自带一名特警队员直奔两侧门厅而去。与此同时，不待顾南亭发话，中南航空的保安部长带人上前阻拦。

冯晋骁疾步而来，视线掠过身穿宝蓝色抹胸礼服的萧语珩，看向顾南亭："打扰了顾总，警方追捕一名犯罪嫌疑人至此，为了安全起见，要对整座大楼进行搜查。"

顾南亭把酒杯放在侍者的托盘上，因为手上用了力，玻璃轻碰发生的脆响在异常紧张的氛围下显得格外清晰："中南航空的安保系统不敢说国内第一，也不是谁说想进来就能进来。"他瞥一眼被两名特警队员轻易逼退的属下，语有不善，"我这么多的客人在，冯队未免太兴师动众了。”

明显感觉到顾南亭身上的冷意，萧语珩看过来，那目光中的不解和担忧让冯晋骁觉得抱歉，然而，迎视顾南亭透出敌意的目光，他掷地有声：“警察办案，顾及不周，打扰之处还请各位见谅。”说话的同时，以手势示意陆成远、赫饶强攻。

顾南亭心火骤起，倏地抬手。

“啪”的一声，侍者手中的托盘应声落地。

冯晋骁霍然抬手，精准地架住他手腕，声音很沉：“顾总！”显然不愿当众与他动手，一声“顾总”既是提醒，也有请他理解之意。

“南亭！”话音未落，萧熠已跨步站到两人中间，笑言，“我们合作开辟新航线已经是明天的头条了，还需要加料吗？”说话的同时，不着痕迹地展手推了冯晋骁一下。

冯晋骁顺势松手：“恭喜二位。”敏锐地听见咔嚓几声，他微微蹙眉。

顾南亭转首看向拽住他左手的萧语珩，给自己时间冷静。

冯晋骁的眸光在萧语珩的手上驻留，目光似有重量。

这样的注视让人感到一种逼迫的力量，萧语珩下意识要抽手，却被顾南亭反握住，他问：“手怎么这么凉，冷了？”随即脱下西装披在她肩上。

冯晋骁目光陡然变冷。

醋意全开。

萧熠的眉梢随之压低。

沉默的对峙使得在场不知情的人感觉到了莫名的压迫感，众人面面相觑，眼里探究的意味明显，却没人敢出一言。直到赫饶从侧厅回来，现场才响起低低的私语声。

赫饶俯在冯晋骁耳边说了句什么，抬眸时正对上萧熠的目光，她不动声色地移开视线。

陆成远也是无功而近，听完搜查结果，冯晋骁一双眼睛清明得可怕。

在他的眼神示意下，陆成远开口道：“出现在案发现场的丰田GA2566现下就停在中南航空的地下停车场，有劳章程总经理和我们回警队协助调查。”

现场一片哗然。

顾南亭偏头看向身后侧的章程。

章程一脸错愕：“我的车？”视线下意识投向从进入宴会厅就一言未发的刘同。

刘同神色不变。

没有忽略两人的眼神交流，陆成远的声音已有些危险：“请吧章总，有什么误会，我们警局里解释清楚。”

章程似乎不明白自己是怎么惹祸上身的：“这……这是怎么回事，顾总？”

顾南亭若有所思。

“如果顾总有需要，我们也可以等酒会结束。”冯晋骁抬腕看表，“一个钟头，够吗？”

顾南亭面色微悸：“让警官们等，顾某过意不去。章程，你就去一趟。”

大老板都这么说了，章程只能应下。

冯晋骁即时下达命令：“收队。”然后侧首对陆成远低声交代了一句。

陆成远点头，目光扫过全场：“媒体朋友右边请。”

赫饶心领神会，带着两名队员配合清理现场记者偷拍的照片。

冯晋骁率先往外走，却在行至门口时忽然止步，回头。水晶灯折射的光线打在他英俊的面孔上，修长挺拔的男人傲然而立，不动声色地注视不远处的萧语珩，似要等她走过来。可就在萧语珩有所动作时，他转身走了，没再回头。

彼此的身影，终被厚重的木门阻隔。

陆成远连夜对章程进行审问，得到的结果是：章程并没否认通过刘同把中南航空闲置的仓库租给玉石集团，至于他那辆丰田车，他表示不清楚为什么会出现这样的“巧合”。即便赫饶把用手机在案发现场抓拍的照片拿出来，他惊诧之余，依然坚称：从未把车借与他人。而几乎整个签约酒会上的人都是章程的人证，证明他没离开过宴会厅。

通宵忙碌，一无所获。

难道又是套牌车？冯晋骁思考该换个方向查了。从监控室里走出来，他面色平静地说："既然和我们负责的案子无关，把人交给刑警队，请他们根据需要安排。"

交给刑警队就等于交给刘同，依刘同和章程的关系，这个安排，就有点意思了。

陆成远和赫饶对视一眼，点头。

临近傍晚，冯晋骁才从警队出来，开车直奔中南航空。等得没了时间概念，才有人流从楼里走出来，明明是一群人，且每人都穿着同款式的空乘制服，他却一眼看见了走在最后的萧语珩。

萧语珩抬头，正好看见大切前站着的冯晋骁掐熄了指尖的烟，大步迎上来。

心脏有丝隐秘的跳动，她问："什么时候来的？等了很久啊？"

冯晋骁牵住她手："刚到。"

同事的调侃声中，萧语珩随他上车。

路上，冯晋骁问："想吃什么？"

萧语珩没马上回答。

冯晋骁偏头看她，她的眉眼，隐隐染着犹豫："怎么了？"

半晌，萧语珩才答："我复训通过了。"

冯晋骁单手扶稳方向盘，腾出右手摸摸她脸，似笑非笑："又要飞了？"

"明天……飞古城。"萧语珩顿了顿，才把意思表达完整，"我调去古城基地了。"

"吱"的一声，大切猛地刹住。

冯晋骁看向她的目光隐隐含怒："什么时候的事？"等了一会儿不见她回答，他伸手扣住她下巴，"如果我今天不来，是不是都不准备告诉我了？"后车的催促声中，他松手，重新启动车子。

一路疾驰。

回到家，冯晋骁近乎粗鲁地把萧语珩拽进门，脸色很难看："关于叶语诺，我解释得不够清楚吗？你对我能不能有点信任？调古城！半年还是一年？分手的前奏吗？”

萧语珩倏地抬眼，温暖晕黄的灯光勾勒出男人英俊的眉眼，可那面孔上的冷意却让她的心猛地一缩：“我的信任就是纵容你的谎言！冯晋骁，我给过你机会。但结果呢，你明明和叶语诺站在海航楼下，你却告诉我你在警队。”

话一出口，冯晋骁就意识到说错了，可男人的自尊不允许他马上放低姿态，尤其萧语珩还将他一军，他语气更硬了：“机会？你那是试探！光天化日，车来人往，我选在那种条件下见面态度不明确吗？我是没说实话，可你不知道原因吗？以前因为她都闹成什么样了，我只是不想再经历一次！”

一个“闹”字犹如指控，刺激了萧语珩的神经，她口不择言：“你是不想再经历一次，还是想左右逢源？是不是非要我和她争一争，你才满意？才有成就感？”

三年前认为他余情未了，三年后又说他左右逢源。

冯晋骁气极：“你何曾争过？你只会放弃！”

萧语珩张嘴顶回去：“有什么值得去争！”

“我、不、值、得？”冯晋骁心口泛起一丝愠怒，“对，反正没了我还有顾南亭，你萧语珩从来不缺下家！”

“啪”的一下，萧语珩狠狠打了他一耳光：“冯晋骁，你浑蛋！”

“是我浑蛋，还是你对我刻薄？”根本不在乎被打了，冯晋骁扣住她手腕，盯住她弥漫泪意的眼睛，“现在知道被冠上莫须有的罪名难受了？我被你冤枉了三年，我什么心情，你从未想过。”一把将她推到墙上，薄唇猝然欺近，“萧语珩，你敢再离开我一次，看我还要不要你！”然后低头，唇齿尽占。

萧语珩挣扎，却挣不开他的强势，只能任由他特有的男性气息伴随着深吻进驻到口里。冯晋骁的左手托在她后脑与墙壁之间，右手探进她衣服里，揉着她的背，顺着脊椎来到腰侧，扣紧，迫使她紧贴自己。

低沉的呼吸，热烫的体温，那属于冯晋骁的男性气息遍布她口鼻。忽然想到那一夜他的粗鲁和蛮横，萧语珩羞愤地想要抄东西砸他。可手臂才抬起，就被他捏住，再动弹不得。

唇齿间纠缠的声音，越发地响。萧语珩被抚触得酥麻感延伸至全身，心智瓦解前一秒，她忍了忍，没忍住，哭出声来。

太委屈。

冯晋骁顿住，却没松手。

终于不再压抑，萧语珩不管不顾地哭得像个孩子，挣脱束缚的双手更是重重打他。

她的哭声让冯晋骁的心一下子就软了。收拢手臂抱紧她，扣住她小小的后脑，把她的脸按到他颈窝上，他道歉："珩珩别哭，是我犯浑了。"

萧语珩不听，手脚并用地抗拒他："放开我，我要回家，让我回家。"

冯晋骁不动不躲，边任由她打边认错："是我不好，我不对。"

萧语珩被困在他的怀抱里哭了很久，直到累得趴在他肩上，小声抽泣。

冯晋骁把人带到沙发旁，拉她坐到自己腿上，伸手擦她的眼泪："我不该对你发脾气，可调古城这种事，你用通知的口吻让我最后一个知道，是不是也不对？"

"那你就能说那些浑话吗？"萧语珩推开他的手，倔强地转过脸去。

"你不是也说狠话？还打我了呢。"

"你活该！"

冯晋骁没再回嘴，只轻轻拍着她的背安慰，沉默了半晌之后捏住她下巴要她回视："我……"却不知为何，失去底气似的声音竟然有些不稳起来，"不值得吗？"

那是谁，那么笃定地说："无论我长多大，都会像现在一样喜欢你，直到永远。"

现在又是谁，再不肯说一句"喜欢"。

萧语珩终究是没有回答，眼眸里渐渐浮起的泪意让冯晋骁看得心尖骤缩。

算了，何必逼她！

看定她泪光闪烁的眼眸，没再执着这个话题。等萧语珩平复了，他下厨煮了两碗面。

看她低着头缓慢地吃，看她的眼泪眨落在碗里，冯晋骁的眼眶也酸得不行。他把手伸过去握住她的手，叹气似的说：“是我说错话了，既然是公司安排，就去吧。”

那晚的最后，冯晋骁柔柔地抱住她入眠。萧语珩睡着后猫儿般哼着缩在他怀里，毫无知觉地贴着他轻轻地蹭。冯晋骁低头吻她的眉心，久久不动……

早上冯晋骁晨练回来，萧语珩已不在。

没留下只言片语，唯有床头柜上摆着一个盒子。打开，是一块男士手表，与萧语珩腕上那块是情侣款。

她记得他生日。

冯晋骁如释重负地笑了。

午后，G 市飘起小雨。

细密的雨丝伴着秋风洒落下来，雾气朦胧中，天与地被裹进潮湿里，一片迷离。

发动机的轰鸣声就这样在小雨情调中袭来，大切以惊人的速度飞驰而去。可惜，查过航班时间的冯晋骁到顾家时，萧语珩已经往机场去了。

直到下了高架桥，那辆碍眼的卡宴终于出现在视线之内。握着方向盘的手默然着力，持续加速中，冯晋骁果断超车。

顾南亭稳稳地扶着方向盘，完全没有因被追超有丝毫急切，或是不悦。确切地说，在看清大切甚为低调的牌照时，他忽然来了兴致，改以一种时快时慢的速度前行，俨然和冯晋骁较量起了耐性。

然而这一次，冯晋骁耐心有限。

在顾南亭对喇叭声充耳不闻时，冯晋骁骤然提速，超车成功后猛地掉转车头，伴随轮胎抓地的刺耳声响，张狂霸道地横在卡宴正前方。

下一秒，卡宴在距离它不足二十公分的地方定格般急刹住。

就这样，车流稀少的直行道上，大切硬生生逼停了卡宴。

至于陡然响起的撕裂耳膜的尖锐声，即便车窗紧闭，也依稀可闻。

时间仿佛于这一秒静止。

保持着手扶方向盘的姿势，冯晋骁和顾南亭隔着雨雾对峙。

片刻，两车车门同时打开。

脚踩军靴、身着特警紧身T恤的冯晋骁迈着稳健的步伐直奔卡宴副驾而来。

顾南亭也迎面向他而去。

两抹挺拔的身影在冰冷的潮湿里相遇，随着距离拉近，顾南亭运足了劲，一个快如急风的边腿就朝大切腰部踢过去。

冯晋骁迅速侧身避开，随即化守为攻，站直后集全身之力于右脚，毫不吝啬地回敬一记侧踢，腿风疾进。

他的反应能力在顾南亭的意料之中。一脚踢空后，顾南亭立即收势，倒退两步后一个猛冲，右腿由低到高，直取冯晋骁太阳穴……

可惜顾南亭忽略了冯晋骁丰富的实战经验。

感觉到他的腿风，冯晋骁利落地偏头，同时伸出双手格挡。

胳膊与大腿较劲，结果可想而知。

不过，在被逼退两步后，冯晋骁居然在转身后如法炮制地把同样的招式还给了顾南亭。稳住身形跨前一步，他将气力灌于腿上，由左到右，从顾南亭的肩膀、胸口，似急风暴雨般踢过。

场面顿时变得惊心，火了的两人每出一招都力若千钧，有种要致对方于死地的狠厉。而两人于漫天细雨里这样大动干戈，引得经过的路人停车观望。片刻工夫，就有了交通瘫痪的征兆。冯晋骁无心恋战，以一记直拳和接踵而至的回旋踢将顾南亭逼至副驾位置，动弹不得。

胜负已分。

卡宴车窗适时降下，清脆的女声询问："冯队不赶着送女朋友了，有时间在这儿耽误？"

居然是女飞程潇。

视线定格在那张不算陌生的面孔上，冯晋骁的神情如同岩石般深沉冷漠。

没有错过他眼底的情绪波动，顾南亭的心情莫名就阴雨转晴了，他抬腕看表："抢在飞机起飞前赶到的话，"似笑非笑的神情中有隐藏不住的幸灾乐祸，“有点难度。”

精短的发被雨水打湿，波动的心绪却就此按下。冯晋骁适时收手，转身朝座驾而去，铿锵语声于空气中散开：“调她走是下下策。顾南亭，你输了。”

以往这个时候早该关机了，萧语珩却还在一眼一眼地看手机。

乘务长问：“怎么了语珩？等电话？”她看了看时间，提示，“三分钟后必须关机。”

萧语珩握紧手机。

几乎是在最后一分钟，手机终于振动起来。

萧语珩瞬间按下接通键，不及开口，就听冯晋骁唤了一声：“珩珩。”气息不稳，像是刚运动过。

忽然哽咽，萧语珩问：“你在哪儿啊？”

似乎是在边跑边说，冯晋骁微喘着问：“你希望我在哪儿？”

萧语珩没好气：“你别闹了，飞机马上就飞了。”

看来是在等他。冯晋骁轻责：“那早上不等我回来送你？”语气却是愉悦的。

萧语珩跺脚：“冯晋骁！”

感应到她的急切，冯晋骁就笑了，他以命令的口吻说：“下机。”

萧语珩一怔：“什么？”

冯晋骁也不废话：“我进廊桥了，快点。”

距离关闭舱门只剩五分钟。

萧语珩才冲出机舱，冯晋骁颀长挺拔的身影就出现在廊桥尽头，向她疾步而来。明明隔着一段距离，却似乎能清楚地看到他额际的汗，性感得不像话。

萧语珩的眼睛忽然有些湿。

冯晋骁跑过来，朝她张开双臂。

扑进他怀里的那一刻，所有的不安和委屈都消失了，眼里心里只剩一个他，一个自己用尽力气爱了六年的男人。

渴望的甜蜜，心中温暖而悸动。

双手在他腰间扣紧，萧语珩说：“我就知道你能来。”

冯晋骁紧了紧手臂，在她耳边轻声说：“我得亲口告诉你。”

萧语珩踮起脚，下巴勉强搭上他肩膀：“什么？”

冯晋骁向后倾身，凝视她晕染喜悦和潮湿的眼睛，低柔而坚定地说：“多久，我都等你。”然后抬起右手，露出腕间她送的手表，“分分秒秒，共同拥有。”

他终究还是懂得她的期待。萧语珩在他深邃的眼里看到小小的自己，彼此的目光交融在一起，进驻到对方心里，成为唯一。

终于，她踮脚吻上他的唇。

冯晋骁瞬间化被动为主动。

多希望时光就此定格，永远不要变。

萧语珩离开后，冯晋骁的生活又恢复了以往的单调枯燥，工作外唯一重要的事情就是和看得见摸不着的女朋友视频聊天。可两人的作息都不固定，也不是每天都能视频聊天。

陆成远嘲笑他是伪单身汉，真光棍。

萧熠也调侃：“古城，艳遇之都啊，珩珩年轻又漂亮，邂逅帅哥的资本还是有的，到时候可就没你什么事了。”末了还同情一般拍拍他肩膀，“有魄力！”

就连向来不多嘴的赫饶都不解：“这种相思苦吃得有意义吗？真不搞不懂你们男人。”

冯晋骁就问萧语珩：“你说实话，心里是不是希望我不管不顾地把你强留下来？”

萧语珩刚洗了澡，头发还湿着，闻言笑眯眯的：“我说是的话，你打算怎么强留我啊？”

“连夜飞过去把你接回来。”冯晋骁看着她红润的面孔，关切之语脱口而出，“去把头发吹干，小心感冒。”等她再次出现在视频里，他问，“从古城出港的所有航线你都会飞吧，哪天回G市？”

萧语珩把新到手的航班表给他看：“这个月都不飞那条线呢。”

冯晋骁认定是顾南亭暗箱操作的：“怎么这么满？不是应该一周最多飞四天吗？”

萧语珩微微笑：“情报掌握得很准确嘛，琳琳告诉你的啊？”

“那天能见到你，多亏了她。”冯晋骁逗她，“要不是怕我女朋友吃醋，本想单独请她吃个饭。”

萧语珩挑挑秀眉，一脸俏皮可爱：“我不介意的啊。冯队有空的话，可以约她，反正她正失恋呢。”

冯晋骁被气笑了：“你是恨不得把我清仓甩卖了吧？”

萧语珩歪头看他一会儿，收起笑容，神情认真：“那我得考虑考虑。”

冯晋骁静静地看她，半晌，他问：“想我没有？”

本以为她会否认，结果：“你有多想我，我就有多想你。”

冯晋骁站在落地窗前看万家灯火，皎洁的月色柔和了冷硬的侧脸线条，他嘴角隐隐含笑。

我在面前，你看不见，那是心的海角天涯之距。

相互思念，我在这里与你，也是千里零距离。

那天的最后，冯晋骁说：“珩珩，如果这是爱情对我们的考验，我有信心等到你回来。”

不过，女朋友不在身边也有好处，冯队可以全身心投入工作。这天从省厅回到队里，他让手下通知赫饶到他办公室来一趟，警员却说：“赫组长去训练场给新队员做演示去了。”

“做演示？”冯晋骁保持上楼的姿势没动。

自特别突击队组建以来，每年选挑新队员时都有老队员现场演示，目的在于让参训的学员亲眼看见，那些他们所谓的不可能完成的高难度训练，特别突击队里人人都能做到，而且是轻轻松松做到。这是队里的传统，冯晋骁定下的规矩。

但赫饶毕竟是女同志，尽管她平时训练的成绩极为优秀，但冯晋骁从未安排过她做演示。他思考了下，问：“今天有谁来过队里吗？”

警员眼珠一转：“萧总来找过赫组长，但没见着。”

“没见着？”冯晋骁站在楼梯上笑了笑，忽然就改变了主意，他转身下楼，边往训练场去边给萧熠打电话，“邀请你来我们训练场参观，赏不赏脸？”

半小时后——

身穿训练服的冯晋骁站在军警实战训练场上，六十多名警员正在接受实弹射击训练。

沈俊案虽没进展，一年一度的新队员选拔却在如火如荼地进行。目前已有半数队员被淘汰出局，足见陆成远下手之狠。不过，冯晋骁最欣赏的就是陆成远带人的狠劲。毕竟，对于警察而言，多经历一分严酷的训练，在实战中就多了一分安全。相比牺牲，被淘汰是幸运。

萧熠被一名特警队员带进训练场时，恰逢陆成远底气十足地吼：“左脚跨前一步，双手撑地，俯卧撑 200 个。准备——”

循着冯晋骁手指的方向，萧熠看见受训警员队伍最前端，距离陆成远两米左右的演示台上的那抹身影。

不是赫饶，又能是谁？

陆成远的注意力都在警员身上，还不知道老大来查岗了，口令喊到一半开始在那儿扯着嗓子训话：“看你们精神头挺足，打靶之前先热热身。当然了，要是谁觉得 200 个多了，我可以酌情‘减刑’。”然后把口令堪堪停留在了“一”上。

警队和部队一样，做俯卧撑不是你随便什么速度稀里哗啦做完了事，而是要听统一口令。所以陆成远不喊二，大家就只能保持身体往下，手臂曲起的动作，不能撑起来。这样一来，做一个俯卧撑比平常做两个还要累。

减刑这种奇迹，就算这群受训的家伙傻到家，也不敢奢望。为了让教官赶紧把金口里的“二”吐出来，他们只能违心地齐声回复：“不多！”心里却把陆成远的祖宗八辈问候个遍。

对于他们的回答，陆成远似乎是满意的，他居然笑了一下：“不愧是精英，很好，很倔强。我喜欢。”可惜他的笑意只停留在嘴角，接下来的话让人端机枪突突他的心都有了，“既然如此，再加100。”然后才喊，“二。”

闻言，冯晋骁钦点的那名叫柴宇的警员控制不住地咬牙切齿低声骂：“比他妈特种兵还苦！”去年就听被淘汰的师兄说特别突击队的集训参照的是特种兵的训练大纲，他还嗤之以鼻，现下亲身经历这水深火热的训练，他信了。

陆成远好像没听见，面无异色地边喊口令边背着手朝队尾走过去。然后故技重施，在喊出“一”后停住，慢条斯理地坐在柴宇背上，看向做演示的赫饶，语气微沉：“看见了吗？突击二组组长，赫饶。你们这群纯爷们要是承认不如一个女的，立马滚蛋！”

柴宇确实听说过特别突击队有位女队员，却以为是文职。此时此刻，他根本忘了胳膊就快被陆成远压断了，转首望向和他们一样训练了整个早上的演示员。众人也都一脸的不可置信，显然之前都没认出来训练服在身，又戴着帽子的赫饶是女性。

陆成远不再多言，直等到身下的人双手都发抖时，他才喊了“二”。

这回再没人多话，一个个地都老老实实跟着口令呼哧呼哧做俯卧撑，直到手抖得犹如得了羊角风。

“有谁觉得咱们大队要求苛刻，不近人情，那就对了。我们劳心劳力，费尽心机琢磨出这些妖招为的就是，挑出你们中最蠢的，为警队卖命！”他指指训练场另一侧如常训练的手下，说得义正词严，“这里的每一个人都是从这样的训练过来的，不怕告诉你们，我像你们一样毛都没长全的时候被收拾得比在场各位狠多了。如今换我站在这儿，你们说，不下点重手，我能过意得去吗？”

柴宇喘着粗气：“敢情您这是报仇啊？”目光却是瞥向和他们保持同样姿势的赫饶。

“没错，我就是个——”陆成远身体用力，直接把他压趴在地，“睚眦必报的人！”然后，口令继续，“一、二、一、二——”

直到所有人一个不差地做完300个俯卧撑，陆成远下达新命令：“100米满弹夹射击，时间1分钟，命中率达不到200环的，淘汰。开始计时——”

“靠！”伴随着一声声咒骂，受训警员迅速地组装面前被分解成一堆零件的枪。

冯晋骁不动声色地看向萧熠。萧熠对他的目光恍然未觉，只盯着站在演示台前的赫饶，她手上的动作流畅、完美，快到几乎让人感觉眼前出现了叠影，警员的枪都还没组装完成，她已经在校对，然后射击。

“砰砰砰……”不到一分钟，射击完毕。

再听警员那边，凌乱的枪声还在继续。

片刻，那边开始报靶，演示靶的成绩对于警员而言是匪夷所思的286环，参训警员则以柴宇的成绩为最高，也不过才206环，另外还有两人将将达到200环，排名最末的十位，直接淘汰。

在做俯卧撑做到手抖的情况下，286环的射击成绩，让被淘汰出局的警员觉得，那些在原警队自己引以为傲的绝活儿根本就是江湖杂耍。他们心服口服，沉默着走到黑板前，自行扯掉代表了集训成绩的小红旗，黯然离开。

即便没能踏上警队巅峰，依然对特别突击队的每一位队员心生佩服。经过冯晋骁时，他们恭恭敬敬地敬礼。

冯晋骁回礼。

休息期间，柴宇不顾身后新认识的兄弟低声起哄跑向赫饶。出于距离原因，冯晋骁和萧熠听不见他说了什么，只看见赫饶在他面前再次分解了枪械，在她重新开始组装时，受训警员纷纷围拢过去。

视线就此被阻隔。

冯晋骁这才慢条斯理地开口：“特警队这群如狼似虎的家伙不说个个都盯着赫饶，有非分之想的也不在少数。”拍拍萧熠肩膀，他提醒，“你还是早点儿下手，免得夜长梦多。”

萧熠没说话。

冯晋骁把赫饶喊过来，指指身旁的人：“他有事找你。”就走了。

该感激冯晋骁给他制造机会，可偏偏心思统统放在面前仅一步之遥的赫饶身上了，萧熠忘了说谢。视线锁定她滚落汗珠的脸颊，他从西裤裤兜里取出一条质地极好的手绢递过去。

赫饶的目光停留在那条手绢上，整个人僵住。

她不接，萧熠也不收手，只问："还要否认吗？"

手绢无疑是她的，但承认的话，赫饶说不出口。

她的动作太快，如果不是早有准备，凭萧熠的身手根本反应不过来。在赫饶伸手的同时，他抢先一步把手绢收回来。

没料到萧熠能快过自己，赫饶抓了个空。

萧熠顺势扣住她手腕。

赫饶挣脱无果，她手上和他较着劲，嘴上则微恼地说："萧总，请你自重。"

萧熠是个太过骄傲的人，即便在两年前失去贺熹，他也不动声色。经过时间的沉淀，他本已愈发稳重。可赫饶一再回避，让他控制不住自己的情绪。说爱并不恰当，但埋在心底多年的秘密却让他急于寻找答案。只可惜，赫饶似乎并不愿意给他这个机会。既然如此，只能"强取"。

萧熠手上用了些力气，硬是将赫饶拉向自己。

赫饶是高手，连身为她师父的冯晋骁都不是三招两式能拿下她，更何况是身手平平的萧熠。所以为了完成这个动作，萧熠不得不用了蛮力。而这个动作，令在商业帝国跺下脚都会对金融界有所影响的萧熠意识到：眼前这个女人如果不肯"合作"，会很麻烦。

那么只好……两人的脸隔着寸许距离，萧熠低声说："这里认识我的没几个，倒是你，"他偏过头环顾四周，在无数道注视的目光下，把视线重新投射到她面孔上，"如果你不介意在你的手下面前和我拉拉扯扯，我是完全不在乎。"

赫饶这才感觉到周围无数的目光，她迅速冷静下来，用巧劲摆脱萧熠的钳制，退后一步："萧总不要欺人太甚。"

怀里空荡荡的感觉提醒萧熠，他身为男人的力量优势在赫饶面前就是个零。他抬手摸了摸鼻子，略显尴尬地笑了笑："我欺负你？赫饶，你真是仗着身手好啊。"

赫饶却完全不顺着他的思路走，只坚持："请萧总把手绢还给我。"

"还你？当然没问题。"萧熠也不理会她的执拗，把手绢收好，微微一笑，“只要你告诉我它为什么会出现在我的床上。别又想改口供说不是你的，那晚你喝醉了，我看见一条一模一样的在你口袋里。”

“你——”透着英气的美丽面孔瞬间红透，赫饶似乎不相信萧熠会说出这样的话，甚至不敢直视他的眼睛，难得地被噎了个哑口无言。

对峙几秒过后，她转身就走。

“不要了？”目光的落点是她的背影，萧熠轻笑，“那我可就不客气地用了？”

赫饶倏地停下脚步，然后如萧熠所料，她再次折返回来。只不过这次，她可不像先前被冯晋骁叫来时那样平静又无视他存在一样地走过来，而是三步并作两步地疾步而来，一记刺拳朝他击去。

萧熠本能地一躲，就被赫饶钻了空子。她迅速逼近一步，伸出另一只手探向萧熠的西裤口袋，欲抢回被他揣进去的手绢。

萧熠当然不可能这样轻易地成全她，尽管没有章法和套路可循，还是下意识地用手挥开了赫饶伸过来的手。赫饶不放弃，化解了他的招式继续以手进攻，只是始终没有动用腿力。而她的腿上功夫，是包括冯晋骁在内的整个警队都公认的厉害。

见两人从暧昧地肢体接触改为缠斗，没真正见识过赫饶身手的柴宇最先沉不住气：“队长，组长会不会吃亏？”说着就要过去帮忙。

冯晋骁立即递了一个眼神给陆成远。

柴宇就被拎回来了。

陆成远手一指，把他定住：“原地站着别动！”随后扫了一群看热闹的警员：“赫组长正在给你们演示下一个训练科目，近身格斗！好好看着。”

他的表情极为严肃，说得跟真事似的，搞得那群被训得七荤八素的家伙面面相觑。尤其是柴宇，挠着板寸反应了半天，依旧一脸茫然。

赫饶最终还是没能拿回手绢。

她被冯晋骁千锤百炼出来的利落身手是用来对付犯罪分子的，当对象换成萧熠，她下不了手。何况萧熠是个精明的人，早已猜透她的心思，只守不攻。几个回合的对峙过后，见她一副不抢回手绢誓不罢休的架势，索性连守都不守了，躲也不躲地任由她朝自己招乎过来，逼得赫饶没办法再继续，只能收手。

“一条手绢而已，萧总喜欢的话，尽管留下。”不带什么感情地留下这样一句话，赫饶匆匆离开了训练场。

这一次，萧熠没再强留。

赫饶，我没有欺负你的意思，我也不确定自己如此追究是否还有意义，可我控制不住想知道，那一夜，到底是不是你。

直到她的身影消失在视线之内，萧熠还站在原地，他微仰着头，努力回想那一夜，再一次挫败地发现，没有印象。

可除了她，又能是谁？

怎么会是她？如此出乎意料。

冯晋骁把两人在训练场大动干戈的事告诉了萧语珩，请示他家领导：“还要怎么做？”

萧语珩不愿萧熠错过赫饶，才让冯晋骁为两人创造机会，却没想到化学反应会如此强烈：“赫饶太怕表哥是退而求其次，她那么骄傲，绝不容许自己成为备选，所以宁可不要。”

如同三毛所说：如果你给我的，和你给别人的一样，那我就不要了。

冯晋骁思考了几秒：“男人的理智往往被误解为冷血，其实，他们不会因为谁爱他久就回应以爱情，而是因为心里有爱，才心甘情愿对你好。”

这是她一直以来渴望的告白。尽管不是斩钉截铁的直接告白，萧语珩还是因意外说不出话。

冯晋骁似乎也在给她时间消化，等了一会儿才说：“珩珩，你明白我的意思吗？”

萧语珩竭力使声音平稳：“不和你说了，我要出去，琳琳让我帮她买东西呢。”

冯晋骁也不介意她的回避，只笑了笑说：“早点儿回来，别玩得太晚。”

萧语珩故意气他：“怕我把你的卡刷爆啊？”

冯晋骁笑得自信，他说：“别给我省。”

时间就在这样的彼此惦念中流过，转眼萧语珩已调到古城一个月。

这天，萧语珩只有两段飞行任务，古城到K城的一个来回。晨起一切顺利，古城飞抵K城后，她在漫天小雨中给冯晋骁发微信：“落地，一小时后起飞。”

冯晋骁的回复在她起飞前姗姗来迟：“去临城开会刚下机，明日回。这几天古城多雨，会降温，穿厚点。”

萧语珩心满意足地关机。

这时，本次航班的最后一位客人也已登机。

男人穿纯色衬衫，配深色西裤，风衣随意地搭在手上，边走路边接听电话，神情显出几分冷淡，透出不容接近的疏离。

“知道。不必改时间，我今晚就到。”通话结束即时关机，他抬眼，视线触及萧语珩的面孔，神色显出几分意外。面对她的工作问候“欢迎乘坐中南航空班机”，原本蕴含冷意的眼眸有了些许温度，他说：“你好。”

竟是上次在K城和她同乘出租车，又被她弄脏西裤的男子。萧语珩记得，谷都经理林业告诉她，他姓林名立。

很快地，舱门关闭，飞机滑行，起飞，进入平飞阶段，空姐们开始为乘客发放午餐。

“您喝点什么？橙汁？好的，您呢——”随着低沉悦耳的嗓音渐近，闭目养神的林立睁开眼睛，视线投在不远处的女人身上，神色不明。

直到萧语珩来到他座位旁，亲切地问：“先生，您喝点什么？”他才收敛了眼里的探究之意，神色如常地说：“咖啡，谢谢。”

“您稍等。”萧语珩转首对身后不远处的空姐说，“菜菜，我这边加咖啡。”

蔡婷婷回眸一笑，愉快地应：“马上。”说着侧身越过手推车要去厨房取咖啡。

或许是心急，也可能忙起来疏忽了，手推车的刹车似乎没放好，在蔡婷婷离开时，手推车随着飞机的运动缓缓地向后滑行，然后速度越来越快。当她意识到不对的时候，眼见着手推车朝着萧语珩而去。

惊呼脱口而出：“语珩！”

萧语珩循声回头，却在瞬间被一只有力的手臂护住了腰，当她看清是手推车冲过来时，未及转正的身体已被突如其来的手推车冲动撞得踉跄了一下，如果不是腰间的手臂替她挡了一下，肯定会被直接撞倒。手推车本身很重，再加上滑过来的冲击力，后果不堪设想。

萧语珩赶紧伸手推开手推车，问替她挡车的林立：“你怎么样？”

蔡婷婷吓得花容失色，冲过来：“语珩，你没事吧？这位先生，对不起对不起啊……”

林立适时收手，活动了下手臂：“没关系，充其量肿两天，残废不了。”

他的幽默让蔡婷婷舒了口气。

乘务长闻声而来，蔡婷婷意识到大祸临头了，没想到见义勇为的林立居然替她说情：“没关系，是我想借此表现一下认识萧小姐，否则完全是能躲开的。”

萧语珩想到之前在谷都的交集，说：“林先生真会开玩笑，我们不是早就见过吗？”随即反应过来，她问，“林先生知道我姓萧？”

林立的反应明显比她快多了，他面色无异地说：“萧小姐不也知道我姓林吗？”说着微微一笑，“你是怎么知道我的，我就是怎么知道你的。”

原来是林业。萧语珩不觉有异，她微一点头，认可了他的解释。

林立唇边的笑意晕开：“所以我只是帮了朋友一下，是应该的。”

推车事件就此平息，至于蔡婷婷会受到怎样的惩罚，那就是中南航空的管理制度决定了。但可以肯定的是，因为客人不追究，处理结果不至于有多严重。

飞机准时抵达古城，林立最后一个下机，走近萧语珩时脚步明显慢了下来。

萧语珩问：“手怎么样？需要去医院吗？”

“暂时还不用。只是，”他望着萧语珩笑，“不知道萧小姐愿不愿意把手机号码留给我，万一有什么后遗症，我也好找你报医药费。”

他这么说，萧语珩没办法拒绝。

等他的背影消失在视线里，蔡婷婷凑过来，笑嘻嘻地说：“这位先生似乎对你很有意思啊，你家那位该有危机感喽。”

“就你想法多。”萧语珩掐她，顺势把手里的名片塞给她，“你有意思的话就主动出击。不过小心小飞让你跪遥控器哦。”

名片设计简约大气，除了特殊的标志图案外，没有明确的职衔介绍，只印了：丽江玉石城，林立，和一个手机号码。

蔡婷婷看了看，笑着把名片扔进了垃圾袋：“我家小飞不喜欢我和陌生人说话。”

林立并没有真的打电话来，就在萧语珩快把这个人忘了时，在音乐火塘里再次遇见了他。对于这个男人，萧语珩莫名有些防备，因为不愿再有交集，她几乎想起身就走。

林立却已经看见她，径直而来，并绅士地伸出手：“真巧。”

萧语珩只是把目光移到他手臂上：“看来医药费我可以省了。”

林立也不觉尴尬，转手示意她座，幽默地回应了一句：“别高兴得太早，单据我还随身携带着。”动作转换得像刚刚并不是要和她握手一样自然。

萧语珩失笑。

林立一同落座，许久都没有要走的意思。萧语珩无话可说，只偶尔应和他一句，林立似乎没觉察到她的冷淡，只在乐队换歌后，流露出伤感的情绪：“我认识的一位朋友很喜欢这首歌。”

萧语珩偏过头。

眼角余光感应到她的注视，林立专注地望向舞台，似乎是想到什么有趣的事，他慢慢勾起唇角：“听见她唱，我记住了歌词才查到歌名，这几年总是单曲循环。”

萧语珩手撑着下巴，认真倾听的姿态。

林立抿了一口酒，然后温柔一笑：“她和你一样漂亮。”

他这样说，萧语珩自然理解成这是一个爱情故事，而他虽然面上笑着，眼里的伤感却是沉重而真实的，她潜意识里觉得这个故事的结局不好。

林立仰头干了整杯：“她歌唱得很好，我却从没静下心来仔细地听她唱完整首。都怪那时候有太多的事情要忙，把她错过了。”沉沉地叹息声代表了他有多遗憾，“没想到，一转身，就是一辈子。”

世间本就有太多无法如愿的爱情，彼此错过的故事不足为奇。可萧语珩还是好奇：“她现在在哪儿？你们还有联系吗？”

联系？林立专注地盯着她看，像是要把她刻在心里：“她也在古城。不过，听说她和男朋友感情很好。”

原来如此。

有时候，爱情只是一道风景，能观赏，却不能占为己有。萧语珩只能安慰：“也许是缘分不够。早晚有一天，会遇到最好最适合的。”

是吧，我也这样认为，不可能有结果。可心里，总是难免有那么一丝奢望。

或许真的是，越是得不到的，才越放不下。

触及她眼里动人的光，林立不禁想起六年前古城深巷遇见的女孩。终于，他涩然一笑，在心里再一次告诫自己：离她远点，你们，不是同一世界的人。

他眼眸里的类似遗憾，又像悲伤的情绪让萧语珩不知该如何继续这个话题。她转首望向窗外，在熟悉的乐声中，思念起那个远在千里之外的男人。

仿佛心有灵犀，冯晋骁在这时打来电话，知道她独自一人在酒吧，语气透出不悦：“现在就走，二十分钟后我往你宿舍打电话。”

萧语珩故意说：“你不来接我，我今晚就不回去了。”

电话那端的男人喝了一句：“你敢！”转瞬又缓和了语气哄她，“听话珩珩，别让我担心。”

萧语珩心里甜蜜，很乖地说：“知道了，这就走，一会儿用宿舍座机打给你。”

任由萧语珩买单离开，林立没再多说一句，只是在目送她时，眼前的背影和深巷里那个跑远的身影忽而重合。端起那杯喝剩的果汁送到鼻端，像是在回味着什么，然后慢慢地，林立的脸色越来越沉。

之后就时常相遇。不是在酒吧，而是在飞机上。每次他都表现得磊落而绅士，除了上机时打招呼，下机时问萧语珩需不需要送她之类的礼貌又寻常的话之外，没有任何过分的举动和表示。而他又是生意人，满世界飞并不奇怪，萧语珩自然不会多想。在调去古城两个月时，她的戒心慢慢放下，接纳林立为普通朋友。

林立在某一日向她求助："我母亲下星期生日，能帮我选份礼物吗？"不给萧语珩拒绝的机会，他又补充了一句，"实在不擅长给女人挑选礼物，每年都被老人家嫌弃。"

他的表情略显无奈，像是真的在为此苦恼，萧语珩调侃道："不会以往都送钻石珠宝吧？"

林立理所当然地说："我就是做相关生意的，比较顺手。"

"其实也未必是真的嫌弃的。"萧语珩笑了，"我妈妈每年收到我爸爸送的首饰时，嘴上虽然抱怨，但我看她还是开心的。"

"你的意思是我还可以顺手送一件珠宝？"林立一本正经地问，"还是你在拒绝帮我的忙？"

"走心点，选一件老人家平时能随身戴着的首饰没什么不好啊，怎么就非得顺手拿一件送？"萧语珩随口批评道，"直男。"

林立尴尬一笑："所以到现在还是单身。"

如果对象是陆成远，萧语珩或许会开玩笑说："活该你单身。"可面前是林立，她没接话，但最终还是去帮他选一件手工编织的披肩，作为送给母亲的生日礼物。为了表示感谢，林立邀请萧语珩："正好到饭点了，一起吃顿便饭？"

如果那天没有事先和同事约好要为乘务长庆祝生日，萧语珩或许就答应了，她说："太不巧了，今晚我们乘务组安排了集体活动。"

林立也不介意，只说："那我送你过去吧。"然后玩笑道，"我得看看所谓的集体活动是不是你拒绝我的托词。"

萧语珩失笑："我干吗要找托词啊？一顿饭而已，还担心林总有什么想法不成？"

林立笑睨着她："你怎么知道我没想法？没准我要追你呢。"

萧语珩则说：“那你可追不上，我跑得快着呢……”话还没说完，冯晋骁的电话就来了，问她：“落地了，怎么没汇报？”

萧语珩就笑了，她先对林立说：“况且还有警察男朋友的实时定位跟踪。”然后才向冯晋骁撒了个小娇：“陪朋友办了点事，忘了向冯队报平安，求原谅。”

冯晋骁很受用女朋友的散娇，但精明如他，立即听出了萧语珩话里的玄机，问道：“男性朋友？”

萧语珩没有否认：“对呀。”

冯晋骁语带笑意地说：“等回来收拾你。”

萧语珩背对着林立，低声回应：“任凭冯队处置。”

等她挂了电话，林立遗憾地一摊手：“看来是真的没机会了。”

萧语珩一挑秀眉：“那林总还要充当司机吗？”

林立替她拉开车门：“无论如何，绅士风度不能丢。”

萧语珩笑着说谢谢。

又过了一周，萧语珩终于能回一趟G市了，为了给冯晋骁一个惊喜，她事先没说。

林立和她同一航班，下机时看似随意地问：“今天还回去吗？”

萧语珩实话实说：“要在家待两天。”

林立以玩笑的口吻说：“男朋友来接机了？”

萧语珩弯唇一笑：“一会儿我去接他下班。”

林立叹气：“同人不同命。”

萧语珩公式化地一躬身：“再见，欢迎您下次乘机。”

林立就笑：“行了，爱惜点腰。”

下机后，萧语珩去休息室等楼意琳，那家伙一过来就审问她：“菜菜说你邂逅了一个帅哥。怎么回事？冯晋骁要下岗了吗？”

萧语珩批评道：“你才下岗。”

楼意琳嘟嘴：“我还没再就业呢。”

萧语珩忽然想到什么：“给你介绍一个，要不要？”

“要！”楼意琳一改之前的严肃，笑嘻嘻地说，“果然是我亲姐妹。”

萧语珩笑骂：“死样。”

楼意琳耍赖似的抱住她：“想死我了，去古城逍遥也不带我，好坏好坏。”

萧语珩笑着推她：“又来了，没男朋友就骚扰我，太讨厌了。”

楼意琳嘿嘿笑：“那男人谁啊？菜菜怎么说人家为了巧遇你没事就坐我们公司飞机玩啊。冯晋骁知道你给他弄了个土豪情敌吗？”

萧语珩作势掐她：“他给你什么好处了，让你成天看着我？”

楼意琳笑着躲：“他说等你回来给我设宴啊，我就被策反了。”

“没义气，一顿饭就被收买了……”话没说完就被手机铃声打断了，她接起来，竟然是陆成远，问她在哪儿，说他到机场了。

萧语珩一怔：“接我？你怎么……”然后恍然大悟，踢了楼意琳一脚：“是不是你告诉冯晋骁我今天回来的？”

楼意琳很无辜：“他前两天打电话管我要你的航班表，我就给他啦。”

难怪某人对她的作息那么清楚。萧语珩对这个叛徒无语了：“你还有没有节操？”

“那是什么东西？能吃吗？”楼意琳义愤填膺地说，“敢欺负我，看我不告诉冯晋骁你在古城艳遇的事。”随即编辑信息：“你女人被盯上了，警惕。”

萧语珩都被气笑了：“你少胡说八道。”

楼意琳居然真的按了发送键。

冯晋骁和萧语珩久别重逢，楼意琳当然不会跑去当灯泡。况且萧语珩还要在G市停留两天，时间充裕得很，两人约好第二天见面，然后各回各家。

冯晋骁人在省厅，陆成远一路都在说萧语珩不在的这段时间里骁爷是如何地思念她，如何地心绪不佳暴躁易怒，把身为手下的他们折磨得苦不堪言，惹得萧语珩忍不住笑。

陆成远继续爆料：“嫂子你可别说是我说的啊，他手机里全是你的照片，我好几次进去都看见他举着手机傻笑……”

他爽朗的笑声中，萧语珩微微脸红。

下了机场高速，一路说笑的陆成远沉默下来，他时不时地看一眼倒车镜，在进入市区后对萧语珩说：“嫂子，你开一段，我胃疼。”靠边停车后，猫着腰捂着胃下来，一副病恹恹的样子。

萧语珩边换到驾驶席边问：“要不要去医院？”

“没那么娇贵。”陆成远一面目光暗沉地盯着倒车镜，一面发信息，收到回复后他转首告诉萧语珩，“老大迫不及待了，让我们直接去省厅。你说说他，真是不淡定，哈哈。”

听说去省厅，萧语珩莫名有种不好的预感。但她只是悄无声息地变道，没有多问。

陆成远和萧语珩说着话，眼睛却一直盯着倒车镜。直到距离省厅只剩一条街，从机场一路尾随的黑色轿车才消失不见。

到了省厅门口，身穿警服的冯晋骁已经在等了。本就高大的身形被警服衬得更显颀长挺拔，五官依旧深刻俊朗，唯有目光比以往任何时候都要炽烈。萧语珩手上解着安全带，眼睛一瞬不瞬地盯着他，看他一步步走近，每一记脚步声都伴着她加速的心跳。

冯晋骁看着近在咫尺的女子，身上的空乘制服和利落的盘发愈发显得她气质稳重，然而，精致的妆容却遮掩不了眉眼间的灵动之气，那双狡黠的眸子，璀璨如星辰。

自制如冯晋骁，都有些把持不住。

迎面而立，他情不自禁地伸手抚向萧语珩脸颊：“好久不见。”

萧语珩把手覆在他手背上，微微嗔道：“是啊，都有点陌生了。”

冯晋骁无声笑了，旁若无人地伸手把人捞进怀里抱紧：“那就先熟悉熟悉。”

陆成远吹了声口哨。

熟悉过后，冯晋骁把萧语珩的人和行李“移”到自己的座驾上，神色无异地和陆成远开了两句玩笑，自各离去。对于先前陆成远被跟踪一事，彼此心照不宣。

发现不是回家的路，萧语珩问去哪儿。

冯晋骁看她脸色就知道她发现了什么："时间还早，吃了饭再回家。"说着用右手握住了她的手。明明是夏天，她的手却是冰凉，他柔声安慰："没事。"

有他在，任何事都不是事。萧语珩笑望着他，满心依赖。

她眼睛那么亮，冯晋骁忍不住就倾身吻了她侧脸一下。

萧语珩一惊："还在开车呢。"

冯晋骁笑："你的意思是停下来继续？"

萧语珩捶他一下："专心开你的车吧。"

冯晋骁单手扶方向盘，另一只手摸上她微微泛红的脸："你打扮这么漂亮，我专心不了啊。"

…………

两人就真的去餐厅吃了晚饭，冯晋骁还破天荒地陪萧语珩去市中心逛商场，甚至耐心极好地帮她挑选裙子。相携而行的样子，完全一副热恋中情侣的样子。

回去时天已经完全黑下来了。似乎是为了节省时间，冯晋骁抄了近路，结果大切和他作对一样，居然在一条暗巷熄火了。冯晋骁没急着下车，只是把车灯打开。

片刻，两辆黑色轿车从后面驶来，相继停在距离大切不远的地方。冯晋骁下车的同时，对方的车门也打开了，六名持械男子先后下车，朝他而来。

深巷两旁低垂的柳树枝条在夜风中轻轻拂动，昏暗的路光下，男人此时脱了警服外套，上身只着衬衫，姿态沉静地走到距离大切车尾不远的地方停下来。

这几乎给人一种错觉，冯晋骁顾及车内的女朋友，不敢离开太远。

跟踪了一路，终于寻到机会下手的匪徒个个身材魁梧、面露凶相，手中拿着致命性的武器。不过不是枪，而是刀具。他们的心理素质也很不错，向冯晋骁逼近时不但没有表现出丝毫被发现的紧张，反而步伐整齐一致，握着刀具的手更因为用力，手背上青筋突起。

当六名匪徒一齐挥刀而来，冯晋骁手速极快地探向腰际，拔出了手枪。没有半分犹豫，他直接扣动扳机，子弹破膛而出，穿过空气精准地击中其中两人手里的刀……

砰的声响中，那两人的手腕被震麻，与此同时，另外四人的刺刀已砍向冯晋骁身体。

距离太近，不适合用枪，他迅速侧身闪躲，避开对方一击。对方显然是受过专业训练，身手并不逊于冯晋骁，虽说没占到明显的便宜，但是步步紧逼。幸而冯晋骁是格斗高手，不仅自身身手敏捷，更擅长在交手过程中向对方学习，闪展腾挪间摸清了对方的路数。

发现其中一人力大气猛，但反应不够灵活，下盘不稳，冯晋骁看准机会一个扫堂腿，把对方踢倒在地，随即矮下身再赏他一记枪托。起身的瞬间再来一记直拳，朝一名距离他最近的歹徒的面部击去。然后一个后摆踢在欲向他进攻的另一人的太阳穴上，当场把人踢昏。

冯晋骁的单兵作战能力可以说是坚不可摧，然而身后的车上还坐着一个人，他不得不分心照应，在解决了几人后，先前被子弹射丢刀具的两人已冲向了副驾位置。

果然是冲她而来。

冯晋骁正欲回身，发现巷尾居然又冲出来几人，他以枪托重重砸了一下大切车尾，提示车上人小心应对。

歹徒伸手要拉车门，车门忽地被一股大力从内向外推开。歹徒获知的消息是车上坐着的是手无缚击之力的空姐，一时不防，被重重撞倒在地。不等他们反应过来，就被人借助车门袭击，副驾位置上下来的女人已如平地一阵风般抬腿向他们踢去，脚风疾进，力道很猛。

竟是赫饶。

场面一时有些混乱，冯晋骁被围攻，这边赫饶也与人缠斗起来。之前为免对方起疑，赫饶在萧语珩试衣服时换了装，现下与人大动干戈，多少有些不便。不过，此时哪里还顾及得了这些？为了缓解冯晋骁的压力，她出手愈发地狠，仿佛是要借此宣泄被萧熠“逼”出的埋藏多年的无奈和苦楚。

赫饶的状态冯晋骁再清楚不过，否则先前与她假装情侣时他就不会交代没有他的指令不许赫饶贸然下车。但他毕竟还是对赫饶的身手和心理素质有信心，师徒间的默契更是无懈可击。他们在攻防间快速向对方靠近，然后把自己最为脆弱的背部留给了对方，背靠背，全力应对面前的杀手。

前面，冯晋骁偏头避开对方拼尽全力的一拳后向左移步，右脚钩住对方的脚将其拉倒在地。后面，赫饶滑步，侧身防守时，提右脚直踢向歹徒的膝盖……

陆成远从商场后门把萧语珩接走送去警队后赶到时恰好看见这一幕，不禁在心里赞了声漂亮，然后打手势示意身后的警员。

援兵到，冯晋骁和赫饶的压力顿时被缓解。赫饶却无意抽身离场，如果不是冯晋骁展手把她拉至身后，她向歹徒逼近的过程中手臂几乎是百分百会被侧方斜刺里挥出的长刀刺中。

赫饶彻底冷静下来，她退后几步，抬眼看向冯晋骁。

冯晋骁盯了她一眼，转首看向全副武装的手下：“动手！”

随着他一声令下，见势不妙四散欲逃的十几名歹徒眨眼之间就被全部制伏。

赫饶负责押解歹徒回警队，上车前被陆成远叫住，回身时，身上被披上了冯晋骁的警服。陆成远看了眼站在大切前打电话的老大，拍拍赫饶的肩膀，安慰尽在不言中。

警车先行一步离开，巷子里恢复宁静，陆成远屈起十指敲敲大切前盖。冯晋骁没心思关注座驾被歹徒用刀砍出几道痕迹，他思考了几秒，扒了扒如墨染的短发，懊恼：“错了。”

陆成远一时不明：“怎么？”

冯晋骁把让手下留下的一把长刀递到他面前：“如果他们否认跟踪，咬定目标是另一伙人，我们充其量也就治他们一个持械聚众斗殴罪。”

陆成远盯着那把刺刀看了看，也恍然明白过来，之前他们怀疑跟踪的人是受沈俊指使，意图绑架萧语珩。结果歹徒分两伙先后出手，又都只是持刀，就算查出他们背景不干净，也很难和沈俊牵扯上，反而会因为他们的警觉过高打草惊蛇。

陆成远也意识到事情复杂了："现在怎么办？"

冯晋骁沉默片刻："审了再说。"

确认冯晋骁毫发无伤地回了警队，萧语珩悬着的心终于放下。等冯晋骁处理完工作已是深夜，累极的萧语珩趴在他办公桌上睡着了。看着她沉静的睡颜，冯晋骁忍不住低下头来，萧语珩偏偏在此时侧了侧头，那一吻便恰好印在她嘴角。

唇边笑意渐浓，冯晋骁再不迟疑，衔住她微启的唇。

濡湿的吻，麻痹了彼此的神经……

然而，小别胜新婚，哪里是一个深吻能安抚得了的？

离开警队，大切在车库停稳，冯晋骁放下手刹，俯向萧语珩。解安全带的同时，火热的唇就压了下来，直接噙住她柔软的唇，强势而辗转地深深吻住。

他的欲望从来都是强烈而直接，灼得萧语珩的理智碎了一地。在男人的唇舌长驱直入之时，她沉溺而不可自拔，双手像是有自己的意识一样把冯晋骁的衬衫扯出腰际。

冯晋骁一只手抚上她的胸口揉捏，另一只手探向她制服里，在她腰部来回用力地抚摩，那光滑柔软的触感令他的动作愈发激狂。

火辣的吻一路持续，萧语珩的制服纽扣被一颗颗解开，迷乱中感觉到冯晋骁的唇吻过她的耳郭，舔过她的下颌，然后在她敏感的颈窝，烙下一个个深吻，随即座椅就被放平了。

萧语珩一阵轻颤，终于难耐地嘤咛出声。

冯晋骁勉强抓住一丝神志，他哑着嗓子说："我们回家。"

他的衬衫已经被扯得乱七八糟，萧语珩的手正好落在他结实的胸肌上。他一动，她立即抬眼，对视中触到他眼眸里情热时才有的氤氲雾气，那样狂野痴迷的目光，沉沦了萧语珩所有思想。微微抬身贴近他，她凑近他耳边轻声鼓励："在这儿也可以。"

身体彻底被点燃，冯晋骁深深地看她的眼睛。对视中，右手从萧语珩背后探过去，将她托向自己的同时，他轻巧地解开了她文胸的暗扣，扯落。

“不舒服就说。”他的声音近似耳语，话语间，头已经轻轻地俯过来，脸贴上萧语珩的脸，紧随其后覆上来的，还有他赤裸的胸膛。

一个硬朗，一个柔软，肌肤相触，轻轻摩挲，如同电流一样流窜在血液中，令两人的呼吸都有些不稳。尤其是冯晋骁，他重重地喘息出声，仿佛要把萧语珩吞噬入腹一样吻下来。

呼吸被夺去，只能从他口中获得氧气。在大切有限的空间里，他们交换着呼吸。萧语珩的身体则在他掌心抚摸下，被一波强过一波的热浪袭击，神思迷乱。她难耐地抬头迎合他。

以往冯晋骁都是狂野激烈的，今晚面对这样乖顺热情的她，他难得怜惜地慢下了动作，贴在她耳边低哑地问：“还好吗？”身体却不舍得离开，眼神更是灼热逼人。

萧语珩把手抚在他腰间温柔无比地揉，喉间溢出一声声的呜咽，惹得冯晋骁频频低下头，在她沁出汗珠的眉间点点地亲。没过多久，萧语珩改而搂住他的脖子，在他颈边唤：“晋骁哥哥——”

他们的第一次是在古城。那一夜，萧语珩因紧张和羞涩一声声这样叫他。此时此刻，冯晋骁被这一声久违的称呼叫得整条椎骨都麻掉，俯身抱紧她，他低而痛快地吼了出来，深深地顶进去。在他近乎发狂的动作中，大切笨重的车身也跟着轻轻颤动起来。

云雨过后，冯晋骁低头看向缩在他胸口的小女人，只觉此刻的她无力的样子可爱得紧。手指温柔地抚过她发间，他像对待珍宝一样亲亲她额头，放柔了声音问：“冷不冷？”

怀里的萧语珩一点声响都没有，只是更紧地贴向他。冯晋骁为她整理好了衣服，带她回家。温暖的大床上，两人面对面地躺着，轻轻地说话。明知道和温馨宁谧的气氛不符，萧语珩还是忍不住问：“上次的事，确定和我哥没关系吧？”

自然明白她指的是上次酒会上带走章程的事，冯晋骁抚着她的头发：

“也和章程无关，是套牌车。不是告诉过你是误会吗？还问。”

“谁让你那么兴师动众的！”萧语珩显然不信，“不过我相信我哥，也相信你。还有，今天的事你也不会多说是吧？”说着往他怀里挪了挪，“算了，反正有你，我才不怕呢。”

冯晋骁低头亲亲她鬓角：“楼意琳那条信息是什么意思？”

萧语珩把脸贴在他胸口上：“什么意思都不是，你不相信我啊？”

冯晋骁像煞有介事地叹口气：“我的珩珩年轻又漂亮，就这么搁外面，还真有点不放心。”

萧语珩困极，嘟哝：“那你可得看紧点。”伴着他有力的心跳声，缓缓睡去。

冯晋骁心满意足地搂紧她，微微嗔道：“避重就轻。”

- 第五章 -

在人群中，我注视你

六年很长，我们都发生了很多变化；六年也很短，我出现在你的生命里就那么一瞬间。

我隔着一个世界的距离，在人群中，遥遥注视你。

事情果然如冯晋骁所料，被抓的两伙匪徒口径惊人地一致，一口咬定与对方有过节，是冲着对方去的。至于攻击冯晋骁，则是由于他突然出现在暗巷，让他们误以为是对方的人，同时也把萧语珩撇得一干二净，称因当时没占到便宜，发现车上坐着个漂亮女人，才准备抓了要挟对方。经特警队调查，这些人确实如他们所言，为争一个工程有过摩擦。

于是，特警队不得不把这种“持械聚众斗殴”的“小案”移交刑警队。

与此同时，冯晋骁把陆成远和赫饶叫进办公室：“把消息放出去，再送罗强一程。”

赫饶有种风雨欲来的压迫感：“刘同应该很快就会有动作。”自从章程的车莫名出现在顾家别墅和案发现场后，她就开始暗中关注刘同，已发现异常。

陆成远思考了下：“如果他是内鬼，一切就合情合理了。沈俊重现江湖，丁成民越狱成功，说明两人以前有过合作，通过老同学章程的关系促成林立租用中南航空的仓库，再用套牌车把我们的注意力转到顾南亭身上。”说到这，他忽然笑了，“他们不会以为这个案子会让你这个顾家的准女婿会和大舅子扛上吧？”

冯晋骁抬眼看过来，他立即言归正传：“罗强出去后，刘同在误以为罗强是罗永的情况下，照常理分析应该会为罗强和沈俊的见面搭桥。”

“沈俊不会轻易露面，必然要安排人试探，刘同正好可以帮他。所以……”冯晋骁看向陆成远，“暗中加派人手。”

两人对视，点头。

萧语珩回家看萧素，顾南亭也在。

和萧素说完悄悄话下楼见他还坐在客厅里，萧语珩凑过去问：“听说电视台要制作一期有关民航的综艺节目，我们公司收到邀请了？”

顾南亭继续看财经页面，头也不抬：“你是被发配边疆的人，受邀也没你什么事。”

萧语珩知道他在生气，还故意说：“那最好了，我正要说别安排我呢。”

顾南亭抬眼，眼锋一锐。

萧语珩也不害怕，反而挽住他胳膊：“我知道这段时间没给你打电话不对，但你是哥哥啊，大人大量嘛。”

顾南亭嘴上说得硬气：“谁稀罕你打电话？不够烦的。”胳膊却任由她挽着。

萧语珩眉眼弯弯地笑：“那就是你有女朋友了，所以烦我了。”

顾南亭横她一眼：“一边玩去。”

萧语珩见顾长铭从书房出来，告小状：“爸爸，他欺负我。”

顾长铭精神矍铄，步伐稳健，边搂着妻子下台阶，边假意为难：“那可怎么办呢？爸爸现在老了，也打不动他了啊。”

萧语珩朝顾南亭挥了挥拳头：“我乐意代劳。”

萧素轻责：“又没大没小。”

“他是我哥，不是我叔，我们辈分相同，分什么大……啊——”话没说完就被顾南亭来了个反剪。

他单手控着她，语带笑意：“同辈分你也是小的，给我老实点。”

萧语珩挣脱不得，可怜巴巴地求助：“爸爸，你看他啊——”

见两个孩子闹成一团，顾长铭笑着提醒：“南亭，你别弄疼了她。”

午后，顾南亭去公司，临走时他避开萧素问萧语珩："上次手推车的事，伤没伤着？"

这份关心令萧语珩心生温暖，她柔柔地说："没有啦，放心。"

顾南亭嗯一声，语气忽转："男朋友不是摆着看的，有事就找冯晋骁，他又不是死的。"

翻脸比翻书还快。萧语珩恶声恶气的："快走吧你！"

回应她的，是重重的关门声。

傍晚，冯晋骁来顾家接人，按原定计划请楼意琳吃饭。

楼意琳早早就到顾家和萧语珩汇合了，见冯晋骁来，理所当然地以为就他们三个人，毫不客气地说："我拒付电费哦。"

对于自己的"情报员"，冯晋骁很宽容，他笑道："待会儿点单别客气，随意。"

想到昨天发的短信，后座的楼意琳豪气地拍他肩膀一下："怎么样，姐们儿够意思吧？"

冯晋骁扶稳方向盘，不忘夸奖："讲究。"

被表扬的楼意琳赶紧把从蔡婷婷那边得到的情报拿出来："我不是无中生有啊，你们家珩珩在古城邂逅了一个帅哥可是千真万确的，据说那家伙在飞机上英雄救美来着。"

"哦？"冯晋骁挑眉，看一眼萧语珩，似乎是在等她解释。

萧语珩回身掐了楼意琳一把："你就挑拨吧，说得跟真事似的。"

"明明就是真事，昨天你们还一个航班回来的呢。还有啊，刚才的电话是他打的吧，是不是约你？那家伙非常诚恳，我看你都快答应了。"

刚刚林立确实是打过一个电话，不过不是约她。萧语珩半是反驳楼意琳，半是向冯晋骁解释："人家第一次来G市，问我哪家会所比较好而已。"

既然这样，冯晋骁就随口问了句："什么人？"

萧语珩盯着倒车镜回答："什么人都不是。"

这就有点敷衍了！冯晋骁抬眼，没有飞行任务，萧语珩没有化妆，清清爽爽，格外好看。此时窗外钻进来的风又把她额前的碎发吹起来一小绺，显得十分可爱。他眼中带笑："这是要造反了？"

萧语珩半羞半恼地瞪他，楼意琳哈哈笑起来。

冯晋骁提前预订好了位置，餐厅经理带他过去。萧语珩陪楼意琳去洗手间，经过拐角处的卡座时，居然碰上了苏溢，他正在和人用餐，这个人楼意琳还见过，曾经对苏溢很是殷勤。

看样子是旧爱变新欢了！回想分手那晚在电话里信誓旦旦地对萧语珩说要快速展开一段新恋情，结果却被渣男抢了先，楼意琳顿时气不打一处来。

萧语珩还是了解楼意琳的，尽管她嘴上把苏溢骂得体无完肤，心里分手的坎应该还没过去，毕竟两人在一起时，楼意琳对未来是有过期待的。为免楼意琳冲动，萧语珩适时说："别让人看笑话，以为你为了他争风吃醋。他不值。"

楼意琳咬牙："他好歹找个像样的，你看看那是什么货色？"

"一路货色。"萧语珩说着，就要拉楼意琳走。

岂料，她们想息事宁人，却有人惹是生非。

苏溢的新欢也看见楼意琳了，作为楼小姐昔日的手下败将，如今收复失地，她的得意溢于言表，投射到楼意琳身上的目光写满不屑。新欢凑近苏溢耳边娇笑，故意扬声说："早说过那种飞机场不适合你，让你不要饥不择食，这回信了吧。"

起初苏溢没听懂，直到顺着她的目光看见楼意琳，才反应过来。

他眉心一聚。

新欢小姐见他没表态，以为是默许的意思，故意挺了挺胸。

楼意琳生平最恨别人拿她坦荡的胸怀做文章，她脾气就上来了，停步在他们面前，嘴不饶人地还击："无论飞机场跑马场还是地平线，都是人家自个的事。以为得了个宝是吗？他没能在我这儿上演一出红旗不倒、彩旗飘飘的戏码，必然得在你身上唱一出拈花惹草、朝秦暮楚！这就叫投桃报李！我等着看你们的完、美、结、局！"

她这么说，不仅讽刺了新欢小姐，也暗骂了苏溢，苏溢该发火的，但随着和新女朋友交往的深入，他对跳脱又不失体贴的楼意琳愈发地想念，于是，他选择了沉默，或许他也想借此验证楼意琳对他余情未了。

胸襟不如胸大的新欢小姐口齿远不及楼意琳伶俐，被前情敌一番诅咒，又见苏溢没有反应，气急之下倏地起身，扬手一巴掌就朝楼意琳的脸挥过来："被甩了还有脸得意，真是贱！"

萧语珩可以忍受楼意琳失恋时的怨妇脸，却不能让外人欺负她，见新欢小姐有发作的迹象，伸手端起苏溢手边的高脚杯。本是朝着新欢小姐面门去的，结果对方扬起的手正好触到杯口，萧语珩顺势一动，漾出杯口的红色液体，尽数泼进新欢小姐胸口，未沾染他人一滴。

新欢小姐陡然拔高的惊叫声中，苏溢再不能装聋作哑，他压抑地喝道："萧语珩！"

萧语珩瞥他一眼，放下酒杯时用了点力："我就是故意的，你能怎么样？"顿了顿，她看向新欢小姐："这次是我姐们儿看走眼了，不过随处是风景，她可不是非苏溢不行！下回记住对男朋友的前女友客气点，这年代，谁没被贴上过前任的标签？你的下场，还未可知！"

苏溢没办法再沉默下去，可他被萧语珩抓了现行，实在没什么脸在萧语珩面前说什么，加之心里又对楼意琳有些不要脸的期待，忍着没发作："琳琳，你这是什么意思？大家都是成年人，合则来，不合则散，有必要闹成这样吗？"

楼意琳正组织语言准备提醒他不要自以为是，孔雀开屏，肩头一沉，她就被一只有力的手臂搂住了，随即听到一道极为跋扈的男声质问："没错，合不来就一拍两散。可你一个大老爷们磨磨叽叽缠着我女朋友，我倒想问问，你是怎么个意思啊？"

苏溢看着面前挺拔帅气的男人，恼怒地盯着楼意琳："楼意琳，你效率很高啊。这才几天，就找着下家了？"

楼意琳偏头一看，已经不知道该以什么心情面对此情此景了。身边这个看似吃她豆腐实则为她解围的家伙，居然是航站楼里勒令她离开的臭警察。

没错，来人正是陆成远。

在旁边看了半晌热闹的陆成远忽略了楼意琳犀利的目光，不疾不缓地讽刺苏溢：“管好自己女人，别没事出来给人添堵，胳膊伸得太长，哪天被人卸了都不知道怎么残废的。”然后用力搂了搂怀里人的肩膀，亲昵地说：“亲爱的，你不是喜欢这家餐厅吗？老公给你包下来，省得看见那些碍眼的东西。”

苏溢很想发作，无奈身旁的新欢相比楼意琳身旁的陆成远，差了远不止几个段位。他深呼吸了几次，喝了经过的侍者一声：“买单！”

侍者看了看他的桌牌，好心提醒：“先生，您的菜还没上完……”

苏溢越过妖娆女直接向前台而去，经过萧语珩身边又猛地停止，抬手指向她的脸：“萧语珩，你给我记住！”显然是迁怒萧语珩了。

话音未落，挥到萧语珩面前的手已被“啪”的一声打开，力气之大，令他趔趄了一步。把萧语珩护在身侧，冯晋骁冷声：“再让我看见你对她指手画脚，我肯定不会这么客气。”

冯晋骁气场太强太冷，苏溢狼狈退场。

陆成远这才瞥了楼意琳胸口一眼，啧啧了两声。

楼意琳气极，嫌弃地推开他：“看什么看，小心把你眼珠子挖出来。”

陆成远无辜地耸肩，刻薄地说：“人长得一般，身材也没看点，脾气还这么臭，难怪找不着下家。”转首看向冯晋骁：“不会是她吧？还真是？ oh my god！”扶着受伤的小心脏，亦步亦趋地上楼。

楼意琳朝萧语珩跳脚：“什么意思？你给我解释一下，为什么冯晋骁为我设的答谢宴会有这么个讨厌的东西出现。”

冯晋骁从容不迫地代答：“因为他是我给你的谢礼。”

“……谢礼？”楼意琳当场风中凌乱，身经百战的陆成远也因震惊被台阶绊了个趔趄。

整顿饭下来，激情四射。

尤其当楼意琳确定冯晋骁确实给她摆的是相亲宴时，更火了：“就算我砸手里嫁不出去，也没他个小破警察什么事。还包场？当着别人吹吹也就罢了，我不会当真的，毕竟警察的工资也不高。而且啊，我楼意琳从来不缺下家。”

情场无往不利的陆成远也不示弱：“不缺下家？就你那点料，我看困难。”以目光打量她，他调戏道，“至于包场，等你成了我老婆，包给你看。”

楼意琳抬手就把一个空杯子扔过去。

陆成远当然不可能被她砸到，稳稳接住杯子，他出言警告：“趁我还没发火，楼意琳，你最好住手！”见楼意琳还要说话，他又喝一声，“也给我住嘴！”

萧语珩被两人的剑拔弩张唬住了，悄声说：“看来他俩不合适，要不我们放弃吧。”

冯晋骁却一脸淡定地给她吃定心丸：“我倒觉得很配。等着楼意琳谢你吧。”

萧语珩有点小担心：“别是卸我胳膊吧。”

冯晋骁亲昵地捏捏她脸蛋：“她不敢。”

晚上，萧语珩洗完澡，见冯晋骁坐在书房里揉太阳穴，书桌上搁着几份文件。有一辆丰田车的资料，有省厅下达的指令，至于最下面的沈俊的通缉令则被挡住了。

萧语珩为他按太阳穴：“很棘手吗？”

冯晋骁闭着眼睛享受了一会儿，才把她抱坐在腿上：“还行。”

他说“还行”就证明不简单。萧语珩懂事地不再多话，任由他抱着。

冯晋骁把手探进她睡衣里，微带薄茧的掌心顺着她腰身的曲线轻抚：“瘦了。”然后把她抱坐在书桌上，站在她双腿间，唇贴着她耳郭，低哑地说：“你不在的这段时间，我很想你。”

两个月的分离，终是让冯晋骁看清自己在这份爱情里的恐惧和脆弱。如果不是多少个深夜他忽然醒来，伸手触及空着的半边床时，心里翻涌着的思念提醒他有多想萧语珩，他永远不会知道，枪林弹雨里摸爬滚打着过来的自己，居然也会有恐惧和脆弱的情绪。

萧语珩哪里会知道，她在古城的六十多天里，冯晋骁曾有三次出现在机场，有一次甚至都登机了，却被省厅的电话急召回去。当然不是全然地不解风情，冯晋骁其实也是想给萧语珩惊喜的，又不愿看到她失望却故作坚强地说没关系，所以每次出发前都没说。

他从来不是外露的人，此时低低的嗓音环绕在耳边，萧语珩伸出胳膊抱紧他，脸贴着他颈窝，一下一下地蹭。

冯晋骁很享受她这样柔柔地依赖自己，抚着她的长发，语气无奈："前几天我回去看爷爷，他把我骂出来了。"

萧语珩向后倾身，看着他。

"他以为我们又分手了。"冯晋骁低下头，与她额头相抵，闷闷地笑道，"他说，要有你这个孙媳妇他才认我。"

萧语珩笑而不语。

"是因为我去见叶语诺没说实话，才一气之下去古城的吗？"手抚在她腰上，冯晋骁亲亲她，"走了这么久，惩罚也够了，回来吧。"

萧语珩抿了抿嘴，垂下眼帘，摇了摇头。

冯晋骁不明白她是在否认不是因为叶语诺才调走，还是不同意回来。沉默了下，他缓缓道："珩珩，告诉我，我哪里做得不对，你说出来，我是愿意改的。"

冯晋骁并不擅长说情话，这样放低了姿态，实在难得。萧语珩无法忽视他那句"我是愿意改的"带给她的震动。

曾经固执地认为爱情不是一百就是零，所以那时坚持分手，是觉得冯晋骁亲手摧毁了她对爱的信仰，即便和好之后也劝自己不再执着过往，但终究耿耿于怀。

否则那天也不会在接到楼意琳的电话——"你在海航大厦这边吗？我经过这儿，看见冯晋骁和你姐在一块儿，以为你在"时，鬼使神差地就把电话打了过去。当时已经决定，只要冯晋骁不说实话，再无原谅，后来又迟疑了，只因他说："我想我们好好在一起。"

在如花似锦的年华，经历一场倾尽其情的爱情，才不致遗憾。在萧语珩的青春里，冯晋骁就是她的倾尽其情，她多希望，最后是他。

开口时语气就哽咽了，她说："那你要改的地方可多了。"

冯晋骁拍拍她背脊，唇贴着她的耳郭低语："你监督我一个一个改，好不好？”

萧语珩用双手紧紧环住他。

相比萧语珩身在G市的心安和感动，同一航班从古城飞来的林立则是怒不可遏。

豪华的私人会所包间里气氛沉重，他眼锋犀利：“谁让你动她的？”

被质问的刘同心有不快，却生生忍住：“最近表面上特警队没有动静，但依我对冯晋骁的了解，他不可能善罢甘休。与其让他把全部精力放在追查我们身上，不如转移他的视线，萧语珩是他的软肋，我……”

“转移视线？”林立打断他，声音冷硬地反问，“你以为他的智商和你一样？”

被讽刺的刘同面上挂不住，又不敢直言反驳：“我并没奢望这样就能把他扳倒，但至少让他明白，我们既然能把他女朋友的行踪掌握得那么清楚，要动她就易如反掌。况且我很谨慎，他查不出任何蛛丝马迹。”

谨慎？愤怒没顶，林立劈手就把手中的茶杯摔向地面：“丰田车的纰漏从何而来？你不是说冯晋骁会和顾南亭对上吗？怎么我看到的是他们相安无事？既然章程不肯配合，为什么不做掉他？”

“和他没关系！我说过了，不要再把无辜的人牵扯进来。”刘同被他的盛气凌人逼急，倏地站起来，“这是为你制造这个连警察都查不出的身份的唯一条件。”

冷峻的侧脸，冷寒的语气，林立说：“如果不是看在你还干了件有用的事，我也不会容忍你至今，更不必亲自过来解决丁成民那个麻烦。”

刘同立即听出他话里的重点：“你要杀他？”

“难道等冯晋骁抓他？那你还能活吗？”

“我费了那么大力气才把他弄出来，而且他肯定不会……”

“否则怎么证明你的价值？”

“你在试探我？”刘同眼中有泛红的血丝。

林立起身，身高压制着他，音调冷而硬：“这次就算了，再敢擅作主张，别说让她掉一根头发，就是吓着了，我也会追究。刘同，你不会以为我是宽容的人吧？”他行至门口，停住，“确认一下罗永那边是怎么回事。”

刘同鲜少地反驳：“如果我说不呢？”

林立没有转身，语调平静而放肆：“那你存在的价值也就没有了。”

刘同冷笑，嘲讽着自己的斤两。

林立绝情地提醒：“从你参与交易时起，警察队伍就已经容不下你了。刘同，做一次，和做一百次，没有区别。”

是没有区别，结局都是，死。

刘同绝望了。

酒店套房里，林立倒在床上，手抚上额头。

半晌，他取过手机拨那个熟烂于心的号码。

鬼迷了心窍。

响了一声就被接起，却是一个男人的声音，问：“哪位？”

低沉到冷漠的嗓音，他再熟悉不过。

不是冯晋骁，还能是谁？

顿了顿，林立问：“晓莉在吗？”新换的号码，萧语珩的手机里不可能存，他假意打错。

那边沉默了下，似乎是在判断什么，短暂到用秒计算的时间里，林立清晰地听到冯晋骁的呼吸，沉而稳，然后才说：“打错了。”

电话应声挂断。

刘同说得没错，萧语珩是冯晋骁的软肋。

所以，经历暗巷遇袭，冯晋骁不可能让萧语珩再去古城了。

那么，他所计划的——

只是想要多一点的相处，怎么这么难？

林立猛地把手机掷出去。

桌上的杯子被砸倒，玻璃碎裂的声音碾在他心上，尖锐到疼。

萧语珩是被手机闹铃吵醒的，她习惯性地把手伸向枕头，却被按住，然后重新塞回被子里。冯晋骁按掉手机，一只胳膊让她枕着，另一只手覆在她小腹上，把她亲密地搂住："还早，再睡一会儿。"

他呼吸轻浅均匀，一点一点地穿透她的耳道，萧语珩贪婪地感受他身体的轮廓，更紧地往他怀里挪了挪，嘟哝了句："就五分钟……"声音里透出浓浓的睡意。

冯晋骁悄然地笑，调整了下姿势，让她枕得更舒服。

不知不觉睡沉。

再醒过来时阳光透过窗帘缝隙射进房间，一室温暖。

萧语珩舒服得直伸懒腰，不小心打到什么，一睁眼，正对上一双似笑非笑的眸子。

冯晋骁揉揉她睡得乱乱的头发："饿不饿？"

萧语珩一怔，回身看看窗外，竟已大亮，抓过手机一看，差一刻八点。她边喊"完蛋了"边跳起来，手忙脚乱到连手肘戳到冯晋骁胸口都没意识到。

冯晋骁伸手想拉她，她一面嚷嚷"你怎么不叫我啊"一面用力一挣。

冯晋骁怕拽疼她，顺势松手，没想到萧语珩用力过猛，他一松手，她猛地向后一栽，腰椎眼看就要撞上床头柜。冯晋骁倏地移身过去，手准确地垫在她与柜角中间，随即轻责："慌什么？"

萧语珩急了，使劲推他："九点的飞机啊，你快起来送我。"

冯晋骁见她赤脚跳下床跑进浴室，他掀开被单跟过去："抬脚。"说着弯身把她的拖鞋放在她脚边，"这只。"

萧语珩正在刷牙，嘴里还有泡沫，口齿不清地批评："不晨练反而睡懒觉，冯晋骁，你变懒了。这不科学。"

冯晋骁自身后抱住她，下巴搁在她肩膀上："春宵苦短日高起，从此君王不早朝。"

晨起的原因，他嗓音低而哑，冒出胡茬儿的下巴显得整个人慵懒而性感，此时出口的话又隐隐透出暧昧的意味，萧语珩控制不住脸红。目光在镜子中相遇，她想躲，又移不开。

深如海的眼睛一瞬不离地盯着那张精致的面孔，看她的脸如霞光晕染般红起来，右手掌心隔着薄薄的衣料贴在她胸口，感受她渐快的心跳。

等她匆匆漱了口，冯晋骁埋首在她颈窝处，轻吻。

该推开他，却没力气。

想转过身，他不允许。

看定她的眼，冯晋骁的手从腰侧钻进她睡衣里，一寸一许地慢慢向上移动，直到罩上最柔软之处停住，轻抚。他掌心的薄茧和微烫的温度，都让萧语珩战栗。

她的挣扎似拒还迎，她的眼神朦胧迷离，她的身体从紧绷到放松，冯晋骁滚烫的气息袭上她耳郭，哑哑地宣告：“就这么让你走了，我心有不甘。”

眸色忽而变得不明，然后，面对镜子，他的吻缱绻地印上她敏感的颈。

情动时，他抵着她，蛊惑地哄：“叫我。”

那双黑眸中的柔情纤毫毕现，萧语珩陷落其中，声媚如丝：“晋骁哥哥……”

回应她的，是男人更炙热的灼烧。

被抱回床上时，萧语珩连抬手的力气都没有。冯晋骁耐心地给她吹干头发，扯落包裹她的浴巾，把人塞进被子里：“再睡会儿，晚点叫你起来吃东西。”

她嘟着嘴看他，眼里有控诉。

冯晋骁笑了笑，亲亲她的眼睛：“不怪我，是你让我把持不住的。”

萧语珩泫然欲泣：“我哥会杀了我的，他最讨厌对工作不负责的人了，这是戳他命门。”

冯晋骁跨上床，侧身躺在她旁边：“别怕，有我呢。”

萧语珩往他身边缩了缩：“那就交给你了，处理不好，作你。”

冯晋骁失笑。

萧语珩自知闯祸了。别看顾南亭在家惯着她，涉及工作，他向来公事公办。从睡醒她就战战兢兢的，想打电话又怕被骂。其实被骂还不是最糟糕的，要是那人直接给她来个冷暴力，才是不知如何接招。忐忑之余，只想杀冯晋骁泄恨。偏偏那人还一副若无其事的样子，问他怎么办，他只轻描淡写地说：“晚点我给他打电话。”

“还晚点？天都黑了！”萧语珩火气冲天，沙发靠垫直接就砸了过去，“他不仅是我老哥，还是我老板，你能不能重视一下？”

冯晋骁正在思考案子，被砸的大脑短路了一下，回身把她按在怀里：“再重视，地位都快超越老公了。”

萧语珩没反应过来：“什么老公？”

冯晋骁在她小屁股上拍一下，笑而不语。

面前的男人，白色衬衣，深色裤子，意态潇洒地陷在阳光里，远在天边，近在眼前。

等萧语珩明白过来，她努力压住唇边笑意：“不懂你在说什么。”

她傲娇的小样子可爱极了。冯晋骁无辜地耸了下肩，笑言：“既然如此，老板的问题，老公就不管了，原本也是勉为其难。”

萧语珩在他胸前捶了两拳：“都是因为你我才旷工的，你得负责。”

冯晋骁笑倪她：“好啊，你搬过来，我就负责。”

“搬什么搬，我还要回古城呢，你是准备睹物思人啊？”见他一脸的不以为然，萧语珩小疯子一样地闹，手上没轻没重地打他，“管不管？管不管？不管是吧？”见某人笑而不语，一副很享受的样子，她不客气地甩过去一巴掌，“你女朋友这个角，我辞演了。”

“你要袭警啊？”再好的身手，在女朋友面前都是没有用武之地的。冯晋骁只守不攻，用一只手把她双手控住，无奈又头疼，“我生命的悲剧就是爱上你这么个能作的女人。搬过来，明天！”

冯晋骁语气是不容质疑的，坚定，不和缓，亦不温柔。萧语珩闻言僵住，像是在咀嚼他所说的每一个字。

见她的眼圈一点点变红，冯晋骁语气软下来：“怎么了？多大的事啊，至于担心成这样？好了，不逗你了，其实我……”他想说，已经趁她睡着去找过顾南亭了。

萧语珩却忽然投进他怀里，脸贴着他胸口，声音很低地要求：“你刚才说什么我没听清，你再说一遍。”

冯晋骁静止一秒，才搂住她：“我说，明天搬过来。上次就说搬……”

萧语珩打断他：“不是这句，是上一句。”

“你要袭警……”

“也不是这句，后面那句。”

“我生命的悲剧就是……”意识到什么，冯晋骁说不下去了。

六年来，“喜欢你”是他对爱情唯一的表达，而爱，他从未说过。冯晋骁嗓音一哑：“傻姑娘，我没说也是爱你的，要不这么多年，我在折腾什么？”

“可你不说，我又怎么知道？”萧语珩抱他更紧。

然而，温暖冯晋骁的不是这个拥抱，而是胸口那一片濡湿。

他把脸埋在她颈间，声音低得连自己都听不见：“我亲爱的。”

萧语珩从古城调回总部了。

没有任何解释和说明，顾南亭一句话，人事部立即安排妥当，电话通知萧语珩只需要在下次飞古城航线时，取回在那边的行李即可。至于航班表，人事部负责人这样说：“顾总说等你休息好了，调度席再安排。”

这么高的待遇？

受宠若惊。

萧语珩问冯晋骁：“你和我哥说了什么，怎么他忽然就改变主意了？”

“我告诉他，要是他再把你派走，海航不惜一切代价和他死扛到底。”冯晋骁边说边搂着她往外走，“趁我今天有时间，现在就去宿舍收拾，要不一飞又抓不着人影儿了。”至此还是只字未提自己已经亲自去过中南航空，和顾南亭有过一次简短的对话。

萧语珩傻傻地任由冯晋骁安排，直到回到宿舍，听见他说：“这个带走吗？还是等会儿买新的？别愣着，看看缺什么，列个单子，等会儿我陪你去买。之前倒是给你准备过，但牌子好像不是这个，换回来吧，免得你用着不习惯。你啊，最挑……”看着他挽着袖子，一件一件把自己的东西收好，打包，她根本抑制不住胸间喷薄而出的幸福感。

那么不真实，又那么地心安。

她禁不住就柔柔地叫了他的名字：“冯晋骁。”

“嗯？”抬眸的瞬间，她已走过来，伸出手缠住他脖子。

冯晋骁抱住她，交颈缠绵：“怎么了？”

萧语珩也不说话，踮起脚，亲吻他下巴。

冯晋骁低下头与她接吻。

次日，萧语珩早早到了公司，主动上二十二楼。

顾南亭没有像以往那样针锋相对，异常平静地问：“电视台那档节目，你去不去？”

萧语珩语气轻松：“你安排呗。”

顾南亭翻看日程，头也没抬：“别到时候又说我逼你。”

萧语珩笑嘻嘻的：“又不是没逼过。”

顾南亭抬眼，见她笑弯的眉眼，紧绷的神色渐渐松开：“别赖在这儿了，该干吗干吗去。”

萧语珩不肯：“那你让调度席给我排班啊。”

顾南亭依然冷淡：“自己去说。”

萧语珩嘟嘴：“我不想搞特殊化。”

只要是我能给予你的，都不算特殊化，却只能以兄长的口吻说：“谁不知道你是二小姐？搞点特殊化有何不可？快去，别在这儿添乱，我还有个会。”

等她退出办公室，顾南亭起身站在窗前，他俯瞰着这座城市，表情忽明忽暗。

“我很抱歉把她卷进来。可我的职业注定了，很难让她置身事外。这种情况下，我不放心她一个人留在古城，那距离我们太远，真发生什么，你我都来不及过去。所以，请你把她调回来。她在我们身边，才最安全。”

没想到冯晋骁会亲自登门，更没想到他会如此放低姿态，一句“我们”，一个“请”字，那么轻易就说服了自己。

没有什么比她的安危更重要。

短暂的沉默后，顾南亭终于说：“我会安排，不让她在外场过夜。”

冯晋骁说：“谢谢。”这一次，情真意切。

顾南亭有那么一秒没说话，像是在拒绝这份感谢，最后他说：“保护好她。”

萧语珩返回工作岗位，重新开始飞。冯晋骁看过航班表，发现除了一趟单班古城需要在外场过夜外，她的起落时间相较以往正常了很多，不再早出晚归，除了飞就是睡，反而像个普通上班族，每天只飞一个来回，还都是短途，心里愈发感激顾南亭。

萧语珩也发现了蹊跷，她趁吃早餐的空当和冯晋骁开玩笑：“你不会被我哥打了吧，怎么他忽然对我这么好了？”

抬头看着坐在身边喝牛奶的女人，面孔又白又瘦，清亮的晨光中，白皙细嫩的肌肤下青色的血管隐隐可见。冯晋骁抬手抚了抚她的头顶：“他那么恨我吗？”

萧语珩的眼神天真又无辜，像个孩子：“谁让你总和他作对的。”

“我哪有？”冯晋骁不承认，“因为你，我已经对他格外客气了。”

凑过去亲他侧脸一下，萧语珩笑得甜蜜：“冯队好给我面子哦。”

冯晋骁唇角微挑：“女朋友嘛，应该的。”

半个小时后。

大切稳稳地在机场停下，冯晋骁下车把她的拉杆箱拿下来。

这样体贴的他，近乎满分。

萧语珩站在高大挺拔的男人面前，踮起脚，伸手搂住他脖子：“谢谢冯队。”

手抚在她的腰际，冯晋骁蹭蹭她鼻尖：“为珩珩服务，是我的荣幸。”

萧语珩微微仰头，就被冯晋骁衔住了唇，深深吻住。

一吻过后，萧语珩抿着嫣红的唇，温柔地以指腹拭去冯晋骁唇上沾染的她的唇膏。

冯晋骁无声笑了，用力抱了抱她：“去吧，落地给我来个电话。”

萧语珩与程潇执飞的是同一航班，傍晚时分，飞机准时在古城降落。

晚上闲来无事，萧语珩独自逛到了酒吧一条街。她经过一片灯红酒绿，来到深巷一家低调隐蔽、特立独行的音乐火塘酒吧。一杯梅子酒入腹，那熟悉的水果酒的果香甜柔，以及蒸馏酒的浓烈交揉成一体，令萧语珩沉醉。

舞台上的歌手自弹自唱，座位上的游客宁神静听，形成火塘酒吧特有的景象。正听得入神，萧语珩忽觉视线一暗，抬头时，程潇已落座。

端起萧语珩面前的梅子酒闻了闻，程潇示意侍者："一样的。"

萧语珩抬腕看表："这个点，你应该在床上。"

"不愧是兄妹，连和顾南亭说话的语气都如出一辙。"程潇清了清嗓，"身为飞行员，为了保证飞行安全，必须保证连续 8 ~ 10 小时的睡眠。"

印象中的程潇属于那种傲气有个性的女人，尽管她与顾南亭毕业于同一所飞行学院，是师兄妹，萧语珩与她的交往却不多。现下脱了飞行制服的她，拿腔拿调地学顾南亭说话，惹得萧语珩笑出声："还差一句：你想停飞啊！"

程潇也笑，端起侍者送来的梅子酒和萧语珩碰杯，仰头饮尽满杯。

萧语珩见状，微微皱眉："哪有你这么喝的？"

程潇见她只抿了一小口，颇感意外的样子："我以为你跑到这么个旮旯酒吧，是想借酒消愁的。"

"谁说的？"萧语珩抬眸看她一眼，"我是来艳遇的。"

然后，她们相视而笑。

聊了几句，程潇发现萧语珩是这家酒吧的老熟客，忽然想到什么，她问："不会冯队就是在这里被你艳遇了吧？"

萧语珩挑了挑秀眉："差不多。"

程潇竖起大拇指，把上次搭顾南亭的顺风车去机场，中途碰上冯晋骁的事简单回顾了一遍，末了还说了句："当时那场景，有种情敌见面分外眼红的架势。"

"什么情敌啊，别胡说了。"萧语珩这才知道居然有这么一段插曲，她无奈又苦恼，"他们两个一直水火不容，也不知道是怎么回事。"

怎么回事呢？程潇对此没评价。

次日返回 G 市时已是深夜，雨后的夏夜，清爽舒服。萧语珩与程潇从机组通道走出来时，冯晋骁站在出口等。繁星闪耀的天空下，男人穿着简单的白色衬衫，眉目疏朗，身姿笔直。

程潇拿胳膊杵她一下，以仅两个人能听到的声音打趣：“二十四孝男友啊，又爷们又体贴，难怪你看不上别人。”

萧语珩本就是个不善于掩饰感情的人，她弯唇一笑：“你的那个也是绝版好男人啊。”言罢，下巴微抬，示意右边。

程潇顺着她的示意看过去，就见来接机的乔其诺站在爱车旁朝自己挥手，她语气无奈：“那是我闺密啊，小姐。”

“啊？”萧语珩朝乔其诺点头表示打招呼，“还以为你们是一对。”

两人交谈间，冯晋骁拾级而上，行至萧语珩面前接过拉杆箱，并牵住了她的手：“累了吧？”

旁若无人的亲昵让疲惫的萧语珩的眼眸里跳跃出细碎的星光，她带着依赖的意味点点头，然后为他和程潇介绍。

冯晋骁别有深意地看了程潇一眼：“程机长的心理素质和飞行技术一样令人钦佩。”

面对他诚意满满的夸奖，程潇反而调侃：“被艳遇的感觉不错吧，冯队？”

萧语珩抬手就要赏她一巴掌。

程潇早有防备，侧身躲开：“干吗？难道我搞错了，你艳遇的男人不是他？”

冯晋骁偏头看萧语珩，待反应过来，他嘴角噙着笑：“没错，是我。”

“我就说嘛，冯队怎么看都有被艳遇的资本啊。”程潇笑起来，在萧语珩的粉拳朝她招呼过来前，朝他们挥挥手，“祝你们有个愉快的夜晚。”转而跑向等待许久的乔其诺。

冯晋骁难得地多问了一句：“她男朋友？”

萧语珩摇头。她看见乔其诺为程潇打开车门，再把她的飞行箱放上后座，又解释了一句：“那是乔特助，我哥的助理。”

冯晋骁点头表示清楚了。

随后一周，萧语珩都是由冯晋骁负责接送。他很忙，往往都是接了她送回家还要再回队里，然后深夜才回来，要不就是陆成远和赫饶来家里，三个人在书房里研究案情到很晚。

萧语珩才明白过来，冯晋骁之所以不让自己去古城，又非要她搬过来，和那天的遇袭有关。为免他分心，她提及回顾家住，冯晋骁却说："你在我身边，我才能不分心。"

萧语珩隐隐感到不安，悄悄问赫饶，那个女人竟也守口如瓶，只安抚她："没事，听师父的话就行。他那个人，除了爱死扛，还有点大男子主义外，智商、身手什么的，"赫饶朝她竖起大拇指，"No.1。"

透过半合的房门，萧语珩看向里面对陆成远部署工作的冯晋骁，觉得专注于工作的他，那微微锁眉的样子，特别性感。

赫饶顺着她的目光看过去，微笑："这次的案子算是我们警队组建以来最棘手的一起，不过头儿的状态却是前所未有的好。看来你们最近不错。"

萧语珩坦言："和他在一起的感觉，特别到位。尽管每次吵架时，恨不得卸了他。"

赫饶失笑："师父遇上你，真的是喜忧参半。"

萧语珩看着面前这个坚强又倔强的女子，问她："那你遇上我哥呢，是福是祸？"

提到萧熠，赫饶脸上的笑意退得一干二净。

"你现在的坚持和当年我与冯晋骁分手时的心情一样。唯一的区别是，冯晋骁还是六年如一日的情商低下，他却不再是从前的萧熠。"萧语珩盯着赫饶透出英气的眉眼，"赫饶，不要放弃，只差一步，就一步。"

赫饶端起杯子，把整杯咖啡一口喝掉，然后像是丝毫没被烫到一样，只抱怨了句："真苦。"萧语珩想要阻止都没来得及。

知道赫饶除非为了提神，一般不喝咖啡，萧语珩已经加了双倍的糖。可她还是觉得苦。是心苦吧，萧语珩都觉得自己自私了，可她真心不希望萧熠与这么好的女人失之交臂。她想了想说："干吗不见他，连电话也不接？等了这么多年，他终于从过去走出来，你却要放弃了？"

赫饶抬手揉一边的太阳穴，投向窗外的目光与语气一样，沉沉的：“八年，我把这一辈子的一厢情愿都用完了，好累。”

她用最美好的八年时光，暗恋一个人。

却在那个人正视她时，退缩了。

萧语珩心疼地说：“傻瓜。”

赫饶静静地笑。

这天下机后，萧语珩一直在心里琢磨要不要推波助澜一下，把赫饶约出来，给萧熠制造机会。还没思考出结果，就听楼意琳嚷嚷：“这不是那个讨厌鬼吗？居然上电视了！”

萧语珩应声抬头，就在休息室的电视屏幕上看到了陆成远。

她立即把音量打开。

电视画面切换到一位看上去年纪很轻的男记者，他举着麦克风，语速略快地报道：“根据现场目击者介绍，当时有将近百余人拉着条幅蹲守在医院大门口，下午两点三十二分左右，当警方的车辆驶近，他们如同有组织一样一拥而上，把两辆警车围得水泄不通。五分钟左右，警方把人流疏散，近日落网的犯罪嫌疑人罗永却已失去踪影……”

镜头转回到案发现场，市医院大门口已拉起了警戒线，多辆警车停在周围，数名全副武装的警察严阵以待。由于外围有许多群众围观，为避免造成交通堵塞，交通警察也已出动。

记者不知被谁推至警戒线边缘位置，为了获取独家新闻，他探身向正向手下交代工作的陆成远伸长了手，把麦克风递过去：“请问这位警官同志，罗永之所以被送往医院，是由于在审讯过程中警方采用不正当的方式造成，还是他自残？这是不是一场有预谋的劫狱事件？”

陆成远听到对方说“不正当方式”几个字瞬间变了脸色，他倏地望过来，盯了这个初出茅庐的家伙一眼，抬手就把他麦克风上的电视台标志撕掉，语气不爽地命令手下：“清理现场！”他话音刚落，画面再次被切换。

楼意琳不屑地批评：“拽得二五八万似的。”

萧语珩没有接话，目光牢牢地锁定电视屏幕。不无意外地，她很快看见冯晋骁出现在画面里。他与两位身穿警服的中年男子从医院里走出来，站在一辆警车旁。

萧语珩并不知道那两个人一位是市公安局长，一位是省厅的领导。只注意到镜头里的冯晋骁神情紧绷，除了偶尔点一下头，自始至终没说一句话。

楼意琳见她目不转睛地盯着电视，感慨："还是你们家骁爷抢境，一个侧脸都那么帅。难怪你死心塌地呢，换我遇到这么有型的也难……"

萧语珩出言打断她："闭嘴。"

楼意琳朝她撇嘴，换衣服去了。

报道还在继续，再没出现像之前那位记者那样口无遮拦的采访，只是在记者们终于有机会接近冯晋骁时，面对众人的"请你谈一谈对此次事件的看法"时，他依然是采取惯常沉默的态度。唯有在他身侧的陆成远，以及赫饶，边辟出一条路，边异口同声地回应："无可奉告。"

新闻的最后是罗永的通缉令，萧语珩才知道，在机场挟持她的人是在逃六年的毒贩。针对其越狱事件，省厅限期缉拿。

随后几天，冯晋骁参加了省厅的三次会议。坊间传言，由于罗永采取自残的方式迫使警方送他去医院，而通过就医的机会成功越狱令省厅对特别突击队的能力有了质疑，尤其是身为警队之首的冯晋骁，更是遭到了上级领导的责难，让他限期破案，否则就要撤他的职。

原本这样算是机密的负面消息根本不可能流传到外面，可不知出于何种原因，通过什么渠道，似乎搞得G市人尽皆知，甚至给人一种街头巷尾都在议论和批评冯晋骁的错觉。

唯有特别突击队，对此完全没有反应，一如平常地训练。

参加集训的新队员却缺乏老队员的淡定。消息传开后，他们开始私下里议论。尤其是柴宇，在见识了赫饶的本事暗下决心一定要扛到最后成为突击队一员后，听闻外界对他视为偶像的冯晋骁的种种言论，有些义愤填膺："真以为破个案那么容易？现在的犯罪分子都是高智商，谁会坐等你来抓？都是群站着说话不腰疼的。"

话音刚落，就有同批受训的队友接话：“那有什么办法？谁让咱们是警察呢？老百姓眼里，我们就得无所不能。”

“神人啊，能无所不能？”柴宇为警队不平，“限期破案，说得轻巧！谁傻啊？明知道警方布了天罗地网要抓你，还顶风上？人家就猫起来躲着，让我们上哪儿抓人去？”

这时，低沉的男声在身后响起：“因为我们是特别突击队，就要能常人所不能！”

受训警员闻声回头，就见穿着训练服的冯晋骁站在不远处。年轻小伙子们立即自动自发地整队站好，精神抖擞地敬礼。

冯晋骁稳步走过来，以目光逐一扫过众人：“这里的每个人，都不可能成为神，更不可能无所不能。但是，”顿了顿，他看向训练场右侧生龙活虎般训练的老队员们，收回目光后继续，“身为特别突击队一员，就要有特别的样子。所谓特别，不是外人眼中的特别风光特别牛。

“由于我们执行的任务都是高风险作战，才要通过严酷艰苦的训练筛选出自身素质过硬的警员，这就是训练时的——特别苦。”

“能到我们手里的案子，都是艰难而关键的任务。为了完成任务，有时是需要我们实施近似自杀性的攻击，以命相搏。这是执行任务时的——特别猛。也有队员把这种不要命的行为视为——特别傻。”

“每一个，”他抬手指着身旁陆成远右臂上那枚特殊的臂章，“能够佩戴上它的人，都该具备独当一面的能力，成为犯罪分子眼中的‘陆上猛虎’。这就是外人眼中的——特别可怕。

“你们中，最后留下的，所受到的军事和心理压力都将是常人难以想象的。所以，别说是现下这一点点舆论压力，就是枪指着你的脑袋，谁要是敢给我打个战，就马上撕了臂章，退出警察队伍。

“如果抱怨能破案，我们就不必像傻子一样在烈日下训练。要想不被质疑，就得拿出本事来，除此之外，一切就是零。不要让我觉得派来操练你们的人，以及花费的时间和精力都是浪费。更不必为我，或是队里任何一个人遭到的质疑或批评感到不平，因为我们不需要！”

话至此，冯晋骁停了下来，一秒，两秒，五秒的沉默后，在柴宇的带领下，全体警员扯着嗓子一字一句喊道："特别苦，特别猛，特别可怕！干掉敌人，干掉敌人，干掉敌人！"

"好。"冯晋骁看着面前一张张年轻坚毅的面孔，铿锵有力地说，"我等着你们！"

集训满三个月考核时，包括柴宇在内的六名警员通过，成为特别突击队一员。

萧语珩从机场回来，冯晋骁居然在家。

她诧异地看了下时间："提前下班了？"

在落地窗前躺椅上休息的冯晋骁和她是一样的动作，抬腕看了下表，他不答反问："怎么这个点回来了？为什么不打我电话等我去接你？"暗巷遇袭之后，他一直对萧语珩的出行格外注意。

"机上一名孕妇早产，航班中途返航。重新起飞，换机组了，我就和琳琳一起回来了。"萧语珩边说边进了卧室，换上居家的裙子出来，坐到冯晋骁身边，调侃他，"不会真如外界所传，冯队被停职了吧？"

尽管冯晋骁什么都不说，可对于他此时面临的形势的严峻性，萧语珩又怎会一无所觉？只不过他不愿意她过问，萧语珩也就乖乖听话，尽量照顾好自己，不给他添麻烦。

冯晋骁捻熄了指间抽到一半的烟，微微一笑："我说是的话，你有什么想法？"

萧语珩双手搭在他胸前，整个人半趴在他身上："那我就马上休疗养假，然后我们去度假。"她盘算着，"你的身份，不能随意出国，去古城一趟总没问题吧，住古城客栈？"

她脸上的满足的笑意感染了冯晋骁。拢了拢她的长发别在耳后，他似笑非笑："家庭套房，嗯？"

"什么啊？"等读懂了他话里的暧昧，萧语珩使劲在他硬邦邦的胸膛掐了两下，脸微红地轻责，"冯队，你能不能想些健康的事情？被你的手下知道了，小心形象破灭。"

冯晋骁失笑："我说什么就不健康了？再说我都有你了，还要什么形象？”

他也不是不会说情话的。萧语珩俯身朝他的薄唇凑过来：“尝尝是不是抹了蜜。”随即又反悔似的，像小狗一样在他唇边嗅了嗅，“你答应了戒的，怎么又抽了？”

到嘴的福利哪里会允许溜掉？冯晋骁把她按在怀里，深深吻住，直到两个人都有些喘，他才放过她，唇却还贴着她的脸亲了一下又一下：“就抽了半根，下不为例。”

萧语珩咬他一下算是惩罚：“这次就放你一马。”

冯晋骁侧过身腾出一块地方，搂着她躺下，一本正经地说：“等以后我们结婚了准备要宝宝时，我肯定封山育林，烟酒不沾。”

萧语珩怔怔地半晌没说话。

觉察到她的沉默，冯晋骁安慰道：“怎么了？你不是一直都喜欢小孩子吗？要是你还想再玩两年的话，就等等。总要你心甘情愿的。”

热恋那会儿，她曾害羞又大胆地说：“你说我们以后生两个宝宝好不好？一个男孩，一个女孩。最好男孩是哥哥，女孩是妹妹，那样哥哥就可以保护妹妹了，多好啊。”见冯晋骁抿嘴笑，她不好意思地打他一下，“听说生男生女是男人决定的，你责任重大，知不知道？”脸红得不行，她低着头嘟哝，“最好一胎解决掉，我有点怕疼……”

冯晋骁发誓，他当时没控制住笑出声真的没有半点嘲笑她的意思，只是觉得一个稚气未脱的小丫头和他一个成年男人讨论生男生女的问题，太有趣。

萧语珩被他笑得脸上挂不住，躲在他怀里拱啊拱地撒娇：“为了缓和一下尴尬的气氛，我要求换一个话题。”

令气氛更加尴尬的，是冯晋骁爽朗的笑声。

那个时候，真是勇敢到无所顾忌。

时隔多年，萧语珩轻声问：“你喜欢小朋友吗？”

冯晋骁把她背搂在怀里，“以前没特别的感觉。可现在看着图图，就喜欢了。”他说着，自顾自地笑起来，“偶尔也在想，就你这脾气，给我生的儿子也肯定倔得不行。”

“你的脾气也好不到哪里去，生儿子的话，没准和你一样又臭又硬。”萧语珩翻身缩进他怀里，手脚并用地缠上他身体，口是心非地说，“谁说我要给你生了？”

冯晋骁拍拍她的小屁股：“那就生女儿，倔也不怕，我宠着！”

明明是高兴的，似乎从发现喜欢上他的那天起就在盼着这一天。哪怕冯晋骁连正式的求婚都没有，可因为他自然而然地把她规划到他的未来里，萧语珩从心底里感到幸福。可偏偏控制不住上涌的泪意，那眼角潮湿的感觉，浸染得心尖又酸又涩。

如果曾经的疼，是为了考验彼此对爱的坚定，萧语珩决定忘记那些她所认为的命运的不公，不再多想，不再委屈，好好地，和他在一起。这样想着，她手上不自觉抱紧了冯晋骁。

可惜，这样的宁静在沈俊案告破之前，终是没能维持太久。

凉风习习的八月，警方获悉，越狱的丁成民秘密潜回G市。原本丁成民的案子由刑警队负责，刘同却在这个时候向上级领导提出申请，为确保短时间内将其缉拿归案，请求特警队予以协助。

于是，在省厅指示下，特别突击队介入此案。

对此，陆成远深表不解：“刘同唱的哪出啊？我们插手，还有他发挥的空间吗？”

冯晋骁正在翻阅丁成民案的卷宗，闻言头也没抬地说：“我们未必能在他之前找到丁成民。”

“怎么会？”陆成远对于他的妄自菲薄有意见，“冯队，老大，头儿，你可以打我们，骂我们，训我们，练我们，但不能侮辱我们。”他指指自己的臂章，“我们都是有血性的纯爷们。”

“没质疑你的血统。”冯晋骁附和了下他的幽默，才分析道，“我在想，他应该是出于两个目的，第一，为了打消我们的疑虑，以此证明他和丁成民案无关。毕竟，对于我们把章程转给他的试探，他不会一无所觉。但这个的可能性只占百分之十。换成是我，没做过，无须证明，清者自清的道理谁都懂。那么，剩余百分之九十的可能性就是，借由我们保护丁成民。”

听到“保护”二字，陆成远的神色认真起来：“你的意思是，有人要杀丁成民？”

“丁成民狱越得很顺利，而且很快就突破了警方的防线，这说明有人接应，为他打点好了一切。可为什么到现在，他非但出不了境，反而被逼回了G市？”冯晋骁微眯眼睛，“他对于对方的价值没有了，而他，还在执迷不悟。否则危机重重之下，他完全可以自首，至少那样可以保命。”

陆成远恍然大悟：“拉我们下水，只是为了震慑要致丁成民于死地的人？”

冯晋骁眼神一锐：“但刘同忽略了一点，如果对方是沈俊，丁成民根本就是九死一生。”

冯晋骁的分析没错，在得知特别突击队介入了丁成民案，林立愈发地想要丁成民的命了。原本把他捞出来也只为试探刘同，现在刘同胆敢翻脸，为了给刘同一个深刻的教训，也为了向警方挑衅，林立都觉得，做掉丁成民势在必行。

丁成民死到临头还没意识到林立的杀机，在无法出境的情况下，他虽借刘同之力潜回G市躲了起来，却不听刘同劝阻，想方设法求见林立，以求安身之所。刘同动用了所有的关系想要把他送走，丁成民却在一个午后忽然消失了。

去见林立，等于自投罗网。因为丁成民看不清形势，刘同气得砸了出租屋。丁成民有心躲着，刘同很难找到他。于是，他想到了冯晋骁。依刘同的判断，林立再嚣张，也不会傻到和特警队硬碰硬。这样就能争取多一点的时间寻找丁成民的下落。

只是，他的算盘打得再响，也终是精不过林立。况且，还有那个不知死活的丁成民主动送上门，林立根本不费吹灰之力，就抢占了先机。

林立有些疯狂，确切地说，因为他为自己安排好了全身而退的后路，而变得无所顾忌。在得知丁成民联系了手下约他见面时，他笑得有几分得意和诡异。

电话里，他邀请刘同："刘局，请你看场戏，赏不赏脸？"

刘同就明白他是要对丁成民动手了："林总这是给我面子，哪儿有不去的道理？"

林立一笑："好，晚点通知你地点。"

刘同知道这是最后救丁成民的机会。

傍晚，微暗的天空下，萧语珩与楼意琳走出中南航空办公大楼。一辆黑色商务车停在门口，车后座的林立以温和的目光看向萧语珩："好久不见，语珩。"

确实有段时间没见了。萧语珩对于他的突然出现有些意外："路过吗？"

林立推开车门下来："如果我说专程来找你，你怎么看？"

萧语珩微微一笑："不会是特意坐飞机过来找我报销医药费吧？那事可早就翻篇了，不能反复拿出来用。"

"那容我想想还有什么别的理由。"见她表现得落落大方，林立也更放松了几分，"是这样，我明天回古城，一时半会应该不会再来G市，所以来告个别。不知能否有这个荣幸，邀请你共进晚餐？上次你帮我选的那条披肩，我母亲很喜欢。"

楼意琳虽然是第一次见林立，但从两人的对话中立即猜到面前的男人是蔡婷婷提过的古城帅哥，她用胳膊杵了萧语珩一下。

林立注意到她的小动作，话锋一转："这位是……"

楼意琳主动自我介绍道："楼意琳，语珩好朋友。你是，手推车事件的男主角对吗？"

林立笑望着萧语珩："说来，还得感谢那次事件，让我和语珩相识。只可惜，每次只是在飞机上匆匆一见，一起吃顿饭的机会都没有。"他又把话题转回来，"楼小姐如果不介意林某唐突，不如一起如何？这样一来，被语珩的男朋友知道她应了我的约，也不会有所误会，你说呢，语珩？"他笑得温和，有明显调侃的意思。

有这番说词做铺垫，让人难以拒绝。毕竟，他表现得如此坦荡，再推诿的话，就显得矫情了。可现在是非常时期，冯晋骁有多不放心她，萧语珩再清楚不过。为免给冯晋骁添麻烦，她到底还是说：“朋友之间的正常交往我男朋友是很支持的。不过，我今天确实有点不舒服，想回去休息了。既然你是回古城，我下次飞古城时我们再约吧。你看好吗？”

她这么谨慎，林立自然明白和上次暗巷遇袭有关，他面上不动声色：“这样的话，只好古城见了。但到了那边，我是主，你是客，还是要听我安排的，你可不能拿手推车那次的事为由抢单。”

见他并没有因为被拒绝有所不快，萧语珩自然也就不会往其他方面想，她微笑以对：“好啊，恭敬不如从命。”

林立深深看她一眼，伸手做了个请的手势：“已经拒绝了我的晚餐，就不要再拒绝我送一程的好意吧。”

如此真心实意，楼意琳都忍不住答应了，如果顾家司机不及时赶到的话。

不等萧语珩回答，顾南亭的司机已经把车停在了林立的商务车旁，老李恭敬地对萧语珩说：“二小姐，顾总让我接您回家。”

林立眼里的失望纤毫毕现，但他只是无奈地耸了下肩膀：“今天真是出师不利，看来下次约你之前有必要占卜一下。”然后他朝萧语珩伸出了手，“既然如此，就在这儿告别吧，希望还能再见，语珩。”

这一次，萧语珩没有拒绝和他握手。

指尖触及林立的手掌，她像对老朋友一样轻声说：“一路平安。”

林立微微用力地握住那双素白纤细的手，几秒的停顿过后，缓缓松开。

等萧语珩上车，林立在为她关上车门前忽然问：“语珩，还记得我们初次见面吗？”

视线对上他复杂的眼神，萧语珩回答：“记得啊。在 A 市，我们坐一辆出租车去谷都。”

林立静静地注视她，目光深沉而专注，这几乎给了萧语珩一种错觉——她说得不对。

但怎么可能呢？萧语珩记得很清楚，当时车很难打，他们坐上了同一辆车，由于目的地相同，彼此都默许了对方的同乘。后来，他付了车钱。

谷都酒店餐厅里，她不小心弄脏了他的西裤，再后来才是在飞机上。

林立却没再继续这个话题：“语珩，一路平安。”顺手为她带上车门。

一路平安——不像告别，倒似诀别。

车子启动后，萧语珩转身回望，林立还站在原地，一动不动。

出于距离原因，他们看不清彼此的表情。

六年很长，我们都发生了很多变化；六年也很短，我出现在你的生命里就那么一瞬间，你忘了最初的相遇，我亦无法以寻常人的身份与你交往。那么，我就隔着一个世界的距离，在人群中，遥遥注视你。

那么，再见了，语珩。

不只萧语珩，楼意琳也觉察到了异样，可她又说不出具体哪里奇怪：“冯晋骁知道你认识这么一个人吗？上次你差点被手推车撞伤，没告诉他？”

萧语珩摇头：“也没受伤，我就没提。”至于林立，在她看来，也没什么可说。尽管在古城时有过几次交集，也只限于普通朋友的交往。

楼意琳瞪她一眼：“换别人早第一时间和男朋友哭诉了，你倒淡定，坚强给谁看啊？”

“他最近忙得连睡觉的时间都没有，我还是让他省点心吧。”萧语珩疲惫地靠在后座上，闭上了眼睛，“不能为他分担，也不能成为他的负担啊。”

“他又不是负担不起。你怎么了？真不舒服啊？还以为你是为了推了那个姓林的约会才那么说的。”

“这两天总是睡不够似的，也没什么胃口。”

“看你那懒洋洋的样子，再有个肚子就成孕妇了。”楼意琳忽然想到什么，“你不会有了吧？”

她一惊一乍的，吓着的除了萧语珩，还有老李。他闻言立即把探询的目光透过后视镜投射过来，就看见萧语珩神色一僵。

楼意琳试探着问：“例假晚了？”

见萧语珩点头，老李询问：“二小姐，要不要给顾总打个电话？”

楼意琳抢白道：“给他打什么电话啊？要打也是打给冯晋骁。”

“也许不是，我……”不好意思让老李听见，萧语珩凑过去小声说，“我肚子有点隐隐的疼，像是要来了的感觉。”

谁知楼意琳一听更生气了：“让我说你什么好，这个时候肚子疼谁知道是痛经还是流产的前兆啊？”然后对老李说：“直接去医院。”

萧语珩的脸色因为“流产”二字瞬间变得惨白，她有些慌张地从包里翻手机，不知是因为紧张，还是害怕，拨号时手都是抖的。

楼意琳抓住她手安慰：“你别急啊，我们先去医院检查一下，让冯晋骁直接过去。”

电话响了两声，冯晋骁就接了，他语带匆忙地说：“珩珩，司机接你了吗？我今晚要留在警队，你回家住一晚，我忙完给你电话。”显然是他让顾南亭安排人接她的。

萧语珩说不出话。

“珩珩？”

“……你能不能过来一趟？”

冯晋骁敏感地听出她情绪不对：“你在哪儿？怎么了？”

“我想去医院做个检查。”她的声音低低的，越来越小，“这个月例假晚了十多天。”

冯晋骁原本正在快步下楼，闻言倏地停住，他站在台阶上，语气里满是惊喜：“你是说，你怀孕了？”

特别突击队一楼大厅瞬间安静下来，十几双眼睛齐刷刷望过来。然后，小伙子们看见他们老大几乎是热泪盈眶地和那边确认：“珩珩，是怀孕了吗？”

萧语珩的心因他充满喜悦的声音平复下来，她轻轻地说：“还不确定呢，只是例假晚了，所以想去医院检查一下，你现在能过来吗？”

冯晋骁抬腕看表，再开口时语气温柔得恨不得滴出水来：“这样好不好，你先回家休息，这边收队我就过去接你。明天我带你去做个详细的检查。”

似乎是被他安抚了，萧语珩觉得肚子好像都不疼了，她说：“那我等你。”

冯晋骁又嘱咐：“别乱走啊，回家就上床躺着。”

萧语珩失笑：“哪有那么夸张？”

冯晋骁一本正经地说：“有的有的。”

挂了电话，他还站在台阶上笑，特别傻的那种。

陆成远这时从外面进来，吼道：“都准备好了吗？五分钟之后出发。”

回应他的，是特警队员们的欢呼声。

就在陆成远以为这帮小子疯了的时候，冯晋骁笑着说：“一会儿都给我打起精神，速战速决，好让我早点儿回家接你们嫂子。”

柴宇组织队友们站成一排，边搞怪地用鸭子步往外走，边带头喊：“接嫂子，生宝宝，接嫂子，生宝宝……”

陆成远照着柴宇屁股踹了一脚，才转脸问：“怎么个意思？嫂子有喜了？”

冯晋骁笑而不语。

然而，他手机再度响起时，却是晴天霹雳。

楼意琳哭着告诉他：“珩珩被绑架了！”

天阴沉得如同深夜，狂风暴雨拍打向车窗。大切在马路中央直直掉头。

冯晋骁赶到案发现场时，警犬训练基地李股长已经带着他的爱犬到了。陆成远把情绪失控的楼意琳安置在警车里，给她披上衣服：“你先别哭，告诉我们怎么回事。”

楼意琳“哇”的一声，哭得更厉害。

陆成远知道她吓坏了，也顾不得其他，直接把人按在怀里抱住，像哄孩子似的拍她的背：“现在最急的人是老大，你必须冷静，我们晚一分钟，嫂子就多一分危险。”

楼意琳闻言竭力控制着不哭，双手紧紧抓着陆成远的衣服：“他们黑衣黑裤黑墨镜，还都有枪……”

十五分钟前，也就是萧语珩挂断电话的同时，老李在转弯时被一辆卡车生生逼停。老李直觉有危险，迅速挂倒挡试图倒车。

却来不及了。

后路被一辆黑色商务车堵死。尖锐的刹车声中，车里跳下来四个身形高大的男人，他们冲过来，抓住萧语珩和楼意琳的胳膊把人拽下车。

其中一人持枪指着老李的头，阻止他下车，另外两人分别控制着萧语珩和楼意琳，剩下那个个子最高的拿出一张照片比对了下，抬手指向萧语珩："她。"

那人不由分说拖起她往黑色商务车里塞。

楼意琳挣扎："放开她！"

老李见状就要推车门下去。

"砰"的一声，杀手毫不犹豫地朝天开了一枪。

楼意琳惊叫失声，被重新甩回车里时，杀手把枪口对准她："别动，这不是玩具。"

萧语珩骇然转身："别伤害他们，我和你们走。"

"珩珩！"

"二小姐！"

她被推上车，楼意琳和老李面前的两人迅速收枪上车。

车门"嘭"的一声关上，沉闷的引擎声中，商务车瞬间飙了出去。

冯晋骁从老李那儿了解到的情况也是这样。与李股长交代完，他疾步而来："中南楼下的男人是谁？"一语切中要害。

"啊？"楼意琳抹抹脸上的泪，"你说古城那人吗？"

"怎么回事？"冯晋骁面色冷凝，眼神阴霾，"说重点。"

楼意琳简明扼要地把所知道的推车事件说明了下，以及先前在公司楼下林立约萧语珩的经过也说了："肯定是姓林的。要不怎么珩珩才拒绝了他就出事了呢！"但她只听林立自称了一声林某，并不知道林立的全名。

冯晋骁却已猜到。

完全没料到林立竟然和萧语珩有了交集。想到萧语珩在古城基地的那段时间，与林立在机上的一次次偶遇，冯晋骁可以肯定，是林立谋划已久的结果。

可如果他意在萧语珩，为何不在古城动手，偏偏是在G市？又何必特意去告别？

路灯下，冯晋骁的脸色比以往任何时候都平和沉稳，唯有眼神阴霾，寒光胜雪。

夜色渐深。

西城郊，一处废旧仓库。

四周极暗，空旷无人，月光笼罩下，白漆斑驳的墙面上掩映出几抹矫捷的身影，他们悄无声息地进来，在一处长满杂草的角落停下。最前面的是冯晋骁，他蹲下身去，伸手在岩石地面上摸。待摸出异样，他以手势示意，身后五人迅速上前，把地面上的岩石抬起来，轻微的闷响声中，有风迎面拂来，随之露出一个往下的楼梯。

看样子，像是一处地洞入口。

陆成远上前一步，极低地说了一声："我带路。"

他跨了半步就被冯晋骁拦下。

冯晋骁戴上红外夜视仪，俯下身去在台阶上仔细查看，在第二级台阶里侧发现异样："有炸弹。"陆成远顺着他的方向趴下去看，果然是一个感应炸弹。

冯晋骁深吸一口气，单膝跪在第一级台阶上，用匕首把炸弹解决掉。随后他走在最前面，小心翼翼地领着身后包括陆成远在内的五名手下进入地洞。

当前方转弯处出现微弱的泛黄的灯光，他们正好走到第十五级台阶。凭借以往的作战经验，冯晋骁和陆成远以背脊紧贴墙壁，抬起手轻轻地打开配枪的保险，分别跟在他们身侧的四人也做着同样的动作，进入备战状态。

走下最后一级台阶，冯晋骁身体紧贴着墙，在转弯处迅速探头看了一眼，零点几秒的时间里看清两处岗哨。他朝陆成远指指洞顶，再指指前面，意思是要从洞顶爬到岗哨处，把敌人干掉。因为只有这样，敌人才不能借由灯光看见他们的影子，他们才可以在不开枪的情况下，悄无声息地解决岗哨。

难度很大。即便是特种兵，也属高难度训练。

陆成远审视了下洞顶，点头。

冯晋骁以手势回应，鼓励的意思。

随即，两人收起配枪，一左一右，双手以墙为支撑，两脚轻轻一跃，如同壁虎一样头贴上洞顶，头朝下的同时，双手用力在墙壁中间形成一个支点，靠手臂和腰力，使下半身往洞顶伸去。

一步一挪。

等到岗哨前面，两人相互看了彼此一眼，点头之后，一个倒挂金钩，一左一右对准两边岗哨，双手控制着力道一拧，两个岗哨就倒下去了。接着，两人立即松开双脚，以双手着地，就地一个翻滚，单膝跪地，配枪再度滑入手中时，已背对背完成警戒姿势。确认没被发现，冯晋骁打手势示意，后面的队员紧随而上，六人呈品字队形继续深入地洞。

再走下去灯光渐盛，再经过一处转角，又有岗哨，六个人，分别位于两个房间的门口。这次他们准备强攻，冯晋骁和陆成远各带两人，一队负责一个岗哨和邻近的那个房间。两人用手势交流完，陆成远对着耳麦低低地说了句："行动。"便大摇大摆地朝岗哨而去，喝道："放下武器。"

他们身上穿着特警作战服，手上端的是最先进的警用装备，岗哨见状先是一愣，随即大喊一声："有警察。"举起枪拉动保险。

却没机会扣动扳机。

"砰砰砰……"刺耳的枪声中，突击队已经把岗哨的六人放倒。冲进房间，里面居然是个套房，再往里还有两个房间，随着枪响，里面有大量的匪徒冲进来，警匪双方交战。

陆成远身手敏捷，一个侧踹把左边的匪徒踢飞出去，回身抓住右边匪徒的枪，手上用力一拉，精准地指向攻上来的另一匪徒的脑门，趁对方愣怔的一秒，一脚踢向那人小腹，力道之大，连同后面的两个匪徒都被一起踢翻在地，转身时又赏了欲偷袭他的匪徒一个过肩摔，用他砸向刚刚倒地尚未爬起来的几人身上。

冯晋骁此时也被几个匪徒包围，他先是一个矮身扫堂腿，然后一个急冲脚踏向墙面，跃起后一脚踢向持枪准备射击的匪徒太阳穴上，双脚落地之前，一记直踢落在欺近的匪徒喉咙处，那人应声倒地后，他一个箭步冲出三米多远，以旋风腿把正往前冲的两名匪徒逼退，然后用脚勾起地上的一把枪，横着踢出去，挡开匪徒进攻的同时，右手一抬，“砰”的一声枪响，陆成远应声回头，看见身后一个匪徒倒下。他呼出一口气，朝冯晋骁竖起大拇指。这时，接收到行动信号的柴宇等人赶来，局面很快被控制。

所有匪徒被抓，包括在最里面房间没有参与打斗的刘同。

“我以为这里会是沈俊的终点，没想到反被他困在这里。”他来到这里，本以为可以见到林立和丁成民，结果林立根本没现身，和他的对话都是由视频来完成。

冯晋骁向他走近：“即便赢了他，你也是个输家，刘局。”

这声“刘局”蕴含的讽刺之意，刘同何尝听不出来？他坐在原位不动：“我从没存过能从冯队手里脱逃的侥幸心理。”

“你只是输给了自己，与我无关。”冯晋骁一把揪起他衣领，把人拎起来抵在墙上，寒眸如霜，“废话说够了吗？现在可以告诉我，萧语珩在哪儿了？”

刘同虚弱一笑，不答。

“作为丁成民的私生子，你利用他的贪念报复他，让他为沈俊所用，现在大仇得报，又舍不得了？抓人的是你，协助他越狱的也是你。刘同，你以为公安系统是你们家后花园吗？”冯晋骁的黑眸紧盯着他，语气阴沉，“最后还要以女人为砝码交换你老子的命，你还真是机关算尽。”

刘同瞬间僵住。

冯晋骁继续：“即便对萧语珩动了什么心思，沈俊也绝不可能带她走。不妨告诉你，在古城，在远离我几千里以外的地方，他有很多机会，但他都没动。你知道为什么吗？”

刘同抬眼看他。

“萧语珩是我冯晋骁的人，就算沈俊有本事把她留在身边一时，但除了加速自己的死亡，没有任何益处。你觉得，沈俊会为了一个不可能爱他的女人冒这份险吗？”冯晋骁俯视他，“我敢保证，沈俊见到萧语珩的时候，就是丁成民的死期。”

刘同还在挣扎：“不可能，他答应我只要见到萧语珩就放人。而且，你们不会让丁成民死的。”

冯晋骁语气阴沉：“我都不知道他在哪儿，怎么保证他的生死？”

刘同脸色惨白，不可置信地盯着冯晋骁，似乎不相信身为警察的他会说出这样的话。

冯晋骁的声音深沉而冷酷：“即便萧语珩落入他手里，短时间内也不会有生命危险，我还有时间，你再拖下去，恐怕收到的就是你老子的死讯。不信，我们赌一赌。”然后把他甩给柴宇，转身就走。

地洞昏暗的灯光下，冯晋骁的脸半明半暗，唯有紧绷的下颚，冷凝如覆了层冰的眼眸，还有那紧握成拳的双手，昭示他的愤怒和急迫。

已经四个小时，赫饶和李股长那边都没有消息传来，那表示他们还没有找到萧语珩。

他说赌，但他比谁都怕。

他的珩珩，还有他们的孩子，都在等他。

晚一分钟，都是危险。

陆成远明白，这是一场心理和意志的较量，他输不起。

终于，在冯晋骁走出房间之前，刘同败下阵来，他恳求：“救他。”

陆成远咬牙切齿地问：“萧语珩在哪儿？”

刘同颓然跪倒：“海航货场，105236号集装箱。”

恰逢此时，赫饶和李股长根据追踪到的线索，赶到海航货场。可他们找到的105236号集装箱是空的。

“不可能。”刘同讶然，“沈俊的动作不可能这么快。”

陆成远蹲下身，抓起他衣领：“距离你告诉他集装箱号，多长时间了？”

刘同看表：“四十分钟。”

冯晋骁打冯晋庭手机。

响了很多声，才被接起：“晋骁？”

却是叶语诺。

冯晋骁的声音没有一丝暖意，他以命令的口吻说："让我大哥接电话。"

叶语诺不紧不慢的："他在书房呢——"

冯晋骁就火了，他的声音冷得像寒冰："我说让冯晋庭接电话。"

叶语诺被他喝得一愣。

电话很快转到冯晋庭手里，他问："怎么了晋骁？"

"集合货场所有工作人员，听赫饶安排，打开所有集装箱查验。"末了冯晋骁才说，"珩珩被困在里面。"挂了电话，他往地洞口走，走了两步，身形霍地定住，然后疾步折返回来，陡然发难，一拳击向刘同面门："她有任何闪失，我让你陪葬。"

货场面积太大，货物又多，集装箱根本数不清，要从中找到一个人谈何容易！当冯晋骁风驰电掣地赶到，站在偌大的货场之中，他黑眸扫过四周："从今晚要离港的集装箱，以及冷藏集装箱开始查验。"

他一声令下，警员们立即分头行动。

这时，陆成远来电："找到丁成民了，未见沈俊。"

凌厉的侧脸轮廓有如刀削，冯晋骁冷声："收队。"

时间一分一秒地过去，消耗着萧语珩的生命。冯晋骁犹如出现幻觉，耳边那么清晰地听见她的心跳和呼吸，越来越弱，越来越轻。

终于，赫饶在耳麦里大喊："师父！"

冯晋骁狂奔向西面，当他站在打开的冷藏集装箱前，看见蜷缩在里面的人，心头疼痛难忍。柴宇跨步上前，欲跳上集装箱救人，赫饶一把拦住他，指指嗅雷犬："有炸弹。"

冯晋骁接过赫饶递来的仪器，探出光线源，确认是一个改造过的红外感应炸弹，如果红外线不受任何阻隔保持正常照射，炸弹不会爆炸，可一旦有人靠近萧语珩，阻隔了红外光线，炸弹就会立刻引爆。

冯晋骁深呼吸，在侧面箱壁上找到一枚特制螺丝，然后他从军靴里拔出匕首，小心翼翼地把螺丝拧开，看见里面露出的电线，发现这个炸弹的设置比地洞那个复杂十倍不止，他命令赫饶："带所有人退出货场。"

“师父！”

“头儿！”

“晋骁！”

大家异口同声，意思却只是一个，要留下来。

冯晋骁回身，先看赫饶：“别让我重复第二遍。”

赫饶眼眶发酸，她看一眼集装箱里一动不动的身影，知道不能再耽误哪怕是一分一秒的时间，于是哽咽着应：“是！”

等手下和海航工作人员往外走，冯晋骁才看向冯晋庭：“帮我叫救护车，谢谢。”

听着坚毅如铁的弟弟低哑的嗓音，看着他眼底的血丝，冯晋庭心头莫名一颤。那种艰涩的感觉，太难受，他说：“你小心。”

“我知道。”冯晋骁转身，“我得让她平安。”

时间缓慢得如同静止不动，周围寂静得似乎能够让人清晰地听见风声过耳的声响，冯晋骁保持着单膝跪地的姿势，他的动作谨慎而小心，他额际的汗“啪”地滚落下来，一滴滴落在脚边。

终于，螺丝被卸下来，看着埋在里面的两根电线，冯晋骁抬手抹了下脸。匕首比在蓝色的线上，他抬眸看萧语珩：“对了，珩珩，你嫁给我。”错了，我们就一起……几秒静默后，手上用力一压。

与此同时，他听见赫饶在耳麦里喊：“师父，拆弹专家到了。”

“不用了。”他扔下匕首冲进箱内，俯身抱起头发和睫毛上已经结霜的女孩，哑着嗓子唤：“珩珩，珩珩——”

他心爱的女孩双眸紧闭，肌肤冰冷，没有生机，甚至是体温，都让人触不到。

特警防暴车开道，救护车的红色信号灯一路闪烁，分秒必争地与时间赛跑。

– 第六章 –

好的爱情，好爱的你

我在最好的年纪遇见你，把最好的爱情给你。

如果最后不是和你在一起，才是辜负自己。

冯晋骁听见身后渐近的脚步声，知道来人是顾南亭。他的心思全在身陷急救室的萧语珩身上，本无意回头，却不料右肩一沉，随即被人扭过肩膀，然后，一记重拳霍地挥过来——

不偏不倚，正中颧骨。

冯晋骁趔趄半步。

堂堂冯队何曾被人如此攻击？

不要掉对方半条命，着实不符合他的性格。

闷哼声生生压在喉咙里，他站直身体时拳头握紧，电光石火间已经还手。

顾南亭竟也不躲，只是出口的话比先前的一拳更有攻击力，他一字一句：“你他妈就不配再有孩子！”

一个“再”字，让冯晋骁的拳头在距离他面门一厘米处停住。瞳光几度变幻，他重重呼吸，才抑制住不让声音颤抖：“你说什么？”

顾南亭浑身戾气：“如果今天她失去了这个孩子，就是你这个身为父亲的人亲手导致了三年前那个悲剧的重演。是重演！你听懂了吗，冯晋骁？”

那句“冯晋骁”犹如一柄利剑重重向他心窝刺来，杀意凛凛。

冯晋骁大脑有短暂的空白。

顾南亭牢牢盯住他的眼睛：“她为什么会消失整整一个星期？不是我把她藏起来，决意拆散你们。是因为她小产了躺在医院里。她为什么非分手不可？是因为你为了送那个女人去医院，令她失去了你们的第一个孩子。你还觉得她是小题大做、任性妄为吗？”

犹如被戳中命门，冯晋骁听见有血滴下来，清晰无比。他缓慢地退后一步，又一步，表情惊疑不定，声音抖得连自己都不敢相信：“不可能！怎么会……”

“怎么不会？”顾南亭陡然逼近，拎起他衣领，目光冷冽，“你给我记住，要是这回她受到同样的伤害，冒着让她恨我一辈子的险，我也绝不允许你们在一起！”

窗外的天地被细密的雨丝包裹，远处的街景如同胸间的血肉一样模糊掉，冯晋骁倚着墙滑坐在地上，仰头闭上眼睛，半晌，他短促地呼出一口气。

艰难到疼。

深夜，外面雨敲风窗，病房寂静温暖。

冯晋骁的心，冷得如同寒冬残雪。

他没有开灯，昏暗中，眼睛一瞬不瞬地凝望着病床上沉睡的女人。

那么柔弱的她，在三年前，在刚满二十岁时，就曾为他孕育过一个孩子了？冯晋骁握着她的手抵在额头，不敢想象她独自躺在冰冷的手术台上的心情。

萧语珩后半夜醒过来，她才皱了下眉，冯晋骁立即柔柔地按住她打过点滴的右手，轻轻安抚。她的手在他掌心动了动，慢慢睁开眼睛：“冯晋骁？”

“嗯，是我。”不到一晚，他的嗓子已经哑得不像话。

过了一会儿：“把灯打开好吗？”病房里拉着窗帘，光线太暗，萧语珩看不清他的脸。

冯晋骁没有起身，只低头看她：“接着睡吧，离天亮还早。”

“你怎么了？”手指在他眉眼上轻轻划过，她竟然还安慰，“我没事，你别担心。”

她眼里的温柔撕碎了冯晋骁的心，撑在床边的手指用力得指甲都泛了白，强烈的情绪波动令他脆弱到难以自持：“珩珩，我——”竟然难以说完整句。

萧语珩的脸在昏暗中显得苍白，她用那双清澈干净的眼睛注视他，然后伸出胳膊：“冯晋骁，你抱抱我，我有点冷。”

注视她纤尘不染的眸子，冯晋骁的心从来没有这样柔软过，也从未有此刻这么疼，他侧身躺上床，把小小的她柔柔搂住。

萧语珩心满意足地闭上眼睛：“你身上好暖。”

冯晋骁抱着她缓了好一会儿，才哑哑开口：“怕没怕？”

萧语珩想抬头看他，却被他的下巴抵住发顶动弹不了，只好乖乖地把脸贴着他胸口，伴着有力的心跳笃定地答：“没有，知道你一定能救我。”

只是等待的过程好煎熬，好漫长。

但这些，她不会说。

冯晋骁拥着她，黑暗中，他眼睛里的情绪纤毫毕现。

萧语珩在半睡半醒间，隐约听见他说：“对不起。”

接下来两天，萧语珩被留院观察。对于把例假推迟当作怀孕的误会，她羞恼过后，更觉庆幸。幸好只是虚惊一场，如果真是怀孕，在经历了绑架被困，小产的可能性几乎是百分之百。那样的结果，她无法再承受一次。

直到出院那天，冯晋骁的脸色依然不好，萧语珩看出他心事重重，在他收拾好了东西准备去办出院手续时撒娇说：“你是在怪我没提和林立认识吗？我只是觉得他是个无足轻重的人啊。以后每天见了什么人，说了什么话，我保证一字不漏地报告。冯队，你不要生气了好不好？还是你怪我，没确定怀孕就大呼小叫？”

冯晋骁因她最后一句话面色凝重，伸手搂紧了她，否认：“没有。”

萧语珩半真半假地哎哟了一声，冯晋骁果然不板着脸了，立即问她哪里不舒服，要叫医生过来。萧语珩不说话，只看着他笑。冯晋骁拍她脑袋一下："吓死我了。"

萧语珩跪坐在床上，用温柔的视线看他青紫未消的右脸："那你别生气了啊。"

"我没有跟你生气。"我是在气自己，没有好好对你。冯晋骁伸手，轻轻地把她额前的碎发拂向一侧："这回可以让我去办出院手续了吧？"

萧语珩搂住他脖子，亲亲他右脸："好吧，快去快回。"

临走时，小护士语气轻快地和萧语珩告别："再见了语珩，回家好好休息。"

不等萧语珩回应，冯晋骁接口道："建议你把再见改成恭喜出院。"

萧语珩和无辜的小护士对视一眼，都笑了。

晚饭冯晋骁亲自下厨。听着身后渐近的脚步声，他把火关小。

萧语珩扑上来，抱住他腰："你这独门绝活什么时候练成的啊？怎么我都不知道？"

冯晋骁回头，刚洗了澡的萧语珩穿着她的T恤，两条光裸的腿暴露在空气里，匀称修长，他一只手覆在腰间她的手背上："那时候在A市吃腻了外面的东西，就试着自己做了。"

见他舀了一勺汤，她立即要求："给我尝尝。"

冯晋骁先尝了一口，才又舀一勺，吹完递到她嘴边："小心烫。"

萧语珩就着他的手喝完，轻声欢呼："好喝，冯队，你真棒。"

冯晋骁没说话，只是抱着她。

晚饭萧语珩吃得很香，冯晋骁慢慢地喝着汤，看着她眉目间的心满意足，心里波涛汹涌。

吃完，她抢着洗碗，冯晋骁不让，萧语珩就像个小孩似的跟在他身后，亦步亦趋。直到客厅电话响了，她才跑出去接，然后站在阳台前，久久未动。

那身影陷在晕黄的灯光中，纤瘦而单薄，冯晋骁几乎没有勇气直视。他一步一步走过去，靠近了，伸手将她抱在怀里，搂紧。

萧语珩放松了身体依偎着他。

窗外万家灯火的璀璨，远不及此刻相拥的沉默，温暖动人。

只是，谁的心在掀着巨浪？

半晌，冯晋骁向她求证：“顾南亭打来的？”

萧语珩没回答，转过身摸他右脸：“还疼不疼？”

冯晋骁伤在脸上，那么明显，萧语珩怎么会没看见？他不说，她也心知肚明。能伤到他的没几人，除了顾南亭，不会是别人。本以为是因为她此次遇险，顾南亭气极之下才动手，没想到源头竟要追溯到三年前。

冯晋骁低头，一个亲吻落在她眉间。

清冷的夜色里，男人的黑眸幽深似海：“知道你真的退学了，我又回来过一趟，你却已经跟顾南亭出国了。我连夜飞去了古城，在我们住过的客栈房间里一遍遍打你的手机，我不知道要说什么，只是在那一刻很想你。我坐在音乐火塘里，总觉得，应该是两个人在那里。我抬头就能看见你，伸手就能摸到你。

“我把叶语诺送到医院折返回来你就不见了，我去顾家别墅，萧姨应该是外出刚回来，说还没看见你。我打顾南亭手机，他拒接。我就知道你们在一起。我当时有点生气，气你和他一起躲着我。唯独没想到你……我就差把G市翻过来了，也找不到你。我始终不明白究竟哪里做错了，竟然让你一点转圜余地都没有，非分手不可。”

冯晋骁与她额头相抵，隔着一个眼睫的距离：“珩珩，你瞒得我好苦。”

从来没有想过，日出东方，冯晋骁站在海拔二千四百多米的客栈阳台上，思念自己。

当时她坚持分手，可当漂洋过海，独自站在异国街头，想他想得呼吸都难以为继，萧语珩不是没有后悔过，也曾无数次动过联系他的念头，每一次都在按下最后一个数字时放弃。她把手机里冯晋骁的名字删除了，可那十一个数字却像生了根一样刻进骨子里，从没忘记。

忘不了，成了最痛苦的煎熬。

可是，因为误以为他对自己是虚情假意，她再没有勇气把思念宣之于口。

“我不是个称职的父亲，可也不该让我蒙在鼓里。”手指被无形的力量牵动，冯晋骁轻抚上萧语珩平坦的小腹。

如果，三年前那天他在自己身边，也像现在这样轻抚，疼痛会不会有所缓解？萧语珩无从得知，只在这一刻，眼泪抑制不住地涌出眼眶，打在冯晋骁手背上。

心脏骤缩，被扼住呼吸的感觉，让面前这个身经百战的男人很疼。

一时间，房间里非常安静，彼此的心跳声清晰可闻。

冯晋骁以指腹摸她的脸，轻轻地抹去上面的泪：“珩珩，告诉我。”

萧语珩想说都过去了，何必再提？可他的语气和目光，无一不充满了恳求，尤其……那不仅仅是她的事情，也与他有着密切的关系。她无法再隐瞒下去。

却还是缓了很久才开口：“那段时间你很忙，很久都没回来看我，电话也少。每次我打过去，你不是在开会就是在执行任务，或者太晚了没说几句就睡着了。我的例假一向很准，那个月却迟了一个多星期。我很害怕，想告诉你，又担心弄错了惹你不高兴，就悄悄跑到离家和学校都很远的药店买了试纸，结果……”

她真的怀孕了。

原本是件喜事，可此刻，“怀孕”两个字令冯晋骁弧度硬朗的下巴陡然抽紧，甚至是他的手都在微微颤抖。

难怪顾南亭说：你失去的，不仅仅是和珩珩分开的三年时间。

我失去的……

冯晋骁的胸口剧烈起伏，视线牢牢地锁住萧语珩的腹部，如鲠在喉。

“我不知道该怎么办，一面隐隐开心觉得能为你生一个漂亮的宝宝好幸福，想着我们永远都不会分开了；一面很慌，怕你不喜欢不高兴不要他。虽然我知道那时还没毕业，他来得不是时候，可如果你真的让我拿掉，我又会怪你。”

在这样的矛盾中，宝宝就两个月了。萧语珩开始有反应，吐得很厉害，整个人病恹恹的。周末回家几次在餐桌上险些呕出来，在萧素关切的目光下，她笑嘻嘻地说鱼没做好，腥味太重。鱼当然没问题，顾南亭尝完，以为她又是因为被鱼刺卡过逃避吃鱼才那么说，挑了刺夹给她。

萧语珩清楚地记得，顾南亭边细心地帮她挑鱼刺边沉着脸责备：“瘦得没样了还挑食！”

她不敢回嘴，只能在桌下伸腿踢他。

顾南亭不理，径自说：“吃不完不许下桌！”

那晚，萧语珩在自己的房间里吐得一塌糊涂，虚弱无力地靠在床头给冯晋骁打电话。

无人接听。

很久之后他回过来，竟还责备：“不是告诉你要是晚了我没打电话来就是有任务，你就早点儿睡，怎么又不听话？”

萧语珩好委屈，又懊恼打扰了他，小声说：“我就睡了。”

冯晋骁默了一瞬，轻叹：“等忙完手上这个案子，就回去看你，你乖乖的。”

“要多久啊？”萧语珩钻进被子里，“我好想你。”

冯晋骁其实想说“我也想你”，话到嘴边就成了：“我知道。”

冯晋骁所不知道的是，这个回答让满腹心事的萧语珩很失落。换作以往，她稍有异样，冯晋骁就能有所觉察，可那段时间实在太忙，疲惫让他忽略了她的情绪变化，所以那天的最后，他只匆匆交代：“最多一个星期我就回去了，你听话。”就挂了。

“你说一个星期就回来，我想，七天还是可以等的吧，就决定当面告诉你。想着就算是不要他，也要你陪我去医院啊。要不我多害怕。可是，过了半个月，你还没回来。”

那年她才刚满二十岁，那种情况下是多需要冯晋骁在身边。可他，在哪儿？

冯晋骁觉得胸间有个缺口开始溃堤，有什么东西汹涌而至，他无法抵挡，更无力抵挡。如同失去了触摸萧语珩腹部的勇气，他转而握住她的手，那冷如冰的触感让他的心越来越凉。

萧语珩却比以往任何时候都坚强，手心翻转，回握住他的手。

“我准备去A市找你，却在出发前接到她的电话。那段时间我孕吐的症状太强烈，我不愿意让你以外的人知道，所以不想过去，担心她看出来。可是——”

叶语诺在电话里说：“晋骁今天回来，你不想见他吗？”

她天真地以为，叶语诺的邀约是给她见冯晋骁创造机会。

欣然前往。

万万没想到——

叶语诺比以往任何一次都要冷漠。她站在二楼，居高临下地看着萧语珩，以倨傲的姿态践踏着她的尊严：“死缠烂打的滋味好吗？如果不是了解你的智商，我简直怀疑古城的相遇根本就是你设计的。怎么，顾南亭终于厌烦你了，索性把你塞进冯家，为的是让我不好过？”

叶语诺脸上的敌意太明显，萧语珩想忽略都难。她捏紧拳头，强自镇定：“我听不懂你在说什么。不是说冯晋骁回来吗？在哪儿呢？”

“你可真贱。”叶语诺冷笑，“如果我没猜错，晋骁肯定没有告诉你我和他的关系。”

“什么关系？”萧语珩的表情僵在脸上，声线不稳，“你不是他大嫂吗？”

叶语诺不回答，她笑容里的嘲讽之意让萧语珩有些慌：“你们……”

叶语诺还觉得不够，盯着她苍白的脸：“不然你以为他为什么接受你？”

和冯晋骁之间，一直是萧语珩主动。起初，他以她太小为由拒绝过；后来，忽然就默许了他们的关系。想到这里，萧语珩的眼圈红了，却还是倔强地昂着头：“你胡说！他才不是因为你，他喜欢我。”

叶语诺像是听到了世间最好笑的笑话，空旷的房间，萧语珩听见她的笑声久久回荡，等她笑够了，拿那双美丽但充满敌意的眼睛盯着她：“就凭你，拿什么乞求到他的爱情？萧语珩，你不过就是一个影子！我的影子！”

然而，击垮萧语珩的不是这些一面之词，而是叶语诺一个看似随意的动作。当她把手覆在突起的肚子上，低眸自语：“不知道晋骁喜欢男孩还是女孩儿。”

直戳命门。

萧语珩手撑在楼梯扶手上，干呕不已。

叶语诺反应了几秒，才奔过去扯住萧语珩的头发：“你不会是……”

萧语珩头晕得看不清她的脸，只因头发被扯疼了下意识推了她一下，然后虚弱地说：“我不信，我去问他。”就要站起来离开。

叶语诺跌坐在台阶上失神，直到猛地听见外面的车声，她恍然惊醒，站起来一把扯住萧语珩的手，凑到她耳边鬼魅似的说：“萧语珩，你做梦！”然后倏地展手，用力一推。

只觉得眼前一花，整个身体已经不受控制向下跌去，萧语珩下意识伸手护住小腹，却还是觉得那里坠坠的痛感比身上每一处磕到台阶的皮肤都要疼。

疼，疼死了。

却还尝试站起来。

叶语诺永远都不会知道那个在她眼里柔柔弱弱的妹妹在那一刻有多坚强，更无从得知萧语诺当时脑中只有一个念头：腹中那个和她、和冯晋骁骨肉相连的小生命不能失去。

那一刻，她不仅仅是萧语珩，她还是一个母亲。

终于，她挣扎着站起来。

冯晋骁在这时推门进来。

“……冯晋骁。”她神情一松，就要向他伸出手。

冯晋骁投射过来的目光似有重量一般，压得萧语珩喘不过气。她看着他快步走过来，就在她以为他是过来扶自己时，他俯身抱起旁边痛苦呻吟的叶语诺。

明明她才是从台阶上摔下来的那个，怎么叶语诺的姿态更像受害者？

当冯晋骁转身往外走，当叶语诺用胳膊揽着他颈项，软软地唤了声“晋骁”后朝她微笑，萧语珩才明白，冯晋骁先前那一眼注视的压迫感从何而来。

原来，他以为是她令叶语诺摔倒，然后连扶都不扶一把。

支撑她的力量瞬间散尽，萧语珩颓然跪倒。感觉有液体顺着大腿滑下来，她在疼痛中下意识要向妈妈求助，可电话拨出去却被提示关机，她才想起来，萧素和顾长铭出门了，这个时间应该在返程的飞机上。只能给顾南亭打电话，响了很久，那边才接起来，她一开口，已泣不成声：“……哥哥，救我。”

时隔三年，萧语珩终于有勇气问冯晋骁一句：“是因为她，才答应的吗？”

冯晋骁觉得自己的心脏像被人狠狠地抓了一把，连同眼里的疼也被她无声滑落的泪水点燃，满溢得整个房间都充斥着潮湿忧伤的味道。

“不是。”或许，在经历过那些沉重的过往之后所有言语都会显得很苍白。然而这一次，冯晋骁没有吝啬于表达，他握住萧语珩冰冷的手指抵在自己胸口上，一字一句告诉她，“因为是你。”

只因为是你。

原来，他的爱情并不如叶语诺所说，是我祈求来的。

萧语珩笑了：“我真傻。非要分手一次才肯相信你。可我当时真的气坏了嘛，虽然她没明说你们恋爱过，可我看见她摸着肚子叫你晋骁，就失去判断了。而且你当时看我那一眼，让我觉得你怀疑是我推倒了她。冯晋骁，你说，在那种情况下，要我怎么和你继续？”

“你还在替她遮掩。”冯晋骁身上陡然现出的戾气，以及那双如同被血浸染的眼睛都昭示，他多么肯定叶语诺导演的不仅仅是一场误会，“好好的，怎么突然就……”他问，“她推了你是吗？”

然后再制造一个自己是受害人的假现场，之后还假意为萧语珩求情：“不是珩珩推我的，是我自己不小心。既然图图没事，晋骁，你也别怪她。”

冯晋骁觉得自己愚不可及。他否认不了，真的有那么一瞬，他以为是她们姐妹发生了争执，萧语珩不小心推倒了叶语诺，造成了图图的早产。

我是没怪你，可我，怀疑了你——冯晋骁根本收敛不住外露的肃杀之气：“为什么不说？即使不相信我，也不该那么轻易放过她。你的善良，只会让她变本加厉。”

萧语珩抓住他的手不放。

或许是他身上的戾气太重被她洞悉了想法，冯晋骁也无心遮掩：“别怕，死不了人。但至少让我为你，为我们没出世的孩子做点什么。”

冯晋骁的目光幽黑得怕人，萧语珩苍白着脸，被他散发出来的气势所威慑，却还是伸出手温柔地抚摸他抽跳的额角："爸爸告诉我，她珍藏的笔记本里夹着一张被撕过又重新粘在一起的和妈妈的照片，她结婚时，那是她从家里带走的唯一的东西。如果有一天她失去了什么，我不希望和我有关。不是我有多善良，这是我的自私。无论如何，我不想背负她的终身幸福，我承受不起。"

"那我们就该承受分离，承受失去孩子的痛吗？"可面对萧语珩恳求的目光，冯晋骁无法再说什么，半晌，"你先睡，我到书房待会儿。"

冯晋骁一根接一根地抽烟，浑身的力气都像是被抽尽了，眼底的疼痛充斥了整个房间。萧语珩在卧室等了很久，终于忍不住过去，看着他强自压抑的背影，觉得很心疼。她走上前伸手抱住他，把脸轻轻地贴在他背脊上，轻轻蹭了蹭："我没关系的，你别难过。"

怎么会没关系？怎么能不难过？那失去的，是他们的孩子啊！

冯晋骁掐熄了烟合上眼，片刻后睁开，展手把萧语珩搂到胸前，下巴搭在她肩窝上，侧脸相贴，心脏相叠："是不是，很疼？"

他的声音有些哑，萧语珩舍不得多说一个字加剧他的难过，她在他的臂弯里转过身来，用胳膊搂住他脖子："我身体恢复得很好，你别担心。"随即又露出一个安抚温存的笑，"而且，只要是你搂着我睡，我都不会做梦。"

他在这一刻才意识到，自己的臂弯是令她觉得最温暖安全的港湾。

冯晋骁觉得心口疼得让他直不起腰，甚至没有勇气多看一眼萧语珩此时的表情，他把她紧紧拥住，脸埋在她颈窝处，许久："你不原谅我，应该。"

萧语珩心酸地回抱他："如果我确认怀孕马上告诉你，就不会发生这些事了。误解，隐瞒，分手，退学，是我不对，对不起。"

难怪那天会在没确认怀孕的情况下就给他打电话，难怪在电话里那么异常，是怕再经历一次啊。冯晋骁心疼到难以成言，唯有手臂圈紧的动作在向萧语珩传递一个信息：他有多难过，多自责。

等萧语珩枕着他的胳膊疲惫地睡去，冯晋骁借着透过窗帘缝隙投射进来的月光，目光灼灼地注视着萧语珩的眉眼，那种专注，如同世间万物都与他无关。

深夜，外面静得只听得到树叶被风吹动的沙沙声。房间里，怀中的萧语珩轻轻地动一动，冯晋骁就力道适中地轻拍几下她的背，然后调整自己的睡姿，让她在自己怀里躺得更舒适，掌心隔着睡裙覆在她小腹上。

凌晨时分，萧语珩忽然醒了，才有了起身的动作，肩膀就被按住了，黑暗中，冯晋骁的声音近在耳畔："干什么？"

萧语珩的睡意淡了几分，伸手握住搂在她腰间的大手："喝水。"

冯晋骁起身："我去。"

再躺下时，萧语珩背对着他，低声软语："冯晋骁，你睡会儿。"

他说好。

过了一会儿，萧语珩提醒："我明天想回家看看妈妈。"

他说知道了。

第二天萧语珩早早就醒了，冯晋骁站在阳台上，听到卧室的声响，他分开窗帘进来："不多睡会儿吗？还早。"

萧语珩张手要他抱抱："你不在，睡不好。"

听着她娇娇的声音，冯晋骁心软如绵，他低低地哄："要不要我再陪你躺会儿？"

萧语珩搂着他脖子，撒娇："不要，饿了。"

冯晋骁抱了抱她："那就起来吧。"

吃完早餐，冯晋骁主动提及送她回顾家："回去住两天，陪陪萧姨。"

萧语珩不赞同他的提议："那你送我。不过晚上我要回来的，你去接我好不好？"

冯晋骁不回答。

萧语珩轻轻晃了晃他："好不好啊？"

他只能说好。

到了顾家别墅外，趁冯晋骁给她解安全带的机会，萧语珩抓住他的手要他保证："冯晋骁，就这样吧。"已经改变不了的事实，念念不忘也是于事无补。

他都懂，可是……冯晋骁眸色深深地看她："谢谢你还愿意回到我身边。”然后捧起她的脸，深深地吻住她的唇，既没答应说不动叶语诺，也没反驳什么。

回去的路上，冯晋骁给冯晋庭打电话，那边接通后先问：“珩珩怎么样了？我昨天下午去医院，医生说她出院了。”

冯晋骁不答，只说：“在家吗？我二十分钟到。”

“什么事这么急？”冯晋骁从没在早上回去过，那边的冯晋庭看了下时间，建议，“我上午有个会，要么你直接去办公室？”

冯晋骁打断他，声音有如金石：“找你打架，办公室方便吗？”

准备上车的冯晋庭顿住。

叶语诺领着图图下楼时见冯晋庭神色清淡地坐在沙发上：“怎么回来了？忘了东西吗？”图图颠颠地跑过去，抱住冯晋庭的大腿，要爸爸抱。

冯晋庭把儿子抱到怀里，吩咐司机:“先送他们娘儿俩，再回来接我。”

叶语诺发觉他的刻意回避，上前一步握住他的手：“晋庭。”

冯晋庭看着她紧张的脸色，微微地笑：“最近太忙，好几天没看着老爷子了，我等他散步回来说几句话再走。”

图图伸出肉肉的小胳膊搂住他脖子：“要爸爸。”

叶语诺把图图接过来放在地上：“妈妈不是告诉过你嘛，爸爸有很重要的工作要做，你要听话，不能让爸爸更忙了。”

图图伸手抱住冯晋庭的腿，仰着小脸问：“那爸爸什么时候才能不忙？”

冯晋庭在儿子面前蹲下来，给小家伙整理原本就很平整的衣领：“爸爸答应图图，只要有时间就去接你，好不好？”

图图龇牙笑，搂着爸爸的脖子蹭啊蹭的。冯晋庭温柔地摸了摸儿子的头，才把他的小手递给叶语诺：“让妈妈送你去幼儿园。”

叶语诺觉察出丈夫有心事，可她其实也习惯了，身为海航的负责人，需要他考虑的问题实在太多，也就没多说什么：“那我走了。”打算晚上有机会再问。

冯晋庭低头看她，嗓音沉缓：“去吧。”然后俯身轻吻她侧脸。

叶语诺嘴角上扬，牵起儿子的手：“和爸爸说再见。”

在大院门口看见冯晋骁的车迎面驶过来，叶语诺没来由地心一慌，还没来得及把冯晋庭早上的反常和冯晋骁的到来联系起来时，对面的大切已经停了下来。

冯晋庭的司机自然是认得冯晋骁的，见他下车走过来，他立即降下车窗：“冯队。”

后座的图图则高兴地喊着：“小叔。”

前者未予理会，至于后者，冯晋骁听见了，他的眼角不受控制地抽跳了一下，终是没有回应。绕到副驾，他看着叶语诺：“下来说几句话。”

冯晋骁的声线密实、冷酷，叶语诺有那么一瞬想要拒绝，却不得不在他的视线压力下推开车门下来。司机见两人一前一后走向花坛，边安抚不明所以的图图，边拿出手机打电话。

确认距离足够，司机什么都听不见，冯晋骁停下来，回身看向叶语诺时，所有的修养都见了鬼，他字字珠玑：“什么原因让你那么恨她？父母离婚，她一个六岁的孩子能阻止得了吗？萧姨选择抚养她是她的错吗？她得到长辈的喜爱、顾南亭的照拂是她的福气，你嫉妒到要下狠手杀了我的孩子吗？你伸手推她的时候有没有想过，她身上流着和你一样的血？她是你妹妹啊，叶语诺！”

他到底还是知道了。

叶语诺无所遁形，脸色霎时惨白一片。

“怎么不否认了？你不是说，你什么都没做过吗？”最后一句几乎是低吼出来，冯晋骁狠狠闭了下眼睛，紧握成拳的双手昭示着他强自压抑的愤怒，“谁给你的信心让你以为我一辈子都不会知道？还是你觉得等哪天我和她男婚女嫁再无瓜葛时，知道也晚了？你该庆幸不是那样，否则我真的会杀、了、你！”

叶语诺被他血红的眼睛逼视得后退。

却还没完。

冯晋骁继续：“要是我能未卜先知算到认识你会是今天的结果，七年前我决不会去抓那个抢劫犯！和珩珩之间，从前是她主动多些，可你怎么知道我心里不喜欢她黏我的？反倒是你，主动投怀送抱，我冯晋骁也不稀罕。”

“够了！”叶语诺身体都在颤抖，“冯晋骁，我是你大嫂。”

“这就觉得难听了？”冯晋骁抬手捏住她下巴，力气大得像是要捏碎她那张丑陋的脸，“那你怎么就能在我女朋友面前轻巧地安一个罪名给我？看她好欺负，还是看我太蠢？”

叶语诺挣脱不了，脸上疼得表情都扭曲了。

“你不会以为我之所以没对大哥，也没对珩珩提起和你认识，是对你心存念想吧？那我今天就明明白白地告诉你，和你一日之雅的交情，我是觉得根本不值一提。”话至此，冯晋骁几乎控制不住自己，他的脸色暗沉得可怕，“只是我没想到会这样埋下隐患，让你有可乘之机伤害她，而我竟然成了你的帮凶，和你联手，杀了自己的孩子！”

“晋骁！”伴随着一声厉喝，冯晋庭疾步而来，甩开他的手，把叶语诺拦在身后，“有什么话回家说。”

冯晋骁深呼吸，抬手指向叶语诺：“她做了什么你是不是都知道？是不是？”最后三个字，几乎是吼出来的。

面对他的质问，冯晋庭居然没有否认。

心中的猜测被证实，冯晋骁痛苦地聚拢眉心，抬手揉着太阳穴原地转了一个圈，随后他霍然抬手挥出一拳，直直砸向冯晋庭：“你儿子的生日是我孩子的忌日，你他妈知不知道？！”

像是料到冯晋骁会动手，在他一身寒气转过来的瞬间，冯晋庭反手把叶语诺推离自己身边。在叶语诺的惊叫声中，冯晋庭结结实实挨了一拳，被打倒在地。

冯晋骁是真的动怒了，即便面对的是自己血脉相连的大哥，手下也毫不留情，一拳挥过去，震得冯晋庭的半边肩膀顿时失去了知觉。幸好他推叶语诺时微动了下身体，否则这一拳很有可能就直接砸在他脸上了，想不见血都难。

冯晋骁被他对叶语诺的维护逼得怒气更盛，眼中浮现出阴郁的光，他挽起衬衫袖子：“不要以为不还手，我就会客气。”说着就要再次挥拳过来。

冯晋骁是受过特训的特警之首，从十八岁踏进警校大门，四年警校训练，八年实战磨炼，拳头有多重可想而知，眼见冯晋庭被打倒在地，叶语诺冲过去要拦："冯晋骁，你住手！他是你大哥！冯晋骁！"

冯晋骁甩开她，拎起冯晋庭的衣领，愤恨地吼："冯晋庭，还手！"

冯晋庭抹一把被揍得沁出血丝的嘴角："不用手下留情，来吧。"心甘情愿领受。

冯晋骁眼底血红一片。

叶语诺急得眼泪都下来了，她以带着哭腔的声音喊："是我推她的，都是我做的，我恨她总是轻而易举得到一切我用尽全力追求的，冯晋骁，你有气冲我来。"

萧熠的车在这时飞驰进大院，尖锐的刹车声中，他率先从车上跳下来，冲上前一把扯住冯晋骁："冯晋骁，你疯了是不是？你看清楚，这是你大哥！你亲哥！"

冯晋骁像是失去了理智，甩脱他，痛苦嘶吼："珩珩小产的时候，怎么没人说一声，那是我冯晋骁的孩子！"

没想到才去了 A 市几天，回来这边就天翻地覆了。饶是在车上听萧语珩大概说了原委，萧熠还是因为震惊停滞了动作。

静止的几秒间，萧语珩跑过来拉住冯晋骁："冯晋骁，你冷静——"

却阻止不了。

盛怒之中的冯晋骁展手把她推给萧熠，再次挥拳向冯晋庭："这一拳是为珩珩打的，冲她一声声喊你姐夫，你却狠得下心对她承受的伤害一言不发。"

紧接着又是重重的第二拳："这一拳是为我没出世的孩子，冲他本该叫你一声伯父，你却对他的离开一言不发。"

胸腔和肋骨均在隐隐地痛，冯晋庭退了两步才勉强站直身体，但他依旧不躲不闪，艰难地走上前，准备迎接下一拳。

见他背脊都弯了下去，却没有半分想要护住身体的举动，饶是愤怒如冯晋骁，也终是不忍心再狠狠打下去，他挥出第三拳，落在冯晋庭肩膀上，开口时嗓音带着难以形容的沙哑和艰涩："这一拳是为我自己打的，冲我对你的敬重和信任，冲我在你儿子出生时置自己女朋友于不顾送你妻子去医院，你却眼见着我和她分手一言不发。"

最后收手时，他回身一个动作把叶语诺逼退几步，目光里的锋芒纤毫毕现："你记住，他挨的每一拳，都是替你受的。"冯晋骁的衬衫扣子因动作幅度过大被扯松，紊乱的呼吸也未平复，视线更是冷如寒冰，"至于你，我杀了你的心都有！"

叶语诺跑过去扶冯晋庭。

被碰到伤处，冯晋庭疼得吸气。他剧烈地咳嗽，全身的骨头仿佛都被拆了一般地疼，借助叶语诺的力量勉强站稳，开口时气若游丝："晋骁……"他喉结滚动，有什么东西压在心口堵得喘不过气来，终究没能说出一句完整的话。

不知道是不愿意面对他，还是不忍心看他被自己打得满身是伤，冯晋骁蓦地转过身去："道歉的话一句都不用说，我无法原谅。"

"冯晋骁，你们的孩子是因为我没的，和晋庭一点关系都没有，他并不知情。"叶语诺用尽全身力气支撑着丈夫，声嘶力竭地朝萧语珩喊，"萧语珩，你说句话！"

"最后警告你一次，再敢对她有任何包括言语上的伤害，我绝不客气。"握紧萧语珩手腕，冯晋骁给众人一个冷硬的背影，"还有，从今天起，我和你们什么都不是！"

"你说什么混账话！"随着一声底气十足的厉喝，冯家老爷子步伐稳健地走过来，"什么叫你和他们什么都不是？那是你亲哥！"目光从一身狼狈的长孙冯晋庭身上扫过，老爷子盯着冯晋骁的背脊，"我看你们是不想活了！嫌人丢得不够是吗？都给我滚回家！"

冯晋骁像是没听见，拉着萧语珩就走。

"冯晋骁！"老爷子见小孙子连自己的话都敢不听，怒气上涌，"你给我说清楚再走！"

"问冯晋庭。"只留下这一句，冯晋骁头也没回地走了。

冯家书房里，老爷子端坐桌后，盯着冯晋庭夫妇，语有不善：“你们俩谁说？”

没料到事情会闹到爷爷这里。回来的路上，冯晋庭就在斟酌如何解释。可事情发展到这一步，隐瞒是不可能了。只是，除了知道萧语珩小产过，他并不清楚细节。

不必冯晋庭开口替她掩饰什么，叶语诺直接承认：“图图出生那天，我推了萧语珩一把，她从台阶上摔下来，小产了。”望着冯晋庭肿起来的侧脸，她强忍住眼泪，“我恨她夺走了本该也是属于我的东西。我不希望她嫁进冯家。”

在他因有了曾孙图图而欢喜时，他却同时失去了另一个。老爷子险些被气得背过气去，他指着冯晋庭，半天没说出话来。最后，他狠狠打了冯晋庭一个耳光，骂道：“滚出去！”

离开书房，冯晋庭拒绝叶语诺搀扶，径自扶着楼梯扶手下楼。

望着他的背影，叶语诺意识到，她的幸福正在越走越远。在冯晋庭走到门口时，她终于忍不住问：“你什么时候知道的？”

冯晋庭的手按在门把上，良久，他才回答：“一年前爸生日那天。”

一年前？叶语诺想起来，那天确实在叶亿家碰上了萧语珩。当时，她以为萧语珩和冯晋骁不可能再在一起了，颇有些得意地说：“我不可能让你嫁进冯家。我想要的，和我要舍弃的，都不会属于你。萧语珩，在我因摔倒早产生下图图，在你决定向冯晋骁隐瞒自己小产那天起，你就已经失去了先机。”

萧语珩不再像二十岁时慌不择路，她冷冷地说：“你有没有摔倒，我又是怎么小产的，或许会成为永远的秘密。但你记住，人在做，天在看，为了图图，我劝你多积点德。”

然后短手短脚的图图就从屋里慢悠悠地跑出来，手里拿着萧语珩落下的围脖：“小姨。”

那天是自图图出生以来，萧语珩第一次见孩子，听见他拿糯糯的小声音喊小姨，萧语珩差点哭出来。多一分钟都待不下去，她借口公司有事匆匆和叶亿告辞。

原来他都听见了。

叶语诺眼眸里含着泪：“那你怎么……”

我没问，是不愿意你说谎骗我。既然已经不能挽回什么，我多希望，你在看到他们历经误会和分离之后还能在一起而放手。可是，你做了什么？我又做了什么？

冯晋庭说：“晋骁在一个星期前就给爸妈打了电话，他有意年底和珩珩结婚。爷爷自然是赞成这门婚事的，催爸妈回来去顾家提亲，把事情定下来。”

叶语诺笑：“你是在告诉我，我该离开了是吗？”

冯晋庭看见她眼角的泪光，一言不发地转身离开。

冯晋骁以警队有工作要处理把萧语珩送到萧熠车上就走了。萧语珩本来有话要说，被萧熠拦下了，他说：“让他静静。”

萧语珩眼里有泪意：“如果我知道绕了一圈后还是回到原点，我一定不会说分手。”然后她又笑了，哭哭笑笑间，萧熠听她说，“他能这么难过，也不枉我从未对自己的认真付出后悔。”

傍晚，冯晋骁独自坐在训练场中央，任初秋的第一场雨打湿了身上的作训服，回想和萧语珩相识相恋到最后分手，从起初的甜蜜到如坠深渊，终于，心比湿透的身体冷得更彻底。

那一年，他们还不是恋人。

冯晋骁在A市的特警队工作，萧语珩在G市备战高考。

由于执行任务，冯晋骁连轴转了四十八小时才回宿舍，就看见坐在门口睡着的萧语珩。小姑娘手里抱个盒子，装着给他带来的生日蛋糕。

他对自己的生日从来都没有概念，她居然会记得。冯晋骁因这份惦念动容。

萧语珩着了凉，高烧不退，在医院打了三天点滴，冯晋骁理所当然地照顾她。二十五岁的男人高大挺拔，俊朗帅气，每每出入病房，总能引得女医生和护士的关注。反观萧语珩，发育得像个十五岁的小丫头，又听她称呼冯晋骁哥哥，周围的人误以为他们是兄妹。

有女医生委婉地打听冯晋骁有没有女朋友，萧语珩神秘兮兮，又故意吞吞吐吐地小声说："我哥哥他不喜欢女生的。千万别往外说啊，他会不高兴。"

冯晋骁当时就站在病房门口，闻言若无其事地拎着袋子进来，用惯常冷淡的语气说："酸奶在里面，要喝自己拿。"对她的恶趣味视而不见。

萧语珩立刻爬起来去拿酸奶，边用吸管喝得嗞嗞响边说："哥哥，把你男朋友介绍一个给我吧，我该练习谈恋爱了。"

冯晋骁在她床边施施然坐下，淡定从容地慷慨表示："好，挑个你喜欢的。"

女医生瞬间变脸，匆匆离开病房。

萧语珩闷闷不乐地盘腿坐在病床上，垂着头连喝了三盒酸奶。等她伸手去拿第四盒时，小爪子被冯晋骁打开："闹什么别扭？拿这玩意儿当饭吃？"

萧语珩噘嘴，小媳妇似的看着他。

冯晋骁捏捏她脸："我都没和你算胡说八道的账，反倒摆脸色给我看了是不是？"

萧语珩直视他眼睛："如果我说我挑你，行不行啊？"

"什么？"冯晋骁听懂了，微微尴尬地板脸训她，"还没成年就想谈恋爱，小小年纪不学好。"

她也不生气，只梗着小脖子反驳："可等我长大了，你肯定被别的女人拐走了。"

冯晋骁没好气："以为我是你吗，任谁都能拐走？"

说者无心，听者有意。萧语珩高兴地扑进他怀里："那你说话算数，我长大之前你不能被别的女人拐走，等我和你谈恋爱。"

"我说什么了就算数？"冯晋骁有点蒙。可怀里那种好得不得了的感觉让他说不出拒绝的话。

他不说话，萧语珩当他默认，兴奋地在他怀里扭来扭去。

血气方刚的冯晋骁险些被磨出内伤。

后来冯晋骁亲自把萧语珩送回家。面对萧素，他把一切都揽到自己身上，替萧语珩遮掩："她没去过A市，我接她去玩两天。事先没跟您商量，是我欠考虑了。"

萧素面上并没有表现出来，只客气地说："珩珩还小，不懂事，给你添麻烦了，晋骁。"

"您说哪里话，我应该的。"他所谓的应该是指萧语珩是冯晋庭的小姨子这层关系，萧语珩却理解成另一层意思，她踮脚在他耳边说："等我考上大学，我就长大了哦。"

当着萧素的面，冯晋骁一本正经："好好备考，不许胡思乱想。"脸却红了。

再见面，亭亭玉立的姑娘扬着手中的录取通知书，站在宿舍门口朝他笑。

冯晋骁顿时头皮发麻："不会又是偷跑出来的吧？"

萧语珩跳过来："这回没有，我和妈妈打了招呼的。不过，"她抱着他胳膊撒娇地摇了摇，"我和她说去同学家玩两天。"见他脸色缓和，她咬了咬唇，期待地看他，"可以兑现承诺了吗？"

累得眼冒金星的冯晋骁掏出钥匙开门："什么承诺？"

萧语珩堵在门口不让他进去："你答应我等我考上大学就和我谈恋爱的。"

"我什么时候答应了？"冯晋骁轻巧地把人拎开，"别闹，我累死了，自己玩会儿，我睡醒了送你回去。"然后扔下她进了卧室，倒头就睡。

等他睡醒，萧语珩早已不见人影。

他坐在餐桌前食不知味。

到底还是不放心，冯晋骁往顾家打了个电话，是萧素接的，说萧语珩休息了。他于是以高考成绩为话题和萧素聊了两句。

之后整整一个月，萧语珩都没打电话来。以为和她的联系就到此为止了，可终究舍不得删除通信录中署名"小麻烦"的号码，甚至总习惯性地拿出手机查看是否有萧语珩的信息或是来电。

失望而不自知。

直到萧熠出现，才打破了僵局。

那天，正是傍晚太阳刚落山的时候，难得不用加班的冯晋骁驱车回宿舍，路过时代广场等红灯时，就见穿着牛仔裤T恤，扎着马尾的萧语珩挽着一个男人的胳膊，侧着头，一脸笑意地和身旁的女孩子说着什么。这期间，那男人含笑轻抚她发顶，姿态亲昵，极尽宠爱。

这才多久，就喜欢上了别人？

那个瞬间，冯晋骁不想承认心里极度不舒服。在后车持续不断的喇叭声催促下，他几乎准备一走了之，却在下一秒把车违章地停在路边，径自朝萧语珩而去。

面前的男人还是那么英俊帅气，瘦削修长的身形把小小的自己笼罩在一片阴影里，萧语珩脸上惊喜之色很快被拘谨取代，似乎不知怎样面对这场不期而遇，才算恰如其分。

片刻的迟疑过后，她低低地叫了一声："晋骁哥哥。"

从前看见他，眼角眉梢皆是欢喜和愉悦。唯有这次，三分疏远，七分委屈。

压抑着胸间涌起的不快，冯晋骁深深地看她一眼，才把视线投射到被她挽着手臂的那人身上。此刻，那人已收敛了笑意，英俊的面孔带着贵族式的优雅与冷淡，安静地与他对视。

如同一场沉默的较量。谁先打破，谁就落了下风。

最终，竟是对方先开口："是冯警官？听珩珩提起过你。"轻描淡写的语气。

冯晋骁微一点头算是回应，转首对萧语珩说："来了A市怎么也没说一声？和我见外？"责备的口吻，怎么听都别有深意。

不像自己。

向来把情绪控制得很好的冯晋骁，话一出口就觉得不妥。

萧语珩垂眸，透出几分违心回答："你那么忙，我不想打扰你工作。"安静得失去了生机一般，和那个喜欢赖在冯晋骁房间不走的女孩大相径庭。

是啊，我那么忙，却恨不得每天查看手机一百遍，生怕错过你的一条短信，一个电话。

冯晋骁沉默。

喧闹的广场似在一瞬间变得安静，两人面对面站着，气氛紧绷到尴尬。

这时，在场的那个女孩建议："珩珩不是说饿了吗？不如我们先吃晚饭吧。冯警官要不要一起？"

如此邀请，一般只是礼貌的客套，该拒绝的。冯晋骁却用目光锁定了萧语珩："我去的话，方便吗？"有着试探的意味，似乎又不容反驳。

仿佛洞悉了当事人的心思，不及萧语珩回答，在场的另一位男士未语先笑。随后，不知是刻意还是无意，他展臂搂住萧语珩的肩膀，说："既然是珩珩的救命恩人，有什么不方便？"

冯晋骁不再推辞。

去往餐厅的路上，他的视线，始终不曾离开搭在萧语珩肩头上的那只手。

如果是顾南亭，冯晋骁应该不会觉得那么不舒服，毕竟他们是兄妹。到底还是没有忍住，在餐厅门口，他上前一步，扣住萧语珩垂在身侧的手，以命令的口吻说："你跟我来。"

揽着萧语珩的那人却不松手，只似笑非笑建议："冯警官有话也不急在一时，不如先到里面坐下。"

冯晋骁不是个有耐心的人，闻言抬眼与那人对视："怎么，不放心？"语气里有明显的挑衅意味。

那人唇角上扬的弧度渐大："不可以吗？"话语间，就要拂开冯晋骁的手。

凭冯晋骁的身手当然不可能让那人得逞，可他也不会贸然出手，只准备格开对方的手，把萧语珩揽到自己身侧，换个地方问她几句话。结果，随行的那个女孩子忽然出手，动作极快地按住那人的手，微微带笑地提示："萧哥，还是问问珩珩的意思。"

冯晋骁才知道，这个人是萧熠。相比顾南亭那位继兄，眼前这位，才是和萧语珩有血缘关系的哥哥。至于说话的女孩子，不是别人，正是警校尚未毕业的赫饶。

晚餐当然还是一起。只不过，在萧熠名下的星级酒店里，却是冯晋骁买单。

见他眉头都没皱一下，萧熠笑得有几分得意："让冯警官破费了。"

冯晋骁的表情早已放松下来，不复初次见面那么紧绷着，闻言，他深深看一眼整顿饭下来没怎么搭理自己的萧语珩，说："应该的。"应该什么，只怕他自己当时未必清楚，只是被可怕的潜意识出卖，脱口而出。

萧熠倒也识趣，不准备再阻止冯晋骁先前提的要和萧语珩单独聊几句的要求，他把自己公寓地址报给冯晋骁："十一点前把我小妹毫发无损地送过去。否则，我就没这么好说话了。"

萧熠面上是似笑非笑的神情，话语中警告的意味却很明显。冯晋骁听出来了，可看在对方是萧语珩亲表哥的面子上，他忍了。反正连顾南亭以拳相向，他也没真正发作。于是，他淡淡道："谢了。"

诚意欠奉。可谁让自家小妹芳心暗许了。萧熠把手搭在萧语珩肩膀上："去和你救命恩人叙个旧吧，表哥在家等你。"见她嘟嘴，一副不情愿又不舍拒绝的小模样，他故意说，"要是你不想去的话，可以拒绝。"

萧语珩望向冯晋骁。

拒绝？晚风扑面而来，站在凉爽的秋夜里，逆光而立的冯晋骁朝她伸出手："那可不行。"

冯晋骁忘了萧熠当时的反应，只记得当萧语珩抬眸和他对视片刻后，缓慢又坚定地把微凉的手递到他掌心时，他不安了整晚的心终于回落原位。

事后回想起那一幕，冯晋骁陡然意识到：当时有多害怕萧语珩拒绝。如果那时萧语珩没有上前一步，他们之间，很有可能就只能退回到淡如水的君子之交，再无后续。

离开前，他向萧熠保证："十一点，把人给你送回去。"

萧熠淡淡一笑。

再次来到冯晋骁的宿舍，萧语珩显得有几分拘谨。见她小淑女一样乖乖地坐在沙发上，冯晋骁皱眉："又不是第一次来，找不到哪儿是哪儿了吗？想喝什么，自己去冰箱拿。"

冯晋骁从书房出来见她老老实实地坐在原处，转身去餐厅的冰箱里取出一瓶饮料摆在她手边的茶几上：“有点凉，等会儿再喝。”

萧语珩哦了一声，想了想又问：“你不是只喝水和啤酒吗？”

冯晋骁不答，只把手里的两本书递给她。萧语珩接过来一看，正是自己跑了几家书店没有找到的播音专业用书：“你怎么会有这两本书？”语气中透出兴奋之意。

那亮晶晶的眸子和爱不释手的样子让冯晋骁微微笑起来：“从朋友那儿要来的。等你实习时让他带你，他是这个行业的资深人士。”

“真的呀？”萧语珩眉眼弯弯地笑起来，随即又犹豫了，“还是不要麻烦你了……”

话没说完就被冯晋骁打断了，他问：“怎么这么见外了？是因为……”

“不是的，不是因为你拒绝了我。” 萧语珩急急反驳，下一秒又像是在斟酌措辞一样停顿下来，过了一会儿才以隐含哭腔的声音继续，“你已经不喜欢我了，我不想再惹你讨厌。”

冯晋骁一愣：“我什么时候讨厌你了？”

“在古城，你是为了破案才帮我的吧？”委屈和难过使得萧语珩小嘴一扁，眼泪啪嗒一声掉下来，“你其实只是利用我的，是吗？”

冯晋骁意外：“谁和你说的？顾南亭？

萧语珩固执地追问：“是不是啊？”

她已经有了判断，否则不可能悄无声息地在他的生活中消失了那么久。

依冯晋骁的个性，断不会和一个不相干的人多解释一句，可面前的人是萧语珩，就不想她误会了。按捺住胸间异动的情绪，他不容她躲闪地抬手捏住她小下巴，让她看着自己：“我说不是，你信吗？”

萧语珩吸了吸鼻子，怯怯地确认了一遍：“真的没有骗我吗？”

冯晋骁以指腹温柔地抹去她脸上的眼泪，说：“真的。”

“那你是不是因为我姐姐不喜欢我？”

“大嫂？”

“自从你知道我是她妹妹，好像对我冷淡了呢。”

冯晋骁哭笑不得：“明明是你先不理我的吧？”

萧语珩可怜兮兮的："我以为你也像她一样不喜欢我，我哪还敢缠着你啊？"

冯晋骁嗔道："没少缠。"

她破涕为笑，下一秒像个孩子似的扑进冯晋骁怀里："我就知道你也喜欢我，你为了保护我都受伤了。晋骁哥哥，你别担心，无论我长多大，都会像现在这样喜欢你，直到永远。"

柔和的灯光下，女孩梨花带雨的笑容，成为男人眼中最美的风景。

既然你也喜欢我，就这样吧。冯晋骁伸手拥住她："别总这么山河巨变的，吓我一跳。"就这样默许了恋爱关系。

事后和冯晋庭通电话时，他顺便把这事说了。

冯晋庭倒是乐见其成："年龄不是问题，关键是你喜欢。而且，珩珩也不算太小，就是你要多等几年了。"

冯晋骁还是别扭："总觉得和她在一起，有拐骗未成年少女的嫌疑。"

冯晋庭在电话那端笑话他："那你就等她再大点被别的男人拐走好了，到时候看你后悔。"

冯晋骁就笑了，他说："她不会。"

笃定，不过是倚仗萧语珩的喜欢。

从确立恋爱关系那天起，萧语珩就不再叫冯晋骁"晋骁哥哥"，说是："叫哥哥怎么谈恋爱？你想乱伦啊？"

冯晋骁笑着揉乱她头发："知道乱伦就好，免得哪天一不留神被拐跑了。"那笑容里的别有深意萧语珩是不懂的，否则她不会说："确实得看住了，每次你送我回学校，都有女生私下里打听你。"

"打听什么？"冯晋骁倒有几分好奇。

萧语珩撇嘴："无论打听什么，我都只告诉她们你喜欢男生。"

冯晋骁捏捏她水嫩的脸蛋："怎么找了这么个爱吃醋的小母老虎当女朋友呢。"

女朋友三个字令萧语珩快乐地跳到冯晋骁身上，手脚并用地扒住他："我就是爱吃醋，谁让她们觊觎你美色。冯晋骁，你敢红杏出墙的话，我就把你照片发同志网站上去。”

“哪里？”冯晋骁没反应过来。

“同性恋网站！”

冯晋骁顺势抱住她，在她小屁股上掐了一下：“最近没收拾你，皮痒了是吧？”

萧语珩搂住他脖子，笑声明朗。

大二下学期的暑假，萧语珩和同学约好去古城旅行。

冯晋骁自然明白她意在自己，为了给她个惊喜，他借口出差。小姑娘上机前还打电话抱怨：“坏人那么多，也不是一天两天能抓完的，可女朋友就一个，你不陪不怕别人陪啊？我要是在丽江古城艳遇个帅哥，就没你什么事了。”

冯晋骁失笑：“那我可得谢谢人家把你接收了。”

那端的姑娘就生气了：“你怎么那么讨厌啊！一点都不在乎人家。”

我如果不在乎，就不必为了腾出时间陪你连续加班一个星期，身在古城的冯晋骁苦笑。可当小姑娘在出口看见他，像只快乐的小鸟一样尖叫着扑进他怀里，所有的疲惫都不值一提，连同那颗心，都是满的。

可对于爱情，他是真的不擅表达，所以——

冯晋骁搂住她，语带笑意：“重了不少，看来学校的伙食还不错。”

萧语珩抱紧他的腰，仰着小脸笑：“你好像瘦了，不会是想我想的吧？”

冯晋骁腾出一只手理理她跑乱的刘海儿：“是啊，每天想你有没有长高一点。”然后像家长询问孩子功课一样问她，“试考得怎么样？有没有挂科？”

“我那么聪明，当然不会挂科了。”然后捶他一下，“久别重逢呢，快说想我。”

冯晋骁试图转移话题：“你同学在看呢。”

萧语珩把脸埋在他胸口上：“让她们嫉妒去吧。”

那晚萧语珩随冯晋骁入住古城客栈。在她的强烈要求下，冯晋骁不得不找客栈老板调换了温馨的家庭套房来住。

晚餐后回到房间，萧语珩踢掉凉鞋扑向久违的大床，兴奋地在上面游来游去，因为动作幅度太大，裙子都卷了起来，露出里面白色的小内裤，惹得随后进门的冯晋骁轻咳了一声，走过去在她小屁股上拍了一下："注意形象。"顺手把裙子抻平，遮住无限春光。

萧语珩滚到床里侧，咯咯地笑："你就是想要流氓。"

修长高大的身躯随之压下，冯晋骁俯在她头顶上方，似笑非笑："我订两间房，你偏要退一间，小姑娘，到底是谁想要流氓啊？"说着低下头，在那张想念已久的唇上轻轻地啄，右手则隔着薄薄的衣料在她腰眼处似有若无地盘旋。

灯光柔和，家具精巧，星光透过房顶的观景窗倾泻而下，流水般洒在男人硬朗英挺的眉目上，萧语珩如同被施了定身咒，一动不动地盯着他英俊的脸，眼睛异常的亮。

冯晋骁被她眼底的痴迷取悦了，黑眸里笑意更甚："怎么不说话了？"

"因为……"萧语珩伸出胳膊搂住他脖子，又抬高了头，要吻他。

左手在她背脊上一收，轻巧地把人抱进怀里，冯晋骁反客为主，重重回吻。

一吻过后，小姑娘目光迷离，气喘吁吁，两颊更是如红霞晕染，男人的衬衫则被她不规矩的小手扯得半敞，露出里面精瘦的小麦色胸膛。

冯晋骁的唇在她耳边流连，缓了半天，声音依旧不稳："等你毕业。"

有人却不听。

小姑娘垂眸，手上继续解着他衬衫扣子，因为太紧张，手有点抖。

她的手指纤细柔软，似有若无地触到他的肌肤，冯晋骁从身体到心，慢慢酥麻起来。按住那只颤抖的小手，他承诺："我可以等。"

等你长大。

小姑娘固执地挣开他的手，坚持解完最后一颗，边脱衬衫边把脸贴在男人坚实的胸膛上，声音低得险些听不见："不用等啊，我愿意。"

头顶是闪烁的星光，耳边有她温柔的邀请，冯晋骁的呼吸忽然就急了。数秒沉默后，他因长年训练略显粗粝的手指抚上萧语珩柔裸的背："你没后悔的机会了。"

她因害怕、紧张、期待，而大口地呼吸。身体严丝合缝的瞬间，冯晋骁的心又甜又软，俯着上身柔情四溢地用亲吻安抚她。

萧语珩疼得出了一身汗，以带着哭腔的声音可怜兮兮地抱怨：“好疼。”

冯晋骁沉沉一笑：“以后就好了。”嗓音低哑，语气热切。

风浪静止，冯晋骁抱着她去洗澡，再躺回来时拉起被子遮好怀里人，手则在她沉睡的脸上轻轻地摸，唇边笑意胜过午后暖阳，双眸亮过头顶的星光。

萧语珩睡到半夜忽然醒了，房间里太黑，她一时分不清身在何处，迷迷糊糊地想要坐起来，才一动，酸疼感立即从腰腿上传来，与此同时横过来一只手把她揽回去。

冯晋骁的声音透着浓浓的睡意，懒懒的，性感极了：“怎么了？”

萧语珩一愣，待先前的缠绵在眼前回放，她害羞地把脸埋在他怀里，隔了会儿，还拉高被子把脑袋蒙住了。

冯晋骁把她的小脑袋从被子里拖出来，问：“是饿了吗？”

萧语珩摇头，小脸贴在他胸口上，在他有力的心跳声鼓励下，怯怯地伸手抱住他线条流畅的身体，轻轻地唤了一声：“冯晋骁。”

“嗯？”唇在她额际印下一吻，冯晋骁关切地问，“还疼不疼？”

萧语珩羞得像只小猫一样在他怀里蜷起来。

冯晋骁失笑。

萧语珩任由他抱着，仰头看房顶的观景窗，星光闪耀中，她小心翼翼地开口：“冯晋骁，等我毕业了，你就娶我好不好？”

这个傻姑娘，难道不知道有些话该由男人来说吗？

冯晋骁用手肘撑着身体离开她些许，温柔而细致地流连了一遍她的五官，低头在她唇上印下轻吻，然后说：“好。”

次日，海拔四千多米的雪山上，萧语珩大声喊：“冯晋骁，我很爱很爱，很爱很爱你。”

那么张扬明朗的表达，温柔了冯晋骁的爱情。

紧紧地把他的小姑娘抱住，他无声回应：我也爱你，我的珩珩。

那时，冯晋骁笃定，萧语珩赋予的这份坚定的爱情，他足以负得起责。

却没想到，再见竟是天翻地覆。

那天，在把叶语诺送到医院后，冯晋骁边往冯家大宅返边打萧语珩的电话，结果手机关机，家里不见人影，顾家她也没回去。冯晋骁完全没想到萧语珩那时在救护车上，情况比叶语诺更危险，只断定她一定是和顾南亭在一起。这样的认知，让他烦躁，还隐隐心慌。

随后一周，冯晋骁很恼火他的小女朋友失踪了，而他身为警察，居然找不到任何蛛丝马迹。

偏偏叶语诺还火上浇油地打来电话："珩珩应该是误会了我们的关系，一气之下推……是我自己不小心的，反正图图没事就好了。晋骁，你也别怪她。还有，对不起，我不知道你没告诉她我们之前是认识的。"

有什么可误会？我又没睡了你。冯晋骁更生气了，他当时一句话都没说，直接挂断。

警队有任务，他已不能再在 G 市停留，可就在他到达机场时，消失了整整七天的人终于打来电话，客气地问："冯晋骁，你现在有时间吗？"

他人已经站在安检处，却回答："有。"然后折返回市区。

那一天，天气晴好，阳光明媚，如古城初遇的那个下午。

萧语珩缓慢地一步步走到他面前，眉眼清冷。

冯晋骁眼底的思念和焦虑很明显，语气却因她几天的杳无音信显得有点冷："一个电话都没有，去哪儿了？"

萧语珩不答，只把抱在怀里的盒子递过去："这是你送给我的吉祥铃。"

冯晋骁下意识去接，听到她的话，伸出的手陡然僵住，目光盯着她苍白无血色的小脸："什么意思？"

萧语珩倔强地把盒子放在他手上，退后一步："分手礼物。"

"啪"的一声，盒子掉在地上。

萧语珩心底对他的那些执念伴随着落地的吉祥铃碎得拾不起，接下来出口的话简单到绝情："冯晋骁，我们分手吧。"

冯晋骁像是听到了天大的笑话，而他也真的笑了："你要和我分手？"

"对。"萧语珩淡淡地抬眼看他，"我就是要和你说分手的。"

面前的女孩子看上去一点生机都没有，脸色苍白，人似乎也瘦了一圈，冯晋骁明明很心疼，却因她的话给不出好脸色："我和她什么事都没有。没和你说，是觉得不值一提。那天是临时有任务才回来，当天还要赶回去，不确定有没有时间去看你，才没事先告诉你，免得再见不上让你失望。回家是偶然，因为当时就在附近，想回去看看爷爷，他最近身体不太好，你是知道的。我打家里电话是她接的，她说爷爷在家我才回去。而当时你在场，她是什么情况你比我清楚，不该先送她去医院吗？还是你觉得——"

萧语珩用四个字打断了他："说完了吗？"

冯晋骁似是在确认："你不相信我？"

他自认解释得很清楚，说的也都是实话。可绝望和难过让萧语珩连一个标点符号都不信。她笑了，疏远冷淡的笑意里是全然的质疑："我很奇怪，怎么你忽然就答应我的追求了。是因为她吧？面对一个成了自己大嫂的女人，你难不难过？"

她话里带刺，刺得冯晋骁极不舒服，他语有不耐："我难过什么？"

"那就要问你自己了。"萧语珩转身背对他，"反正我的一厢情愿，到此为止了。"

冯晋骁从没觉得一个人的背影可以那么冷漠，可他还是不相信，就因为自己隐瞒了认识叶语诺在先，萧语珩就要分手。

小题大做。

警队有任务，冯晋骁必须要在当天返回 A 市。上机前他给萧语珩发短信，还在愤愤不平："不要孩子气了，在一起这么久，感情都是假的吗？我是没说和她认识，可这有什么关系吗？无论认不认识，她都是我大嫂，是亲戚。我们都冷静冷静，有什么事过几天我回去再说。但分手的话就不要再说了，我不同意。还有，图图平安，抽时间去看看吧，毕竟你是小姨。"

萧语珩没有回复。

再见面，图图已满月。

听萧熠说她要退学，冯晋骁气疯了，他匆匆赶回 G 市，半是责备半是劝解："你有气冲我发，打我骂我都行，退什么学啊？你不是小孩了，别那么任性行不行？谈恋爱哪有不吵架的？你看谁吵个架就分手就退学啊？”

自觉好话说尽，她还是铁了心，不发一言，冯晋骁终于控制不住地吼：“你想我怎么样你说，只要你肯继续学业，我都依你。分手是吗？我同意了！”

萧语珩这才开口，语气平静得像是在谈论天气：“谈恋爱是你情我愿的事，需要双方同意才能开始，分手就不用征求你的意见了吧？从我提出分手时起，我们就没关系了。我要退学是我的事，不用你管。”

她三句话不离分手，冯晋骁怒从心起：“萧语珩，我告诉你，你最好见好就收，我不是非你不可。”

萧语珩却在微笑：“是吗？那正好啊，分手吧。”

当时两人都站在雨里，冯晋骁分不清她脸上的是雨水还是泪水，只看见她移开和他对视的目光，缓慢地转过身去，然后说：“从前两不相欠，以后互不相扰。冯晋骁，唯愿今生，不再见。”

这最后的告别，狠心得让冯晋骁有些恨她。

假如那一刻冯晋骁压下心火把姿态放低，再耐心地解释一遍，然后温柔地抱住她，告诉她：“我喜欢的是你啊，即便之前遇见过别人。”

或者霸道地宣告：“不再见可不行，我不同意分手，你休想离开我。”

故事的结局或许会有所不同。

他万万不该口不择言：“两不相欠，互不相扰？萧语珩，我是不是有必要提醒你，我们睡过了！还是这份亲密在你眼里，全然无所谓？”

除了故作无所谓，要她怎样有所谓？萧语珩倏地转过身，他眼睛陡然涌起的悔意终是敌不过她自认被羞辱的怒意：“无所谓又怎样？总不会比你睡了她再来睡我更让我觉得恶心。”

“萧语珩！”被冤枉的冯晋骁怒不可遏，他的手倏地举起。

眼见巴掌朝自己挥过来，萧语珩不避不闪，静待挨打的姿态竟有几分决绝的意味。

顷刻间，安静得一片死寂。

终于，那只手在距离她脸颊寸许的地方生生停住。

冯晋骁愣住，显然也被自己的举动吓到了，僵在半空的手一动不动。

怎么就失了心智？！

震惊过后，他试图抓住她，吐字艰难：“……我没有。”

手被她甩开了。

萧语珩以一种似慢实快的速度倒退：“我会时刻提醒自己：伤害过后，再无原谅。”

冯晋骁从来都不知道她可以跑那么快，等他如梦初醒般地嘶喊：“珩珩！”萧语珩的身影早已隐没在人群中，伤心的眼泪飞散在空气中，无迹可寻。

怎么就没能放下身段挽留？怎么就那么浑蛋地竟然要打她？

今时今日，冯晋骁才明白，他一抬手，巴掌就已落在了萧语珩心里。三年后的今天，大雨滂沱中，这个刚强的男人——悔不当初。

远远看着那个坚不可摧的男人垮下去的肩膀，那种自骨子里透出的孤寂和绝望，让赫饶抑制不住地难过。她终于看不下去，疾步跑过去：“师父。”

雨势渐大，天与地都像是要融为一体，冯晋骁恍然未闻，雕像一般呆坐在原地。

赫饶抓住他胳膊拉他起来：“分开过才更知道在一起的好，不管之前错了什么，她还在你身边。师父，珩珩需要你！”

她最需要我的时候，我却不在。

冯晋骁仰面直对暴雨，痛苦嘶吼：“啊——”

碎裂的声音划破长空，穿透人心。

赫饶的眼泪混着雨水掉下来。

一百天的魔鬼训练都熬过来了，可眼前的一幕，柴宇却扛不住了。他猛地转过身去，仰头。这时，一辆私家车在陆成远的引领下出现在训练场门口，急刹过后，萧语珩推开车门。脚下的平底鞋在下车的瞬间被泥水沾湿，可她根本不在意，跑向冯晋骁。

赫饶适时退开。

意识到有人在头顶上方为他撑起了伞，冯晋骁茫然抬头。棱角分明的面孔上分不清是雨水还是泪水，良久，他的目光才恢复了焦距，开口时声音哑得有几分不真实：“我根本不配你这么爱我。”

萧语珩绕到他身前，蹲下：“我也曾觉得你不配我的认真付出。可是，我在最好的年纪遇见你，把最好的爱情给你，如果最后不是和你在一起，才是辜负自己。” 说着把伞递过去给他，手紧紧地握住了他的手：“在那一场分离里，错的不只是你。冯晋骁，如果你是爱我的，就为我坚强。我的下半辈子，还需要你为我遮风挡雨。”

他的手向来都是暖的，此刻却冰凉。萧语珩握紧他的手，想要给他温暖，可掌心的温热好像怎么都无法到达他心里，冯晋骁因哽咽而吐字艰难：“为什么？”

为什么爱我？

为什么还爱我？！

她的笑容那么暖，和记忆里分毫不差：“我不知道啊，就是管不住自己的心。”

冯晋骁的眼神又空了，萧语珩感受不到他的情绪，只清晰地听到他说：“我不该责怪和迁怒任何人，伤害你的，从来都只是我。”

他眼眸里的愧疚沉重得令萧语珩不忍直视：“我是被伤害过，可我承受的，因为迟了三年被你知道，已经全部加到了你身上。我现在有你心疼，可你呢？我不心疼的话，谁来心疼？冯晋骁，每段爱情都有因果，我们所经历的，无非是多了些坎坷，比起在一起的结局，这些过程真的不值一提。”

那么疼的伤，她说不值一提。

那么浑的他，她说她来心疼。

以指尖轻抚她精致的眉眼，冯晋骁忽然感觉到前所未有的恐惧，只差一点点，他就把面前这个美好的女孩子推离出自己的世界，远到再也触碰不到。

她居然还在。

她还在。

冯晋骁试着想给她一个微笑，用以感谢她在经历伤害之后还愿意留在自己身边，却发现太难。他抬手，狠狠给了自己一巴掌，重得如千斤巨石砸在萧语珩心里，她来不及阻止，他的眼泪已经掉了下来：“我曾那么笃定你不会离开我，不过是仗着你先把喜欢说出口。我以为即便我不说什么，也永远不会失去你。直到那天，我差点动手打了你，我就预感到我们再不能继续。我很后悔，直觉认为，无论我说什么你都不可能原谅。可我真的不想失去你，我打电话，你不接。我去找你，才知道你出国了。那一刻，你还能站在我触手可及的地方，成了奢望。”

爱情，她记得，他也从来没有忘记。只不过直到今天他才懂得：有萧语珩的地方，才温暖，萧语珩的身边，才是他的归处。一千多天的距离，冯晋骁像是走了一辈子，那么累，那么疼，又那么悔。

他的脆弱让她动容，萧语珩的眼泪也落下来，她语气坚定地说：“冯晋骁，我爱你。”

眼泪混夹着雨水砸在萧语珩手背上，冯晋骁伸手把她搂进怀里抱紧，说：“对不起。”

一声“对不起”里蕴含的歉意，沉重到耗尽了冯晋骁所有的勇气。可是，因为这辈子，我的眼里只看得见你，我的心里只容得下你，在失而复得之后，即便你不原谅我，我也不可能放你走。冯晋骁用近乎恳求的语气说：“珩珩，别离开我。”

仿佛连天气都感应到冯晋骁的悔意和决心，在他起身把萧语珩横抱起来时，瓢泼般的大雨忽然就小了，在温柔的雨丝环绕下，冯晋骁把他心爱的姑娘抱离训练场。

赫饶站在雨里，转头看向那个自己爱了多年的男人，潮湿的眼里竟有笑意。

那自笑容背后流露出的疲惫，灼痛了萧熠的心。

冯晋骁何其幸，有那么勇敢的萧语珩真心以待。他呢，是否还有机会？

这一夜，冯晋骁始终处于半睡半醒的状态，恍惚间似乎总能隐隐地听到婴儿的哭声，等再睁眼时，就会下意识地确认萧语珩在不在身边。

如此反复，辗转难眠。

终于明白为什么从前那么贪睡的萧语珩现在总是睡不安稳。是不是连在梦里，她心里的伤口都在疼？冯晋骁贴过去，嘴唇贴在她耳边低声承诺："以前都是我不好，以后不会了。"

你给了我世间最好的爱情，而你，是我最爱的人。怎能对你不好？

仿佛听见了他的誓言，萧语珩轻哼着翻了个身，像孩子一样钻进冯晋骁怀里紧紧贴着，睡得无知无觉。

冯晋骁搂紧她，只剩劫后余生。

清晨第一缕阳光透过窗帘暖暖地投射进来，冯晋骁闭眼留恋了片刻怀里的温软，才给萧语珩掖了掖被角，轻手轻脚起身，却在下床的瞬间，被本该熟睡的人从背后抱住了腰。

萧语珩从他腰侧伸出头来，声音里透着浓浓的睡意："又这么早？"

冯晋骁回头，正对着一双困倦的，又满是笑意的眼眸："吵醒你了？"

抱着他腰的手明显更紧了些，萧语珩撒娇："再陪我睡会儿。"

冯晋骁伸手抚了抚她睡得乱乱的长发，语气温柔："给你弄点吃的，然后还得去队里。白天的时间你自己安排，晚上我回来接你。"

萧语珩笑得俏皮："接我约会吗？有烛光晚餐吗？"

冯晋骁逗她："只有一个我，要不要？"

她毫不犹豫地举手："要。"

他宠爱地刮了她的脸颊："乖。"

萧语珩看着他，那双墨黑色的眼眸深处，是她能够感受到的认真专注。

她笑了，如同六年前初遇时那样明媚如春。

冯晋骁用掌心摩挲她的脸，嘱咐道："案子要收网了，这段时间外出必须有我陪，或者顾南亭，萧熠和赫饶当然也可以，就是不能落单。"为免给她造成压力，他又安抚，"不管是林立还是沈俊，金钱和自由的诱惑力是第一位，不到万不得已，他们不会冒以命换命的险，所以你不会有事。况且还有我。"

"我不怕。"萧语珩用脸蹭他手心，"就是担心你。"

冯晋骁给她吃定心丸："没事，我有把握。"

萧语珩绕到前面搂住他脖子："你专心查案，不要为我分心，也不用刻意对我好，我不喜欢我们彼此都小心翼翼。"说完，温顺不已地将头靠在他肩膀上。

冯晋骁扯过薄被裹住她："没有刻意。从开始在一起，心里就是想这么对你。只是那时候你比较主动热情，我能想到的你都自己要了去。"被萧语珩推了一下，他凑过去亲亲她表示安抚，"后来把你欺负跑了，就没机会了。现在攒了三年，当然得好好对你。"

一句"好好对你"已是最好的表白。萧语珩把脸埋在他怀里，轻轻地问："你什么时候对我有感觉的？如果不是觉得你不喜欢我，我才不会跑掉。"

冯晋骁认真想了想："不确定了。可能在你被玻璃扎伤腿眼泪汪汪地叫我哥哥的时候，或者是，"他低下头，脸贴着萧语珩的脸，轻笑，"你不小心在我面前走光的时候——"

萧语珩瞬间奓毛，挣开他的手，瞪着亮亮的大眼睛质问他："冯晋骁，你个大骗子，是谁说什么都没看见的？！"边说边用小拳头把他胸口捶得咚咚响，忘了整个人早已被他看过很多很多遍。

冯晋骁也不觉得疼，捉住她不安分的小手放在唇边吻了吻："我不那么说的话，你还能理我吗？再把我列入黑名单，我不就没机会了。"

萧语珩气鼓鼓地看他，那双满是笑意的眼眸里，有爱和迷恋的东西隐隐流动，让她一时说不出话。冯晋骁专注地盯着她看，面前的女子乱了发的样子格外可爱，他忍不住伸手，捧住她的脸，吻住她的唇。

温柔的，动情的，克制的，唯独没有欲望……

之后，萧语珩紧贴在他胸口处一动不动，冯晋骁轻轻拍着她的背柔声哄，直到她昏昏欲睡，才把她抱躺在床上盖好被子，轻手轻脚地出了门。

没过多久，他的早餐还没准备好，萧语珩就起来了。她应该是饿了，从卧室出来直奔厨房而来，见餐桌上有面包，拿起一片叼在嘴里，眼睛亮亮地看冯晋骁："有牛奶吗？"

冯晋骁嘴角噙着笑："有，热着呢，等会儿。"

门铃在这时响起。

"我去。"萧语珩小跑过去。

来人竟是冯爷爷，身后站着位年轻人。看见“衣衫不整”的她，手里抱着个箱子的小伙子很懂事地垂下眼帘。

冯晋骁见是爷爷，几不可察地皱了下眉，伸手把萧语珩叼在嘴里吃了一半的面包片拿下来，提醒套着他T恤露着两条长腿的小女友：“去把衣服穿上。”

萧语珩才意识到自己的衣衫不整，她“哎呀”了一声，转身跑进卧室，都忘了和爷爷打招呼。

冯爷爷面不改色地吩咐身后人：“把东西放下，到楼下等我。”

冯晋骁把箱子接过来，还挺沉：“什么东西？”

老爷子看都不看他，径自进屋：“水果。”又补充一句，“珩珩爱吃的。”

冯晋骁默默地把箱子放在玄关处。

祖孙二人坐在客厅的沙发上，短暂的沉默过后，爷爷率先开口：“你打算怎么收场？”

冯晋骁明白他问的是自己和冯晋庭之间：“错在我，和其他人无关。”

“你知道就好。”对于袒护妻子的长孙，他当然是气的，可面对眼前这个连自己女人都护不好的小孙子，他更气，“那是他妻子，他怎么护都在情理之中，他置之不理，反而成了无情无义。倒是你这个冯大队长，又是怎么照顾女朋友的？相比之下，你比他更不可原谅！”

冯爷爷继续训斥道：“你认识珩珩的时候是个成年男人，可你给她的却是一份连毛头小子都不如的感情，否则她怎么会在出了那么大的事情后选择离开你。冯晋骁，你确实该好好反省一下。”

字字戳中要害，冯晋骁无言以对。

萧语珩听到爷爷中气十足的责骂声，顾不得仔细整理自己就从卧室跑出来，坐到冯晋骁身边，挽住他胳膊：“爷爷，你别怪他，我也有错，如果我……”

“你当然也有错！”老爷子训孙子正在气头上，闻言矛头就指向了萧语珩，“人不大，心眼更小！别说他还没和你姐姐谈过恋爱，就算他们在一起过又能怎么样？你认识他的时候他多大了，你爷爷我像他那么大的时候，他爹都满地跑了，你难道还要求他连段过去都没有吗？别人说几句，就对他失去了信任，还谈什么恋爱！”

萧语珩被训得连头都不敢抬，下意识往冯晋骁身边靠，那位则不满地说：“您有气冲我来，骂她干什么？”

老爷子的拐杖顿时就招呼过去了：“你还有脸顶嘴。现在才知道心疼，早干什么去了！”

冯晋骁也不躲，任由拐杖重重地敲在肩膀上。

萧语珩吓了一跳：“爷爷，你别打他啊。”

老爷子大清早专程过来就是教训孙子的，怎么可能就这么轻易饶了冯晋骁？“打他是轻的，我那小曾孙命都没了。”说着拐杖又朝冯晋骁去了，边揍边骂，“谈个恋爱，搞得两家人鸡犬不宁，一个书不念了跑去当空姐，一个疯了似的不要命地训练，足足折腾了三年，我看你们是想气死我老头子。”

冯晋骁倒不在乎被揍一顿，可萧语珩哪里忍心看他挨打，边向爷爷求饶边要伸手护他。冯晋骁忙拉她起来，收了胳膊把她抱住，转身护在怀里，任由老爷子的拐杖打完他的背，又招呼向他胳膊。力道之大，让受过军事训练的他挨了几下后也忍不住皱眉。

萧语珩挣脱不了冯晋骁的手臂，心疼地哭起来：“求求你了爷爷，别打他，我们再也不敢了！”

老爷子又狠狠赏了冯晋骁几下才停手，他撂下狠话：“再折腾，看我不打死你们。”末了又用拐杖敲敲冯晋骁的胳膊，“我和你爸妈通过电话了，他们会尽快回来，顾家那边怎么安排，你自己看着办。”这才走了。

萧语珩边抹眼泪边脱冯晋骁的衬衫，看见他肿起来的肩膀，以及胳膊和背上的红印子，心疼死了，边掉眼泪边孩子气地埋怨：“再也不理他了，下手这么重，坏老头！”

冯晋骁把哭得梨花带雨的姑娘搂在怀里，笑了：“他是心疼你。”

也是心疼我，知道我心里的自责和愧疚无处宣泄。而除了他，别人又动我不得。

三年前的秘密揭晓，叶语诺在当天搬出了冯家。冯晋庭对此什么都没说，只是在书房里坐了很久，然后去幼儿园接儿子。小家伙见是爸爸来，高兴得什么都忘了，直到在外面吃完晚饭回到家，才开始找妈妈。

冯晋庭对孩子解释："妈妈出差了，要过几天才回来。"

图图想了想，不相信："可妈妈以前都不出差的，她说爸爸很忙，她要照顾图图。"

他确实是忙的，所以孩子从来都是叶语诺带，而她的工作也出于家庭原因有特殊的安排，她没在外场过过夜。她是个好妈妈，作为他的妻子，她也没什么不好，只是……

孩子见他不说话，以为说错话了，改口问："那妈妈明天回来吗？"

冯晋庭不知该如何回答。

最后还是冯老爷子安抚了图图。

等小家伙睡了，冯晋庭主动来到书房。

"发生过那样的事，晋骁容不了她是常理。但她是你妻子，到底要怎么处理，还得你自己拿主意。"冯老爷子看看他脸上的伤，眉头皱了皱，"她对晋骁那点心思，你早就知道是吗？"

冯晋庭眼前闪过六年前婚礼上，他的新婚妻子望向弟弟那一眼："是，我知道。"

老爷子没说话，等他解释。

"七年前中南航空公开招聘空姐，小诺报了名。成为空姐虽然是她的梦想，但中南航空显然不是她的最佳选择。接近顾南亭无非有两个目的，抢走珩珩在乎的人作为报复，和证明自己不比珩珩差。

"可顾南亭是什么人？从他懂事开始，顾长铭就在教他如何谋人谋事，今时今日，业内谁不忌惮他？小诺怎么可能是对手？我猜想，海选那天顾南亭看见她，应该已经明白了她的用意。也或者，因为她和珩珩的关系，顾南亭始终对她存有戒心。所以在最初，小诺站在顾南亭面前，已是敌对。

"那年中南航空通过三个月的集训和选拔，录用了很多人。可坊间传与顾南亭来往甚密，各项考核都拿优的一位应聘者竟然落选了。当时无论是媒界还是业内关注的不是中南航空招聘了多少CC，而是年轻的顾总裁与那位落选者的结局。”

那个落选者，就是叶语诺。

相比顾南亭的身份和地位，无论叶语诺怀着怎样的心机接近他，只要不是他想要的，就无法优雅落幕。当他无心继续游戏，任凭媒体如何卖力，也挖不到任何有价值的消息。于是很快地，媒体就把一个落选者视为年轻总裁的一段风流韵事而遗忘。

半年后，当那个被中南航空判出局的女人出现在海航年终酒会上，冯晋庭半分惊讶都没有。看她肃然端坐，面容沉凝，任凭酒会觥筹交错，只低眉拨动手中杯盏，静如秋水，一无波澜，冯晋庭不知该拿安之若素评价她的泰然处之，还是用意兴索然归纳她外露太多的情绪。

却没机会关注太多。

酒会的最后，冯父宣布退休，由长子冯晋庭接管海航。

冯晋庭即时成为众人焦点，被一群人簇拥。而这位极具亲和力的年轻总裁，免不了与前来恭贺的诸位言笑晏晏，等终于周围没人了，手中的香槟酒杯也空了一轮。

冯晋庭走出大厅，来到外接露台上，不期然地看到叶语诺。星光掩映的夜幕下，眼前的女人没了先前的安宁，干呕不已的样子糟糕到狼狈。

他向侍者要来一杯温水。

叶语诺在这时站直了身体，他在她踉跄时用有力的胳膊扶住她腰身。

叶语诺缓了两秒，侧首，醉意深浓的眸子对上一双似曾相识的眼眸。

冯晋庭把杯子递过来：“喝一口。”

叶语诺就着他的手乖乖地喝完整杯，就在冯晋庭考虑是否需要侍者再送来一杯水时，她却已经乖巧地伏在他怀里，轻声细语地喃喃了一声：“……晋骁。”

冯晋庭执杯的手在半空中僵住。

事后，他给冯晋骁打电话，询问弟弟感情近况。

那端的冯晋骁略感意外：“我忙得快分不清白天黑夜了，哪有空交什么劳什子女朋友？你特意打电话就问这事？”

冯晋庭懂了，他话锋一转：“我是问你，答应老爷子出席酒会又不露面是几个意思？”

冯晋骁笑得漫不经心：“怎么，需要我去见证你明星一样的气度？”

对于这个无心商界的弟弟，冯晋庭无奈：“别忘了，海航你也有责任。”

冯晋骁好心情地调侃：“所以你要卖力，营业额没老冯做得高，别怪我不念兄弟之情拆你台啊。”

冯晋庭失笑：“快滚吧你。”

冯晋骁也笑起来：“才当了总裁就对我招之即来，挥之即去，好歹人家也是警官啊。”挂断前，他敛了笑，语气认真，“辛苦你了，大哥。”

冯晋庭说：“应该的。你只管去做你想做的事，只需答应我一点，注意安全。”

冯晋骁应下：“我知道。”

次日，年轻有为的冯总裁上了头条，报纸刊登出来的照片，是他站在台上，唇边隐约带笑，手上酒杯微举。身后暗黑的背景让他恰如其分地融于深深夜色，最是温柔。

相形之下，那辆他专属的座驾似乎就显得黯然失色了。

可是，总归有原因，座驾才有幸登上头条吧。

叶语诺就是那个原因。

她被那辆座驾送回家。

可送她回家的人，不是冯晋庭。

再次相遇是在调度席。

叶语诺去拿航班表，冯晋庭站在不远处，身旁的助理似乎是在汇报什么，他静静地负手而立，时而点头，时而交代一句。

叶语诺走过去，在几乎要擦身而过的瞬间，与其他人一样恭敬地称呼了一声：“冯总。”

冯晋庭面色不改，神色不动，微微点头表示回应。

叶语诺拿完航班表转身，又被叫住。

她回头，发现除了调度席的工作人员，周围的人不知何时都走了。

冯晋庭问得坦然：“需要我澄清一下吗？”

“什么？”如果那一刻叶语诺是伪装的，她的演技就真的太好了。而她轻蹙眉心的真实表情，让冯晋庭可以肯定，她还没有看过报道。

冯晋庭微微一笑：“有时间的话，不妨看看今天的报纸。”

隔天在电梯中遇见，她说：“没有给我带来困扰。”

冯晋庭还是那样温润的神色，他浅浅微笑：“那就好。”

回想多年前一次次的不期而遇，冯晋庭的神色没有丝毫异样：“三个月后，我出车祸住院，她照顾我半个月，然后她就成了我女朋友。再过半年，您为我们主持了婚礼。至于晋骁，应该是她最初爱上的人。”他显得那么平静，似乎那个最初爱上自己弟弟的女人不是他妻子。

老爷子直看他眼睛，半晌：“报道只是你的顺水推舟吧？说说重点我听听。”

果然姜还是老的辣，一针见血。

冯晋庭轻笑。

老爷子瞪他一眼，没好气：“你倒是笑得出来。”

冯晋庭也不辩解，他停顿了一会儿，似是在回想什么，然后缓缓继续：“我刚进海航实习的时候，出过一次小意外——”

那个加班到深夜的晚上，他开车撞了一个女孩。其实到现在为止，冯晋庭依然不确定，叶语诺究竟是被他的车刮倒，还是被急刹车的声音吓倒。总之，在那个弯道，他转动方向盘那一刻，突然从黑暗中出现的叶语诺倒在了他车前。

车子还没停稳，他已跳下车跑过去：“怎么样？伤到哪里了？”询问的同时，并没急着伸手去扶，既怕她真的伤到哪里不宜立刻移动，又担心唐突了对方。

叶语诺反应了一会儿，随即挣扎着要站起来，又腿软地跌回原地。

冯晋庭弯下身要抱她：“我送你去医院。”

却被推开。

冯晋庭见她吃力地扶着车前盖站起来，缓慢地一步一步离开。看着她瘦弱的背影，冯晋庭来不及思考，拉开车门翻出纸笔写下一串号码，然后追上去，连同一沓现金塞进她手里：“后续如果有什么不适，随时打给我。”姿态不容拒绝。

叶语诺抬眸。

那瞬间的对视，让冯晋庭清晰地感受到她眼眸深处的绝望。

几天后，冯晋庭收到一条提示手机交费的信息，他正不解，又收到一条陌生号码发来的信息：“没有不适。钱给你充话费了。”

那个憔悴但是倔强的叶语诺在冯晋庭心里根深蒂固。

任何事情，都有答案，除了爱情。

那场不期而遇的邂逅，触动了冯晋庭的爱情。于是，在明知道叶语诺钟情于冯晋骁的情况下，他还是坚持娶了她，只因面对他的求婚，她含着眼泪，微笑地答：“好啊。”

那就这样吧。或许，在我身边，不悲不喜、不惊不扰地生活，才是你的幸福。哪怕关于你的家庭，你的妹妹，你都视为秘密一般地守着，不欲我知，我亦甘愿。

那天的最后，冯老爷子什么都没说，只挥挥手让他出去。

冯晋庭似是松了口气，他说：“谢谢爷爷。”

可同样的话冯晋庭却无法对弟弟再说一遍。他对叶语诺的包容，是出于爱。冯晋骁对叶语诺的恨，则是出于对萧语珩的爱。同样都是爱情，谁有立场让谁退让？

这一次，冯晋庭是真的觉得为难了。

最后决定，先去见岳父叶亿。

其实，在发现叶语诺和萧语珩的姐妹关系紧张后，冯晋庭曾找叶亿聊过，得知两姐妹从小很亲密，就理所当然地以为是父母的离婚导致了两人后来的疏远。可是这一次，在冯晋庭委婉地提出，能否请萧素出面，缓和一下姐妹二人的关系时，叶亿不再像从前那样沉默。

“为了我，为了小诺，素素已经够委曲求全了，我不能再要求她什么。”叶亿的脸色很难看，连声音似乎都在颤抖，“能把一个自己丈夫出轨和别的女人所生的孩子视如己出，这世间，唯有素素。”

冯晋庭愕然，他几乎以为自己出现了幻听。

叶亿看着女婿震惊的表情，痛苦地闭了闭眼睛。

“我和素素离婚时，小诺已经懂事了，当她知道萧素带走了珩珩，而她要和我一起生活时，起初她只是闷闷不乐，后来在我开始每周看望珩珩，而素素一直没来看她时，她把藏起来的素素没有带走的东西全烧了，也是从那个时候开始，她拒绝承认珩珩是她妹妹。”

布满皱纹的脸上浮现出痛苦的神色，叶亿的声音细听之下都有几分颤抖：“可我没有脸告诉她，她是我背叛婚姻和她以为是继母的女人所生。”

那个为人刻薄，但对他热情周到的叶语诺的继母李蔓……竟然是她的亲生母亲！

泰山崩于前都面不改色的冯晋庭当场石化。

叶亿脸上的表情苦涩到无地自容：“第一次，素素原谅了我，只要求我断了和李蔓的联系。我不想离婚，就去和李蔓谈分手。本以为她会像我知道她怀孕后让她去做手术时一样哭闹。结果她竟然同意了。但她说自己是个女人，带着孩子生活太难。我知道这很可耻，却还是去求素素，求她同意抚养我的女儿。她因为自己的身体不易受孕深怕不能为我生个一儿半女，就答应了。”

可李蔓在消失了两年后再次出现。她缠着叶亿，既要和他叙旧情，又要求看女儿。起初是想劝她走的，后来……又混到了一起。这一混，又是几年。而让叶亿没想到的是，那个口口声声说爱他不会破坏他家庭的李蔓设了一个局，让萧素看见他们……

眼前赤身纠缠在一起的男女，让萧素觉得恶心。她在多少个夜里动过轻生的念头，可懵懂可爱的小语珩却在半夜醒来为她擦眼泪，怯怯地问她：“妈妈，你怎么哭了？是因为珩珩惹你生气了吗？我没有和姐姐争东西啊，妈妈告诉我要让着姐姐，我都记着呢。”

为了萧语珩，萧素发誓要让自己过得更好。她提出离婚，除了女儿萧语珩，连一件衣服都没从叶家带走。直到叶亿再婚，那个温柔的、纤弱的、无依无靠的单身妈妈还在抗拒顾长铭：“我可以给我女儿最好的照顾，我不需要任何人。”

直到小语珩被同学欺负，被骂没有爸爸，淋雨发了高烧，萧素抱着女儿在人满为患的医院走廊里打点滴时，终于忍不住掉下泪来。是及时赶到的顾长铭为她擦去眼泪：“素素，你有权利选择坚强，可珩珩还这么小，她不该承受这些。”也是他，在遭遇车祸的瞬间用身体护住了她们母女。

所以，萧语珩在没有任何人提示和教导的情况下，第一次情真意切地喊顾长铭爸爸，萧素温柔地为顾长铭拭去眼角的泪意，含笑对丈夫说：“她应该的。”

随着年纪的增长，悔恨交加的叶亿庆幸，顾长铭用真心把萧素护在自己的羽翼之下，视萧语珩为己出。只可惜，他的大女儿变得越来越偏激。

叶亿不愿承认，他现在的妻子早已不是自己最初喜欢的那个人。可是，一步错，步步错，今时今日，他连后悔的资格都没有了。

叶亿沉沉地叹了口气：“小诺保留了一张和素素的合影，那是她留下的唯一一样和素素有关的东西。”

也正是这张照片，毁了她和李蔓的母女之情。

当李蔓自认很努力地修复和亲生女儿的感情时，她无意间在叶语诺的房间发现了那张合影。照片有明显搓揉过的痕迹，很旧，然后又被展平妥帖地收藏在抽屉最里面的日记本里，而那页日记中这样写道：

妈妈，如果你在这一天想我了，我的生日就很快乐。

妈妈，你为什么不要我?

妈妈，我很想你——

字迹似是被泪水晕染，有些模糊，可李蔓却把每一个字都看得很清楚。她想起叶语诺生日时自己讨好地把礼物送到她面前，她冷漠拒绝的一幕，忽然怒从心起。

日记被撕得支离破碎，照片也在她手中几乎变为碎纸。

这样的结果，当然是叶语诺无法接受的。她不仅失去了对她而言最珍贵的，也是她唯一宝贝的东西，甚至是深埋于心的秘密和脆弱也被发现了。

叶语诺疯了似的冲向李蔓，打了那个给了她生命，却只是为了以此要挟叶亿离婚的女人。

至于李蔓，从前恨的是萧素，那一刻起，她连同自己的女儿也恨了起来。

难怪她在叶语诺面前冷漠如继母。冯晋庭眼前忽然出现叶语诺绝望的眼神，他几乎可以肯定：多年前那一晚，他和叶语诺初见，就是她和李蔓大打出手之后离家。

叶亿沉沉叹气："即便她们娘儿俩闹得那么僵，我也始终没有把真相告诉小诺，是害怕这个真相相比被萧素抛弃，更让她接受不了……"

颤抖的声音在这时响起，叶语诺不可置信地说："不可能！"一字一句。

冯晋庭倏地回头，视线所及是妻子惨白如纸的脸。

终究，还是以最残忍的方式让她知道了。

叶亿老泪纵横："我啊，该死！"

冷漠刻薄的继母竟是自己的亲生母亲，而那个她又爱又恨的萧素，那个她叫了十几年妈妈，又用十多年压抑着不肯再叫妈妈的人，只是她的养母——叶语诺颓然跪倒，哭得撕心裂肺。

她从来都是以骄傲清高的一面示人，何曾像现在这样狼狈？冯晋庭心疼得无以复加，却觉得任何言语都无济于事。他走过去，给了妻子一个宽厚温暖的怀抱，用行动告诉她：还有我，陪你承担。

这份承担，是个女人都无法拒绝。

这份承担，足以让任何艰难退步。

可这份承担，却不是叶语诺要得起的。

她造成的，不仅仅是一场令冯晋骁和萧语珩分开三年的误会，她的所作所为，不是简单地做错一件事，而是，害了一条人命。

三年来，被噩梦缠身的除了萧语珩，还有一个人也时常会因梦里婴儿的啼哭声而惊醒。叶语诺始终忘不了发现萧语珩怀孕时，那个瞬间在脑海中形成的恶毒计划，那个简单的伸手动作那么轻易地要了一个尚未成形的孩子的命。

即便如此，过去的三年里，叶语诺也从未像现在这样，觉得自己双手沾满了血。

当天夜里，她吞食了大量安眠药。幸好冯晋庭发现及时，才把她从鬼门关救了回来。可她终是被自己的身世，被自己犯下的弥天大错击垮。她开始不言不语、不食不睡，任凭冯晋庭说什么，都全无反应，甚至是图图一声声地叫妈妈，她都无动于衷。

萧语珩获悉时，这样的情况已经持续了五天。她匆匆赶来，在昏暗的房间里找到叶语诺，那个昔日里骄傲的、光彩照人的女人，此时抱膝缩坐在角落，长发凌乱，目光茫然，憔悴得如同女鬼。

萧语珩粗鲁地扯开了窗帘，把叶语诺硬拽到阳光下："这是你对我新一轮的报复吗？用你的痛苦让我、让我们更痛苦？叶语诺，你这样究竟是惩罚自己，还是惩罚我们？"

明媚的阳光刺得叶语诺睁不开眼，她下意识抬手遮眼睛。

却不被允许。

也不知道萧语珩哪儿来的力气，居然用一只手就把叶语诺的双手控住了："为什么逼自己伪装得那么辛苦？为什么不肯诚实一点面对自己的心？就算我妈只是你的养母，那些年她对你的好你都不记得了吗？做母女那么多年，你以为她对你付出的感情都是假的吗？多少次我看见她拿出你小学一年级时和她拍的照片，可你却烧了她的所有东西。你那烧的，仅仅是几样她用过的东西吗？你是在用火灼烧她的心。"

回想萧素的隐忍，萧语珩的眼泪先掉下来："她告诉我，少去爸爸那边，因为姐姐的新妈妈看见我会不高兴，那样的话，姐姐就会不快乐。即便不是亲生，她也在为你着想，叶语诺，你一味责怪她抛弃你的同时，有争取过她的爱吗？这么多年，你在责怪怨恨她不来看你的同时，你有没有想过，自己也从没主动去看她一次！难道你去了，她会把你拒之门外吗？"

这哪里是劝解？简直是雪上加霜。

叶语诺疯了一样挣扎，像是要把眼前的人撕碎。萧语珩躲闪不及，被推得猛地退后，后腰不偏不倚地磕在桌角上。钻心似的疼，让她额际瞬间沁出细汗，她跌坐在地毯上，半天没站起来。

就在冯晋骁忍不住要进入房间时，听见萧语珩说："上一次你推得我小产，现在还要再来一次吗？"他陡然僵住。

冯晋庭倏地看过来。

冯晋骁反应了片刻，才朝冯晋庭摇了摇头。

冯晋庭用双手搓了搓脸，那种如释重负让冯晋骁原谅了他的一言不发。

房间里的萧语珩慢慢扶着腰站起来，一步步走向窗前瑟瑟发抖的叶语诺："你害我没了和冯晋骁的第一个孩子，你现在变成这样，我该开心的，可我居然一点开心的感觉都没有。"行至近前，她抓住叶语诺的手抵在胸口，"因为即便你不是妈妈的亲生女儿，我们依然是血脉相连的姐妹。当年我之所以隐瞒小产，是我不愿意承认被自己的姐姐抛弃了。因为是你，因为图图，我才能忍住不说，换成别人，你且看看，我一定不会阻止我哥毁了她。"

最后，萧语珩说："今天，就冲你对自己的无法原谅，叶语诺，我原谅你了。你听见了吗？我说既、往、不、咎。只要你能感知多年来我的妈妈对你这个养女的念念不忘，只要你愿意，我们永远都是姐妹。"

从房间里走出来，萧语珩像是打了一场仗，累得几近脱力。被冯晋骁扶住的瞬间，她把身体的全部重量倚过去，转首向冯晋庭："要是她还不好的话，你就告诉她，我劝你跟她离婚。顺便提醒她，我不是三年前那个软弱得任由她欺负的萧语珩了。如果她再这样自我厌弃下去，我对她的报复就成功了。"

冯晋骁扶着萧语珩走到楼梯转弯处，终于听见身后传来痛哭声。萧语珩的脚步明显顿了一下，然后什么都没说，重新起步。下楼上了车，她才伸出胳膊搂住冯晋骁的脖子："从我们和好那天起，我就料到你早晚会知道。我不止一次想，真相越晚揭晓，她承受的就越多。那些我所承受的苦，我必须让她加倍还回来。在她面前，我不再像从前那样软弱，那是我吃准了我们的和好让她害怕。今时今日，她有多幸福，就有多害怕失去这份幸福。可是，再一想到图图，我又开始矛盾。我不确定，如果有一天她受到惩罚，我又能不能真正快乐。"

伴着冯晋骁沉稳有力的心跳，萧语珩哽咽："直到看见你那么难过，我才发现自己也很残忍。知道她居然自杀，我吓死了。冯晋骁，要是她死了，我也是凶手吧？我真的没有想过把她逼到这一步，我只是恨她，恨她害我失去了宝宝……"话至此，她泣不成声。

这是萧语珩身为母亲的难过。之前之所以压抑，是不想冯晋骁太过自责。可她心里，比谁都难过。否则上一次，她不会在没有确定是否怀孕的情况下，就急急告诉了他。因为她还有个心结，如果当年发现怀孕第一时间告诉冯晋骁，叶语诺就没有机会自编自演那一出戏，他们的孩子，或许就能平安降生。

三年来，萧语珩始终不能原谅的，其实是她自己。

她的眼泪，浸湿了冯晋骁的心，他轻轻地抱住她，温柔地抚摸她的头发："都是我不好，如果那时候我能控制住，你就不用承受这些。珩珩，相信我，最坏的都已经过去了，以后，我们会有个全世界最可爱的孩子，会健康聪明，会与人为善，会顺遂平安，会幸福无忧。"

会和我们俩，成为最幸福的一家人。

- 第七章 -

草木之遇，钻石之缘

这是最后的结局，欢闹争吵过，聚散分合过，爱你，依然是我本能。

这是最好的结局，走过大千世界，看过万千风情，依然是你牵我的手，敬各方来宾的酒。

风雨过后，生活又回到原有的平静。

冯老爷子提出回乡下老宅住一阵，等冯晋骁和萧语珩的婚事定下来再回来。冯晋庭心知肚明，老人家这是回避，给他机会把叶语诺接回来。

冯老爷子走后，叶语诺主动回了趟冯家。她整个人瘦了一圈，脸色更是不好，明显的黑眼圈证明她睡眠很差。见到冯晋庭，她微微一笑："去洗个手，就可以开饭了。"

这是冯晋庭最向往的家庭生活，他忙碌一天下班回家，有妻子温柔以待。

可这一次——

叶语诺像以往每次吃饭的时候一样，给冯晋庭盛汤，问他："好喝吗？"

冯晋庭低下头，喝一口，在她期待的目光中，摇头。

叶语诺笑着点了点头，眼里迅速凝起雾气。

冯晋庭看看桌上精致的四菜一汤，都是他平时爱吃的，他柔声说："如果这是你以妻子的名义为我做的最后一顿饭，我吃不下。"

叶语诺在他对面坐下，语气平稳，没有波澜："以前我一直不明白，妈妈为什么不要我，我明明比珩珩听话，比她懂事。然后我又自我安慰，我是姐姐，应该让着她，可那是我妈妈啊，我好舍不得。”她笑了笑，“终于有一天，妈妈结婚了，珩珩有了新爸爸，还有了哥哥，我觉得我这个姐姐变得可有可无了。

“有一天我无意间听到爸爸和那个女人说话，发现是那个女人破坏了爸爸和妈妈的婚姻。本来我都快接受她了，那天之后，我开始和她作对。我不吃她煮的饭，不穿她给我买的衣服，拒绝她以我家长的名义参加家长会，连她送我的生日礼物也拒收。我告诉她，只有我妈妈最懂我喜欢什么。后来，她发现了我的日记，撕了我和妈妈的照片，我当着她儿子的面打了她两个耳光，她回敬我后妈的冷漠。”

和李蔓彻底翻脸后，叶语诺在那个家就像个外人，得不到一丝温暖和慰藉。

“我开始恨妈妈和珩珩，恨她们没有了爸爸和我，依然过得那么幸福。我自认足够优秀，去中南航空应聘十拿九稳，我刻意接近顾南亭，自认有资本让他对我倾心，那样我就能成为顾家的一分子。作为儿媳，我一定比萧语珩那个早晚一天会嫁出去的继女更有地位，我想看看听我叫她婆婆时，妈妈的反应。

“我谋划了很久，甚至连拿什么样的微笑去巧遇顾南亭都想到了。可他城府太深，自始至终，游戏规则都是他说了算，他冷眼旁观我自导自演到最后，才告诉我，他根本没入戏。”

得知自己被淘汰出局，叶语诺冲去了总经理办公室。顾南亭姿态随意地坐在宽大的皮椅里，气度华贵：“我本没必要对你解释。但看在珩珩叫你声姐，多说几句也无妨。

“心机和小聪明都需要智慧。但为达目的不择手段的心机，比要点小聪明随机应变要令人讨厌得多。我愿意包容珩珩偶尔的小聪明，比如她赖床不想上学时会装肚子疼，又怕我担心，在我给老师打完请假电话后立马活蹦乱跳。却懒得陪你玩心机游戏。”

“叶语诺，”他语气薄冷，“你还不够资格。”

“你既然知道，为什么不阻止媒体——”

“不是你，也会是别人。”顾南亭微笑，“在中南航空女主人的位置空缺的情况下，我的感情生活是媒体永恒的话题，你觉得我有必要那么较真吗？”

“你就不担心珩珩误会吗？”

叶语诺的本意是让萧语珩误会他是个风流之人以损坏他兄长的形象，没想到他的回答竟然是——“那最好了。”

就这样一锤定音，叶语诺棋差一着，完败退场。

再一次输给懵懂无知的萧语珩，叶语诺颓然不已，就是在那段最灰心丧气的日子里遇上了冯晋骁。那天细雨绵绵，叶语诺精神萎靡地走在街上，漫无目的。红灯，她站在马路边上等，忽然被人用力一扯，等她反应过来时，原本提在手上的包不翼而飞。

叶语诺茫然四顾，有人在看她，有人在不远处和那个抢了她包的人缠斗在一起，然后身形挺拔的男人缓步而来：“小姐，麻烦你和我走一趟。”

叶语诺抬眸，目光跌进男人幽深如海的眼瞳里。

是冯晋骁无疑。

“可他只是个警察，距离我要报复珩珩而为自己设立的目标太远。”叶语诺垂下长睫，“而且对于我的表白，他也拒绝了，我又怎么会自讨没趣？”

之后叶语诺成了海航的空姐。当时海航还是冯父当家做主，她全然不知冯晋庭是谁，更想不到那个自己眼中的小警察是海航的二少爷。

同年底就遇上了冯晋庭，那个和冯晋骁有着相似眉眼的温润男人。遗憾的是，叶语诺当时并未发现面前的男人和几年前那个晚上给她留电话号码和现金的是同一人。

得知冯晋庭和冯晋骁是亲兄弟，她挣扎过，可最终报复萧语珩和顾南亭的心理占了上风，于是，她选择了冯晋庭。确切地说是接受，因为冯晋骁从没给过她选择的机会，他的态度自始至终都是那么不留余地：“叶小姐不是我喜欢的类型。”

却没想到，他喜欢的类型居然是，萧语珩那种的。

那个令她厌恶的妹妹不仅让她在顾南亭面前难堪，还以她的天真无知轻而易举地抢走了冯晋骁，甚至是自己的丈夫都夸奖她，喜爱她。

如果叶语诺不那么偏激，就会明白冯晋骁不是被谁抢走，他只不过是遇见了他的爱情，至于冯晋庭的喜爱，则因为萧语珩是他妻子的妹妹，是他弟弟喜欢的女孩，爱屋及乌而已。

“萧语珩，你可真是阴魂不散。是不是抢走一切我想要的，你才满意？”因怨恨滋生的戾气几乎要被冯晋庭的温润善良消磨掉，却在萧语珩出现在自己的婚礼上时，喷薄而起。

埋在心里十几年的秘密，也不过三言两语就能讲完。

叶语诺静静地坐着，沉沉叹了口气。

冯晋庭听清了她所说的每一个字每一句话，也懂得了她道出这些秘密要表达的意思。目光停留在那张疲惫尽显的面孔上，他的语气没有波澜：“如果你现在爱的人不是我，我同意终止我们的婚姻关系。小诺，你想清楚再回答我。”

随后的一段时间里，冯晋骁依然在为沈俊的案子忙碌。可无论他怎么忙，萧语珩的安危都被摆在首位。而顾南亭，成了除冯晋骁之外，最适合保护她的人。

两个男人无声地达成了默契，在冯晋骁无法接机的情况下，顾南亭总能适时出现，顺路接萧语珩回家。除此之外，冯晋骁提示顾南亭，加强机场安检力度，避免沈俊狗急跳墙，把他和中南航空视为攻击目标。

另外还有家里需要安排。

叶语诺事件之后，冯晋骁第一次给冯晋庭打电话：“注意出行安全，尤其是图图。”

冯晋骁从警多年，向来都是谨慎的，但像这次这么紧张倒是头一回，冯晋庭不免有些担心：“你自己也小心。”

“知道。”说完，冯晋骁就沉默了，冯晋庭也不说话，像是知道弟弟还有话要说。

片刻，冯晋骁说：“上次下手有点重，对不住。”然后也不等冯晋庭回应就挂了。

他就这样挂了。

听着话筒中传来的忙音，冯晋庭无声笑起来。

一个月不到的时间里，警方接二连三端了几处毒品交易点，沈俊终于沉不住气了。

这天早上，冯晋庭莫名心慌，出门前他特意给叶语诺打电话，确认她那边没有异样，他如平常一样交代：“晚上不要加班，早点儿回公寓休息。”然后亲自送儿子去幼儿园。

路上，冯晋庭发现刹车失灵。确定刹车无效，他本能地回身看向主驾后的儿童座椅，早上起来就在闹别扭的小家伙此时睡得正香。他深吸一口气，先打开双闪，再不停按喇叭，让其他车注意到自己的异常，然后边试图减速边给冯晋骁打电话。

冯晋骁刚熬了通宵，人还在警队，听他说刹车失灵，霍然起身：“你现在在什么位置？大石桥？大石桥前段，”大脑快速运转呈现大石桥周边的交通图，他疾步往楼下跑，“现在车速多少？好，我知道了，北京路口车流量大，试图从大成街下来，然后往东，好，我知道，别挂电话。”话至此，他人已经到了楼下：“赫饶，联系交通大队，五分钟之内封锁大成街往大石桥路口，宾利 GA1399 刹车失灵，正经过北京路口，试图从大成街口下桥。”

话音刚落，赫饶已接通交通大队李队长手机：“特警总队赫饶，李队——”

与此同时，陆成远带着突击二队整装待发，随着冯晋骁一个手势，柴宇等六名警员动作迅捷地消失在办公大厅。

那边，冯晋庭却没能从大成街口下桥。平时畅通无阻的大成街下桥口居然肇事，被堵了个水泄不通。开车的陆成远忍不住骂：“他妈的！”

萧语珩在这时打来电话，冯晋骁没空接，按掉。

赫饶正好结束和交通大队的通话：“中和路下桥口已封锁，可以下桥。”

冯晋骁立即告知冯晋庭：“继续往前，中和路下桥。”

陆成远闻言果断变道，引领后面的特警防暴车往中和路飞驰而去。

分秒必争。

冯晋庭有惊无险地从中和路下桥，交通大队为他开设绿色通道，把宾利带往车流稀少的五里公路。

中途路过收费站，李队提出在路上铺设道钉，以给车胎放气的方法减速，被冯晋骁否决：“车速过快容易翻车，上面有孩子。”

可即便有警车护送，待宾利使出五里公路，燃油还是无法耗尽的话，车还是不会停下来，危险只增不减。

李队建议：“要不这样，我们想办法先把孩子移出来。”

冯晋骁同意这个方案，但他说：“我来。”

这时，冯晋庭在那端说：“晋骁，我手机要没电了。”

冯晋骁的声音比以往任何时候都镇定，他迅速交代：“我在你后面五百米，一会儿我会靠过去，把图图抱出来。”

以宾利现在的时速，这非常艰难。

但他是冯晋骁，是最优秀的特警，是他最棒的弟弟。

冯晋庭丝毫犹豫迟疑都没有，他说：“好。”

一个字，等同于把儿子的命交给了弟弟。

这份信任有多重，冯晋骁懂了。他挂断电话，对陆成远说：“提速！”说话的同时已经开始脱外套，以便一会儿换车时减少阻力。

陆成远踩住油门，全速朝宾利驶去。

五里公路是四车道，李队之前让失控的宾利开在最外侧的超车道上，此时为方便冯晋骁转移孩子，他使用高音喇叭喊话，让所有经过的车辆减速到里侧行车道，配合让道。

在倒车镜中看到大切驶近，冯晋庭原本要在交通大队引领下变道靠近超车道的行车道上，却听见冯晋骁拿高音喇叭朝他喊：“保持在超车道行驶，车门解锁。”

冯晋庭以为他该在主驾一侧行动，毕竟图图在主驾后面。尤其这样的话，他根本没办法开车门，却还是依冯晋骁所言继续行驶在超车道上，把车门解锁。

要从大切换到宾利上，两车车门都要打开，还必须错开，且横向距离要分毫不差，否则冯晋骁没办法两脚踏两车，这就要求两车的车速都要拿捏得十分准确。眼前宾利的车速基本不受控制，只能是大切配合宾利的速度。

难度太大。

大切持续提速中，终于与宾利并驾齐驱。

冯晋骁喊道："我再往前，你先下了我的车门。"少了一个车门的阻碍，难度相对减小。

冯晋庭瞬间明白过来冯晋骁为何不让他到行车道了，那样的话，要下的车门就是宾利左后车门，那一侧正好是儿童座椅的位置，一旦有闪失，图图就会受伤。于是，冯晋骁采取下大切车门的办法，再从外面打开宾利的车门，换过来抱出图图。

大切终于超过去，当左后车门打开，冯晋庭扶稳方向盘，以宾利车头右前方撞向大切大开的车门。

"喀"的一声，大切车门瞬间被撞得变了形，与此同时，陆成远猛地向右打方向盘，以防挂在车身上的半毁车门刮擦到宾利。

冯晋骁此时已移到后座，阵阵风啸声中，上身仅着黑色 T 恤的男人两脚就把大切残掉的车门彻底下掉。陆成远控制着车速，保持与宾利齐头。

冯晋骁左脚踏在大切之中，左手抓住车内扶手，右脚搭向宾利后车身，用脚尖勾开了车门，左手适时伸过去，在车门被渐渐拉开时，右脚精准地踏进宾利里。随即，似乎只是一个眨眼的工夫，宾利车门大开，冯晋骁收右脚，侧身坐进宾利里。

整套动作下来，迅捷而利落。

这一幕差点闪瞎了李队的眼，只是，他用颤抖的声音喊："五里公路出口堵车。冯队，三分钟之内必须让宾利停下来。"

陆成远暴怒："你他妈怎么不早说？"

图图醒半天了，像是感知到危险一样，哭得嗓子已经哑了。冯晋骁一面解孩子的安全带一面哄："图图乖，你不哭的话，小叔带你玩个刺激的。"说着把孩子单手抱在怀里，他额头有汗珠滚落："只要图图被赫饶接过去你就拉手刹，不用管我。"

冯晋庭神色不动："你小心。"

“你也一样。”话语间，冯晋骁右边身子已探出宾利。

李队急得不行，他高喊：“冯队，快让宾利停下来。”

这时，大切车内的赫饶已从冯晋骁右手里接过图图。

像是料到冯晋骁准备留在宾利里，从倒车镜中瞥见图图安全转移到大切上，冯晋庭厉喝：“你也过去！”

宾利在这时忽然不受控制，冯晋庭扶不稳方向盘，车子一个漂移，险些把半边身子还在外面的冯晋骁甩下去。

赫饶一惊：“师父！”

图图哭得更厉害。

陆成远迅速调整方向盘，尽可能地减少和宾利的横向距离，以便冯晋骁跨过来，又随时准备向右带方向盘，避免宾利再次失控。

李队再次喊道：“冯队，让宾利停下，快！”

冯晋骁抬眼，前方隐隐可见车龙，他不再犹豫地边把右脚踏向大切，边喊：“拉手刹！”左手已松开宾利的扶手，右手搭住大切车框，抠住。

冯晋庭随即拉起手刹。

宾利此时的速度太快，车子瞬间发生漂移。

冯晋骁保持着站在大切门边的姿势，大半个身子悬在空中，眼睛一瞬不离地盯着宾利左侧车头撞击到防护栏，然后车子因惯性左侧持续撞击，摩擦隔离栏将近二十米，才终于停下。

大切尚未停稳，冯晋骁已跳下车去，冲过去拉宾利副驾车门：“你怎么样？”

安全气囊已打开，瞬间的撞击让冯晋庭缓了半天，他才缓慢地动了动身体，看向他，眉头紧锁：“还得赔你辆车，损失惨重啊。”

冯晋骁笑骂：“神经病。”

冯晋庭却嘶一声：“胳膊不会骨折了吧？”

120 和 119 随后赶到，现场交由交通大队处理。

冯晋庭的小臂有擦伤，医护人员才帮他处理好，冯晋骁的手机就响了。是萧熠，说中南航空一架飞往 A 市的航班上有位乘客称行李里携带炸弹，现下中南航空的所有航班正准备重新进行安检。冯晋骁才想起来先前萧语珩的那通电话，立即和冯晋庭上了特警防暴车，直奔机场。

除了中南航空，海航也有一班飞机发生同样的事件。冯晋骁到达机场时，整个机场都在进行安检，航班大面积延误，安检处、候机厅，到处都是被滞留的乘客。

“不是已经检查过了吗，为什么还要再检？”

“耽误了我们多少时间你们知道吗？”

“退票！赔钱……”

“你们这是什么航空公司，说有炸弹就信啊？你们的所谓安保、安检都是摆设，糊弄人的啊！”

“有什么？炸弹？！”

场面比预想的还混乱。

楼意琳神色慌张地往安检口跑，陆成远一把拦住：“去哪儿啊这是？挤一堆人看不见啊？凑什么热闹！”

萧语珩遭遇绑架事件后，两人已经化干戈为玉帛，尤其眼下这情况，楼意琳也不和他计较了，反而像见了亲人解放军似的抓住他手：“你们可算来了，再不来这场面都快控制不住了，也不知道是真有炸弹还是开玩笑，你说要是开玩笑，也太坑爹了吧。”

“要是真的，连妈都坑了。”陆成远对这姑娘的逻辑思维不敢恭维，他话锋一转，问，“我嫂子呢？”

楼意琳直接回答冯晋骁：“和萧哥去顾总办公室了。”

说曹操曹操到，萧熠疾步而来，把事件的经过言简意赅地向冯晋骁复述了一遍。

原来，萧熠和萧语珩同一航班飞 A 市，当时飞机已经在滑行了，前排一名乘客忽然要求停机，萧语珩上前安抚，那人边称看见有人行李里装了炸弹要下机，边用力推了萧语珩一把，幸好萧熠及时伸手捞住了她。

听他说萧语珩的后脑险些磕在座椅扶手上，冯晋骁神色一凛，随即安排赫饶和陆成远各带一队人，分别负责中南航空和海航的隐患排查及安全保障。

柴宇本来是要跟着赫饶的，陆成远却命令：“这儿有头儿和赫组长就够了，你跟我来。”然后带着他随冯晋庭往海航工作区而去。

赫饶则向反方向的中南航空办公区去了。

冯晋骁带了几名警员，和萧熠上了那架被指有炸弹的飞机。

混乱的场面很快被控制，排查工作有条不紊地进行。

等机场安检恢复正常，被滞留的乘客陆续登机，已经是下午了。无论中南航空、海航，还是整个机场，炸弹的影子都没有。

虚惊一场。

临走前，冯晋骁对冯晋庭和顾南亭交代：“我已经安排了人手在机场，负责安保工作。你们的车窗，全部换成防弹玻璃。”又看向萧熠：“安全起见，你也是。”

这三位大佬，每一位都和自己息息相关，冯晋骁不敢掉以轻心。

冯晋庭和萧熠都点头，唯有顾南亭问：“又和那个林什么还是沈什么的有关？”回想上次萧语珩遇险，他抬手指指冯晋骁，“你最好别让她出事！”

目送顾南亭走远，冯晋庭朝弟弟一挑眉：“这位小顾总，脾气越来越暴躁。”

冯晋骁一笑：“那怎么办？未来的大舅子有旨，我这做妹夫的，只能照办。”

萧熠这位大舅哥则叹气似的说：“这年纪大了没个女朋友，也是不行。”也不知道是指脾气暴躁的顾南亭，还是在感叹自己。

冯家兄弟闻言对视一眼，失笑。

回市区的路上，冯晋骁接到一个陌生号码的来电。他接通，那边却不说话。等了几秒，他神色陡然一变，倾身拍拍驾驶位的萧熠示意停车。

站在车来车往的公路上，他率先开口：“怎么，接下来的环节是沉默是金？”

那端轻笑，笑意里冷意深浓：“怎么样冯队，游戏刺激吗？”

“这是你最后的疯狂，沈俊！”一声“沈俊”寒意凛凛，见后座的萧语珩醒了，冯晋骁收敛了身上外露太多的戾气，面无波澜地伸手帮她开车门。

沈俊低沉阴冷的声音透过话筒传进冯晋骁耳里：“这次只是警告，你要是不在乎赔上几条人命，我更不介意。冯晋骁，你记住，下次不会这么幸运。”

冯晋骁站在风口一侧，替萧语珩拉高了衣领，温柔地问：“冷不冷？”

萧语珩试图从他脸上看出些什么，但失败了，于是撒了个小娇：“居然挂我电话，不怕我作你啊。”

冯晋骁捏捏她小下巴，笑了：“怎么作啊？不给吃饭还是不让上床，嗯？”

萧语珩伸手抱住他的腰，把脸埋在他胸口上：“以后别再做那么危险的事了，我害怕。”显然已经知道了他换车转移图图的经过。

冯晋骁抱紧她，硬朗的侧脸线条在午后的阳光下形成刀削似的剪影。

接下来一周，整个G市因接连发生持械抢劫案，变得风声鹤唳。尽管受害人只是不同程度受伤，还是令警方陷入被动。然而，以冯晋骁为首的特别突击队却在私下里为干掉心狠手辣的毒枭沈俊做最后的等待。

终于，第八天时，冯晋骁等的电话来了。

那边极静，罗强的声音还是压得很低，他语速略快地汇报：“13号凌晨2点，中山码头，他亲自出面交易。”

终于砍掉了他的左膀右臂，逼得他必须露面了。

冯晋骁没有马上回应，似是在判断消息的真实性。

罗强有些沉不住气：“你在怀疑什么？”

冯晋骁轻笑：“我在想，你居然这么快就获得了他的信任。”

罗强沉默了两秒：“刘同找的杀手里有一个是我哥的小弟，你女朋友被绑之前，我……告诉了沈俊。”

所以沈俊特意去中南航空向萧语珩告别，只要萧语珩答应他的邀约，就能避险；所以在把刘同引去地洞之前警方获得的线索也是罗强在沈俊的指示下给的；所以沈俊才有充足的时间偷龙转凤，把萧语珩从105236号集装箱转移到了那个冷藏集装箱；所以那枚炸弹，是沈俊给他的见面礼。

“所以，你明知道刘同要对我女朋友下手，却知情不报。”冯晋骁冷声，“罗强，你胆子不小。”

罗强竟也不害怕：“有你在，难道还会救不了萧语珩吗？她受点苦，我就能获得沈俊的信任，总好过我大费周章地折腾。”

冯晋骁无意和他逞口舌之能，最后说：“你别忘了，我冯晋骁是什么人就行。”

或许是领悟了冯晋骁的警告之意，罗强在 11 号深夜再次打来电话，说沈俊临时改变主意，把交易地点改在了五号地铁站，交易时间提前到 12 号凌晨 2 点。那里与中山码头分别位于 G 市的城南和城北。

预料到了地点的改变，也猜到时间未必是真的，所以警队方面早就做好了准备，随时可以行动，问题是——

当时，G 市阴雨连绵。整座城市被浸润在潮湿的空气里，有种窒息的感觉。而萧语珩，还因飞机机械故障被滞留在临城。

后悔没有阻止她上机的，除了冯晋骁，还有顾南亭。

当应急指挥中心收到萧语珩所在的航班能够起飞的消息时，已是午夜十二点。

顾南亭给冯晋骁发信息：“两点半落地，我在机场等。”

冯晋骁的回复很快到，他说：“拜托。”

然而，事情的变化还不仅如此。

兵分两路埋伏在五号地铁站和中山码头的冯晋骁与陆城远都扑了空，尤其是守在五号地铁站的陆成远，连毒贩的影子都没见着，于他，世界太平。冯晋骁那边倒是大动干戈，毒品交易虽然推迟了半小时，却确实存在，而且现身现场的还是两年来他们追踪的重犯。

激烈地交火，警方大获全胜，零伤亡。

但落网的毒贩中没有沈俊。

又是一招金蝉脱壳。

他屡试不爽。

作为机动的赫饶传来消息：罗强现身，试图走水路出城。

冯晋骁沉声：“拿下！”

罗强被赫饶追捕，绕来绕去也逃不出城，慌不择路之下居然潜进了一家酒吧。赫饶边带人冲进酒吧边给萧熠打电话：“萧哥，罗强刚刚进入‘皇后’。”

对于在机场挟持过萧语珩的男人，萧熠记忆犹新。于是，罗强很不幸地和酒吧老板萧熠遭遇了。

几番对峙下来，萧熠虽没占到上风，却拖延了时间。罗强预感到大事不妙，杀机顿起。在萧熠以一记直拳向他逼近时，他假意不敌退后，手中握紧暗藏在袖子中的匕首，伺机一击致命。

危急时分出现的依旧是赫饶。在匕首距离萧熠心脏寸许时，她霍地上前，展手一推。萧熠有惊无险，赫饶顺势把罗强接手了，五招似乎都没用上，徒手把人制伏。

匕首比在他颈间，赫饶问：“沈俊在哪儿？”

罗强不答。

赫饶一抬腿，膝盖直踢向罗强腹部：“我再问你一遍，沈俊在哪儿？”

罗强依旧沉默。

就在赫饶欲再动手时，萧熠扣住她手腕。

他不疾不缓地掏出手机，边翻找着什么边以漫不经心的口吻说：“你既不想和沈俊同流合污，又不愿坐牢，无非就是为了这娘儿俩。”话语间，手机递到罗强面前。

手机里正在播放一段视频，画面中神色慌张的女人抱着一个小女孩，缩在只有一张大床的屋子里，小女孩的眉眼酷似罗强。

罗强神色陡然一变：“你怎么她们了？”她们是他在这个世上唯一的亲人，他的妻女。

萧熠淡淡道：“请她们做个客。你配合的话，她们很快就能回家，否则，后果怎么样我不保证。”

罗强故作镇定，直看向赫饶：“你是警察！”

意思很明显，让她阻止萧熠。

赫饶却说：“我今晚的任务是抓你！”

罗强红着眼挣扎。

赫饶神色不动地控制着他，面无波澜的样子像是根本没费什么力气。

罗强挣脱不得，脸都憋红了。

“别白费力气了，这位警官的本事你又不是没领教过。”萧熠举起手机，冷酷地说，“她老公不相信，做给他看。”

视频画面切换，小女孩被一名壮汉扯离女人的怀抱，在孩子撕心裂肺的哭声中，另一个黑衣男人边解腰带边向缩在床上的女人靠近。

罗强瞬间明白他为什么把“做”字咬得那么重。他疯了一样扑向萧熠：“你他妈敢动她，我杀了你！”柴宇一脚招呼过去，从赫饶手里接过并控住他。

萧熠不言语，只冷眼看他。

罗强不停地骂，直到画面中女人的上衣被撕开，他嘶吼着妥协：“他去顾家了！”

冯晋骁接到赫饶电话时命令：“全力赶往机场。”只有这样，才能尽快接应上顾南亭。

稳稳行驶的卡宴里，缩在副驾位置上昏昏欲睡的萧语珩被突来的手机铃声惊得睡意全无。顾南亭似乎有些懊恼没把手机调成静音，微微蹙了下眉，目光触及来电显示，他接通。

是冯晋骁，他语带匆忙：“接到她了吗？”

顾南亭瞥一眼身侧睡眼蒙眬的萧语珩，惜字如金地“嗯”了一声。

冯晋骁立即确认他所在的位置。

顾南亭有不好的预感：“朝阳东路中段，高德桥——”

不等他说完就被冯晋骁打断了，那端阻止：“不要上桥！”

却已经晚了。

作为回顾家别墅的必经之路，顾南亭在接通电话前已经把卡宴驶上了桥。

那边冯晋骁迅速反应，在保持和顾南亭通话的同时，已经开始做行动部署：“突击一组保护现场，二组立即赶往朝阳东路高德桥接应赫饶！”显然赫饶是在路上。

然后是顾南亭：“我没判断错的话，沈俊会在你下桥前出现。”

到底还是走到了这一步。

顾南亭咬牙。如果不是萧语珩在车上，他估计是控制不住要暴粗口的。

“你想拆我骨头的话也等你们脱险了再说。”冯晋骁感应到他的怒意，语速虽快，语气却异常坚稳，“撑住，我马上到。”

如无障碍，一路把油门踩到底，八分钟就能下了高德桥。然而，真这么简单，冯晋骁就不会在赫饶往那儿赶的同时追加一个突击小组了。所以，中途遇阻，根本是注定的。

凌晨三点，路面开阔，视线极佳的高德桥上，车流稀少。已处于下桥阶段的卡宴，只需要三分钟，三分钟而已，就能安全下桥。

一辆银灰色瑞风和一辆黑色Jeep在这时如疯牛野马般自对面驶上桥，直逼卡宴而来。

正常下桥是不可能了。

车速丝毫未降，顾南亭手速极快地猛打方向盘，卡宴压着双实线直接掉头，与此同时，他对一脸茫然的萧语珩命令道：“坐后面去！”

伴随轮胎抓地的尖锐声响，卡宴在高德桥上划出一道完美的弧线，由于掉头突然，速度又快，惊得对面驶近的一辆私家车险些撞上钢筋防护栏。

顾南亭当然也看见了那辆车被逼停，却没时间对车主表示歉意，更无心理会对方是不是会在下一刻咒骂他，只是踩住油门全速行驶，速度之快让人隔着车窗都能把外面的阵阵风啸听得一清二楚。

与此同时，萧语珩已经跌跌撞撞地从副驾移到了后座，她很清楚这个时候不能分顾南亭的心，只是用双手紧抓住驾驶位的靠背，提示：“小心啊！”手劲大到骨节都已泛白。

顾南亭不说话，持续加速，与前车的距离很快就被拉近，可是——

前面那辆该死的传祺却对喇叭声充耳不闻，而且，不仅没有避让的意思，反而占据了两条车道曲线行驶，让卡宴无法超车。

后视镜里，瑞风和Jeep在一点点靠近。顾南亭忽然记起六年前他从国外赶去古城那一夜。飞机上，只要他闭上眼，萧语珩惊惧的面孔就会不停闪现，深心处涌起的不安比自己执飞时遭遇飞机失去动力的危急情况强烈百倍。

也是那一次，他发现那个爱笑爱撒娇的小妹妹居然心有所属。或许对于爱情，她还懵懂无知，可她看冯晋骁时，眼睛里满溢的崇拜和爱意，已是纤毫毕现。

他希望妹妹幸福，他希望冯晋骁更宠她。

却事与愿违。

当萧语珩在电话里虚弱无力地说“哥哥救我”时，正赶去机场，准备执行特殊飞行任务的他，匆忙折返回市去。如果不是副驾驶见他迟迟未到，及时请示了总飞行师，安排了程潇替飞，那天的航班就要因此延误了。

刺耳的救护车鸣笛声持续不断。他用自己温暖干燥的手握住她的手，低沉的嗓音在一片嘈杂声中有着安抚人心的力量：“珩珩别怕，哥哥在。”

她却连回握的力气都没有，气若游丝：“我疼——”

她不知道，那一刻，他也很疼。

站在急救室外的时间里，他倚墙站着，从没觉得等待如此难挨。

手术室门开启，他快步迎上去，医生却残忍地说：“孩子没保住。”

顾南亭一时蒙住。

那个自己视如明珠的小公主，那个娇俏甜美、天真赤诚的小姑娘，是什么时候长大到都能够孕育小生命了！可惜那小生命与这世界无缘，与父母无缘。

回过神后，他杀冯晋骁的心都有。

这还不够，萧语珩醒来后竟然还问他：“我是不是很贱？”

顾南亭气得恨不得抽她：“敢再说一句自轻自贱的话，我就把你从楼上扔下去！”

萧语珩用让顾南亭觉得陌生的成熟又安静的目光看着他，缓缓地说：“如果让他知道我还怀过他的孩子，可能连他都会觉得我贱。”

可你还是拼尽全力想要保住这个孩子，否则不会在我赶到前，自己叫来了救护车。或者你依然在维护冯晋骁，否则不会绝口不提你是如何在冯家出的意外。

顾南亭展手一挥，“啪”的一声，玻璃杯碎落在地。

萧语珩不理会他的怒意，缓缓地说：“我宁可不要他，也不要做别人的替身。”

他何其精明，瞬间反应过来：“是叶语诺和你说了什么？”

萧语珩却对叶语诺绝口不提：“等我好了，就去和他说分手。哥哥，我要先说分手，那样就不是被他抛弃。”

她越平静，顾南亭越愤怒：“我去问他。”

她没力气阻拦，只闭上眼睛，嗓音沙哑地说：“给我留点儿尊严。”

顾南亭身为她兄长，却什么都不能替她做。他站在窗前，久久未动一下。

那天的最后，萧语珩说：“反正都这样了，就别告诉爸妈了。我啊，尽让他们操心了。”

连他都心疼成这样，被萧素知道，难免会心疼到无以复加。顾南亭帮她在萧素面前圆了个住校的谎，还请了专人照顾她，直到她出院。

后来，她对萧素说：“我想退学。”

萧素震惊之余，追问她原因。

萧语珩坚称对播音失去了兴趣，说自己厌学，执意退学。

尽管有顾长铭护着，萧素还是打了她。

那是萧素第一次打她，事后萧素也哭了。

萧语珩把自己锁在房间里，不吃不喝，不肯出门。

那段时间，她迅速消瘦下去。顾南亭看着难受，带她出国散心。

萧素才知道她和冯晋骁分手了。

可儿女们的爱情，亲近如父母，也是管不了的。

折腾到最后，她到底还是放弃了学业，成为中南航空的一名空乘。可即便经历了这场变故，更是嘴硬地搬出尊严这么重的字眼，三年后冯晋骁再来找她，她还是飞蛾扑火似的要为自己的爱情做主。

顾南亭是真气坏了，失去理智似的要把她发配到古城去，他就想看看，她还能和冯晋骁翻出什么浪来？结果，两人的感情倒是笃定，唯有人身安全接二连三受到威胁。

做兄长都这么艰难吗？真是连脾气都没了。

能怎么办？统统甩给冯晋骁，自己置身事外？他做不到。护她平安，是顾南亭此刻唯一的信念。他速度不减地向前车驶去，边低喝萧语珩：“坐稳！”边用百万座驾的车头撞向那辆分不清楚状况的传祺，逼它让路。

如此极端又疯狂的方式或许只有顾南亭有胆量尝试，尽管有了足够的心理准备，萧语珩还是被吓出一身冷汗，抑制不住的叫声中，她的身体因惯性使然重重地撞到驾驶位的座椅上，而冯晋骁的电话在这时打过来。

萧语珩抖着手接通：“冯晋骁——”声音不自觉就带了哭腔，是面对危险时情不自禁表现出的依赖。

听见她的声音，那端的男人回应：“别怕，赫饶已经上桥，我随后就到。”

低沉坚稳的语气有力地安抚了萧语珩，她回身盯着向卡宴逼近的Jeep，哽咽：“知道了。”

可在支援赶到之前，顾南亭只能孤军作战。

哪怕是一分钟，都是生死攸关。

传祺在被卡宴擦刮碰触之后终于让路了，打滑冲向右侧最里的车道，幸好对方司机反应够快，及时踩了刹车，即便方向盘有些失控，还是在撞上防护栏的前一秒停住。

也算有惊无险。

至于被“追尾”的损失，惊魂未定的传祺司机一时间无从计较。他只是透过车窗看见卡宴与Jeep一前一后飞驰而过，随后紧追而上的瑞风车窗里一个黑衣人探出半个身子，然后就听“砰砰砰”几声枪响——

当子弹呼啸着射向卡宴，顾南亭的手似乎比大脑更先做出了判断，方向盘猛地向右，再向左，车身漂移般闪躲的瞬间，他朝后座的萧语珩喝道：“趴下！”

下一秒，Jeep里也有杀手探出头来，与瑞风一左一右同时射击。

“砰砰砰”，子弹穿过空气，一枚接一枚，密集地射过来。

幸好车窗都是防弹玻璃，可后面的两个轮胎却没幸免于难，几乎是在同一时间爆掉。

被迫停车。

顾南亭气得狠砸了下方向盘。

可就在沈俊下车时，突然响起的警鸣声令情势突变。

赶到现场的赫饶和柴宇分别从萧熠车里探出身体，在急速行驶中朝着Jeep和瑞风射击。尾随他们而来的特警防暴车，则是赶来增援的突击二组。

这时，耳麦里响起冯晋骁凝肃冷寒的指令："要活的！"

赫饶与突击二组异口同声地回应："明白！"

沈俊怎么都没有想到警方的速度如此之快。他本以为控制了罗强的妻女，罗强一定会按照他的方法行事，即便分散不了警方太多的注意力，也能为他出城争取一些时间。意料之外的是，冯晋骁在行动前救出了那对母女，还把看守那对母女的杀手录制的要挟罗强的视频发给了赫饶和陆成远，然后又鬼使神差地也发给了萧熠一份，还说："这东西在我手里不太有用。反正只贩毒一条，就足够治沈俊的罪。你留一份，没准有用。"

萧熠当时还有点嫌弃："我能有什么用！"

冯晋骁没回答，萧熠也就存着了。

沈俊当然不知道，那个他曾经千方百计想加入的，被称为毒品王国的贩毒集团就是毁在身为卧底的萧熠手里。所以，这位萧先生的智商，足以让他能把握时机助冯晋骁一臂之力。沈俊意识到自己被逼上了绝路，如果不想束手就擒，就得以命相搏。

他选择后者，哪怕以卵击石。

于是接下来，沈俊示意两车杀手全部下车，借着车身的掩护向警方还击。激烈交火中，他在手下掩护中孤身一人接近卡宴。

顾南亭当然不会让他轻易得手，他表面看来似乎是在静待警方救援，实际上却是一面以手势示意萧语珩随时准备从右侧下车，一面以手扶住卡宴车门内扣手。在沈俊靠近的刹那，他猛地推门而出，一脚踢向来人腰际，沈俊躲闪不及中招后，他又上前一步迅猛有力地挥出去一拳。

沈俊对顾南亭也是做过调查的，清楚他身手不错。他不敢掉以轻心，抬臂格挡，然后身形一闪移到了后座车门前，右手抠住车门外扣手欲开，左手抬起再落下，以枪托重重砸在顾南亭肩颈，随即枪在手间一转，枪口就对准了顾南亭的头。

从卡宴右侧下车的萧语珩回身时正好看见这一幕，脸上仅剩不多的血色瞬间消退得一干二净，刹那间，她声音凄厉地叫喊："不要！"

却根本无法阻止刺痛耳膜的枪响。

砰！

时间停驻，世界静止。

当萧语珩眼底变成血红色，顾南亭安然无恙地站在原地，反而是沈俊的枪脱手掉在地上，他冷漠阴沉的脸上显出狰狞痛苦的神色，他无力垂落的左手滴出鲜红的血。

萧语珩猛地转身，就看见身穿深色特警服，脚踏军靴的男人毅然立于至少五十米开外的特警防暴车前。隔着那么远的一段距离，萧语珩却像是能看到他暗沉幽黑的眼眸里迸射出的慑人烈焰。

是冯晋骁。

萧语珩脚下一软跪倒在地，她用手捂住脸，纤瘦的肩膀剧烈颤抖。

交火不知在什么时候停了，四周除了警鸣声，似乎再听不到其他声响，沈俊的目光从被警方制伏的手下身上掠过，落定在大步走过来的冯晋骁身上。自知大势而去，他略微弯唇，露出一种无所畏惧的冷笑。

无非一死。

走上这条路时，就已料到。

冯晋骁在沈俊冷漠的注视下收枪。行至萧语珩面前，他以有力的手臂把她拉起来，搂在怀里用力抱了抱，就把人交给赫饶扶着，缓慢又坚定地走向沈俊。

清冷的月光混着晕黄的路灯投射在冯晋骁脸上，那面孔上的冷峻肃杀，以及眼眸里涌起的锐利锋芒，透出愠怒与狠绝。沈俊眯眼，森冷的杀气似从骨子里扩散出来，向四周漫溢。

顾南亭在两人沉默的对峙下缓缓退后。

沈俊率先打破了沉默，他语带讥讽地说："冯大队长终于肯露面了。"

冯晋骁的神情仿佛岩石般深沉："这对你而言，叫大祸临头。"

沈俊自嘲一笑："没想到事隔六年，到底还是栽到你手上了。"

"什么叫自食其果，在你身上得到了最佳演绎。"冯晋骁摘下黑色半指作战手套，语气中隐有几分不耐，"动手吧，我的弟兄们还等着收队回家睡觉。"

沈俊端着受伤的左手："就算赢了，冯队也是胜之不武吧。"

"和我谈公平？你不配！"冯晋骁眉宇间透出狠戾，"对待你这种人，只需要以暴制暴。"话音未落，他发起进攻，一记侧踢毫不留情地招呼在沈俊被子弹击中的左臂上。

堂堂特警总队负责人，赫赫有名的冯大队长，居然专攻其弱点。

沈俊被踢得踉跄了两步，半边身子当即就被震麻。疼痛中，他真正领教了特别突击队冯队长最狠厉绝情的一面。明知此生到此为止，沈俊竟觉得，遇上这样的"克星"，荣幸。

冯晋骁丝毫不为这份荣幸所动，有着丰富实战经验的他依然保持"主动出击"的风格，一记侧踢之后，疾进的腿风朝着沈俊胸口而来。

沈俊生平头一回遇到这么厉害的对手，濒临死亡居然还有些兴奋。他连退两步，避开冯晋骁的腿，紧接着他也一个侧踹朝冯晋骁胸口招呼过去，显然是要以彼之道还施彼身。冯晋骁闪身的同时一个后摆腿直踢向沈俊太阳穴，动作迅猛。

沈俊收腿不及，只能以双手格挡，可怜他左手才受了枪伤，根本无力承受冯晋骁重重的一踢，不仅感觉双手发麻，整个身体都被一股力量逼得向后跌去，连退数步。

不给他喘息的机会，冯晋骁反转身，化摆为扫，一个来势凶猛的边腿再次扫向沈俊太阳穴。沈俊无力硬接，弯腰低头躲开。冯晋骁步步紧逼，又是一个边腿，不过这次的目标却不是沈俊的太阳穴，而是运足了劲，直接朝他的腰部踢去，腿风疾进。

沈俊见状立即往前弓背弯腰，让冯晋骁这一脚从他头顶扫过。随后，他以左脚支撑身体，右脚一个后摆直逼冯晋骁面门。冯晋骁倒有些佩服沈俊的反应能力，不过，他还是不费力气地后仰身体避开，紧接着右脚迅速地向上勾起，向沈俊下巴踢去。

沈俊避无可避，尽管已经尽量偏头，嘴角还是沁出了血。沈俊向来对自己的身手有信心，此时面对冯晋骁却似乎失去了反击能力。他恼怒地抬头，眼眸里闪烁着森冷的光，凝聚了全部的力气和绝对的杀气，一个飞腿直向冯晋骁的脸踢来，势不可当。

冯晋骁的目光在沈俊因中枪而颤抖的手上扫了一眼，放弃了进攻他左臂的念头，向后退步的同时，改用右手扣住他脚踝，猛地用力向后一拉，直接就把重心不稳的沈俊摔倒在地。

随后，他默然而立，似乎是在等待沈俊站起来，又像是借助习习夜风散去一身杀气。片刻，他抬手示意。转瞬间，沈俊就被训练有素的特警制伏。

沈俊却有话要说："我想知道，你既然能冒险放了罗强，以他为饵诱我入局，为什么又不完全按照他提供的线索行事？只是因为他事先没告诉你刘同动了绑架萧语珩的念头？"

"他惧我，是因为我警察的身份。我放他，是因为有足够的把握随时抓他。只是我大意了，没有想到他居然敢摆我一道。"冯晋骁停步，背对他，"所以，你才有机会抓他妻女。"

沈俊苍凉一笑："我们易地而处。冯晋骁，你比我狠。"

易地而处？这种假设不成立。可说到狠，不是天生，而是被你们这些亡命徒逼出来的。

冯晋骁回头，目光如出鞘的军刀一样锋利，他说："过奖。"

被押上警车前，沈俊转身看萧语珩，沉默的目光有旁人读不懂的深意。

冯晋骁不发话，柴宇就任由他静立不动。半晌，沈俊的神色稍有缓和："我今晚过来，是有样东西想给你。"他说着，低头看向自己胸口。

冯晋骁抬眼示意，柴宇顺着沈俊的目光伸手掏出他外套内袋里的一个女式钱包。

萧语珩看着那个梅粉色的钱包，一怔。

与她的视线在半空中相遇，沈俊不禁想起六年前在古城深巷遇见的女孩。

女孩的声音低柔清脆，犹如石子入水的声音，涟漪过后是平静："请问出城该怎么走啊，我迷路了。”

他应声回头，就看见那个身穿长裙，头戴草编帽的女孩子，她似乎是走热了，脸蛋红扑扑的，而她的眼睛，清澈见底，明亮动人。

不自觉就柔和了语气，他指指身后的巷子：“逆水而上。”

女孩的眼睛亮晶晶的：“真的是顺水而进、逆水而出吗？无论我从哪条巷子走？”

他眼里难得有了笑意：“没错，顺水进城，逆水出城。”

女孩笑起来，露出一排洁白整齐的牙齿：“那我就放心了，谢谢你啊。”她本来已经要转身走了，却忽然发现他的异样，“你的手怎么了？受伤了吗？需不需要帮助啊？”

他保持着端手的姿势不动，眼里的笑意因她细心的发现更暖了：“你要怎么帮我呢？”

女孩摸了摸帽檐：“送你去医院啊。”

他一笑：“你找得到路吗？”

她摇头，然后眼睛一亮：“你一定找得到，你带路就好了呀。”

孩子气的表情似乎是在求表扬，他笑着说：“谢谢了，不用。”

“这样啊，那你记得自己去看医生，再见。”她笑盈盈地跑走了，脚步轻快。

他莫名地产生了叫住女孩的念头，可当时有很重要的事情等着他去办，只能放弃。当女孩轻盈的身影消失在视线之内，他转身欲朝相反的方向走。

感觉到脚下踩到了什么，他低头，视线所及是一个梅粉色的钱包。他俯身捡起来，回望女孩跑走的方向，除了各色游客外，哪里还有她的身影？

结果没几天又遇见了。音乐火塘里，她那么快乐地唱着歌，唱着那首《一瞬间》。可惜，当时警方的专案组正在满世界找他，他不敢多停留。

算了，一个尚未成年的女孩罢了，能活着，什么样的女人没有？但鬼使神差地，他就是想在踏上逃亡路前，见她一面。当时就在想，如果罗永把她带来，他就原谅罗永的背叛，然后再把钱包还给她，从此，相忘江湖。

结果却是，独自上路。

而钱包，他保留至今。

理智一次次地提醒他，不要沾染她，却怎么都控制不了心里那份念念不忘。于是，六年后再次偶遇，他到底是接近了她。她却全然忘记了古城之遇，甚至是看他的眼神，都充满了防备之意。

那也没有想过动她。直到那天为了让她避险以告别之名相约被拒，听她说了那句“朋友之间的正常交往我男朋友是很支持的”，他才恍然记起，她有个无所不能的男朋友。

冯晋骁，我就看看，你是怎么护她平安的？！

能救她，是你的本事，也是本分。救不了，我就送你们一起上路。

一念起，就是杀机。

最终，和预期的所差无几。

沈俊依旧在笑，他那么平静地说：“物归原主。”

沈俊案告破，冯晋骁又忙了一阵儿，指导审讯，出席会议，警队考核，恨不能把人一分为二，所以接连几日，别说他的人，连电话都没来一个。萧语珩虽然猜到他在忙工作，面上一如往常，心里却还是控制不住地火冒三丈。

被男朋友忽略这种事，是个女生都忍不了。

冯晋骁倒也不至于那么没长心，毕竟冯队的情商已经有了质的飞跃，况且对于萧语珩，他是放在心尖上的，只不过这段时间对于宝贝女友的上机时间掌握不准，每次电话打过去，恰巧赶上萧语珩在飞，手机关机，这才导致两人没联系上。

不知道是有心还是无意，顾南亭也给萧语珩添堵。一晚，那人在餐桌上看见她，稍显意外，当着顾长铭和萧素的面问：“冯晋骁怎么还没来接你？”

萧语珩因他的一个“还”字，拿脚在餐桌下踢他，以表不满。

偏偏顾南亭一脸无辜：“怎么了？不是还要我当司机亲自给他把人

送过去吧？”腿上又挨了一下，他绷不住笑，“你踢我今晚也没空，有约。”

萧语珩切一声：“恭喜顾总终于有人约了。”

什么话？他可是货真价实的钻石王老五，以前没约，不过是他没那份心思。顾南亭坏心地把她的头发揉乱：“有男朋友却没约，你比我伤感。”

萧语珩扑过去打他：“你都伤感三十多年了。”

顾南亭边躲边难得地逗她：“干吗呢这是？恼羞成怒啊？”

萧语珩像个孩子似的狡辩：“是你先说我的。”

他们终于又能像从前一样，如同孩子般疯闹在一起。顾长铭轻轻地搂住了萧素，萧素望向丈夫的目光漫溢着温柔和幸福。

顾南亭耐心极好地陪萧语珩闹了会儿，等她心情明显好起来，才拿了车钥匙出门。

一路疾驰。

二十分钟后，总裁车停在了中南航空员工宿舍楼下。顾南亭在车里坐了片刻，才翻手机通信录，调出程潇的号码拨出去。

响了很久才有人接。

不等对方说话，他先开口：“我在楼下。”

程潇沉默了两秒，才说：“顾总，我在休假。”

飞行员休假确实是不需要报批总经办的，他不知道实属正常。顾南亭也没多想，只以为她是正常假期，于是说：“那就改天。”

程潇没回应一个字，直接挂断。

听着话筒里的忙音，顾南亭微微皱眉，心想她真是越来越不把他这个老板当回事了。

如果他当时留点心，或许能听出来程潇的嗓子哑着。

如果他事后到飞行部过问一句，或许就能知道程潇休的不是他以为的正常的疗养假。

却没有如果。

没有约到程潇，顾南亭去找萧熠喝酒。皇后酒吧却在停业装修。一问才知，沈俊落网那天，罗强的手下把场子砸了。萧熠连眼都没眨一下，只吩咐重新装修，对于酒吧的损失，只字未提。对于萧熠与赫饶之间剪不断理还乱的牵扯，顾南亭略有耳闻，他为萧总以百万代价配合警方抓人，感到佩服。

他随手拉了张椅子坐在凌乱的演艺厅，在电话里调侃萧熠："萧总果然财大气粗，一怒为红颜的气魄无人可比啊。"

萧熠应该是在外面，隐隐风声中，他没好气："和警察做兄弟，是我这辈子最错误的决定。"

明知道萧熠指的是冯晋骁，顾南亭却故意曲解他的意思："失去了一个贺熹，就有赫饶补位，从刑警到特警，萧熠，你的待遇可是越来越高了。"

"这种待遇不是谁都消受得起。"萧熠不怒反笑，"作为男人，当你想近一个女人的身都成了问题，你就知道窝囊两个字怎么写了。"

除了知道是冯晋骁的徒弟，顾南亭对赫饶的了解几乎为零，可仅凭这一点，也足以判断赫饶的实力。可萧熠是何许人？能让堂堂萧董承认窝囊，事情太不简单了。顾南亭有点火上浇油地问："怎么，和你动真格的了？"

萧熠揉揉酸疼的肩膀，不愿承认又不得不承认："大动干戈。"

"想来是没占到便宜。"莫名地产生了惺惺相惜的感觉，顾南亭一笑，"那就算了，反正你心思也不在人家身上，少招惹为妙。"

原本是可以这样收场的。没有开始，亦没有结局。毕竟感情的事，不是你爱我，我就一定要回报以爱情。可怎么会莫名地觉得心有不甘呢？这种情绪……萧熠一时无语。

这沉默背后蕴含的深意让顾南亭朗声大笑："萧熠，你栽了。"

萧熠不信，他斩钉截铁地反驳："怎么会？！"

"敢不敢赌？"顾南亭顿时来了兴致，"一年为期，我等着看结局。"

为了贺熹，已经输了一个六年。爱情这东西，萧熠告诫自己不要轻易碰触。可对方是赫饶，他竟然犹豫了。

萧语珩说："她爱你，比你爱贺熹久。"

冯晋骁说："她在我身边三年，除了一次病到昏迷不醒住院外，那是唯一一次请假。我想，她是赶去 A 市送你。"

柴宇又在沈俊被捕后说：“组长出手救你时，被罗强刺了一刀。”

可十分钟前，赫饶那么平静坦然地说：“我是警察，保护群众的人身安全本是我的职责所在，萧总不用放在心上，至于感谢，如果你不表达出来心有不安的话，那我就接受了。不过，我有人照顾，就不劳萧总费心了。”说完，当着他的面上了另一个男人的车。

对于萧熠而言，清晰的记忆都是与贺熹有关的，可他偏偏记得：那辆车的主人与赫饶读警校期间常来接她的男人是同一个，叫……邢唐。也是位不简单的人物。

萧熠就笑了：“我也想知道，最后那个人，是不是她。”

算是默认了这场没有赌注的赌局。

在顾南亭和萧熠这两个全G市最炙手可热的黄金单身汉定下赌约之时，同一城市的两端，冯晋骁和萧语珩的时间终于在同一频道上了。

在警队连续奋战了几天的冯晋骁回到家，面对一室冷清，他有些不习惯。本想收拾下自己直接去顾家接人，进了浴室才觉得不对。他愣了几秒，返回卧室拉开衣柜，发现属于萧语珩的衣物全没了。

居然趁他不在家搬走了？

冯晋骁有点火了。

手持电话，站在落地窗前的男人脸色不太好，语气里更有抑制不住的火气：“又闹什么别扭？和我赌气吗？萧语珩，我问你：我还是不是你男朋友？”

萧语珩因他生硬的质问被挑起了火气，负气地说：“你不想是的话，随时可以辞职。”

冯晋骁被噎了个内伤，可话一出口，他自己也意识到语气重了，后悔之余又不好立马服软：“没错，那晚是我考虑不周，尽管安排了赫饶做机动，却没算到沈俊速度那么快。但是你应该明白，我比任何人都不希望顾南亭出事。”

“因为是你，我怎么样都可以。可那是我哥，冯晋骁，你知道嘛，只差一秒他就没命了。”眼前回放沈俊持枪指着顾南亭的一幕，萧语珩的眼圈忽然就红了，“这是他现在平安无事，否则我永远都不会原谅你。”

冯晋骁听出她的哽咽，却因她一声不吭搬走控制不住脾气：“可事实是，我并没有让他有一丝一毫的损伤！”

萧语珩瞬间拔高了音量：“那是你应该的！”

电话那端就沉默了。

他不说话，萧语珩也不开口。

良久，冯晋骁沉声说：“对不起！”

萧语珩“啪”的一声挂了电话。

该死的沈俊，死到临头还给他找事。明明没有杀顾南亭的动机，偏偏要给他添堵。幸好顾南亭平安无事，否则他和萧语珩还能继续吗？冯晋骁在心里把沈俊骂了一百遍不止，转念想到那个神经病捡了钱包不还，给他和萧语珩的相遇做了铺垫后，气才消了点。

又厚着脸皮把电话打过去，结果大小姐不接，冯晋骁揉揉太阳穴，耐心地编辑信息：“是我不对，没顾及周全，你别生气。”

半天没回应，他再发去一条：“今天晚了，我过去会打扰萧姨休息，明天去接你好不好？你不回复我就当你答应了。”

这招果然好使，萧语珩马上回复：“不好。”

冯晋骁只好问她：“要我怎么做你才肯搬回来？”

这次萧语珩回复很快，她说：“不搬，又不是我家。”

这小性子啊。冯晋骁放低姿态：“听话，我已经累得没力气哄你了，你不心疼我我都不计较了，还气我。”尽管是信息，竟也能感受到他话语间的缱绻之意。

萧语珩的态度缓和了一些，隔了会儿回：“你就没气我啊？”

这算是答应了吧？冯晋骁微微一笑：“可我比你好讨好，只要你笑一下，我气就消了。”

谁要讨好你！顾家别墅里，欣赏手机里冯警官帅照的某人把脸埋进枕头里，微微嗔道：“讨厌。”是讨厌，还是欢喜，听语气便知分晓。

又是明媚的一天，阳光暖暖地投射到身上，舒服得萧语珩忍不住伸了个懒腰。然而，这个幅度有点大的伸懒腰动作忽然停滞了。萧语珩站在二楼阳台上，视线所及之处站着一个身形挺拔的男人。

神清气爽的冯晋骁在静谧温柔的晨光里望着她笑。

应该矜持一下的，却发现太难。萧语珩唇角的笑意一点点蔓延开来，最后，终于在那人一瞬不离的仰视下，笑开。

冯晋骁提高了手里拎着的袋子，扬扬下巴。萧语珩跑回浴室对着镜子仔细地照了照，确定很美后又稳了稳情绪才下楼，冯晋骁已经被萧素迎进门。

萧语珩走到萧素身边，挽着妈妈的胳膊，绷着小脸问他："这么早，来干吗？"明艳的面孔上已流露太多掩遮不住的喜悦，却不自知。

作为母亲，萧素太了解女儿的口是心非，她宠爱地轻责："还不是被你作的？"

萧语珩微微脸红，底气不足地说："我哪儿有？"

萧素笑着看向冯晋骁："有或者没有，晋骁最有发言权了。"

冯晋骁把专程驱车去城西买来的萧语珩最爱的早餐递给顾家阿姨，认真地回答："她很懂事。"言语简单，没有丝毫敷衍之意。

面对萧语珩小无赖似的得意扬扬，萧素无奈："晋骁，你就惯着她吧。"

冯晋骁微笑："应该的。"

很快地，出去晨练的顾家父子回来了，冯晋骁理所当然地被留下吃早餐。这是六年来，冯晋骁第一次在顾家用餐，萧语珩坐在他旁边，享用着爱心早餐，心里安稳踏实。

席间，冯晋骁神色认真地询问顾长铭和萧素："我爸妈坐明天的飞机回来，他们想亲自过来拜访。顾叔，萧姨，你们看什么时间方便？"

拜访的目的不言而喻。

与萧素对视一眼，顾长铭欣然答应："随时欢迎。"

萧素则嘱咐女儿："珩珩，你记得明天和晋骁一起去接机。"

对于冯家二老，萧语珩早在冯晋庭的婚礼上见过，并不陌生。此时，她却不好意思了，小声说："我明天要飞的啊。"

沉默的顾南亭这才开口："你飞完今天就……休疗养假吧。"

冯晋骁对他的成全表示感谢。

顾南亭不理，继续吃早餐。

因为警队还有事，冯晋骁不能送萧语珩去机场。坐上顾南亭的总裁车，萧小姐还在愤愤不平："你就是来蹭饭的。"

冯晋骁也不生气，握了她手一下："晚上去接你。"最后郑重地对顾南亭说："有劳。"

等他为萧语珩关上车门后，顾南亭才问："即便你当时没赶到，也会是别人对吗？"

冯晋骁没有否认："我不能让你为她而受伤。"

行动前，冯晋骁郑重交代赫饶："让你做机动，是防犯着沈俊转移目标。顾南亭的安危是首要的，相比珩珩，沈俊对他才是无所顾忌。"

赫饶承诺："如你所料，沈俊临时改变主意的话，我一定能赶过去。"

就这样，在接到冯晋骁的指令后，赫饶第一次对萧熠提要求："再快点萧哥，我必须在十分钟之内接应到顾南亭。"

所以，冯晋骁抢在沈俊扣动扳机之前开枪时，赫饶已同时瞄准了沈俊。在拥有与冯晋骁不相上下的射击技术的赫饶面前，沈俊根本没有出手的机会。也就是说，即便冯晋骁没能及时赶到，顾南亭依旧会平安无事。

这样的答案也算意料之中。顾南亭没好气地骂他："我他妈真心讨厌你这股自信劲儿。"拉开车门坐上驾驶位，在萧语珩不解的目光下扬尘而去。

到机场后，顾南亭去调度席。中南的员工难得遇见他，纷纷恭敬地向大老板问好。顾南亭只顾接听电话，对此视而不见。直到迎面走来身穿飞行制服的程潇，他才抬了下眼。正想问她怎么这么快就休完疗养假了，行至近前的她竟像没看见他一样，径自从他身边走过，对席位前的同事说："备降机场的单套航图给我一份。"

取到飞行资料，她也没和他打招呼，直接走人。

席位前的工作人员都奇怪：她难道没看见顾总就在一旁吗？又不敢多嘴提醒什么，只好是一面继续工作，一面偷偷观察顾南亭的反应。

顾南亭注视程潇的背影，隐隐觉得哪里不对。可似乎一直以来程潇对他，就是这么个爱理不理的姿态，让她像其他人那样对自己毕恭毕敬，就不是她程潇了。这么想着，顾南亭自嘲地笑了下，笑自己关注点不对。回过神后，他对着手机说："你刚才说什么？再说一遍……"

深夜，返回G市的萧语珩才走出机场，手持香槟玫瑰的冯晋骁就迎了上来。在同事的羡慕声中，忽然有些感慨的萧语珩用仅有两人能听见的音量抱怨某人："六年才送一束花，还是玫瑰，冯队，你好吝啬好俗气好没品位啊。"

身为男朋友，冯晋骁也自知失职了。带着歉意和宠爱的意味凝视萧语珩透出疲惫的面孔，他用被嫌气的玫瑰把她的拉杆箱换回来，才说："我这辈子干得最有品位的事是娶你做老婆。其他的，选择性忽略吧。"

一声"老婆"引得菜菜姑娘尖叫："原来冯警官是来向我们语珩求婚的啊！"

话音未落，立即就有人附和："求婚求婚，在一起在一起！"

"谁是你老婆啊？"萧语珩的脸瞬间如红霞晕染，抬手欲打。

冯晋骁顺势接住她的手，握紧，语带暖意："除了你，还能是谁？"

回到家，没有预想的烛光晚餐和求婚，萧语珩不免有几分失望，转念一想，凭冯晋骁不解风情的个性，送花已是突破，又开开心心地找花瓶插花。

冯晋骁洗完澡等了半天，这期间还柔声提醒了句："我要睡了啊。"也不见昔日热情的小女友投怀送抱，到底还是没忍住，他略有不满地说，"你还睡不睡了？"

萧语珩看都不看他，径自修理着花枝："睡你的呗，又没人拦着。"多少有些故意的成分。

果然，冯晋骁的耐心是有限的。

"啊——"下一秒，萧语珩腰间一紧，整个人就被抱了起来，随后又被扔到床上，然后一百六十多斤的某人直接压了上来，他说，"没人暖床，我哪儿睡得着。"

萧语珩闷哼一声，抬手在他背上招呼了两巴掌："你要弄死我啊？

腰都要断了。”

冯晋骁也不觉得疼，他要笑不笑的：“我还什么都没干呢，腰怎么会断？”

萧语珩伸腿踢他：“冯晋骁，你流氓！”

长腿一伸压住她的，冯晋骁俯低头，在她馨香的颈窝重重地吮了一口：“造反了啊，居然趁我不在家搬走，自己说，是不是该给你长长记性？”

萧语珩被咬疼了，小狮子似的扭来扭去：“留下来便宜你吗？想得美！上次搬得匆忙落了东西，等会儿正好拿走。”言外之意，今晚不准备在他这儿过夜。

那怎么可以？冯晋骁吮出吻痕才罢休，不疾不缓地说：“你都走不了，怎么拿？”无论是语气，还是神色，无一不性感得让萧语珩心都酥了，偏偏他还暧昧地补充，“既往不咎，下不为例。再犯，看我怎么让你三天下不了床！”

萧语珩哪里是轻易服软的主儿，牙尖嘴利地反驳：“指不定下不了床的人是谁！我可是记得，这段时间有人很不行。冯队，你不要逞强啊。”边说边懒懒地伸出胳膊搂住冯晋骁的脖子，恃宠而骄的小样子惹得某人心痒难耐。

自从知道萧语珩小产过，出于对她的心疼，冯晋骁一直压抑着对她的渴望，两个人已经有一段时间没做过，结果居然被她说成“不行”。这两个字对于男人而言，简直是奇耻大辱，血气方刚的冯晋骁决定给她点教训。

把人牢牢控在身下，冯晋骁虎着脸吓她：“送花确实不是我强项，不过，以实力说话，我最擅长了。今天就让你见识见识你男人有多行。”

萧语珩不甘心就这么被拿下，推他，又推不动。盯着她妩媚生动的脸，冯晋骁的双眸似火般燃烧起来，似乎连呼吸的权利都要剥夺，他以强势的姿态霸占了萧语珩的唇舌，然后吻得越来越急，微带薄茧的手更是急不可待地伸到了她衣服里。

舌尖被他吮吸住的瞬间，身体像是有自己的意识一样，完全不抗拒他的碰触，甚至渴望他的抚摸，萧语珩攀紧他肩背，热情地回吻。冯晋骁的呼吸重了，手上的力道也愈发的大。萧语珩哪里承受得住？当冯晋骁的吻落在她颈间，她嘴角不经意溢出两声轻喘，紧贴着冯晋骁的身体一下一下地蹭。

冯晋骁被她磨得脊背都麻了，可就在他准备更进一步的时候，终于发现了不对劲。他停下动作，手探到萧语珩大腿内侧，果不其然听见她说："哎呀，忘了告诉冯队，我正被大姨妈关照呢。"

冯晋骁真想弄死她。

萧语珩被他一脸的挫败和无奈取悦了，小脸贴着他的脖颈："这可怎么办呢？"

冯晋骁气得放松了身体压住她。

萧语珩笑出声来，伸手抱住他。

第二天，冯晋骁醒来时就有萧语珩笑脸以对。那明艳如同十七岁的笑容让他觉得整个世界都亮起来，璀璨如花。亲亲他的宝贝，晨光中的男人微笑："等会儿见了爸妈，乖一点。"

萧语珩俏皮地眨眼："晋骁哥哥放心，'内部矛盾内部消化'的道理我懂的。"

冯晋骁揉揉她睡得乱乱的长发，眼神宠爱至极。

对于萧语珩，冯家二老自然是满意的。等了盼了多年，小儿子总算开窍要把婚事提上议程了，他们备感欣慰。机场大厅里，冯妈妈见到未来儿媳妇来接机，拉住萧语珩的手，眼里有明显的湿意："好孩子，你受苦了。"

为宽老人的心，萧语珩亲热地挽住了准婆婆的胳膊："阿姨，您回来了，冯晋骁可不敢欺负我了呢。"

冯妈妈微微嗔道："怎么还叫阿姨？我以为该听到一声别的称呼。"

萧语珩闻言恨不得连脚趾都羞红了，求助般望向冯晋骁。

结果那人不但不帮忙，还逗她："害羞什么？早晚都要叫的，先习惯习惯。"

萧语珩恨不得咬冯晋骁一口。

冯妈妈是过来人，见萧语珩不吭声，拉过她的左手看了看，手指上是空的。

“还以为你长进了。”冯妈妈脸色一沉，训斥冯晋骁，“婚都没求，还敢大言不惭地让我们回来会亲家。和你爸一个德行，盲目自信！”

无辜中枪的冯父立刻责备地看过来，冯晋骁迫于他爹的视线压力，扒扒头发：“不是没找到合适的机会嘛。再说了，都是水道渠成的事。”前一句是实话，至于后面那句——冯队，你娘骂得没错，盲目自信这病，得钱治了。

当天，萧语珩留在冯家大宅用晚饭，冯晋庭赶在开饭前接了图图回来，但叶语诺没露面，对此，冯家没人过问一句。后来，冯父把两个儿子叫进了书房。

书房里，他问：“你打算怎么做？”

冯晋庭坚定地回答：“她是我妻子，我儿子的妈妈，我们没有理由不在一起生活，而且我相信她对我的感情。”他看向冯晋骁，“事已至此，再多抱歉的话都于事无补，可是晋骁，请允许我代小诺向你和珩珩说一声：对不起。”话音未落，冯晋庭向冯晋骁弯下了腰。

冯晋骁承受不起哥哥这份沉重的歉意。

所以，冯晋庭没能完成这个鞠躬的动作就被他扶住了手肘。

“你对叶语诺有多心疼维护，我对珩珩就有多少，身为人父，孩子对你意味着什么，你比我更懂。”冯晋骁压下胸间难言的涩意，继续，“我只愿以后在这个家里，不让我的珩珩受委屈。”

血脉相连，冯晋庭那么真切地感同身受弟弟失去孩子的疼，此刻，因感动于弟弟的谅解，他重重点头：“谢谢。”

“她是经历了一些我们不知道的委屈，甚至是痛苦，但这并不能成为她伤害别人的理由，有些事情终归是她做错了。我也冷静想过，如果当年知道她导致你小产，我必然不能容她在冯家。可是现在，为了大哥，为了图图，”握住萧语珩的手，冯晋骁说，“我们原谅她一次。”

如果化解她和冯晋骁的心结，要以冯晋庭和叶语诺的婚姻为代价，萧语珩宁愿那个秘密被时光掩埋掉，不被任何人发现，如同从未发生。

依偎进他怀里，她说：“冯晋骁，谢谢你。”

谢谢你懂我的为难和挣扎，谢谢你在我不知所措时替我拿主意，谢谢你，在我身边。

冯晋骁亲亲她发顶：“以后在一起，我希望照顾好你，不惹你伤心，不对你说对不起，而你永远都不用对我说谢。”

萧语珩明明在笑，可眼眸里却清晰地涌起了泪意：“晋骁哥哥，你真好。”

冯晋骁挑眉：“既然我这么好，还不快亲我一下表示奖励。”

萧语珩眉眼弯弯地仰头吻上他的唇。

一周后，中南和海航两大业界领军企业，与明航、港航两家公司受省台邀请参加一档名为《翅膀之末》的关于民航的综艺节目的录制。

或许是出于收视考虑，或许是民航人的颜值实在是不逊于明星，电视台竟然按颁奖盛典的形式来完成这期节目的制作。当晚，除了参与节目录制的主角，还有几大航空公司的高层，甚至是协助冯晋骁完成求婚大业的特别突击队和纯来看热闹的萧熠都要走红毯，并在展板上签名入场。

率先入场的是明航和港航两家公司，优雅大方的空姐身着华丽的晚礼服，引起全场第一波掌声。

然后是海航。

走在最前面的自然是一身正装的冯晋庭，挽着他手臂的，是一袭宝蓝长裙，光彩照人的叶语诺。灯光下，温文尔雅的冯晋庭微微含笑。

两人身后是海航的精英团队，其中自然少不了程潇所说的英俊帅气的男机师。他们在镜头前向众人挥手致意，中南航空以楼意琳为首的姑娘们的尖叫声顿时引爆全场。

候场的程潇对此表情淡淡地说：“海航的男机长果然是业内最帅。”像是自言自语，又像是刻意说给身旁的大老板听。

飞行员出身的顾南亭闻言却说：“对于开飞机来说，技术比颜值更重要。”

程潇不以为意，径自道：“像我这种明明可以靠脸吃饭，偏偏飞行技术又好得不得了的人，不多。”

顾南亭偏头看她。

程潇与他对视：“怎么，顾总不认同我的话？”

顾南亭似笑非笑的：“你说得对。”

程潇转过脸去。

两人言语间，主持人已经在邀请特邀嘉宾入场。

首先是萧熠。萧语珩不知道他是怎么邀请到赫饶作为女伴的。毕竟，赫饶对他的回避很难让人忽略。但见他俯身为赫饶整理礼服裙摆，又在踏上红毯时绅士地朝赫饶伸出手，萧语珩觉得，他们的故事已经开始了。

冯晋骁却说：“这是一场攻坚战。萧熠要赢，不容易。”

萧语珩则很乐观，她说：“在真心面前，爱情是最简单纯粹的。”

冯晋骁温柔地注视她。

萧语珩不解：“怎么了？我脸上有什么吗？”

冯晋骁俯到她耳边，低语：“是你眼里只有我。”

萧语珩微微脸红地掐他一下。

两人随后入场。

冯晋骁既是萧语珩男朋友，又是海航二少，这样的双重身份，怎么论都是民航家属。但女朋友最大，身为嘉宾之一的他被安排和萧语珩一起，作为中南人入场。

对此，顾南亭是满意的。

冯晋庭只能……微笑。

顾南亭压轴出场。当他现身红毯尽头，业内闻名的女飞程潇着黑色礼服，与他比肩而立。

神秘庄重的黑色，让程潇有种女王般的气场，而她眉宇间的自信与不经意间流露出的几许媚气，让她整个人显得愈发明艳美丽。如果她不是不小心被自己绊了一下，堪称完美。

幸好顾南亭反应够快。就在程潇以为要当众出丑时，他手臂伸出去，搭在她腰侧。外人看来，完全是他出于风度虚扶着她的腰。唯有程潇感觉到，那只腰上的手，微一用力，才稳住她的身形。

她正要道谢，却听身旁那位低声责备："又不是身高不够，还穿这么高的跟？"

镜头前的程潇泰然自若地淡笑，嘴上则说："顾总，你管多了。"

顾南亭觉得自己即便作为老板，这种时候，也管不了她。于是，他回以微笑。

现场众人眼里，他们是一片和谐，一团和气的。

走红毯环节结束，众人进入演播大厅落座，节目即将开始。

除冯晋庭和顾南亭依然是一身正装外，空姐及机师们均已换装。海航除客舱部负责人叶语诺着天青蓝色制服外，另外一位空姐穿以中国红为主色的制服。中南航空萧语珩身穿镶蓝边立领白衬衣，配藏蓝色背心及裙子，气质稳重，而颈间蓝条丝巾又平添了几分朝气和活泼，她身旁的蔡婷婷着亮丽的木棉红套装出场。明航与港航的空姐分别以芙蓉红和神秘紫制服亮相，海航男机师与程潇则是统一的飞行制服。

作为全场唯一一位女飞行员，程潇人气爆棚。

陆成远带头喊："程机长，帅气！"

顾南亭皱眉的同时，程潇朝特警队的小伙子们点头示意。

全场沸腾。

空乘与飞行员们在主持人的带动下开始了精彩的互动，以此展现民航乘务员的职业风采。台侧，冯晋庭与顾南亭总能在适当的时候向大家普及民航知识。

进入游戏环节时，见海航男机师个个都跃跃欲试地要和中南女飞搭组，顾南亭上了台，与女伴程潇一组。猜词语的默契比拼中，他们这对上下级组合最终败给冯晋庭与叶语诺的夫妻档。当程潇把"敷面膜"猜成"画饼充饥"，把"瞎子点灯"硬说成"盲人摸象"，顾南亭都忍不住调侃："你是被海航的男机师迷惑了，故意放水吗？"

程潇也不管大老板在场，神色认真地对冯晋庭说："冯总，我飞行技术还不错。"

冯晋庭笑起来，他看向顾南亭："顾总，人才面前，我可不会客气。"

当众被挖墙脚的顾总注视程潇那张自信中透出傲气的美丽面孔，笑了：“冯总大可以一试，看我会不会放人。”

粗放的口哨声适时响起，不用想，也知道是陆成远那帮糙汉们起哄呢。

游戏过后，根据导演组安排，冯晋庭和顾南亭接受主持人现场采访。

女主持优雅落座：“我们今晚的主题是‘翅膀之末’，不必我多说，相信台上的几位已经猜到，我接下来的问题一定是与天空和梦想有关。那么我想先问问顾总和冯总，作为航空公司负责人，你们的梦想是什么？”

顾南亭示意冯晋庭先来。

冯晋庭接过话筒，儒雅一笑：“节目录制之前知道有这个环节，我问导演可不可以说没有梦想。导演说，我这么大个总裁说没有梦想，谁信啊。”等现场观众笑完，鼓完掌，他才继续，“可总裁只是个职务，除了代表肩膀上的责任更重了，并没有让我觉得和别人有什么不同。尤其在我娶到心爱的人为妻，在她为我生下可爱的儿子之后，我的梦想就更居家了……”

他还说了很多，可接下来的话叶语诺却一句都没听见。直到萧语珩把纸巾递过来，她低着头擦去眼角的泪，平复好了心情，才接过主持人的话题。可开口时，语气依然是哽咽的。她说：“在我几乎忘了自己最初的梦想是什么的时候，我遇上了晋庭。而我的梦想，在他为我承担过错时，变成了他。”

冯晋庭笑望着她，目光温柔、深情。

相比他们以爱情为基础的梦想，顾南亭没有煽情，他只说了八个字：“翅膀之末，飞安最重。”

飞行安全是所有民航人的共同追求和终极梦想。在场所有的飞行员、空乘都因他的话自发站起来鼓掌，掌声许久未落。

女主持却快哭了。这和彩排时的台词完全对不上，不是说好了走轻喜路线嘛，怎么改为煽情催泪篇和简洁励志篇了？这些个总裁真是太讨厌了啊。

幸好导演很淡定，掌声渐低时，他及时切换了音乐。

然后，现场灯光逐一暗下去，包括冯晋骁在内，都在黑暗里屏息以待。

片刻，悠扬的乐声在演播厅响起：

多么简单的一句话，Happy birthday，多么平凡的一句话，Happy birthday；

从童年到现在，你对我说过十六次，在这个夜晚，我只想要对你说；

请你看一看这里，Happy birthday，那属于我们的记忆，Happy birthday；

从无知到长大，一直有你在身边陪伴，在这个夜晚，我希望永远有你。

这时，台上的大屏幕已经开始播放电子相册，从顾南亭第一次带萧语珩去游乐园，到他考取飞行员执照抱起她快乐地转圈时被抓拍的笑脸，再到萧语珩通过考核正式成为空乘后首次上机，顾长铭为他们拍下的合影，还有……很多很多，他们共同的经历。

不知不觉，已是十六年。

十六年里，他们带给彼此那么多的美好，是瞬间，也是永恒。

当画面定格在那张全家福上。顾南亭看着照片中萧语珩的笑脸，想起父亲再婚那天，自己抱着瘦瘦小小的她，那么开心而真诚地说："从现在开始，我们就是一家人了。"小姑娘咯咯笑着搂紧他的脖子，脆生生地喊："哥哥。"

展幕切换，一段字呈现出来——

"送你的相册，是每年记忆的累积。

上面的照片，是我心中最好的你。

哥哥，生日快乐。"

连他自己都忘了，今天是他生日。顾南亭沉默。

萧语珩将一个大大的蛋糕推上台，上面有一排小字："你是我最美好的天长地久。"

又一束追光亮起，打在顾南亭身上。他起身，十步不到的距离，走了许久。仿佛每一步不是向萧语珩靠近，而是在回忆他们的过去。

看到蛋糕上的字，顾南亭就笑了。

他说：“我很喜欢。”

无须昂贵之礼，唯有真心实意。

千金难得。

主持人请他许愿。

“我的愿望，就是我小妹的祝福。”顾南亭说完，一口气吹熄蜡烛。

激昂澎湃的背景音乐响起时，顾南亭把萧语珩轻轻拥进怀里，像小时候那样，温柔地摸了摸她的发顶。

沸腾的现场，或许只有冯晋骁听见了他心底的告别，又或者程潇也明白了什么。她静静地看着台上，表情不明朗。

那晚的最后，冯晋骁放弃了求婚计划。他认为，这个夜晚该是属于顾南亭的，理应由他独享。程潇则拒绝了顾南亭要送她的好意，独自回家。

两天后，同时休假的冯晋骁和萧语珩出现在海航G市飞古城的航班上。对于冯队选择的度假地点，萧语珩既没表示不满，也没表现得多惊喜。上机后，她闭着眼睛歪在头等舱舒服的座椅里昏昏欲睡。

飞机进入平飞阶段，冯晋骁哄她起来把之前特意交代乘务长给他们准备的早餐吃了，才给她盖了薄毯，让她偎在自己怀里休息。

萧语珩睡得不踏实，迷迷糊糊中感觉到冯晋骁似乎离开了，不知过了多久，叶语诺把她叫醒，指指机舱上方。然后，她就听到广播里响起一首耳熟能详的歌声：

“曾经真的以为人生就这样了，平静的心拒绝再有浪潮，斩了千次的情丝却断不了，百转千折它将我围绕；有人问我你究竟是哪里好，这么多年我还忘不了，春风再美也比不上你的笑，没见过你的人不会明了——”

“是鬼迷了心窍也好，是前世的姻缘也好，然而这一切已不再重要，如果你能够重回我怀抱；是命运的安排也好，是你存心的捉弄也好，然而这一切已不再重要，我愿意随你到天涯海角——”

是那首她喜欢的老歌《鬼迷心窍》。

歌声渐弱，叶语诺对机舱中的乘客们说："女士们，先生们，欢迎您乘坐海航FX1366次航班前往古城，现在的时间是十点十五分。六年前，一位先生在同一时间与一个女孩在古城相遇。今天，他有请在座各位在一万二千米的高空为他们的爱情做一个见证。"

机舱的安静被打破，乘客们好奇地议论起来，以目光四下寻找这位先生和那个女孩。

萧语珩一言不发地坐在原位，咬唇的动作昭示她有多意外，多期待。

紧接着，冯晋骁低沉磁性的嗓音回旋在机舱上空：

"相识那天，我把那串你准备偷走的吉祥铃买下来送给你，那是至今为止我送你的唯一礼物。或者它根本算不上礼物，因为我告诉你，只是暂时由你保管，它的所有权归我。

"古城一别，G市再见，你身穿白色礼服向我跑来。那一刻，我有瞬间的恍惚，以为那天婚礼的新娘是你。

"你独自一人来到我工作的城市，守在门外两天，只为给我送一块生日蛋糕。没多久，你又拿着录取通知来让我兑现承诺。因为我的敷衍回避，你泫然欲泣的样子，至今为止，我心疼了六年。

"我在任务中受伤回家休养，本想瞒着你，结果你竟在一个早晨忽然跑来说梦到我生病。当时我没告诉你，你满脸是汗的样子，很美。那时候，十九岁的你，是我女朋友。

"再次去到古城，我们一起躺在床上透过观景窗看满天繁星，你说让我等你，等你毕业就嫁给我。如果在此期间我敢拈花惹草给你招来情敌，一定要我好看。珩珩，今天我想告诉你：那晚，没有一颗星入我的眼，我的眼里，只有比星星更亮的你。

"我当然没能如愿娶到你。当你把那串爱不释手的吉祥铃作为分手礼物还给我。那一刻，我有些恨你。恨你给我温柔的开始，却用绝情的分手抹杀了全部过程，不留半分余地。面对你的误解，我非但解释不清，反而冲动之下差点打了你。这是我这辈子，做得最浑蛋、最后悔的一件事。

"没有你的三年，我的生活只剩下训练和回忆。每次累躺在床上，我总能想起你曾带着几分羞意地问我：我们会结婚的吧？我说服不了自己接受你以外的任何女人，可我却没有机会再回答一遍。”

话至此，机舱里安静得能听清每一个人的心跳和呼吸声。然后，冯晋骁在众人期待的目光中现身。萧语珩看着他一步步走向自己，觉得此刻身穿白衬衫的他是世界上最英俊的男人。

冯晋骁行至她身前，单膝跪下：“三年，1095 天的空白，我失去了以往的自信，我再不敢说：你不会离开我。但我很确定：我再离不开你。以后，我可能还是做不到每年都记得你的生日，或是在情人节送你花，但我愿意在每一个雨雪天接送你上下班；在你累了倦了时，背你上十二楼；在你遇到危险时，以生命护你。”

温柔地以指腹抹去萧语珩脸上汹涌而下的泪，冯晋骁喉结几番上下，才稳住了声音：“萧语珩，你还愿意嫁给我吗？”

萧语珩的眼泪噼里啪啦地掉，紧紧抓着冯晋骁的手，泣不成声。

十七岁那年遇见，他好脾气地告诉她：“偷东西不对，犯法。”

在她迷迷糊糊走光时，他忍笑说：“我什么都没看见。”

她在音乐火塘被人骚扰，他以最直接也最暴力的方式惩戒对方的无礼。

小别之后，他邀请她参加婚礼，语带笑意：“不用准备礼物，你人来了就行。”

他们的初吻，是她主动，正当她笨拙得不知所措，他已用风衣将她裹紧，加深了那个吻。明明他也动了情，却还取笑她：“女孩子不是该表现得矜持一点吗？”

恋爱时，他说得最多的话是：“好好的，别让我担心。”

分手后得知她要退学，他连夜从 A 市赶回来，面对她的固执的坚持，他终是恼了：“萧语珩，你最好见好就收，我不是非你不可。”

三年后再见，他终于放下身段：“如果现在，你还没遇到另一个誓言会永远喜欢的人，就再给我一次机会。”

调去古城前夜，他愤怒地警告：“萧语珩，你敢再离开我一次，看我还要不要你！”

品尝过思念后，他哑着嗓子说：“你不在的这段时间，我很想你。”

得知她小产，他那么后悔地说：“你不原谅我，应该。”

还有至今为止，他唯一一次说爱：“我生命的悲剧就是爱上你这么个能作的女人。”

点点滴滴，零零碎碎，无论甜蜜，或是忧伤，都是我和你在一起。

那些妥帖地存放在记忆深处的与面前的男人有关的痕迹，如同地面上斑驳的墙面，在似水流年里静静伫立。萧语珩细细回味，温柔笑起。

浸湿掌心的是她的泪，温暖心口的是她的爱。冯晋骁用手轻轻摩挲她的脸：“你不说话，我就当你答应了。”话虽如此，保持不变的单膝跪地的姿势却是静待她回答的姿态。

终于，萧语珩开口：“我现在二十三岁，可以拿年轻当资本。我是空姐，从事着别人眼中光鲜亮丽的职业。可我的皮肤会因为工作需要全妆上岗，衰老得比同龄人快，我的脾气会因为每天面对形形色色的乘客变得越来越坏。”她努力抑制住眼泪，哽咽着继续，“现在的我或许已经是最好的，不可能更好。冯晋骁，你要的，是这个任性能作的我吗？”

“我要的不是十七岁阳光灿烂的你，也不是二十三岁明媚动人的你，我要的只是对我深情不悔的——你的心。作为回报，”执起她的手覆在他左胸口，伴随着有力的心跳，冯晋骁承诺，“我这里的位置，一并给你。从过去到未来，只属于你。”

以心换心。

这世上，最公平又最诱惑的交易。

萧语珩笑中带泪，她说：“好啊，成交。”

眼眶里太酸，似乎只要一眨就会有泪流下来，冯晋骁缓了缓，才把代表对爱情的永恒追求和忠贞的钻戒缓慢而坚定地戴在她无名指上。

持续不断的掌声中，他把心爱的女孩紧紧地搂在怀里，温柔许诺：“有我在，你永远都不用长大。就倚仗我的爱，随心所欲地生活。”

飞机抵达古城，每位从FX1366次航班下机的人都得到了一枝象征爱情的玫瑰。次日清晨，在六年前住过的古城客栈的家庭套房里，萧语珩在缓缓东升的太阳下问冯晋骁：“你干吗给大家发玫瑰啊？”

冯晋骁自身后把她搂在怀里，下巴搭在她肩膀上："它比百合便宜。"

萧语珩无语，目光中的指责之意十分明显，像是在说：你好小气。

冯晋骁挑眉："没办法，谁让我要供老婆上大学呢。"

萧语珩的目光从手上的戒指移到桌上放着的C大播音主持专业的入学通知书上："这辈子，我有过两个梦想。冯晋骁，你知道都是什么吗？"

冯晋骁弯唇笑起："其中一个肯定是嫁给我。"

萧语珩转身，面对面与他拥抱："成为省台当家主持和嫁给你，是对曾经的我而言，最艰难的梦想。三年前分手时，我以为它们都破灭了。之后重新在一起，我知道了得与失之间一步之差的距离。没能完成学业，我并不觉得遗憾，因为古城一遇，我把最好的自己给了你，就是梦想成真。"

同年底，冯晋骁迎娶他的新娘。

接亲受阻是意料中事，却没想到阻碍与萧熠有关。

贺熹，那个曾被萧熠爱过六年，又与冯晋骁毕业于同一所警校的女子，应邀偕夫厉行出席婚礼。然后，特种兵出身，现已是陆军上校的厉行，为表达夺萧熠所爱的"歉意"，以娘家人的身份负责堵门。

本不想在大喜之日大动干戈的冯晋骁在持续进不了门的情况下，无奈地对徒弟表示："看着办吧，门算我的。"

赫饶忍住笑意，对着耳麦下达指令："强攻！"

然后，不只是门，窗外也得算冯晋骁的，因为顾家别墅快被特别突击队伴郎团拆了。强将手下无弱兵，这群家伙的战斗力果然是强悍的。

孤军作战的厉行见好就收，在贺熹为他介绍师兄新郎时，笑言："冯队，这你要是生个女儿，我儿子都不敢下手了。"

冯晋骁蹲下身，摸摸厉行脚边那个默默无语的小家伙："确实需要谨慎，我的女儿，可不好娶。"

那只短手短脚才会走路的小厉先生歪着脑袋看看他，扭过头抱住爸爸的腿，什么女儿，什么娶的，宝宝还听不懂呢。

婚礼仪式准时开始，身穿婚纱的萧语珩挽着顾长铭的胳膊出场。伴娘楼意琳一袭粉色礼服娇美俏丽，伴郎陆成远全程痴汉笑。

把萧语珩的手交出去前，顾长铭说：“我视珩珩为亲生，我宠了她十几年，是希望她像公主一样无忧无虑地生活，而不是为了爱在谁身边委曲求全。晋骁，好好待她。”

冯晋骁承诺：“您放心，她是爱情对我最好的馈赠，我定会，视若珍宝。”

顾长铭看向含泪的萧素，又与不肯上台的顾南亭对视一眼，湿着眼眶拍了拍萧语珩的手：“爸爸妈妈，还有哥哥，永远是你的后盾。去吧，好好的。”

当萧语珩的手被冯晋骁接过去，顾南亭微笑着点头。

时光如流水漫延，小冯小姐出生时，正值春暖花开之季。

小家伙很懂事地没有太折腾妈妈，萧语珩被推进产房不久，响亮的啼哭声就传了出来。可生孩子实在是太疼了，年轻的妈妈连看女儿一眼的力气都没有，就疼得昏了过去。

冯晋骁俯身轻吻妻子苍白汗湿的脸颊，从护士手中接过才称了体重五斤六两的小家伙，低沉的嗓音沙哑不已：“欢迎你，我的小公主。”

萧语珩醒过来时，小冯小姐正躺在她身边呼呼大睡，冯晋骁轻轻抚着她的脸，语气愈发温柔：“活泼好动，像你。”

偏头看看身旁熟睡的小脸，萧语珩好想哭，幸福太满，满到控制不住地要溢出来。

冯晋骁眼底也是湿的，他把女儿软软的小手放在萧语珩手里，然后用自己的大手握住她们娘儿俩的手：“有你们，我已拥有了这世间最好的。宝贝，我爱你们。”

这是最后的结局，欢闹争吵过，聚散分合过，爱你，依然是我本能。

这是最好的结局，走过大千世界，看过万千风情，依然是你牵我的手，敬各方来宾的酒。

原来所想的余生，都是你。

正文完

番外一

梦想

冯晋骁小时候很顽劣，属于那种三天不闯祸，五天必打架的刺儿头，却因冯晋庭时常替他受过，挨冯父的打，从小就对这位兄长格外敬重和维护。

冯父其实希望两个儿子都进入民航业，合力把海航做强做大。冯晋庭的梦想却是做一名医生，冯晋骁则立志成为一名消防员。而作为那一年 G 市的高考状元，只要冯晋庭坚持学医，海航的重担或许就要落在冯晋骁肩上。

冯父倒也没强逼儿子，他只是和即将成年的冯晋庭谈了一次话，把自己的想法和长子说了。冯父希望日后冯晋庭接替自己总经理的职位，负责公司运营管理。至于冯晋骁，他说："那臭小子要是能学飞，今后带领海航的飞行团队，你们兄弟就是彼此最坚强的后盾。"

本以为冯晋骁必然会反对。结果他偷听到父亲和哥哥的谈话，跳出来说："是不是只要我学飞，大哥就能当医生了？"

冯父有点生气地盯着他："有没有点规矩，不知道该先敲门吗？"

冯晋骁嘴里嘀咕着："净事儿！"随后退出去，敲了门再进来，"这回我能说话了吗？"

冯晋庭就笑了，问弟弟："你愿意学飞吗？"

"愿意啊。"冯晋骁答得嘎嘣脆，他说，"学飞不就能上天了吗？

比做消防员酷。再说了，妈说海航是老冯一生的心血，交给别人他不会放心。虽然交给我他肯定也不放心，可我毕竟是姓冯的，总不会胡来吧。况且我是全年级倒数第一，也考不上军事消防的。到时候让老冯出钱，送我自费学飞得了。你就去学医，要不你考了那么高的分，不是浪费了！”

末了他竟然还说：“老冯，你别过分啊，我听你指挥就得了，别再强迫我哥。行，这事就这么定了。我学飞，我哥学医。”然后，他大摇大摆走出了书房，气得老冯差点摔杯子。

最后，冯晋庭学了飞。

他和冯父说：“管理和飞行都暂时由我来做。等晋骁长大，如果他愿意进公司，我和他分工合作；反之，让他去做他喜欢做的事。”

冯晋骁得知他不学医了，还气得够呛：“冯晋庭，你怎么那么没恒心？成为外科医生不是你的梦想吗？怎么说放弃就放弃了？你们班那个什么洁的，就是喜欢你的那个小姐姐，都要为了你报医学院了，你却不学医了！这不是坑人吗？”

冯晋庭失笑：“你到底是怪我不学医了，还是替小洁打抱不平啊？”

“我……”冯晋骁气得脸都红了，他气鼓鼓地说，“我的缓兵之计都被你破坏了！”

“缓兵之计？”冯晋庭不解。

原来，冯晋骁那天在书房和冯父说的并不是真心话。他只是假意答应学飞，想着等自己高考时，冯晋庭早就是医学院的学生了，那时他再出尔反尔，父亲就算生气，无非就是抽他一顿鞭子，但那时为时已晚，不可能再让冯晋庭弃医学飞了。这样一来，他们兄弟俩都能如愿以偿了。至于公司，老冯终归是能找到适合的人来管理的。

那一年冯晋骁才十三岁。或许他的想法不周全不成熟，还有些幼稚，但在那个年纪就懂得成全和保护哥哥的梦想，这个举动，让冯晋庭为之动容。

忽然就释然了。

冯晋庭说：“我想学医是为了治病救人。但或许，飞行一样可以救人。”

“飞行能救人？”冯晋骁嗤之以鼻，“你别欺负我读书少行吗？”

冯晋庭于是给他讲了“哈德孙河奇迹”。

那是轰动世界民航界的一次事件。一架客机从纽约长岛起飞后出现故障，无法正常到机场降落。飞行员应变迅速，凭借扎实的飞行技术驾驶客机避开纽约人口密集街区，迫降在哈德孙河里，机上包括机组在内的一百五十五人全部生还，仅有五人受伤。

冯晋庭说：“我无从得知迫降哈德孙河是不是唯一一个安全可行的方案，我也没有关注事故发生后对各方造成的影响，我只相信，那位机长的决定一定是他根据当时的情况认为最优的选择。他救了机上所有人，包括他自己。”

他说：“我不想成为英雄，只想战胜另一个自己。”

所以，和顾南亭一样，冯晋庭也是有飞行执照，可以带机组的四道杠责任机长。他用努力证明，不做冯医生、冯院长，他还可以是冯机长，是冯总。

冯晋骁也没有做消防员，而是成了一名特警。

冯晋庭早已说服父亲，让冯晋骁做自己的主，选择人生。对于这样的结果，他问弟弟：“为什么？”

冯晋骁摆弄着警校的录取通知书，漫不经心地说：“我之前想做消防员不是为了救人救火，而是为了开车。”

冯晋庭讶然：“……开车？”

冯晋骁点头：“拉响警报的消防车有优先权，闯红灯不违法。”

冯老爷子当场赏了他几拐杖：“兔崽子，你这是什么狗屁想法？”

冯晋骁边跳着躲边嚷嚷：“后来觉得好像开特警防暴车更威风啊！”

这个理由……或许也是成立的。但无论初衷是什么，他们都在各自的领域里拼搏着，都没有辜负自己曾经的选择。

所以，梦想是什么？梦想不是你成为自己或是别人期待的样子，而是你用坚持，用努力，成为那个连做梦都梦不到的另一个自己。

番外二

遗憾

萧语珩小产出院后，顾南亭终于可以安心回公司处理堆积如山的文件。

乔其诺已经有几天没看到他，过来向他汇报工作："川航事件过后，电视台要录制一期关于民航的特别节目，以展示民航人的风采，也借此向国民普及航空知识，向我们发出了录制邀请。根据节目安排，我让飞行部和客舱服务部拟了名单。"

顾南亭一伸手，乔其诺把名单递到他手上。

他扫了一眼，问："没有飞行部的程潇？"

乔其诺静止一秒："程潇之前休假了。林经理以为她赶不及参加，临时换了人。况且，她还不是机长，原则上不符合节目录制要求。"

想起先前在停车场看见了她，顾南亭说："她不是销假回来了吗？"似乎忽略了助理那一句关于"况且"的补充。

乔其诺欲言又止。

顾南亭皱眉："怎么，是她不愿意参加？"

乔其诺拿出一份文件放在他面前。

是正在进行机长训练的程潇参加二检的申请。

所谓二检，就是副驾驶在飞满 2700 个航时后，通过理论考试，进行为期半年的机长训练期间，建立第二个左座的 100 个航时经历后申请的最后一次检查。检查通过后，会被正式聘为机长，独立带机组。

尽管当时程潇上航线时，也是在左座操纵飞机，却只是处于机长训练阶段，是在建立左座航时经历，严格说来，还不是责任机长，只是代理机长。

乔其诺在这时拿出这份申请，目的在于告诉老板，程潇要“备战”二检，不宜分心再去准备什么节目的录制，尤其她现在的状态也不适合。只是，在程潇家里出事，他代她向飞行部请假时，她特意交代过，不希望更多的人知道她请假的原因。乔其诺懂她的坚强，故而顾南亭不问，他不会主动说。再者，飞行部有那么多资深机长，不是非她不可。

乔其诺不否认，在这件事情上，更多考虑的是程潇的感受，是从人情出发。

却没想到老板一眼就发现她不在名单之列。

顾南亭作为中南老大，在这件事情上，则是从公司层面出发。他毫不犹豫地在申请上签完字，说：“等她通过二检，作为中南唯一的女机长参加节目录制，正好。”末了还交代，“调整下我的行程，她二检那天，我也上机。”

明明认定了以她的飞行技术必然能顺利通过二检，可女飞和男性飞行员相比，无论是心理，还是身体，都是有明显弱点的。顾南亭作为中南总经理，要赋予她独立带机组的权力，也是需要实地检验她能力的。

乔其诺对此没再说什么，收好那份他签了名的申请，继续汇报其他工作。

当天中午，有飞行任务的程潇在餐厅遇见了顾南亭。确切地说，乔其诺在派她去参加节目这件事上的顾虑，顾南亭看出来了。于是，他特意走了这一趟，准备亲自问问程潇的意见。他已经想好了，如果确实是程潇不愿意，他不勉强。

对此其实可以看出来，顾南亭对于乔其诺和程潇的想法，都是重视的。只不过，在同一件事情上，他们的立场，和考虑问题的角度不同。

餐厅人不多，顾南亭一眼就看见了程潇。

她背对他，微低着头独自坐在靠窗的角落里。

有几位男飞行员看向她的位置，笑着互相推搡，看似是怂恿其中一位过去她那边坐。

在飞行部这个清一色的雄性世界里，她成为焦点不足为奇，尤其她飞行技术很棒，人长得也漂亮。不过，她的气场太冷太强，一般人不太敢靠近。所以最终，那几位男飞行员选择了退避三舍。

顾南亭微微一笑。他走过去，在她对面坐下，看了眼她的餐盘，眉心微蹙："大师傅的手艺退步了，吃这么少？"

程潇抬头，脸上一瞬间的茫然看上去竟有几分脆弱，她注视顾南亭醒目的眉眼一秒，问："顾总，你说什么？"

顾南亭一时没答话，稍显沉默地看着她，发现她脸颊明显凹下去不少。难怪早上在停车场看见她时，觉得她瘦了，看来不是幻觉。

却以为她是为了尽快建立航时经历申请二检，飞得忘我，累的。

顾南亭提醒："建立100个航时的经历需要三个月，少一天都不行。"

程潇与他对视："我是严格按照流程飞的。没多一天，也没少一天。顾总签申请前，应该核实过的。"

敢这么公然顶撞他的，全公司怕也只她一人了。

顾南亭看着那双通透清亮的眼半秒，要笑不笑地一点头，像是认可了她的话，然后才说："你知道了吧，我是你二检的检查员。"

程潇怔了两秒，垂眸："现在知道了。"

见她拧了两下都没打开那瓶矿泉水，他伸手拿过来，拧开后又递给她："关于电视台那档节目，有什么问题吗？你是我们中南唯一的女飞，也会是业内最年轻的女机长，你出镜的话，对公司……"

程潇打断他说："我没问题。"

"有问题就说。我来是征求你的意见，不是通知。"

他眼神坦然，带着充分的尊重和重视。

程潇安静地看着他，重复："我没问题。"

既然如此，顾南亭一点头："那就这么定了。二检过后，你和林一成他们一起参加节目录制。"

程潇说好，然后低头吃饭。

顾南亭看时间差不多了，起身，临走时他说："还是多吃点。"

却是一口都吃不下去。

他的背影在视线中越来越小，程潇放下了筷子。

手机响了，她接起来，听见乔其诺说："顾总的意思是，希望你完成二检后，代表中南参加电视台那档节目的录制。另外……"

她轻声说："我知道了。"

乔其诺停顿下："潇，你还好吗？"

"我没事。"程潇也不回避，坦诚地说，"总要过去的不是吗？放心吧，我可以。"

乔其诺依然放心不下，他说："你应该多休息一段时间的。"

面对他，程潇实话实说："只有上航线，我才能什么都不想。"

她这是在用机长责任来强迫自己不去想其他。乔其诺没再多说："今天在外场过夜吧？下班我接上夏至去家里陪老爹吃饭，你不用管了。"

有两位闺密帮忙照看老爸，程潇没什么不放心的。她点头，等反应过来乔其诺看不见，才说："行。"

二检那天，程潇全程操作无误，就连技术难度很高的非精密进近也完成得十分漂亮。

顾南亭无疑是满意的，他甚至自我检讨："我不该对女飞存有偏见。"

程潇看向广阔的停机坪没应他的话。

顾南亭看到她眼里的微光。他以为那滴浅泪是因为喜悦，他微笑着伸出手，说："恭喜了，程机长。"

程潇转脸看向他，片刻，她伸出手，与他轻轻一握。

那一晚，顾南亭以庆祝她通过二检为由约她喝酒。

程潇没有拒绝。

那一晚，程潇破天荒地醉了。什么时候离开的酒吧，又是怎么被顾南亭送回的机长宿舍，她都想不起来。只隐约记得，似乎是吐了某人一身。

三天后的新聘机长授聘仪式上，顾南亭上台为程潇颁发机长聘书。当他亲手为她佩戴那代表责任的四条杠肩章时，程潇眼前浮现出他被吐一身的狼狈，她低声问：“需要赔顾总一套西装吗？”

顾南亭手上一顿。

她继续：“机长年薪不低，顾总不用担心我赔不起。”

顾南亭故意说：“你的年薪或许没海航机长的高。”

程潇闻言把手里的机长聘书往他手里推：“那我再考虑一下要不要接受它吧。”

顾南亭抿了下唇，没说话，像是在斟酌她话的真假。

程潇没再挑衅他身为顾总的威严。

那天的最后，顾南亭颇有几分无奈地说：“程潇，你真是什么话都敢说啊。”

程潇以为他是指自己那句再考虑一下的话。

但其实顾南亭是指她喝醉时骂自己：“顾南亭，你浑蛋！”

顾南亭不明白自己怎么惹到她了。

一直以来，都是她这个下属对他不敬。

一直以来，他都是惜才地纵容她不是吗？

怎么就落了个浑蛋的恶名？

顾南亭不懂。

那之后没两天，程潇随师父林一成等人代表中南航空一起参加节目录制。那是她第一次以中南女飞的身份出镜。镜头前，她着飞行制服，表现得体，全程微笑。

录制完成后，向来疏冷待人的林一成也不放心地问她：“还好吗？”

程潇平静地说：“师父，我没事。”

想到她刚刚才失去了至亲，林一成也是心头一颤，他鼓励：“好好的，让你母亲放心。”

程潇移开视线，蒸发掉眼里的雾气，才转过头来笑了下：“我会的。师父放心。”

林一成拍拍她肩膀：“好样的，程潇。”

程潇抚摸着制服上的肩章，把眼底涌起的悲伤和遗憾迅速掩去。

那期节目的反响很好。相比其他航空公司的男机长，女飞程潇太过抢眼。而她供职的中南航空更是因此一夜闻名。其实在此之前，中南在民航界也是有一定地位的。但自那之后，总有旅客在登机时询问空乘：“今天带我们飞的是美丽的程机长吗？”

如果那趟航班恰好是程潇执飞，他们就会旅途愉快，而且全程很乖很听话，不会给机组添任何麻烦。反之，他们就要追问：“怎么才能坐上程机长开的飞机？”

起初空乘有些不知如何回答，久而久之，她们就会微笑着说：“多坐我们中南的航班，总有一次会是程机长带你飞的。”

于是，“程机长带你飞”成了中南的宣传语。

那一季，中南的客座率出奇地高。

对此，顾南亭十分满意。

只是，很久之后他知道，萧语珩小产那天，程潇为了给他替飞，没见到母亲最后一面，留下终身遗憾。随后，她带着失去至亲的锥心之痛坚强地完成了二检，更在他的指派下，为了配合公司宣传，完成了那期节目的录制。他甚至没有勇气请她谅解。

那个时候的顾南亭，特别后悔没有在乔其诺提及她休假时多过问一句。如果他问了，就会知道程潇当时休的不是他以为的飞行员疗养假，而是……丧假。否则她不会在短短一个星期不到的时间里，迅速消瘦下去。

那个时候的顾南亭才终于明白，程潇之所以那么多次不顾身份地位地顶撞他，不是仗着自己是稀缺女飞恃宠而骄，而是她曾因替飞没见到母亲最后一面怨过他，恨过他，甚至不知多少次地动了辞职的念头，要离开中南，离开他。

身为中南的掌舵者，顾南亭的决定没有错。

身为萧语珩的兄长，顾南亭的所做没有错。

但身为程潇的余生，顾南亭对她，终是有所亏欠。

顾南亭多么希望时光倒流，让他有机会弥补或挽回些什么。只是，如果时光能倒流，一切又能否真的改变？

番外三

三年

萧语珩退学后，参加了中南航空那一年的空乘培训，以综合排名前三的成绩签约，成为中南航空空乘。自此，她除了是顾南亭的继妹，还成了他的员工。

冯晋骁是从萧熠那儿听说的这个消息。那段时间他几乎长在了警队，整个人基本与外界隔绝，除了训练，只剩吃饭睡觉。那一天，冯晋骁无端发了脾气，吓得属下大气都不敢吭一声，训练时更是格外卖力，深怕被老大拎出来单独操练。

结果，冯晋骁比他们任何一个都更拼命。他亲自下场做演示，破了几个此前由他保持的训练科目的纪录。就在当晚，这个在训练场上耗了整天的男人，更连续开了八九个小时的车，从 A 市赶回 G 市。

冯晋庭以为他是为萧语珩回来的。看着弟弟明显的消瘦和满眼的疲惫，他说："我去找珩珩。"

当时是凌晨四点，冯晋骁问他："她人在古城，你打算怎么去？"

冯晋庭才知道萧语珩自请去中南航空古城基地了。想到冯晋骁开了一夜的车，向来温和的人难得发了脾气："那你还这个点回来？！冯晋骁，你是不是不要命了？"

冯晋骁往客厅沙发上一躺，无所谓地说："我命硬着呢。"

冯晋庭是真想给他两下子，最终只是说："回房睡。"

冯晋骁闭着眼睛说：“不用了，我睡两个小时就走。”

他这么往死了折腾自己，气得冯晋庭半天没说话。就在他准备去拿条毯子来的时候，听见冯晋骁说：“上头要在G市组建一支特别突击队，下月起在全国范围内选拔队员，由我负责。”

冯晋庭立即明白这支警队必然是精锐中的精锐。冯晋骁作为部里领导钦点的负责人，日后的工作将比现在更繁重更危险。所以他这次回来，是要告诉家里，他很快就要回G市执行新任务了。在土生土长于G市的萧语珩离开后。

冯晋庭想劝他说：“这么多年，你一直奋战在警界一线，对得起国家和警队的栽培了，何必非要提着脑袋再往前冲？”

冯晋庭还想骂他说：“除了萧语珩，你还有父母家人。爷爷年纪大了，你就不能为他老人家考虑考虑吗？怎么就非得活在枪林弹雨里？难道只有那样才配称为梦想吗？”

他却只是说：“注意身体。”

冯晋骁像是睡着了，没有接话。

直到冯晋庭上楼取来毯子为他盖上，他才哑着嗓子问：“哥，你失过恋吗？”

冯晋庭有一秒没说话。

冯晋骁背过身去：“以前见别人失恋痛不欲生的样子，觉得特矫情。”

直到自己经历过，才知道爱情确实是会让人疼到心如刀割的。

哪怕强硬如他，也被去了半条命。

冯晋庭眼眶酸得厉害，为弟弟这一刻的脆弱。他轻轻地拍了拍冯晋骁的肩膀。他回房后特意嘱咐叶语诺别早起，更是亲自哄着图图，为免吵到楼下的人休息。可等他们夫妇起床后下楼，早就不见了冯晋骁的身影，只有那条毯子被叠得整整齐齐地放在沙发上，还有手机里他发来的一条信息：“我和她的事，你不用管。”

冯晋庭却无法对弟弟的失恋之痛，视而不见。

只是那时，冯晋庭对于叶语诺对萧语珩的恨意全然不知，他想给萧语珩打电话，以姐夫之名约她见个面，萧语珩却换号了。他于是对叶语诺说：“把珩珩的新号码发给我。”

叶语诺立刻警惕起来，她问：“你要她号码干吗？”

“当然是她和晋骁的事。好好的两个人，居然分手了。开始我还以为他们只是小打小闹，过几天就好了。结果还真分了。珩珩竟然还退学去做了空乘。问晋骁原因，他也不说。”冯晋庭叹了口气，“我想和珩珩谈谈，给他们说合说合。”

叶语诺却说：“珩珩就是太任性了。我之前也想劝她的，结果她因为我和晋骁的叔嫂关系，连我都恨上了，根本不接电话。”

“珩珩年纪是不大，却是个懂事的姑娘，对晋骁也是一往情深。这次做出这么反常的举动，一定是有什么误会。至于晋骁，从他现在的反应看来，他是很爱珩珩的。”冯晋庭看着叶语诺，“他们是我们至亲的人，无论是作为哥哥和姐姐，还是姐夫和嫂子，我们都不能眼看着他们错失彼此，你说是吗？”

他其实没有别的意思，叶语诺却听者有心，觉得丈夫话里有话，在不敢深究的情况下附和着说：“那肯定了。”然后从叶亿那里要来萧语珩的新号码。

却在把号码给冯晋庭之前，她借工作之便特意飞了一趟古城，问萧语珩：“你想怎么样？”

再见她，萧语珩不再像从前那样小心讨好，她冷冷地说：“冯太太什么意思？”

终于，在失去了孩子后，她不再叫叶语诺姐姐了。

叶语诺才不在意，她目光落在萧语珩平坦的小腹上：“你根本没怀孕是吗？”

萧语珩眼神变了：“你来找我，到底是想确认我骗了你，还是要确认自己做错了事？”

在叶语诺看来，萧语珩不过是个又傻又天真的人，可那一刻，她迎着萧语珩的目光——那充满指责的犀利无声的目光，竟有些害怕。

“我做了什么错事？我不过是不小心说了我和晋骁是旧识，你就恼羞成怒推了怀孕七个多月的我，害得图图早产，还连累自己摔倒。”她说，

“就算你有闪失，也是自食其果。萧语珩，你赖不到我头上。”

原本，她已经想好了如何本末倒置。

直到那一刻，萧语珩都不愿相信，自己的姐姐竟是那么可怕的人。她脸色煞白地说：“随你怎么辩白，都不能改变你害我小产的事实。冯太太，从此以后，我和你，和你的婆家，不会有半点关系。请你们别再来打扰我。”

从古城回来后，叶语诺连做了几天噩梦，那梦里婴儿的哭声让她夜不安枕。可她哪里肯认错？她几乎是以自我催眠的方式让自己相信，事实就是她在古城对萧语珩说的那样。

没错，就是那样的。如果她和冯晋庭，或是冯晋骁哭诉，叶语诺都想好了，坚持那一套说辞不改口。哪怕闹到长辈面前，她们姐妹各执一词，也难以定论谁对谁错。最坏的结果无非就是萧语珩和冯晋骁和好。可有了冯晋骁隐瞒自己和他相识的事情在先，他们的感情或许也大不如前。而冯晋庭那么爱她，一定会相信她的，尤其他们还有了图图。

越想越觉得没什么可怕的。

叶语诺放心地把萧语珩的新号码给了冯晋庭。

冯晋庭打来电话时，萧语珩恰好在 G 市。不过她只是经停，很快就要飞 S 市。她在电话里说：“冯总，我只有半个小时，可能来不及见您。”

冯晋庭因“冯总”这个客气到疏远的称呼和她话尾的那个“您”字静止一秒，再开口时一如既往地心平气和：“没关系的，珩珩，我现在就在机场。你在哪里？我过去找你。”

萧语珩看向远处的停机坪：“我在中南调度席。”

冯晋庭一路跑过去。

当他呼吸急促地出现在中南调度席，萧语珩是抱歉的。她几乎就要控制不住说：“姐夫对不起，我不该这样。”可想到叶语诺，那声“姐夫”终究叫不出口。

冯晋庭平复了下呼吸，抢在她开口前说：“就算你和晋骁分手了，珩珩，你还是可以叫我一声大哥。从年龄上讲，这没有问题。”

萧语珩没说话。

冯晋庭也不勉强，他看看时间，切入主题：“作为哥哥，我想替晋骁说两句话。或许你现在并不太想听，但请一定让大哥说完，好吗？”

无论叶语诺如何对她，无论她有多不相信冯晋骁，对他多失望，对于向来对她温和以待的冯晋庭，萧语珩都无法像对待叶语诺那样转身就走。

“晋骁没和我说你们为什么分手。我想，你可能也不愿意告诉我。恋爱这种事，本来就是你们两个人的事，无论是我，还是爷爷，都不该参与进来。但爷爷让我转告你，晋骁第一次带你回家前，特意和他说：‘她是我准备过几年娶回家做媳妇儿的姑娘。有点淘气，还有点小脾气，万一您不喜欢，请您别表现出来。她有点敏感，我不想让她为了我，刻意扮乖讨好任何人。包括您。’最后他还说：‘不过我觉得您会喜欢她。毕竟，她不仅长得好看，还特别可爱。’”

从认识到恋爱，萧语珩成了情话专业户，她几乎用光了自己全部的智商，恨不得时刻都在对冯晋骁说情话，以表达对他的爱。

他却吝啬说一句喜欢。

萧语珩甚至都有点不相信他会对爷爷说那样的话。

冯晋庭也不管她是否相信，径自继续：“晋骁是个不善于表达的人。却从和你恋爱时起，就在考虑调回 G 市。珩珩，你知道的，警队里调职没那么容易，尤其他那么受上级器重，让他们放人，并非易事。他却开始慢慢计划了，说在你毕业前总能找到可操作的空间。”

关于调职，他也只字未提。

萧语珩眼睛红了，她看向别处，忍住泪意。

“他前段时间受伤了。醒过来后的第一句话就问：‘珩珩知道了吗？’以往他也不是没受过伤，对你都是能瞒则瞒，深怕你担心。那次他却给你表哥打电话，让萧熠把他受伤的消息带给你。他为什么那么做？无非是他没办法了，想借由受伤博得你的心疼，让你去看他。他一直在等你，这期间更是拒绝任何人的探视，连我都不见。”回想接到警队电话，得知弟弟受伤时的情景，冯晋庭的眼睛也有点湿，“子弹从他两叶肺之间穿过。如果不是当时他恰好在呼气，肺叶萎缩，可能就……”

萧语珩哽咽：“我不知道他伤那么重。”

冯晋庭克制了下：“他没告诉萧熠实情，怕吓到你。”

萧语珩转过身去，微微仰头。

注视她纤瘦的背影，和身上的空乘制服，冯晋庭叹了口气：“珩珩，晋骁确实不够浪漫，也没有花更多的心思和时间陪你，照顾你。但他是把你放在心里的。如果他真的做错了什么，大哥保证，绝不偏袒。可如果只是个误会，你就这样判他出局，是不是太草率了呢？珩珩，大哥恳请你再给他一次机会，好吗？”

是误会吗？是吗？萧语珩抚着自己平坦的小腹，泪如雨下。

冯晋庭无论如何也没想到萧语珩经历了小产的痛苦，看她哭得那么难过，他以为是转机。他趁热打铁地给冯晋骁打电话，说：“珩珩在我身边，你有什么话，赶紧说。”然后把手机交给了萧语珩。

萧语珩不想接。自从提出分手，她就拒接冯晋骁的电话。这次她却没有挂断，迟疑过后把手机放在了耳边。

话筒里的背景音有些嘈杂，昭示他正在训练场上，他的声音就在这一片嘈杂声中传来，萧语珩听见他唤：“珩珩。”

泪在那个瞬间落得更凶了。

或许这个机会来得有些突然，冯晋骁有那么几秒没说话，再开口时嗓音竟有些哑，他问：“工作还能应付得来吗？我……能去古城看你吗？”

萧语珩几乎就要忍不住哭出声来。那一瞬她有些心软，或许是因为想到他受了那么重的伤而心疼，又或者是因为对他的爱战胜了一切。她甚至都在那一秒一瞬间考虑，如果他说：“别分手了，和好行吗？”要不要再给他一次机会？

顾南亭却在这时赶来。

见萧语珩泪流满面的样子，他的脸色不太好。以保护的姿态站在萧语珩身前，他语带奚落地问冯晋庭：“冯总这么高的兴致，特意来参观我们调度席吗？还是，为弟弟而来？”

冯晋骁在那边听得一清二楚。那段时间，他对顾南亭的态度极其微妙。确切地说，一想到萧语珩对他避而不见时是和顾南亭在一起，他就醋意全开。那一刻，听见顾南亭奚落冯晋庭，他没有忍住。

“珩珩，把手机给他。”像是担心萧语珩听不懂这个“他”是指谁一样，他重复一遍，“把手机给顾南亭。”

萧语珩既不希望冯晋骁为了自己和顾南亭吵起来，又怕顾南亭一不小心把她小产的事情说出来，她左右为难地说：“不用了，我来和他说，我……”

冯晋骁把她的拒绝视为对顾南亭的维护，他微恼地问：“你是在替他担心，还是为我？”

萧语珩才听出他话的味道不对：“你什么意思？”

“这话你该去问顾南亭。”冯晋骁语气冷下来，他似是在确认，“好像和我谈恋爱的是你，不是他吧？”

这话在那个时候落入萧语珩耳里，或许也有本末倒置的意思。所有的心疼和心软在顷刻间散去，她以带着哭腔的声音回敬：“冯晋骁，你别忘了，我们已经分手了。”

当她把挂断的手机塞到他手里离去，冯晋庭与顾南亭对视：“顾总，这是晋骁和珩珩两个人的事，是不是该由他们自己处理？”

顾南亭迎视他的目光：“冯总，您都能跑到我们中南调度席为弟弟撮合了，我这个做哥哥的，还不能替妹妹说几句话吗？”

冯晋庭眉心蹙起：“作为兄长，想必顾总也是希望妹妹幸福。我并不觉得约珩珩见面有什么唐突，尤其站在你们中南调度席前，我总不至于和晋骁一起，欺负了她。”

顾南亭寸步不让：“作为兄长，我偏袒妹妹也没什么不妥。有人以爱的名义逼得她连书都念不下去，还有人追到我中南的调度席前为其开脱，这不是欺负，是什么？”

两位业界年轻的上位者就这样你一言我一语，当众吵了起来。而冯晋庭情真意切争取来的转机，也随之失去。

事后，两位大老板还觉得不够，不仅悄无声息打起了价格战，更在B市的航线洽谈会上针锋相对。冯晋庭几乎是以不惜代价之姿从顾南亭手里抢走了几条原本中南航空势在必得的新航线。这大大提升了海航国内直飞航线比例，打了中南一个措手不及。

与此同时，冯晋庭对外宣布，海航即将加快运力扩张进度，引进20架空客A320，以满足公司的业务需求。这样一来，海航的运力规模仅次于国有三大航，跃居民营航空第一。

杀伐果断的顾南亭，竟然在一向温文尔雅，看似没什么攻击力的冯晋庭面前栽了跟头。这是很多人都没想到的。顾南亭没有认输。他转变策略，从人力资源入手，把海航几位资深的机长挖到了中南。人才的流失，让冯晋庭不得不放缓扩张的脚步。

两大公司屡次交锋，并无完胜者，反而形成了一种彼此制约的平衡状态。这个局面持续了多年，直到多年后顾南亭为争取程潇的爱情与一家外航相抗，组建新公司才被打破。

冯晋庭那时不禁感叹："果然爱情的力量是巨大的。"

顾南亭则与他握手言和："没有冯总的'鞭打'，中南不会成长得那么快。"

冯晋庭却说："是我要感谢顾总放晋骁一马。"

顾南亭不解。

冯晋庭笑了："要不是顾总舍不得放妹妹飞国际航线，晋骁哪还有机会追回珩珩？"

顾南亭竟然不领情，他一脸公事公办："那是萧语珩不争气，英语水平不达标。"

冯晋庭依旧在笑，他友情提示："顾总不妨找个机会重新测试一下珩珩的英语水平。"

顾南亭才恍然大悟。但那个时候冯晋骁和萧语珩把婚都结了，他再去测试萧语珩是不是故意考不过英语，又有什么意义？尤其他还有了程潇，也没有那份闲心去理会别人了。

当然，这些都是后话。

冯晋骁得知冯晋庭为了自己与顾南亭斗法时，已是萧语珩在调度席前挂他电话的一年后。那个时候，特别突击队已组建完毕，陆成远和赫饶也都到了他身边，其实可以喘口气了，可只要回想起图图出生那天，倚着楼梯扶手的萧语珩看他的眼神，他就莫名觉得亏欠。

冯晋骁不知道为什么会萌生亏欠萧语珩的念头，就是抗拒那个家。或许因为那里有个叶语诺，即便不明就里，可萧语珩到底是因为误会他和叶语诺有染才坚持分手，让他怎么能不耿耿于怀？

可那是冯晋庭的妻子，是他的嫂子。

冯晋骁什么都做不了。

于是像放逐自己一样，自那之后不再回家。

而和萧语珩之间，分手似乎就是结局了。

之后不久，赫饶随他去A市执行秘密任务。那是个跨国贩毒案，警方跟了多年，终于收网。一切顺利，警方没有伤亡。唯独赫饶表现异常。她处于最佳射击位置，却一枪未开。如果不是关键时刻厉行在直升机悬梯上远距离射击命中，卧底萧熠就壮烈牺牲了。

冯晋骁气坏了。但凡赫饶不是他亲自带出来的徒弟，但凡他有丝毫不了解赫饶的作战能力和射击水平，他必然是要把赫饶退回原单位了。

冯晋骁需要一个合理的解释。

可惜，赫饶的任务简报中没有他想要的答案。

明知道会是一个污点，冯晋骁还是严厉地，确切地说，是近乎苛刻地给了她“任务失败”的评语。对此，赫饶没辩解一句。

那段时间赫饶的情绪很不对。照理说，身为特警中的特种兵，突击队的每位队员都是非常善于控制情绪的。赫饶明显有些失控。

以往，她只是根据队里统一的标准和其他男队员一起进行训练。选拔的时候，冯晋骁也没有因为她是女性而降低标准。这对于一个女人而言，即便不是极限，强度也已经很大。那次任务失败之后，她却自己加大了训练强度。陆成远担心她身体吃不消去劝过，也阻止过，统统无效。

冯晋骁仔细观察了几天，觉得赫饶和自己刚和萧语珩分手时的状态很像。

他决定找赫饶谈一谈。为了不给赫饶压力，他把谈话地点选在一家环境幽雅的餐厅。可那天，冯晋骁的任务也失败了。

他刚在餐厅落座，一抬头，就看见萧语珩和顾南亭在服务生引领下走向他这边。

那是他们彻底分手后第一次见面。萧语珩应该是刚下飞机不久，身上还穿着中南的空乘制服，头发整齐地绾在脑后，整个人看上去干练又成熟，和记忆中那个调皮爱笑的小姑娘截然不同。顾南亭还是老样子，白衬衫配西裤，西装搭在胳膊上，不疾不缓地走在她身侧。

萧语珩显然也看见了他。冯晋骁注意到她明显僵了一下，原本淡淡的神色，瞬间由惊讶、慌张变成了冷淡、漠然。然后，在说话的顾南亭也看见了他，下一秒，那位顾总伸手揽住萧语珩肩膀，搂着她从冯晋骁身旁走过。

有那么一瞬间，冯晋骁想拦住萧语珩，问她……问她什么呢？一时间，他也不知道。还有那么一瞬间，冯晋骁想起身离开，似乎无法以陌生人的姿态和萧语珩同在一家餐厅吃饭。

他最终却什么都没做，只是翻开菜单，看似在看。

还是晚到的赫饶点了菜。

冯晋骁几乎全程沉默，更忘了这顿饭的目的是做赫饶的思想工作。直到吃得差不多了，赫饶才说："我刚刚在洗手间遇见语珩了。"

冯晋骁抬头。

赫饶给他续了杯茶："前段时间我不是请假去了趟 A 市吗，也见到语珩了。她现在飞国内航线，每个月回 G 市一两次，算下来，一年有七八个月的时间都在古城。她在补习英语，她说以自己现在的水平，飞不了国际航线。"

话至此，赫饶停顿了下，她看着冯晋骁，片刻："一旦她英文水平达标，申请飞国际航线，要见一面就更难了。"

冯晋骁端起杯子喝了一大口水。

赫饶想提醒他烫，都没来得及。

她沉默了几秒："师父，你那么喜欢语珩，真舍得她离开自己那么远吗？"

是啊，我那么喜欢她……连你都看出来我那么喜欢她，她却认为……冯晋骁自嘲地笑了："我舍不舍得，和她是不是要飞，是两回事。"

赫饶看着他不说话。

冯晋骁胸口涩意翻涌，那里面他好不容易压下去的疼似是在被唤醒，他不想继续这个话题，又舍不得停止。自从和萧语珩分手，除了那个凌晨，他实在难受得不行，和冯晋庭说过那么一句外，他不知道还能和谁聊，更不想在任何人面前表现出哪怕是一丝一毫的脆弱。

却在无数夜里，辗转难眠，疼到不能自抑。

冯晋骁把目光投向窗外："她已经开始了新的生活，我不想再打扰她。"

这样的口是心非，赫饶当然不可能相信："我不清楚你们为什么分手。我只是觉得，彼此不爱，不在一起没什么。可如果是相爱的，却因为误会而错过，就太可惜了。"不给冯晋骁反驳的机会，她继续，"语珩退学在你看来，在所有人看来，可能都是任性的举动，是孩子气的，不成熟的。我也不否认这些。可失恋这种事，你都那么难受，疯了似的用训练麻痹自己才扛到今天。她那么爱你，会比你好受吗？她的所谓任性，或许只是想摆脱那些和你共有的回忆，躲起来疗伤吧。"

冯晋骁因她一席话想到了萧熠。那个潜入贩毒集团做卧底的男人，和毒贩周旋都不怕的男人，还不是为了疗情伤，躲到国外去了吗？他自己呢，之前部里领导钦点他组建特别突击队。换作以往，他必然是一口应下的，结果他却说："我需要考虑一下。"

那是发生在他和萧语珩分手前的事。

冯晋骁本意是要先和萧语珩说一声。他想问问她："一旦我领受了这个任务，会比以前更忙，会疏于对你的照顾。你可以吗？"他私心里希望，萧语珩说可以。但也因此对萧语珩有愧疚，觉得自己不能像个正常男人一样给她更多的照顾和爱，很对不起。当然，萧语珩也可能会反对。毕竟，做警嫂和做军嫂一样，要承受很多。而她那么柔弱娇气，万一因此哭了，说要他在身边怎么办。冯晋骁想到这里已经决定，若是这样就拒绝这个任务。

警队里优秀的人多的是，不是非他冯晋骁不行。而调回 G 市，也并非只有这一个办法。

却没来得及和萧语珩商量这件事就分手了。

没有了她，也就没有了牵挂，冯晋骁接受了这个任务，也借此把自己封闭在突击队里，压抑着不去想她。或许，她退学的初衷，也和自己是一样的吧。

怎么之前对她的这个决定，自己没有想到这一层？只是一味地责怪，责怪她小题大做，责怪她年少不懂事。

冯晋骁深吸了口气。

赫饶知道他听进去了，喊服务生结账。

临走时，她说："语珩明天早班飞机飞 A 市，然后回古城。"

冯晋骁沉默。

"先前我一问她，她就说了。"赫饶一笑，"她那么聪明，会不明白我是替谁问的吗？"

所以，她其实是在给他机会吗？是吗？

眼前浮现出先前顾南亭搂着她从自己面前走过的画面，冯晋骁是不确定的。

却还是在次日，出现在飞 A 市的早班飞机上。

萧语珩当时正在机舱内帮乘客放行李，忽然听见一道低沉的男声说："我来。"手上随之一空，足有十几斤重的拉杆箱被人接过去，举起来放上了行李架。

她回身，就看见身穿便装的冯晋骁又随手把另一位乘客的行李也放好了，然后侧身站着，把过道让出来，让后面的乘客过去，目光则灼灼地锁定她。

他似乎瘦了，也黑了些，但因常年训练，属于特警的气势，有增无减。

道谢的话都到了嘴边，却怎么都说不出口。

萧语珩静止一秒，转身要往机尾去。

"珩……"冯晋骁一伸手，递出登机牌，"帮我看下，我应该坐哪儿？"

十分糟糕的借口。

经过的一位男乘客轻哼了一声，显然是以为冯晋骁在和美丽的空姐搭讪。

好在萧语珩很给面子地在他登机牌上扫了一眼，确认他的座位号是在左侧机翼紧急出口的位置，她说：“在后面。”

冯晋骁跟着她往后走。

到了紧急出口的位置，她伸手示意：“这是您的位置。”说完也不等他回应，径自往机尾处走了。飞机起飞前，她没再出现。

直到飞机进入平飞阶段，萧语珩才出来和同事一起为乘客发放饮料和餐食。冯晋骁听着她一遍一遍地问：“您想喝点什么？鸡肉饭还是牛肉饭？”看着她微笑着递出一杯杯饮料，一份份餐食，再想到如果他们没有分手，她此时应该在学校的教室里上课，心里不是不难受的。

等到了他这一排座位，萧语珩依然机械似的问他：“先生，您喝点什么？”

她的那位同事则问：“抱歉先生，鸡肉饭没有了，牛肉饭可以吗？”

冯晋骁一瞬不离地注视萧语珩微微沁出细汗的面孔，说：“不需要了，谢谢。”

另一位乘务员就继续询问他身边的乘客了，萧语珩在短暂的停顿后，给他倒了一杯矿泉水。冯晋骁没有打开小桌板，她只能递给他。

他抬手接，两个人的手不可避免地碰到一起。

她很快缩了回去，继续工作。

冯晋骁端着那杯水，半晌，才递到嘴边，像品一杯好茶似的，轻轻抿了一口。

这时，前面忽然一阵骚动，一道女声质问道：“你干什么？能不能管好自己的手？”

冯晋骁应声抬头，就见萧语珩那位同事把她往自己身后拉。与此同时，那一排过道位置上的男乘客也站了起来，不礼貌地指着两个女孩子：“我就问一句鸡肉饭还有吗，都不行吗？怎么的，你们准备不充分，我们作为乘客还不能说了？”

萧语珩拉住同事，显然是让她算了的意思，随即下意识向后看了一眼。

冯晋骁已经解开安全带站了起来。

那位乘务员气愤地反驳：“问话可以，但请你用嘴，别动手动脚。”

男乘客有点肆无忌惮：“说谁动手动脚呢？”言语间，人也上前一步。

“说你！”冯晋骁沉声，手上看似轻巧一推，男乘客就跌坐回座位上。

冯晋骁一侧身，站到了那位乘务员前面，把她和萧语珩挡在身后。

男乘客面子上挂不住，站起来问：“你谁啊？有你什么事！”

冯晋骁不理他，回头看萧语珩：“怎么回事？”

萧语珩眼底瞬间蒙上一层雾气，像是怕他看见，她又迅速低下了头。

那位乘务员不顾她的阻止说：“刚才我们端饮料给这位先生，他就摸语珩的手……”

男乘客在这时大声打断了她：“你说什么呢？别不要脸……”

啪的一声，冯晋骁甚至都没回头看，只一甩手，那人脸上就结结实实挨了一巴掌。

他动作又快又狠，那人顿时被打蒙了，周围看热闹的人也都怔住。

冯晋骁的语气彻底冷下来，他问：“然后呢？”

那位乘务员见有人路见不平，大着胆子继续说：“后来他明明都说牛肉饭可以了，可语珩才转身给他取餐，他就摸语珩的……”

那人就奓毛了，他嚷嚷道：“你别胡说八道，我只是问她怎么没有鸡肉饭了，谁他妈摸她屁股了……”

冯晋骁眼神已经变了，他没给那人说完的机会，抬手又是一巴掌。

那人被打得侧过头上，脸上顿时就红肿起来，嘴角更有血沁出来。

冯晋骁揪起他衣领，就要拖着他往机尾去。

那人被打怕了，边抓着座位扶手边嘴硬地喊：“你凭什么打人？你们哪只眼睛看见我……”

冯晋骁倏地抬眼，他周身散发出一股狠戾的气势，压迫感扑面而来。

那人被盯得说不出话来了。

萧语珩拽了他胳膊一下，小声说：“算了。”

冯晋骁唇角抿成一线。

安全员在这时过来：“先生，我来处理吧。”

冯晋骁冷声问：“你打算怎么处理？”

这种事其实很不好处理，一般情况下要么乘务员忍了，要么就是乘客道歉，但道歉的人寥寥无几，除非有人看见了，又愿意站出来做证。

见冯晋骁不是善茬，安全员说："飞机落地后，我们会把人交给地面公安。"

冯晋骁从裤兜里掏出证件："那交给我正好。"另一只手揪住那人的衣领不放。

那人知道冯晋骁是警察，先是说："警察就可以不分青红皂白随便打人吗？"

冯晋骁见惯了这种无赖，他冷声："不服的话，你可以还手。我保证不以妨碍公务罪抓你。"

那人又嚷嚷了两声"警察打人了"，见无人理会，冯晋骁又毫不放松地要拖他走，才服了："同志同志，这是误会，误会啊，我只是不小心碰到这位小姐的……我真不是故意的，我道歉还不行吗？"

见副驾驶都从驾驶舱出来了，萧语珩拽冯晋骁的衣袖："算了，让他道歉就行了。"见他不动，她以恳求的语气叫了一声，"冯晋骁。"

冯晋骁忍了下，手上一甩，那人踉跄着往后退了两步，摔倒前，后腰磕在那一排过道位置的座椅扶手上，疼得龇牙咧嘴，半天没站起来。

等那人点头哈腰道完歉，乘务长把萧语珩叫去了前舱。

飞机准时落地 A 市，萧语珩站在舱门前送客。她面带微笑的样子，完全不像刚刚才受过委屈。冯晋骁最后一个下机，他在萧语珩面前站了半秒，又面无表情地走了。

萧语珩那句公式化的"欢迎您下次乘机"终是没说出口，她站在原地垂眸半晌才无意识抬头看过去，他的背影在阳光中越走越远。

等萧语珩随乘务组出来，要上机组车时，看见冯晋骁站在不远处看着她。她犹豫了一下，到底还是和乘务长请了假。可直到机组车开走，她还站在那里没动。

冯晋骁掐了手里的烟走过来。

阳光透过淡薄的云层照在她脸上，显得她的皮肤有些苍白，冯晋骁下颌绷得紧紧的，看向她的目光有一瞬的克制，但终究还是没有缓和下来，他冷声问："常遇到这种事？"

没想到他会以此为开场白，萧语珩慢了一秒才说："第一次。"

她说的是真话。尽管以前确实也听同事说过，她却是第一次遇到，否则也不会那么慌。

冯晋骁根本不相信。他一瞬不眨地盯着她，发难："顾南亭都不管的吗？"

萧语珩抬眸，与那双如鹰般锐利的眼对视："这是我的工作，他管什么？"

冯晋骁的脸色更不好了："他难道不清楚这份工作会让你遇到什么人、什么事吗？他身为顾总，身为兄长，就任由你遭受这些骚扰？"

"他任由？"她看着他，"他身为顾总，没时间也没精力，更不可能照顾到中南近千名CC中的一个我。他身为我哥，也没义务时刻照看我。冯晋骁，你能别随便迁怒别人吗？"

冯晋骁那时完全不觉得是迁怒了顾南亭，只觉得萧语珩对顾南亭的维护没有道理，他眉心抽了下："他这样是没义务，换成是我，就是没尽到男朋友的责任是吗？萧语珩，你怎么唯独对我那么苛刻？"

因为你曾是我孩子的父亲，因为我爱的是你。但这些，萧语珩不可能对他说。她闻言笑了，笑在飞机上见到他那一刻，笑在他为了她无所顾忌地出手打人时，自己的痴心妄想。然后她说："冯晋骁，飞机上的事，我谢谢你。其他的，我们没什么好说的。"

冯晋骁不准她离开。他用手扣她下巴，让她仰头看着自己："什么叫没什么好说的？萧语珩，你怎么是这么狠心的人？"

狠心到说分手就分手，没有一丝余地。

狠心到我伤到快死了，都不肯去看一眼。

狠心到一年多了，一个电话都不肯接。

萧语珩，是谁说会永远喜欢我？又是谁说永远都不会离开我？是谁啊？！

萧语珩只觉得一颗心寒凉彻骨："是你把我变成这么狠心的人。冯晋骁，是你。"

冯晋骁有些震惊地看着她，数秒后，他自嘲地笑了下："……是我？"他松开手，后退一步。他竭力压抑，想让自己冷静下来，再问她一遍："我究竟错在哪里了？”可想到她分手时莫须有的指控，想到她和顾南亭彼此的维护，所有的努力都徒劳了。

再次重蹈不理智的覆辙。

他刀锋一样锐利无声的眼神落在萧语珩脸上：“没错，是我三心二意，始乱终弃。萧语珩，是我对不起你。”

阳光下，萧语珩脸色煞白。

他们对视着，在沉默中发觉，眼前这个曾与自己亲密无间的人，是真的陌生了。

在眼泪落下来前，萧语珩转身。

这一次，好像缘分已尽。

这一别，又是很久。

冯晋骁一如既往地往死里操练特别突击队那群糙汉，以求他们在任务中全身而退。他一次次穿梭在枪林弹雨里，一次次用生命换来与之匹配的功绩。而面对他近乎变态的训练，陆成远和赫饶也通过层层考验，开始独当一面。他们形如铁三角，成为警界最精锐，也最神秘的存在。

萧语珩也从一个乘务新人成长起来，渐渐地懂得了自我保护和反击，再遇到不自重的乘客，她不再一味隐忍，而是一杯水泼到对方脸上，语锋犀利地说：“作为中南乘务员，我提供的只是机上服务，不是特殊服务。你敢再犯，就不是一杯冷水这么简单。投诉？好啊，那就记住我的名字，看能否把我投诉到被公司解聘。”

他们还是他们，他们又都变了很多。只是在旁人看来，他们之间，已成定局。

连叶语诺也这样以为。她甚至觉得，萧语珩那时根本就没怀孕，她推萧语珩那一下，不过就是让萧语珩摔了一跤，根本没发生她所担心的小产。否则，娇气如萧语珩，怎么会不告诉冯晋骁？

这样想着，仅存的那点罪恶感也没有了。

机场遇见萧语珩，她笑得若无其事。

萧语珩也在笑，只不过是笑她被恨蒙蔽了心智。

如果不是萧素生病住院，顾南亭把外派了两年的萧语珩调回来；如果不是冯晋骁恰好那天在任务中为掩护属下受了外伤去医院包扎，所有人都以为，一切，就这样了。

再见面，冯晋骁好像没什么变化，头发还是那么短，下颌线条也依旧硬朗，只是在警服衬托下，气场更冷峻了，连眼神也冷漠了几分。

萧语珩心中刺痛。

至于她，在冯晋骁眼里则变了很多。似乎长高了些？可她都二十二岁了，照理说应该不会再长个了，是穿了高跟鞋的缘故吧，显得更高挑了。清澈透亮的眼眸里，不再时刻带笑，取而代之的是平和与疏凉。

冯晋骁一步步走过来，在萧语珩以为她会对自己视而不见走过去时，他停下来问："生病了？哪里不舒服？"言语间，径自抽走她手里的报告。

萧语珩才解释："……是我妈妈。"

冯晋骁看了看诊断，确定萧素无大碍，把报告还给她："回来看萧姨的？"

"嗯。"

他似乎是点了下头："还在古城？"

"……调回来了。"

"嗯。"

他知道了，也没了别的话，脚下一动。

如果萧语珩再不说话，他下一秒就会和她擦肩而过。

终于，她看着他包着纱布的小臂，问："你受伤了？"

"嗯。"他说，"皮外伤。"

既然如此，萧语珩也没什么问的了。

冯晋骁看着她微红的脸，最后说："我也调回来了。"

终于，他们都回到了G市。

像是一个崭新的开始。

当晚，冯晋骁给远在国外的萧熠打电话，问："她和顾南亭在一起了？"

"谁？"萧熠是真被问住了，"你说珩珩？"

冯晋骁沉默。

“冯晋骁，你疯了吧？”萧熠语气很不好，“他们是兄妹！”

他像真疯了似的说：“你和她才是。他们只是名义上的。”

萧熠深吸着气：“你什么意思？如果我说是，你打算怎么办？”

冯晋骁挂断了。

半小时后，萧熠打过来：“她调回G市是因为我姨妈病了。”

冯晋骁站在阳台上，夜风吹得他指尖的烟半明半灭：“我在医院看见她，都快不敢认了。明明还是那张脸，明明还是那个人，却那么陌生。我想起来我们第一次在古城相遇，她穿的裙子，戴的帽子，她看我的眼神，和我说话的语气……我以为我早忘了，原来只是……”不敢去想。深怕想多了，心更疼。

他吸了口烟：“起初，她一口一个晋骁哥哥地喊，那个甜啊，我真是抗拒不了。后来，她忽然像个小大人似的改口叫冯晋骁，我还挺不舒服。直到那天我控制不住吻了她，她躲在我怀里怯怯地叫我，我才意识到，她不再是古城那个未成年的小姑娘，而是我冯晋骁的女朋友了。等我又听习惯她对我直呼其名，她说……分手吧。”

话至此，冯晋骁仰头看向夜空，努力蒸发掉眼里的雾气，许久，他说：“我曾经无比笃定，她不会离开我。她却说，今生不再见。那么狠的话，她说得没有半点犹豫。你肯定没见过她那么决绝的样子，像我做了什么十恶不赦的事。”

萧熠无比认真地问：“那你做过吗？”

冯晋骁就笑了：“你也不相信是吗？你也觉得我做了对不起她的事？”他冷下声音，几乎是咬牙切齿地说，“你们真不愧是兄妹！”

萧熠冷静了一下：“到底为什么分手？”

“现在再说这些，还有意义吗？”他深吸着气，眯眼看着远处，良久，妥协似的说，“她认为我和我大嫂有染。”

大洋彼岸的萧熠沉默了。

冯晋骁顿时火起：“你他妈要是敢问我是不是真和我大嫂有什么，萧熠，就当我们从没认识过！”

萧熠拔高了音量回敬道：“你他妈要真是那种人，活该壮烈牺牲了！”

之后，两个人都冷静了两秒。

“既然那么舍不得，”萧熠问他，“这两年干什么去了？”

是啊，两年多了。都分开这么久了。和个陌生人结婚生孩子都绰绰有余。

冯晋骁像失去了感觉一样，直接用指尖掐灭了烟：“过了今晚，我就把她忘了。”他说完，知道萧熠不信，再次挂了电话。

片刻，手机进来一条信息。

萧熠说：趁早。

是趁早忘了，还是……冯晋骁不知道。

冯晋骁又去了医院两次，连医生都说：“换药不用这么勤。”他也不听。

他还特意去住院处把萧素的病房号打听到了，更豁出去假装闲逛去病房附近转了两圈，没看见萧语珩不说，还倒霉地碰上了顾南亭。

那是个傍晚，顾南亭从病房出来，见冯晋骁站在不远处的护士站和一位护士说着什么。他下意识回头看了眼病房，然后迈步走过来。

冯晋骁看见他，终止和护士的对话，等他走近。

顾南亭单手插在裤袋里，冷淡地问：“不会这么巧，冯警官也有朋友住在这个楼层吧？”

冯晋骁不客气地反问：“我说不是的话，顾总有什么意见？”

顾南亭盯着他：“我的意见即便不被冯警官采纳，我也重申一遍。冯晋骁，她好不容易才开始新生活，”顾南亭抬手点他，“你最好别试图去破坏这份平静。”

冯晋骁下颌紧绷，眼睛半眯，连续反问：“新生活？有你的新生活，还是你给她规划的新生活？如果我就想打破现在这个看似平静的一切，你怎么办？”

顾南亭忽然一拳朝他打过来。

冯晋骁不退不躲，只抬手一挡，然后迅速绕身反拧。

顾南亭吃痛皱眉。

冯晋骁松手一推。

面对顾南亭如火般汹涌的怒意，他淡然道：“古城那次，我是让你的。”看在你是萧语珩哥哥的面子上。

而身为特别突击队大队长，他也不是几年前的冯晋骁了。顾南亭那点在别人眼里看似还不赖的身手，在冯队面前，没半点攻击力。

不欢而散。

冯晋骁再不肯去医院。要不是赫饶把医生接到队里，他是不准备换药了。

伤好后不久，冯晋骁去A市执行任务。航班信息发到他手机时，他发现是中南的班机。都让陆成远叫赫饶来他办公室了，本意是让她改订海航，结果赫饶居然没来，只打他办公室电话确认：“这是唯一一班能在会议开始前到达A市的飞机。订海航的话，要等三个小时。或者师父你现在就出发，提前一天到A市？”

让她改签的话噎死在嘴里。

赫饶等了两秒：“还有别的事吗，师父？”

别的兵难带也就罢了，自己手把手带出来的徒弟也开始没章法了！冯晋骁忍了忍：“没了。”随即挂断。

赫饶放下电话，叹了口气。

陆成远问：“老大说什么了？我看他刚才看完手机好像不太高兴。”

赫饶苦笑：“他什么时候高兴过？”

“也对。”陆成远凑过来，“有什么内幕分享吗？晚饭陆哥请！”

“你们组这个月的综合考核考绩相比我们略低了两分，按规矩，接下来一周的晚饭，”赫饶一笑，“陆哥，破费了。”

陆成远顿时爹毛了，他腾地站起来，走到组员面前，拿手逐个点他们：“还有脸吃饭！都给我滚回训练场上去！”

次日，赫饶送冯晋骁去机场。

路上，她像是自言自语似的说：“也不知道语珩今天飞哪里。”

冯晋骁把视线从车窗外收回来，瞥了她一眼：“如果她今天不是飞

A 市，你会给我订这么早的班机吗？”

尽管他冷着脸，还一副怒气未消的样子，赫饶还是笑了，她调侃道：“情报工作并不好做，师父，你别辜负了我的心意行吗？”

冯晋骁闻言差点没绷住，他忍了下：“这不是我一个人能决定的。”随即又说，“你怎么样？个人问题该考虑了。”

反正目的已达到，赫饶也不介意他转移话题，她云淡风轻地说：“陆哥比我大呢，师父，你干吗只催我啊？我还年轻。”

冯晋骁皱眉：“你是女生，能和男人比吗？”

“在你眼里原来有性别区分啊。”赫饶弯唇，“我一直以为师父把我当男人带的。”

冯晋骁发现赫饶今天格外开朗，他看着她的侧脸，有点明白了。她特意从陆成远那儿把送他的差事揽过来，还主动提及萧语珩，目的在于让他放松下来。这样等会儿他见了萧语珩，也不至于剑拔弩张的。

冯晋骁说：“我和她已经能平心静气说话了。”

“语珩又不是歹徒，你确实不用绷那么紧。只是，”赫饶双手扶方向盘，目视前方，“这种平心静气好像也不太对。”她说着自己笑了，甩给他一句，“师父，你看着办吧。”

航站楼停车场里，冯晋骁看见萧语珩从顾南亭车里下来。

刻意去医院偶遇她见不到，机场偌大的停车场，就这样也能遇见。

冯晋骁苦笑。

赫饶显然也看见了，她带着几分懊恼啧了一声，然后没有任何前兆地忽然出手攻向冯晋骁。冯晋骁的反应根本是本能的。他迅速后倾身体避开，再起身反击。赫饶竟也步步紧逼地一路进攻，丝毫不手软，更不示弱。

冯晋骁眉心一皱。

见她再次出腿，又是一个腾空边踢过来，他没向先前那样侧身避开，而是单手握住她脚踝，直接把赫饶逼靠在越野车前盖上，问：“这是干吗？”

赫饶嘶一声：“师父，你先松手，疼。”

冯晋骁松开她。

赫饶才意有所指地说："凭师父的身手，你一出手，我都不是对手。可如果你不出手，我出手也是能够一举制敌的。你说是吗？"

所以她的意思是：你不出手，是给别人机会？

不得不说，赫饶是个好说客。

冯晋骁很轻地笑了下，他说："回去吧。"

赫饶边上车边说："刚刚不算，等你回来，再较量啊。"

冯晋骁替她关车门，语带笑意地问："我已经有'教会徒弟，饿死师父'的危机感了，你还要怎么样啊？"

那一天和萧语珩在飞机上相遇，气氛融洽。

登机时冯晋骁对站在舱门前迎客的萧语珩说："我坐47C。"

萧语珩看了他半秒，伸手示意："紧急出口位置，过道一侧。"

冯晋骁说谢谢。走出一排距离他又回头："珩珩。"

"嗯？"萧语珩朝他看过去。

他唇边含着淡淡的笑："等会儿能给我一份今天的报纸吗？"

萧语珩点头："稍后给您送过来。"

"嗯。"这次他没说谢谢，同时把她的公式化回答径自理解为职业习惯 。

飞机起飞前，萧语珩把报纸给他送过来。

冯晋骁说："快回去坐下吧，飞机要滑行了。"

萧语珩刚要说话，另一侧过道位置的乘客开行李架拿东西，不小心撞了她一下。她轻轻"哎哟"了一声，身体已向前倾过来。冯晋骁一伸手，她便跌进他怀里。

她身上淡淡的专属于她的气息，久违而又熟悉，冯晋骁情不自禁地手上用力，把她抱得更紧了些。但也只是一瞬。为免她尴尬，他克制地把她扶稳站好："没事吧？"

除了脸红得不行，没其他事。萧语珩挣开他的手要走，又忽然想到什么，慢慢转过身来。冯晋骁以为她有话要说，神色柔和地看着她。

萧语珩低头走到靠窗一侧紧急出口对面的乘务席坐下，扣好安全带。

也就是说，起飞和降落期间，她都会坐在这儿？

冯晋骁眼里浮起一丝隐约笑意，在她斜对面的位置上坐下。与其他人不同的是，人家都是靠在椅背上等待起飞，他双手搭在膝盖处，向她的方向前倾着身体。

不仅萧语珩尴尬，连他里侧的乘客都受不了了，善解人意地问："需要换个位置吗？"

冯晋骁不客气地说："谢谢。"

于是，他换到与她面对面的里侧了。

目光愈发地肆无忌惮。

直到飞机开始滑行，萧语珩提醒他："安全带没系。"

冯晋骁才轻咳一声，化解了眼里的笑意，坐正，扣好安全带。

起飞期间，他问："之后还飞哪里？回 G 市？"

"还有两段，在 B 市过夜。"

"之后呢？"

"明天再飞两段，在 A 市过夜。"

"那明晚一起吃饭吧。"

"……明天最后一段是红眼航班，落地晚。"

"正好会议结束也晚。我接你。"

萧语珩垂眸不答。

冯晋骁等了几秒，倾身向她："珩珩。"

萧语珩抬头，与他对视："……不用了。"

冯晋骁保持着倾身的姿势看她，眼神慢慢变冷。

萧语珩移开目光看向舷窗外。

冯晋骁坐回去，双手交握在身前，注视她的侧脸，许久。

气氛莫名紧张了。

后来飞机进入平飞阶段，萧语珩开始工作。见她面带笑容地为乘客倒着饮料，递着餐食，冯晋骁心里的火慢慢熄了。等她服务到他这一排时，他主动要了杯水。后来，空乘开始收餐盒，他则考虑等会儿飞机下降期间她再坐回来时，和她聊点什么。

飞机忽然颠簸起来。

机上广播随即响起，说明飞机受气流影响发生中度颠簸，让乘客收起小桌板，在座位上坐好并系好安全带，不要被随身行李等物体滑落伤害到等。

空乘们迅速收餐车，分别向前后舱而去，并沿路提示大家系好安全带，萧语珩更是扬声喊洗手间门口的乘客就近坐下。

本以为只是普通的颠簸，很快就会过去，毕竟颠簸对于飞行而言，太过普遍。结果颠簸越来越剧烈，乘客小桌板上未及回收的餐盒水杯都飞了起来，机舱内瞬间尖叫声四起。

饶是冯晋骁想要站稳也不容易。但萧语珩推着餐车走在过道中更危险，尤其她还边推车边扶一位乘客回座位。冯晋骁疾步冲过去，双手一撑座椅跃过餐车跳到她面前，一手扣住她手肘，扶稳她的身体，一手将那位女乘客就近按坐在空位上，随即拽住推车扶手，迅速推进后舱。随后，他稳住萧语珩的身体，萧语珩则动作利落地把推车归位、固定住。

几秒剧烈的颠簸中，往前舱去的一位乘务员直接摔了出去，机舱中部两位没系安全带的乘客更是被抛离座位。孩子的哭声，女人的尖叫声，一时间，机舱里混乱不堪。

冯晋骁和萧语珩根本来不及找座位坐下。机体剧烈晃动之下，他左臂一收，把萧语珩护在怀里："蹲下！"右手死力拽住座椅脚柄，以此来稳住两人的身体。

广播再次响起，机长以低沉镇定的嗓音说明飞机受气流影响发生严重颠簸，让大家不要害怕，保持镇定，持续深呼吸，他会放下氧气面罩，让大家在乘务员协助下使用。

广播停止，氧气面罩随即掉落下来。萧语珩试了两次都没站起来，只好半跪着身体，在混乱中大喊，让大家戴好面罩，尽量把头靠在座椅背上别动。冯晋骁手劲不松，扣紧萧语珩的腰把她稳住，以免她被甩出去。

持续颠簸，飞机似乎是在掉高度，大概只是两秒，又像在爬升，然后再掉，再升，飞机如过山车般急升急降了三次，连冯晋骁都有强烈的失重感，个别身体素质差的乘客，直接就吐了。

混乱持续约两分钟后终于恢复正常。

冯晋骁保持单膝蹲跪的姿势，把萧语珩搂进怀里，抱紧。

萧语珩绷着的身体猛地一松，身体全部的重量就落到冯晋骁身上。

冯晋骁在她耳边安抚："没事了。"

萧语珩闭了闭眼睛，呼出一口气。几秒后，她推开他要起来，冯晋骁刚要阻止，她说："你快回座位上坐好，我还要工作。"

冯晋骁摸摸她苍白无血色的脸："小心点。"

她乖乖点头。

冯晋骁扶她起来，确定她没伤到哪里，才放她走。

除了之前摔倒的乘务员受伤到前舱休息外，剩余几位乘务员立即为旅客提供相应的服务和救治。没多久，身穿飞行制服的机长从驾驶舱出来。他从前舱一路走到后舱，和乘务员一起耐心地安抚乘客。

有人认得机长的四道杠肩章，哭着问是怎么回事。他回答说刚刚遭遇的是晴空颠簸。那人又问："什么是晴空颠簸？难道没有预报，不能躲开吗？"

他解释说："在万里晴空中，偶然会出现强烈的扰动气流，就像平静的海面下躲着汹涌的暗流一样。这种颠簸发生得都比较突然，属于不可预见的颠簸。由于它不伴有可见的天气现象，气象观测很难预测它的存在，所以目前预报晴空颠簸还属于世界难题。"

随后他说："大家有哪里不舒服请尽快告知我们的乘务员，她们会为你们提供帮助和救治。而鉴于刚刚的情况，管制已经批准我的提速申请，我们会提前半小时落地，医生和救护车会在客机坪等候我们。"

最后他对全机的旅客说："我会带大家平安落地。请大家相信我，相信我们的机组，相信中南航空。"

他语气笃定，神色坚毅，又刚刚带大家死里逃生，他说的一切得到了大家信任。

旅客们的情绪渐渐平静下来，客舱内恢复正常。

冯晋骁注视身穿飞行制服的顾南亭，不得不承认，他是个有魅力的男人。

到冯晋骁那一排时，顾南亭像没看见一样，没有任何表示。冯晋骁看见他走到萧语珩面前停下，像确认她是否受伤一样，把她从头看到脚，又说了几句话后，他抬手在萧语珩肩膀上捏了捏，才往驾驶舱走。

半小时后，飞机平稳接地。

舱门打开时，机上几位受伤的乘客和一名乘务员先行下机，剩余乘客再依次下机。

冯晋骁下机时没再提第二天接机的事，只说："我先走了。"

萧语珩注视他，点头。

次日傍晚，冯晋骁打萧语珩手机。

这次她接了。

像知道他为何打来一样，她先说："昨天的颠簸事件之后，我们机组没有执行后续航班，已经回 G 市了。"

冯晋骁猜到了。且不说颠簸有多大，机组成员还有受伤的，换新机组执行后续航班是很正常的安排。但想到机长是顾南亭，总觉得多少和自己有关。

冯晋骁沉默了一秒，问她："有没有检查一下？没伤到哪儿吧？"

"都检查了，没受伤。"萧语珩迟疑了下，说，"昨天谢谢你。"

冯晋骁庆幸自己恰好在机上，否则不敢想柔弱如她，是不是也会受伤。而在持续颠簸时，他也和机上的乘客一样，瞬间萌生了要遇难的可怕念头。那个瞬间，冯晋骁竟然也在庆幸，自己在那班飞机上。

如果空难不可避免，因为有她，无惧。

却也因为有她，求生的欲望更加强烈。

她是他所深爱的。他祈愿，即便此生无缘，她也能好好地活着。

生命本不可交换，但如果能换来你的平安，哪怕让我以生命为代价，我亦甘之如饴。

终于看清了自己的心。

那些不打扰，那些各安好，那些不是非她不可的违心的话，冯晋骁再也说不出口。

他深吸了口气：“一定要这么客气吗？”

萧语珩没回答。

“会休息几天吗？”

“嗯，一周。”

“知道了。”他说，“等我回G市打给你。”

萧语珩再次沉默。

“珩珩，”冯晋骁认真地说，“我有话和你说。”

“……嗯。”算是默许。

冯晋骁缓和地笑：“好，挂吧。”

却天不遂人愿。

A市的会议结束，冯晋骁没能回G市，而是直接与陆成远等人在S市汇合，执行秘密任务。鉴于任务的特殊性，必须对包括家属在内的所有人保密。

只来得及在临行前给萧语珩发了条信息，告诉她：“有任务。归期未定。”

萧语珩的回复晚了很久，但到底是回复了。她说：“知道了。”

看不出任何情绪波动。但对于冯晋骁而言，这已是最大的转机。

如果不是时间太紧，一分钟都耽误不得，冯晋骁是真的想连夜赶回G市，和萧语珩把要说的话说完再去S市。

心急如焚。

可那身警服和身为警察的职责，让他不得不把一切暂时放下。

终于熬到任务完成，冯晋骁能回G市了。

本以为即将迎来新的开始。

结果……

冯晋骁落地时，叶语诺站在出口等他。

他一句话都懒得和她说，几乎是越过她就走。

她一脸焦急地说：“爷爷病危。”

所以，冯晋庭给恰好在机场的她打电话说：“接上晋骁到医院来。”

所以，没通知任何人接机的冯晋骁只能随她到停车场取车，争分夺秒地赶往医院。

所以，当天有飞行任务的萧语珩才从机组车上下来，就看见冯晋骁疾步往停车场去，身后跟着几乎在小跑的叶语诺。然后，像是被什么绊了一下，她一个趔趄。如同身后长了眼睛一样，冯晋骁半侧身，伸手一捞。再然后，他们走到一辆私家车旁，冯晋骁从叶语诺手上接过钥匙坐上驾驶位，叶语诺则绕到副驾一侧。

萧语珩清楚地看见她胳膊上搭着一件男式大衣。再看看冯晋骁单薄的穿着，完全像是给他特意准备的。

那双通透的眼睛里，顿时泪意汹涌。

萧语珩迎风站在那里，对询问她怎么了的乘务长说："没事，只是眼睛里进了沙子。"

那粒沙，让她的爱情无以为继。

仿佛心有灵犀，冯晋骁在这时看向航站楼的方向。萧语珩已经转身，跟着乘务长走向航站楼，而走在机组最前面的，是身穿飞行制服的——顾南亭。

冯老爷子当然是挺过来了。

冯晋骁与萧语珩之间那些解释不清的过往却又添一笔。他们要在一起，或许只能从名字说起，重新认识一次。

一次次得来不易的转机和一次次不费吹灰之力的误会，叠加成折磨、挣扎、犹豫，甚至是不信任和猜忌，让他们以为再也回不去。终于，冯晋骁也没了解释的心力。他不禁想：既然故事讲不下去，既然有些事在她眼里难辨真假，那就算了吧。

冯晋骁删了萧语珩的电话号码。

这一次，他也动了真格的。

萧语珩之于他，却不仅是那简单的十一个数字而已。

当在机场的冯晋骁亲眼看到一位年轻帅气的飞行员当众向萧语珩示爱，当萧语珩拒绝后走向顾南亭的方向，深心处被压制的爱意瞬间造反，顺势破土而出。他忘了自己正在执务任务，迈步走过去，准备当场问她：

“你拒绝那个人是因为顾南亭，还是因为我？”

陆成远叫住他。

冯晋骁身形一顿，手慢慢握成拳头。

不明所以的陆成远顺着他的目光望过去，视线所及都是陌生人：“怎么了？”

能怎么？他避重就轻地答：“看见个熟人。”

觉察到他的失态，陆成远好奇：“谁啊？”

谁呢？本以为能洒脱地回一句：“前女友。”

却发现她的这个身份，他本能拒绝。

冯晋骁微眯了眯眼，说：“女朋友。”

陆成远因惊讶，眼睛瞪得老大：“老大，你不是单身？”

他是。但在那一秒一瞬间，冯晋骁不想是了。他终于承认，自己非她不行。

冯晋骁再次拨通了萧熠的电话，隔着万里之距，那么无奈又挫败地说：“我扛不住了。”

连续在机场守了三天，终于在那个黄昏等到下航线的萧语珩。

那一天，冯晋骁放下了满身骄傲，对她说：“时隔三年，我还想就那天的事再解释一遍。这还不能代表一切吗？”

代表一切的不是他的解释，而是萧语珩对他，如鲸向海、似鸟投林一样的爱。

时间未必就是最好的医生，能够治愈一切看似痛苦不堪的伤害的良药，应该是那些她对他念念不忘的爱。三年，每一次与他的偶遇与重逢，无一不在唤醒她深埋于心的爱，无一不让她说服自己妥协。三年，每一次觉得和他走到缘分的尽头，她都忍不住回望，想找到他挽留和追赶她的身影……

三年后，哪怕我对过去依旧耿耿于怀，对你的喜欢，也没有过去。

当冯晋骁把萧语珩拥进怀里，坚定有力地说：“重新开始吧。”

她在心里回应：“冯晋骁，我依然爱你。”

番外四
微妙

萧语珩发现楼意琳恋爱热情不高。可前段时间，她明明和陆成远打得火热。尤其是她和冯晋骁的婚礼上，他们做伴郎伴娘的亲昵与恩爱，完全一副马上就能扯证结成连理的状态。

萧语珩问冯晋骁："陆成远最近心情好吗？"

冯晋骁想了想答："正常。"

正常？萧语珩对这个答案不太满意，却也没苛求连自己的恋爱都谈得乱七八糟的冯队。这天她下了航线，直接去航站楼找楼意琳，单刀直入地问："你和陆成远吵架了？"

楼意琳正在给乘客办理登机手续，闻言说："下一位。"

萧语珩抱胸看着她："你要是不说，我就去找陆成远了。"

楼意琳这才给了她一个眼神："我和他什么关系？有什么可吵的？"

"没关系吗？那看来是我多管闲事了。"萧语珩说着拉起自己的拉杆箱就走了，没走多远，就听见追上来的脚步声。她停下来，回头。

楼意琳一脸委屈地跟过来："你就不能多问几句啊？还是不是好姐妹啊？"

萧语珩掐她脸一下："我连飞了三天，家都不回，老公也不理，第一个来找你，不是好姐妹是什么？"

楼意琳噘嘴："是好姐妹就陪我喝酒。"

萧语珩于是给新婚老公打电话，让他晚饭自理。

楼意琳本来酒量一般，又喝了两杯烈酒，没一会儿就有点醉了，不用萧语珩问，已经开始絮絮叨叨地讲她和陆成远之间的事。

“我长这么大，除了在电视里看见过绑架，还是第一次亲眼看见真刀实枪的绑架，没吓尿了绝对是我胆大。他和冯晋骁赶过来，相比你家骁爷冷着的那张脸，他给我披衣服，把我抱进怀里安慰的举动，太温柔太暖心太有安全感了。我心想，冯晋骁这个谢礼，好像还不错哦。”

自己被绑架了，生死未卜，她还有这么丰富的内心戏，萧语珩无语。

“传闻飞机上有炸弹那天，他到机场执行任务，一身警服帅瞎我狗眼……他说对机场不熟，问我有没有时间给他做向导。我明明要去交班的，却胡说自己有空，跟着他跑了两万八千多步，夺得当日微信运动排行榜冠军，获赞无数。然后因缺岗被主管骂了两个小时，并贡献了当月奖金。”

萧语珩听得想笑。

“我却没有半点不高兴。因为没过多久，他以感谢我为他做向导为由主动约我吃饭。”楼意琳嘿嘿傻笑，“当天姐姐我就脱单了。“

“啊？”萧语珩讶然，“……效率这么高啊！”

楼意琳不太情愿地补充了一句：“是心理上脱单！”

心理上……脱单？萧语珩还是第一次听到这样的说法。

当时的情况是，两个人愉快地用过餐，陆成远看时间还早，提出看电影。

“我忽然就对他印象不好了。”楼意琳趴在吧台上继续，“我想他肯定是要借此拉我手。”

这个想法多少有些靠谱。

这世上有多少情侣，都是从电影院里拉小手开始的啊。

对于男人来说，这个策略，没毛病的。

可在恋爱方面，楼意琳也算是老手了，她几乎以为自己看穿了陆成远。

“我当时就觉得那家伙是个色狼。”楼意琳靠在萧语珩身上，有点不好意思地说，“可他人帅嘛，就弥补了所有。我就……答应了。”

萧语珩抚额。

结果出乎楼意琳意料。陆成远非但没有对她动手动脚，还很绅士地全程给她端着爆米花，在她看到感动之处热泪不止时，又体贴地递上纸巾。

“你不是说冯晋骁陪你看电影时睡着了吗？他都没有。看我哭了，还凑近了小声地和我讨论剧情。我们俩的脸当时离得可近了，我都想，要是他那个时候亲我一下，我可能都从了。”

萧语珩听得心惊胆战，不得不为她的未来担心。

那场电影过后，楼意琳对陆成远已经是芳心暗许了。本来两个人都要再继续消夜了，可惜陆成远接了个电话，匆匆赶回了队里。

楼意琳又要端杯，萧语珩按住了她的手，说：“这杯是我的。”

楼意琳也不和她争，只说：“我现在有点理解你了。和警察谈恋爱，能完整地吃顿饭、睡个觉，还是挺奢侈的。”

“等等。”萧语珩忍不住打断，“你们那天就……”瞬间想多了啊。

“当然没有了。”楼意琳一脸惋惜，“他走得很急，我们都没来得及多说话，怎么可能怎么怎么样呢？萧语珩，你被冯晋骁带坏了。”

萧语珩还不承认自己想多了，嘴硬地说：“我只是以为你们就确定了恋爱关系啊。和冯晋骁有什么关系？”

楼意琳打她一下：“还听不听啊？”

萧语珩挑眉：“你继续。”

“他真的挺会照顾女生的。明明在电话里说五分钟到，却还不怕耽误时间地给我打好了车，还对司机亮出了他的警官证，一脸严肃地提醒人家，把人安全送到，别出纰漏。吓得司机以为我们不会付车钱了呢。”楼意琳傻笑起来，“以前觉得他可讨厌了，那一刻又觉得，他又帅又酷，不占为己有，简直对不起自己啊。”

果然长得帅的男人，处处有优势。

萧语珩无奈。

次日凌晨，陆成远给楼意琳发信息说：“昨晚不好意思，没亲自送你回家。出了个任务，刚收队。”

楼意琳睡醒后看到这条微信，心里甜得不行，她压抑着一颗怦然心动的准女友心矜持地回复：“没关系的，工作要紧。一夜没睡吗？赶紧回家休息吧。”

陆成远的回复迟了几分钟，他说：“上午有考核，在训练场。”

楼意琳其实想说：怎么这么辛苦啊，忙了通宵都不能回家？什么时候才能休息一下呢？中午能不能小睡一下啊？等等，又觉得好像太主动了，显得自己很不矜持。总之，她当时的心态是，很想和陆成远迅速开展一段恋情，什么彼此熟悉了解啊，统统省略，直接过渡到热恋，让她能嘘寒问暖，为他洗手做羹汤。但她控制了自己，左思右想，没有回复，深怕打扰他工作。

结果中午的时候陆成远把电话打了过来，问她：“怎么说着说着没音了？”然后主动解释，“我工作性质有点特殊，不是随时都能看手机。要是回复晚了，就是在训练，你别介意。”

楼意琳一颗心软得像棉花，她平复了一下激动雀跃的情绪，力求声音平稳：“我理解的。看语珩就知道了，她平时和冯晋骁也常不在一个频道上的，常常……”话至此，她听见电话那端的陆成远似乎是笑了下，然后说：“我们俩，和我们头儿和嫂子，好像还不一样。”

当然不一样了。人家都睡过了，而他们……小手都还没拉一下。

本以为是大方得体的回答，结果一不小心暴露了内心对他的那一丝“邪念”。

楼意琳恨不得找个地缝钻进去。

陆成远却没让她尴尬下去，眼前浮现出看电影时，她拿那双水汪汪的大眼睛看他的样子，他几乎是瞬间就捡起了话题，问：“我有个提议，你想不想考虑一下？”

楼意琳捂着脸低声问：“……什么？”

陆成远低沉磁性的声音透过话筒传过来：“你想不想我们俩，变成他们那样？”

这么会撩，怎么还没结婚？！

萧语珩立即给冯晋骁发信息：“陆成远是个情场老手吧？”

冯晋骁因为她有约，也没急着回家，此刻还在队里。看到信息，他抬头看了眼自己对面埋头看卷宗的某人，回复：“女朋友确实交过几个。

怎么了？”

“那你还把他介绍给琳琳？！”萧语珩有点生气了，“冯晋骁，你跟谁学的？这么不靠谱？”

躺着都中枪是他现在的境遇吧？冯晋骁莫名其妙。

萧语珩追着又发了一条信息过来：“明天给陆成远加餐！让他多跑个五公里。”

这就草率了吧？冯晋骁按了按太阳穴：“五公里？”

“因为他用情不专。”

“薄情寡义……”

“始乱终弃……”

冯晋骁深怕她一会儿把水性杨花都发过来，赶紧潦草地回复：“好。就五公里。”

萧语珩却反悔了：“不行！五公里太少了！十公里！再加二百个俯卧撑！”

尽管这只是他一句话的事，但身为特别突击队大队长，冯晋骁是有原则的。他深吸一口气，酝酿着要帮属下说两句话：“成远他这个人……”

萧语珩根本不给他机会，紧接着又一条信息追过来：“他这样的人怎么混到你们突击队的？冯晋骁，你们选拔也要有底线吧？枉我在琳琳面前说了他那么多好话！颜值高就了不起吗？！”

冯晋骁才发现，他家珩珩手速很快啊。他直接一个电话打过去，说：“定位发过来，我去接你回家。”深怕再任由她无限想象下去，自己的家庭要不和谐了。

不明所以的陆成远抬头：“老大，你要走了吗？”

萧语珩听见他的声音，以命令的口吻对冯晋骁说：“让他接电话！”

冯晋骁以眼神示意陆成远别说话，缓和着语气说：“等我回家和你说。”挂了电话才回头叫陆成远：“跟我出去一趟。”

路上，冯晋骁替萧语珩问：“最近心情好吗？”

陆成远看他一眼：“老大，你能说点我听得懂的吗？”

冯晋骁也觉得这么问过于委婉了，他单刀直入：“和楼意琳发展得怎么样？”

陆成远随口说：“挺好啊。”

“挺好？你确定？”冯晋骁也不兜圈子，直说，“楼意琳最近情绪不太对，今晚就是她约你嫂子喝酒。难道不是为你？”

“为我？我怎么了？”陆成远一脸茫然，“我还说晚上去接她下班，她和我说替班啊，怎么喝上酒了？”

冯晋骁继续：“我可是问过你，觉得怎么样？看没看上？你怎么回答我的？”

陆成远随口答：“我说不怎么样。”

冯晋骁一脚刹车踩到底。

陆成远被安全带勒得够呛，他啧一声，改口道：“我后来又补充说：感觉还不错，好好处。”

“我没记错的话，你原话说：她全身充溢着少女的纯情。遇见她之后，再看别的女人，都好像在侮辱自己的眼睛。”

陆成远就笑：“老大，你记性真棒！”

“你以前那些桃花账我不管。”冯晋骁盯他一眼，“楼意琳是我介绍的，不好好处，小心我摘你臂章！”

“我哪儿来的桃花账？我可是清清白白的。”陆成远有点火起，“这都哪儿跟哪儿啊？”说着拿出手机打给楼意琳。

可惜那位喝醉了，任由手机在包里响了个天翻地覆，也没听见。甚至陆成远人都站她面前了，她还迷瞪地朝陆成远鞠躬：“多担待啊冯晋骁，占用你家珩珩了。”

陆成远深吸一口气，把她带进怀里抱稳，才问萧语珩：“她这是喝了多少？”

“陆成远，你别想乘人之危！”萧语珩说着要从他手里把楼意琳抢回来。

冯晋骁伸手一拦。

萧语珩边挣扎边指着陆成远说：“你可以不喜欢她，但你要敢玩弄她，陆成远，我饶不了你！”然后还觉得不够，看向冯晋骁，凶巴巴的：“你说话！”

冯晋骁瞥了眼陆成远，对怀里的小妻子承诺：“我也饶不了他。”

陆成远心想，我这是得罪谁了，一个个都视我为阶级敌人？他伸手拦出租车。

萧语珩却不放心把楼意琳交给他，要冲上去拦：“陆成远，你要干什么？”

陆成远先把楼意琳扶进车里，紧跟着也坐进去，才看着冯晋骁，没好气地说：“我还能干什么？乘人之危！”

眼见着陆成远把楼意琳带走，萧语珩边打冯晋骁边说：“琳琳说他脚踏两只船！你还让他带琳琳走，万一他……”

冯晋骁把他搂上车：“我保证，他不会。”

萧语珩生气地又捶他一下：“你就知道包庇下属！”

冯晋骁哭笑不得。

陆成远把楼意琳带回了家。不是他要乘人之危。主要楼意琳和父母住，这大半夜的，她又喝得那么醉，这样被送回去，实在有些不妥。另外陆成远也不确定，她有没有和父母提过自己，毕竟他们还没有见过双方父母。而她宿舍是两个女生合住，他不方便过去。再说，他也不放心把喝得迷迷糊糊的女朋友交给她同事照顾。

楼意琳一进门就要吐。

陆成远赶紧把她抱进浴室。

等她吐舒服了，陆成远倒了杯水让她漱口。

楼意琳一开始还乖乖任他服侍，后来却推开他的手，坐在地上，趴在浴缸前哭：“我不就想找个对我好的、爱我的男人结婚吗？我错哪儿了啊？”

陆成远挠了挠头，心里琢磨自己哪儿没做到啊，怎么会让她有这种感触，手上则把她搂过来，柔声说：“怎么了宝贝儿？最近季度考核，我是有点忙，但我没忽略你啊，不是天天上你跟前报到立岗吗，比到队里打卡还积极呢。你下周生日我也没忘，礼物我都备了双份呢，想着孝敬孝敬我未来丈母娘，感谢她为我生了这么好的你。”

楼意琳却醉得什么都听不进去，更是错把他当成了萧语珩，搂着他脖子哭得更厉害了：“那个浑蛋苏溢居然还有脸说还是觉得我最好，要和我重新开始，搞得整个空港都知道了，连程机长都来打趣我，说我很抢手。语珩，你说，他背着我偷吃的时候怎么没想到我的好呢？我那段时间难过死了，谁知道啊……”

原来是因为那个男人！

陆成远保持拥抱她的姿势两秒，随即收回手，走出浴室，走向阳台，随手关上门。

楼意琳哭了一会儿又开始自言自语了：“换作以前，他来认错，我说不定就原谅他了。可我喜欢陆成远了啊，虽然他也像苏溢那样和别的女人牵扯不清，我还是喜欢他。”她越说越伤心，“那天苏溢给我发定位，我都没动去的念头，因为我相信陆成远啊。可他真的在和别的女人约会，还骗我说在队里。我当时真想冲过去质问他，可我害怕他像苏溢一样直接说分手。苏溢那个浑蛋，为什么要告诉我陆成远在和别的女人约会，为什么要拍照片发给我啊，为什么我要试探他，给他打电话……”

“那天他问我想不想变成你和冯晋骁那样。”楼意琳吸吸鼻子，“我傻了，有点不敢相信自己的耳朵，还呆呆地问他：‘你说什么？’他就笑了，对我说：‘别怀疑，就是你理解的意思。’”

楼意琳的眼泪成串地掉下来：“我这个人一向好骗，但苏溢还追了我好几个月呢。可听见他那么说，我居然就答应了。”

她对着话筒轻轻地说：“如果是我理解的意思，你接下来该做点什么呢，男朋友？”

陆成远的笑声低低地传过来，他说：“晚上等我接你下班。”

楼意琳泣不成声：“语珩，我好喜欢他，从来没像喜欢他一样喜欢过别人……”她用力捶着自己的胸口，“他为什么要这么伤害我？我这里好疼啊……”

陆成远几乎是踩着她这句话回来的。他胸口堵得快喘不上气来了，垂在身侧的手慢慢握成了拳，止步站在门口许久，才松开拳头进来抱起她。

或许是哭累了，也可能是他的怀抱让她安心，楼意琳没再哭闹，而是靠在他怀里闭上了眼睛。

陆成远把她抱到床上，扯过被子盖在她身上。

楼意琳翻了个身，嘟囔了句："苏溢，你个浑蛋！"

她声音很小很低，换一般人都未必能听清，无奈陆成远听觉敏锐。注视她挂着泪的脸半晌，他"呵"的一声冷笑。

陆成远躺在客厅的沙发上，回想楼意琳答应做他女朋友那天——

他完成了当天的考核，跑到冯晋骁办公室，说："头儿，给我两个小时假。我回家换身衣服。"

冯晋骁潦草地扫他一眼，皱眉："干什么？"

陆成远啧一声："不是你说的吗？要给人留个好印象。"

冯晋骁有点明白了："约了楼意琳？"

陆成远"嗯"一声。

冯晋骁一摆手："滚。"

陆成远到机场时，楼意琳还在岗上。

她把手里的登机牌递给前面的旅客，面带微笑地说："祝您旅途愉快。"眼角余光扫到什么，她偏头看过去，就见一身便装的陆成远抄手站在不远处，静静地看着她，也不知道来了多久。

想到先前才对他说："你接下来该做点什么呢，男朋友？"她的脸不自觉红了。

陆成远笑望了她两秒，随即指了指旁边的咖啡厅，意思去那边等她。

楼意琳见他要走，急急补了句："最多半个小时我就下班了。"

这份急切让陆成远笑了。

他稳步走过来，在她面前站定，说："不用急，我等你。"

"我等你"这三个字，让楼意琳的心怦地一跳。被矜持束缚的热情随即造反，她低声，却很大胆地说："你穿便装很帅。"说完还在心里安慰自己：作为女朋友，这样评价男朋友没毛病。

陆成远注视她红透的脸，无声笑了，然后他一扬下巴，示意她过来。

楼意琳以为他有话要说，在他的眼神示意下往他身边挪了一步，并下意识探身，一副等他说悄悄话的姿态。

陆成远却什么都没说，只行使男友权利快速在她脸颊亲了下。

楼意琳愣住，直到听见等待她办理值机的旅客的笑声，才反应过来。

羞得她恨不得找个地缝钻进去。

她咬唇看着陆成远。

陆成远边看表边语带笑意地对排队的旅客说："我女朋友还差三十二分钟下班，都抓紧时间。"

楼意琳捂着脸跺脚。

都这样了，还怎么上班？楼意琳提前交了班。换完衣服，她就往外跑，见到陆成远，直接把包砸过去："你干吗那样啊？人家在上班呢。"

陆成远接过她的包，又顺势扣住她手腕，笑问："我女朋友的意思是，下班之后就能那样了？"

楼意琳手上和他较着劲："陆成远，你个流氓！"

陆成远微一用力，把她扣紧在怀里："还有更流氓的呢，想不想见识一下？"

他说这话的时候眼睛牢牢地盯着楼意琳，像是在试探，然后，他低下头，一点点靠近她的脸。

楼意琳的呼吸顿时就急了。当陆成远的脸距离她越来越近，她有种天旋地转的错觉，不自觉闭上了眼睛。

那是他们的初吻，和他们的关系一样，没有任何过渡和铺垫，有种干柴烈火的急切与热辣。楼意琳甚至都觉得，如果当时两人不是在停车场，可能直接就把床单都滚了。

还是陆成远克制了下，把她抵在车上，用温柔的吻安抚了彼此身心的火焰。最后，他捧着楼意琳红透的小脸说："快了点。但既然早晚都要到这一步，不如提前模拟一下。等真刀实枪上场的时候，也不怯。况且，嫂子已经把我的情况都和你说了吧？对我，你应该不陌生的对吗？"

楼意琳拿那双能滴出水的眼睛望着他："……其实，她也没说什么。"

她的样子又傻又可爱，微哑的嗓音更是昭示刚刚有多投入，陆成远忍不住又在她唇上亲了一下，才说："我今年二十九，身高185，体重160，是家中独子，父母都在G市……"

他一口气说了很多，但楼意琳好像什么都没听见，只关心："单身吗？"

陆成远失笑，他近乎宠爱地捏了捏她尖尖的小下巴，大声说："单身未婚！"

楼意琳垂眸笑："那就可以。"

陆成远把她搂进怀里："我看我要是努力一把，今晚就能把你骗上床。"

楼意琳踢他一脚。

陆成远哈哈笑。

就这样一拍即合，直接进入状态，开始了热恋期。

随后没多久，冯晋骁和萧语珩的婚礼上，萧语珩把捧花给了她。

她下意识看向一旁的他。

陆成远当即表态："我努力，尽快让大家喝上喜酒！"

她红着脸拿捧花砸他，微微嗔道："谁要嫁给你！"

他也不管众目睽睽，直接把她横抱起来，笑着对全场宣布："那我就强娶！"

她把脸埋在他颈窝处，悄悄亲了他一下。

那一吻，让他脊椎一麻，要不是他定力还不错，险些抱不稳她。

后来一直都很好的。他们像所有相爱的恋人一样，约会、牵手、接吻。他们又和别的情侣不同，因为她相比那些故作矜持的女生，更热情、大胆，真实，让陆成远这个快热型的男人觉得，和她在一起，很合拍，很够味，感觉很棒。

然而，这才好了没多久吧，前男友找上门来，她就犹豫了？

凭陆成远对楼意琳的了解，她不该是这样的人。

到底是哪里出了问题？或者是，她对苏溢的感情比对他深？

陆成远气得一宿没睡。

次日，醒过来的楼意琳意识到身在何处，下意识拉开被子看了下自己，发现衣服整整齐齐地穿在身上，她分不清是安心多一些，还是失望更多一些。

陆成远见她拿着包从卧室出来，从沙发上坐起来："要走？"

楼意琳以为他不在家，此刻看见他，傻了半秒。她努力回想昨晚是怎么被他带回家的，却是徒劳。听他语气那么冷淡，她忍着难过说："嗯。"

陆成远把脸转向一边，一副"不送"的姿态。

注视他冷峻的侧脸，楼意琳眼圈瞬间红了，她走到门口时迟疑了下，然后说："陆成远，要不，我们分手吧。"

陆成远偏头，盯着她背影半秒，沉声："你再说一遍。"

楼意琳没有勇气，她迅速开门，疾步奔进了电梯。

陆成远把茶几上的烟灰缸砸了出去。

陆成远破天荒迟到了。冯晋骁什么都没说，陆成远自己自动自觉地去训练场跑了十圈，又做了两组俯卧撑。照常完成上午的训练，午休时间一到，他一分钟都没耽误，换好便装就走了。

赫饶发现不对劲，有意跟着，冯晋骁拿起车钥匙："我去。"

陆成远把车开得像飞机。

冯晋骁边踩油门边骂："浑球！"

陆成远把越野车停在百越广场，进入写字楼，乘四号电梯上十六楼。

冯晋骁看了楼层显示，十六楼是一家律所，名为：汇业。

猛地想起萧语珩和他提过，楼意琳的前男友苏溢是一名律师。

"坏了！"电梯却迟迟不下来，冯晋骁转身跑向楼梯间。

任他速度再快，还是晚了一步。

陆成远已经先一步揪着苏溢的领子，把他拖到走廊死角，打得鼻青脸肿。但他理智犹在，否则依他的身手，使全力招呼苏溢的话，两三分钟够要他命了。

冯晋骁朝律所里瞥了一眼，没看到人，应该都是去吃午饭了。他四下看了看，确认陆成远所处的位置是个死角，没有摄像头，又忍了足有一分钟，觉得差不多可以了，才过去拉开陆成远。

陆成远拿手戳苏溢脑门，语气强硬又蛮横："楼意琳现在是我女朋友，你再敢骚扰她，哪怕是出现在她面前，苏溢，我保证打到你骨折。这不是警告，是威胁！你他妈给我牢牢记住。我陆成远的女人，你招惹不起了！懂吗？"

苏溢被打得视线都有些模糊了，还在含糊不清地骂：“陆成远，你他妈等着，等我采集了证据，告到你坐牢！”

陆成远冷笑着一巴掌扇在他脑门上：“我等你啊，办不到，你就是孙子！下次再见着我，叫陆爷爷！”

冯晋骁把他拉走。

下了楼，陆成远连扣子都懒得解，他冷着脸把衬衫一把扯开，随手把沾了血渍的衬衫直接扔进垃圾桶，就那么穿着 T 恤走出了写字楼。

冯晋骁递了瓶水给他。

陆成远坐在越野车前盖上，仰头一口气干了，末了还不解气似的，把空矿泉水瓶大力掷出去。所幸他手上有准头，空瓶直接进了垃圾桶。

“那就是个人渣！”陆成远指着写字楼的方向，“我到的时候他正调戏前台的小姑娘呢。那小姑娘吓得脸都白了。为了这么个不是人的渣子，楼意琳那个死女人居然要和我分手！”

冯晋骁皱眉：“我听你嫂子的意思应该和那个苏溢关系不大。”

“不大？”陆成远冷笑，“她昨晚喝成那样，念着的都是那个渣子的名字！今天早上一句解释都没有，还敢觍脸跟我说分手。我就说最近怎么我给她打电话，她不太热情呢，约她见面，也推三阻四。昨天还和我撒谎说替班！结果为了那个人渣去喝得烂醉！我还在这儿自我检讨，琢磨哪里做得不对，惹她不高兴了。搞了半天，是前任要吃回头草，她犹豫了。”

这和萧语珩所说的版本不同。冯晋骁皱眉。

陆成远抹了把脸：“我他妈是喜欢没事贫个嘴，撩个妹，但那都是我处于空档期的时候，更没动手动脚。正儿八经的女朋友确实处过几个，可也是合则来，不合则散，从头到尾都是规规矩矩按程序操作，没什么逾越！

“上警校那会儿，成天被关在学校出不去，青梅竹马的小初恋还不是受不了一个学期只见两面，跟别人跑了吗？后来参加工作了，是比上学那会儿自由了一丁点，却要随时待命，二十四小时开机，还要遵守保密守则，有时候出去执行任务，家属根本不知道我们在哪儿，只确定没接到通知，就是人活着。等任务完成回来，已经被贴上了前任的标签，撕都撕不掉。

“倒也处了两任靠谱的，可一见我受伤，就哭着闹着让我转文职。

这还不够，之前那位的老爸居然瞒着我在私底下给我运作调职！说什么条件摆在那儿，不允许低调！我他妈用命换来的臂章，他说摘就摘了？他算老几？！”

爱情面前，他多次主动出击，换来的却都是背叛和离弃。

可他依然相信爱情，越挫越勇。

陆成远深吸口气：“楼意琳确实漂亮，但我不是因为她的脸蛋才喜欢她的。不是我吹，我陆成远哪任女朋友的颜值，不是和我一样？我看中的是她人简单，不矫情，不做作，更不玩那套欲擒故纵，喜欢我就是喜欢我了，在我面前真实。

“我的情况，老大你最清楚，我对机场的熟悉程度，如同我对枪的了解。可排除炸弹那天我却鬼使神差地请她做什么向导。后来我才回过味来，我不是因为她看上去傻乎乎的有趣，想逗她玩，而是喜欢上她了。我到现在都没想明白，是对她一见钟情，还是那天嫂子被绑架，她在我怀里哭得像个花猫似的可怜样让我喜欢上她的。

“相比那些前任，她对我的工作情况算是了如指掌。况且有你和嫂子的例子摆在那儿，对于我的身份职业，她也没什么排斥。我曾问过她，有没有想过我可能会在任务中牺牲，那时候她怎么办？她当天没回答我，也没让我送她回家。我心想，得，这是又吹了。结果第二天早上我出门晨练，居然看见她在我门口睡着了。”

那个早上，陆成远一开门，坐在地上、靠着门的她就一团地摔进来。

陆成远吓一跳，扶起她，抱进屋，边揉她后脑边问：“什么时候来的？怎么不叫我？”

楼意琳缓了缓，伸手抱住他脖子。

陆成远长那么大，从没有那一刻心软。他手上微一用力，她就骑坐在他身前，他的唇贴在她耳边，语气温柔地问：“怎么了宝贝儿？”

楼意琳不说话，抱他更紧。

陆成远亲亲她侧脸，手上轻轻拍着她的背，等她开口。

半晌，楼意琳收回手，身体向后撤了撤，小手在他T恤下摆迟疑了一下，然后向上一卷。陆成远在她的动作下顺势一抬手，身上的T恤就被她脱了下来。

陆成远眼神变了，他一瞬不眨地注视她绯红的脸。

楼意琳根本不敢抬头与他对视，她带着视死如归的表情俯身。下一秒，一个轻柔的吻印在陆成远充满力量的胸肌上。

陆成远呼吸顿时就急了，他胸口剧烈起伏。

楼意琳还没意识到危险，继续向下吻他的腹肌。

再不动，陆成远会被憋疯。

楼意琳甚至都没反应过来他是怎么办到的，人已经被他压进沙发里。他化被动为主动，强势地吻下来，从她的唇，到颈窝，一路向下。楼意琳身上的针织上衣什么时候被他脱掉，她都没了感觉，直到他因长年握枪微带薄茧的手贴在她背上一抚，胸衣松了，她的身体才下意识瑟缩了一下。

陆成远感觉到了，他艰难地抬头，喘息着问："怕了？"

楼意琳的呼吸也有些急，她盯着他刚毅的面孔，手慢慢攀上他的背。

陆成远克制着冲动，嗓音低哑地说："现在反悔还来得及！"

楼意琳手上一收，抱紧了他。头则微抬，吻上他喉结。

陆成远哪受得了这个？他低吼一声，抱起她进了卧室。

在某一方面，他们都是新手。但有些技能，是天生的，无师自通的，所以……

晨曦微暖，一室旖旎缱绻。

温存过后，陆成远还觉得不够，用自己年轻有力的身体一下一下地蹭她。

楼意琳的体力差他太多，被折腾得一点力气都没有，她忍着身体的疼，小猫一样缩在他怀里。

陆成远看看时间，确认还来得及，才亲亲她额头，说："我昨天逗你的，别害怕。特别突击队一个普通的队员都是能以一敌十，我作为副队，战斗力也就略逊老大一点点，哪那么容易就壮烈牺牲了。"

楼意琳当时是怎么回答的？

陆成远又从冯晋骁手里接过一瓶水，这次他没喝，而是尽数倒在自己脸上，才说：“她和我说，她回家想了好久，觉得我牺牲的概率不大，但也不是没有那种可能性。”他说着就笑了，“她说这话的时候，眼泪汪汪的，让我特别想再欺负她一顿。”

都是男人，冯晋骁自然懂“欺负”在这种情况下是什么意思。他抬手捶了陆成远一拳。

陆成远也不在意，他扒了扒头发：“她说，从和我谈恋爱那天起，她确实在刻意忽略我身为特警的危险性。她还安慰自己，我那么能打，一般人也伤不到我。她还说，万一真有那么一天，让我不用放心不下她。她会好好生活，如果幸运，再遇到个好男人，她就嫁了！我听得气死了。”

冯晋骁也气笑了，心想，这个楼意琳，真是朵奇葩。

楼意琳却是真心的，她当时对气得不行的陆成远说：“可我又想，这世上只有一个陆成远，我再不可能遇到比你更好更帅更让我喜欢的人了。”她抱紧他有力的身体，“所以我想，趁我们在一起，把该做的事都做了，不留遗憾。”

“我以为这次没错了，这辈子就是她了。”陆成远抬头，迎着太阳看向远处，“我挖空心思对她好，把除工作以外的时间和精力全给她。我还去找程机长取经，琢磨着策划一场让她终身难忘的求婚，年底就把事办了。程机长笑我，我也不在乎。可她……”

在爱情面前，陆成远和楼意琳其实是一种人，他们虽不断受伤，却一直勇敢。

冯晋骁不得不承认，他们不仅很配，还是绝配。

他拉陆成远下来，说：“先回队里。”

陆成远也发泄和倾诉够了，他深吸一口气，跳下来。

两人一前一后回到队里，赫饶迎上来说：“语珩来了。”

冯晋骁正奇怪，赫饶又对无精打采的陆成远说：“还有楼姑娘。”

陆成远抬眼。

赫饶挑眉：“你怎么人家了？楼姑娘眼睛红红的，看样子是刚哭过。”

陆成远嘟囔着：“我才是被怎么了的那个好吗？”三步并作两步地上楼。

冯晋骁跟上去。

见陆成远推门进来，楼意琳冲过去，用力推了他一下：“你有病啊？没事去找苏溢干吗？他怎么你了，你还动手打人？”

陆成远理所当然地把她的反应视为对苏溢的维护，他气得抬手点她，半天没说出一句话。

冯晋骁问萧语珩：“什么情况？”

萧语珩附在他耳边说：“苏溢给琳琳打电话，说陆成远打了他，扬言要告陆成远。”

见陆成远不说话，楼意琳火更大了：“明明是你有错在先，还赖人家告诉我了！陆成远，你还是不是个男人？”

“我有错？”陆成远火了，他上前一步，把楼意琳逼至角落，抬手扣住她下巴，“我有什么错？我教训那个人渣，你心疼了？楼意琳，你是不是不知道我也是有脾气的？我们还没分手呢，你就迫不及待投入那人渣的怀抱了？你当我是死的吗？”

楼意琳想要掰开他的手，掰不动，气得眼泪都在眼里打转：“是我投怀送抱，还是你脚踏两只船？陆成远，你玩腻了，厌倦我了，可以直说，别拿我当傻子。”

陆成远越听越不对劲，他松了手：“你胡说什么呢？我长这么大，就没享受过脚踏两只船那么高的待遇。”

冯晋骁踢他一脚，呵斥道：“好好说话。”

楼意琳顾及冯晋骁在场，她揉了下眼睛：“我是不是胡说你心知肚明。陆成远，你走到今天不容易，你好自为之。”

陆成远都气笑了，他回头看了眼冯晋骁：“你这是在为我考虑，不在我领导面前揭我短是吗？”

楼意琳不答，推开他要走。

陆成远不允许，抓住她手腕：“来，咱们就在这儿把话说清楚。如果是我的错，是我作风有问题，”他指了指冯晋骁胳膊上的臂章，“这个我这辈子都不戴了，行吗？”

楼意琳却把那枚臂章看得很重，她和陆成远较劲，要走。

冯晋骁和萧语珩是过来人，见两人这样，赶紧把他们拉开。

萧语珩替楼意琳说：“和琳琳确定关系后，你还招惹过别人吗？”

陆成远忍了忍：“嫂子，你替她问我前，应该先问问她，苏溢那个人渣来找她和好时，她是什么态度？”

萧语珩看着他：“整个空港都知道，中南地服之花楼意琳为了她的警察男朋友拒绝了苏大律师三克拉的钻戒。”

陆成远愣了两秒，底气不足：“……可她昨晚还酒后吐真言地喊那人渣的名字。”

“她是怎么喊的？”

“她……她骂那人渣浑蛋。”

“苏溢被拒绝了不服气，和琳琳说你劈腿。琳琳不信，把他骂了一顿。苏溢给她发了定位，说她过去就能看见你正和别的女人约会。琳琳还是不信。他又拍了照片发给琳琳。照片里，你确实和一个女人在餐厅吃饭。琳琳给你打电话，问你在哪儿。你怎么回答的？”萧语珩说到这儿，瞪了冯晋骁一眼，才说，“你明明在餐厅和一个女人共进午餐，却和她说在队里训练。你这么说，换谁能不多想？她却不想失去你，就骂人家苏溢，说他浑蛋，不该让她知道你和别的女人约会。”她越说越气，抬手打了陆成远肩膀一下，“你听三不听四，没听她说完整吧？”

陆成远皱眉：“那她还维护那个人渣？”

楼意琳气极，上来打了他脸一巴掌：“他说有你打他的视频，要告你。你是什么身份？惹上官司还怎么进步？不要前途了吗？”

原来是担心他。陆成远摸了摸被打的脸：“……那我也没招别的女人。”

“你敢说你不喜欢程机长？那是谁在去省台录节目那晚，在台下带头喊程机长帅气？又是谁在一个星期前，去机场接程机长下航线？”楼意琳拿出手机，翻出一张照片，“你敢说这个坐你对面的女人不是程机长吗？”

“程潇？”萧语珩讶然，她接过手机看了看那张只有女主角背影的照片，“昨晚我问你，你不是说照片你删了吗？”

楼意琳抹眼泪：“程机长那么优秀，还帮过我，我输给她，无话可说。”

萧语珩啧一声：“不可能是程潇，她和我哥……”

陆成远才终于明白是怎么回事，他问楼意琳：“所以你以为我喜欢上了程机长，最近才对我爱理不理？”

听到这里，冯晋骁也没什么担心的了，他朝萧语珩招手，领着她出去了。

陆成远等他们离开，才叉腰笑了：“楼意琳，你是不是傻？发生这种事你不第一时间来问我，一个人在那儿脑补什么？编剧啊？写剧本啊？”

傻楼意琳哭得好伤心。

陆成远叹气：“行了，别哭了。”他把楼意琳搂过来，“哭那么丑，我该不喜欢了。”

楼意琳耍赖：“不喜欢拉倒，我还不要你了呢！”

“要那个人渣？”陆成远给她抹眼泪，“你敢说是，看我不打死他。”

楼意琳才想打死他呢。

陆成远笑着把她抱进怀里，任由她拳打脚踢也不放手，只嘴上说：“你什么时候老实了，我什么时候告诉你我和程机长是怎么回事。”

休息室外，萧语珩对冯晋骁说：“我哥最近好像在追程潇，看程潇的意思，答应是早晚的事。她不可能和陆成远有什么的。”

冯晋骁笑：“她还真和陆成远有什么。”

“啊？”萧语珩傻了。

冯晋骁摸摸她的小脸：“你知道陆成远为什么叫陆成远吗？”

这相当于问，我妈为什么是我妈吧？

萧语珩不解。

“陆成远的母亲姓程，程潇的程。”冯晋骁笑望着她，“还用我再说下去吗？”

等萧语珩理清陆成远和程潇的关系，她傻傻地问：“你怎么知道这些？”

特别突击队里哪名队员的身家背景，冯晋骁不是了解得巨细无遗？如果他不是陆成远的直属领导，程潇不是陆成远的表妹，他和程潇这两个八竿子打不着的人，又怎么会对彼此毫无陌生感？

罗强出现在中南 2933 次航班上那次，和机组通话时，冯晋骁不经意间流露出的那丝犹豫，不是因为萧语珩在飞机上，而是顾及陆成远和程潇的关系，在那一秒一瞬间考虑要不要给程潇一些安慰或鼓励！毕竟，作为全机的最高指挥，一旦她承受不了那一刻的压力，哪怕情绪出现一丁点问题，都十分危险。

程潇却笑问他“冯队还有什么指示”。他确定程潇听出了自己的声音，情绪甚至比他还稳，才打消了顾虑。也是那一次，冯晋骁对女飞程潇刮目相看。

事后他还对陆成远说：“程机长不简单。”

陆成远得意地一挑眉：“也不看是谁家的。”

但不到万不得已，他们都尽量不暴露这些亲属关系。是对自己的保护，更是对家人的保护。

那天的最后，楼意琳问：“你怎么不早告诉我，程机长是你表妹啊？”

陆成远没好气：“我们确定关系那天我就说，我舅舅是程机长的老爹，是你傻乎乎的没听见，只关注我是不是单身！”

楼意琳傻眼：“那你不早点儿介绍我们认识？”

陆成远被气笑了：“你们不认识吗？还用我介绍？而且我们恋爱不久，她还特意去值机柜台看过你。你忘了？”

楼意琳想起来了：“她确实去过一次，还开我玩笑说：‘哟，恋爱了就是不一样，更漂亮了。’”她可怜巴巴地看着陆成远，“我以为她闲来无事调戏我呢。”

陆成远失笑：“她怎么不调戏别人呢？”

楼意琳嘟嘴：“那你干吗叫她程机长啊？好像不熟似的。”

“我们就是太熟了，才总互相调侃。你问问她叫过我哥吗？她从我上警校那天起就喊我陆警官。”他说完拨程潇的电话，还开了免提。

很快被接起，那边也不等他说话，直接问：“什么指示，陆警官？我才落地，飞机都还没下呢。”

陆成远问：“让你帮我想的点子怎么样了？”

程潇有点不耐烦：“求婚这种技能不是你们男人天生就会的吗，怎么还来问我呢？再说了，楼姑娘连三克拉的钻戒都看不上，还在乎你以什么形式求她嫁吗？净整没用的，对人家好点比什么都强。”

与楼意琳对视一眼，他说：“三克拉的事你既然知道，怎么没和我说？”

对此，那边的回答很“程潇风”：“我知道的事多了，需要桩桩件件都向你汇报吗，陆警官？”

陆成远忍了忍：“大餐我白安排你了是吧？”

“想安排我大餐的男人都排队，要不是看在你是我老哥的面上，我还未必赏脸呢。行，不说了，我们大老板上机了，也不知道什么事，一天天地总盯着我，好烦。”然后，她就挂了。

楼意琳尴尬地往陆成远怀里钻。

陆成远还拽起来了：“打我是吧？”他掐楼意琳脸蛋，“晚上不侍候好大爷，不原谅你！”

楼意琳自觉误会闹这么大全怪自己，她凑过来，讨好地亲他一下。

陆成远瞬间心软，却还冷着脸说：“注意影响，在警队呢。”

楼意琳伸手抱他。

某人嘴上说：“咋这么黏人呢。”手上则紧紧回抱住女朋友。

几天后，刚下航线的程潇再次来到值机柜台。

楼意琳看了眼她的飞行制服，微微尴尬。

程潇盯着她微红的脸：“听说你以为我上次来是调戏你的？”

楼意琳于是把锅甩给陆成远：“我哪能想到陆成远的成，取的是程潇的程的谐音啊？都怪他没说清楚。”

程潇一副思索的样子：“我妈明明姓的是生肖的肖，我爸偏给我取潇洒的潇，也是奇怪。”

楼意琳看她要笑不笑的样子，先憋不住笑了：“你今天才是来调戏我的吧？”

程潇一挑眉：“我们公司的女同胞不都视我为老公，想嫁给我吗？我挑个漂亮的调戏一下，有何不可？”

楼意琳傻笑：“一想到能和帅气的程机长成为姑嫂，就觉得和陆成远在一起赚到了。”

“我怎么觉得未来的表嫂是你，”程潇啧啧两声，“有点吃亏呢？”

楼意琳打她一下：“你什么意思啊？”

程潇眉眼弯弯地笑起来：“我的意思，好男人那么多，你干吗选那个傻子啊！”然后她抬腕看了下时间，确定她快下班了，才道明来意，“陆警官说他今天下班晚，让我顺路捎上你。真是讨厌，他谈个恋爱，还得劳烦我做司机。有枪了不起吗？我还能上天呢！”

这样的程机长，有点可爱呢。

楼意琳也不理会她的抱怨，笑嘻嘻地抱住她：“谢谢小姑子啦。”

程潇一脸嫌弃地推她，友情提示：“我可告诉你，我这个小姑子虽然是表的，也是不好对付的。”

身后突然有人问：“什么小姑子？”

楼意琳看见来人，迅速敛了笑，恭敬地叫了一声：“顾总。”

顾南亭“嗯”一声表示回应，才问程潇：“能走了吗？”

程潇回头看他：“去哪儿啊？”

顾南亭沉默了一秒：“不是说好了一起吃晚饭吗？”

“那是你说的。”程潇潦草地看他一眼，“我可没答应。”

敢当众驳他面子的人，唯她程潇。

顾南亭看了楼意琳一眼。

为免大老板尴尬，楼意琳立即表态：“顾总，我最近中耳炎，什么都听不见的。”

这么一来，似乎更尴尬了。

顾南亭无语。

等他走了，楼意琳凑近了程潇，低声问：“顾总不会成为我小姑夫吧？”

程潇噎了半秒：“什么东西？”

楼意琳真以为她没听懂，科谱道：“小姑子的对象称为小姑夫。”

程潇：“……你自己回家吧。”然后真的没等她下班，径自开车走了。

被扔下的楼意琳向准老公打小报告：“我和你说啊，程机长为了和我们顾总约会，把我给甩了。”